皇軍兵士、シベリア抑留、撫順戦犯管理所

カント学徒、再生の記

絵鳩 毅

花伝社

皇軍兵士、シベリア抑留、撫順戦犯管理所——カント学徒、再生の記◆目次

目次

発刊によせて

戦時下の「日常」を描くことで、戦争の「非日常性」を浮かび上がらせた反省の記

いま、戦争の始まりをまったく予感しない人はどれくらいいるだろうか？　戦争をする国へと進んでいるのではないか、時代は逆戻りしつつあるのではないか――、そういったぼんやりとした、しかし一定のリアリティを感じさせる不安が社会に漂っている。

本書の著者である絵鳩毅（一九一三－二〇一五）は、「予感」どころか「リアルな危機」として、それを感じとっていた。だからこそ、その流れを押しとどめようと、一〇二歳を迎える直前まで自ら語り続けていた。そう、絵鳩は先の侵略戦争を体験し、その意味に向き合い続けることを余儀なくされた元陸軍兵士だった。

絵鳩の戦争体験は一六年に及ぶ。職業軍人でも二〇歳で入隊した現役兵でもなく、二八歳で召集された補充兵だったことを考えれば、一六年は長すぎる。実際には、軍隊経験は敗戦までの四年間であり、その後のシベリア抑留が五年間、さらに中国で戦犯管理所に六年間収容されたのである。絵鳩が帰国したのは、既に四三歳になった一九五六年九月のことだった。人生の躍動期が戦争によって塗り固められたことになる。東大でカントの道徳哲学を学び、卒業後は文部省に勤務するも検閲業務に嫌気が差してまもなく退職し、地方で高校教師を務めながら大学教授になることを夢見る青年だった。戦争は一人の人生を根底から覆してしまう。

帰国後は高校教員に復職したが「中国帰り」への偏見もあって数年で退職し、後に神奈川県藤沢市で郵便局長を長く勤め上げた。六八歳になった一九八一年に定年退職した後、絵鳩が真っ先に着手したのが本書の元になる自叙伝の執筆だった。一年余りかけて幼少期から帰国するまでの前半生を書き上げた。一六年の戦争経験ももちろん含まれるが、そこに描かれているのは戦時下の「日常」である。戦後生まれの世代は、「戦争」といえば戦闘、悲惨、非情といったイメージを思い浮かべるところだろうが、絵鳩の場合、死線を彷徨（さまよ）うような戦闘体験はほとんど出てこない。むろんそれでも、軍隊経験の苛酷さ、戦場の不条理、抑留下の苦悩、人間性が根こそぎにされる極限性などが十分に伝わってくる。

では、絵鳩はどんな「日常」を描いたのか？　たとえば、軍隊への召集直後はさておき、中国の戦場や厳寒のシベリア、再び送り返された中国での戦犯収容生活のいずれにおいても、可能な限り読書を続け、思考することを絶やさなかった日々が印象深く記されている。また、人間世界の醜悪さを嘲笑うかのように佇（たたず）む各地の自然を、美しいと感じる感受性も失っていない。戦時下の「日常」生活が思いのほか文化的でありえたことに驚かされる。絵鳩にとってそれは、人間を「人間ならざる何か」に置き換えてしまおうとする大きな力に抗い、「人間」の領野にかろうじて踏みとどまるための「最後の砦」だった。

戦争犯罪に手を染める瞬間が訪れるのも、そんな「日常」の最中（さなか）だった。強い葛藤を覚えたものの、上官の命令の前には、文化的な「日常」もカント哲学も無力だった。直後には苦さを感じたものの、敗戦の悲哀やシベリア抑留の苦難のなかでそれが彼を苛（さいな）むこともなかった。本当の意味でその罪に向き合うのは、中国の撫順戦犯管理所で日本人戦犯の人間性を尊重した思いもかけない人道的待遇の中に置かれてからである。「戦争」と「日常」が不連続なものではなく、日常の延長上に戦争が存在するという酷薄な現実は、読み手を圧倒する。「日常」と「残虐」、「人間」と「鬼」は常に隣合わせで、誰もが絵鳩と同じような境遇に追いやられれば、同じことをしてしまいかねない、だからこそ絶対に戦争を始めてはいけないと、絵鳩は静かに訴えかけている。こうした一種の「永遠平和」の思想を持つに至ったのは、人道的な撫順戦犯管理所で徹底して自身の罪と向き合った結果である。その希有で示唆深い自己反省体験は、本論に余すところなく描かれている。

本書の成り立ちについて、簡単に触れておきたい。定年直後に書き始められた自叙伝は『大正から昭和へ』（最終的には全九巻）というタイトルで自費出版され、親しい知人にのみ配付された。絵鳩と同じように新中国の戦犯管理所で罪に向き合った元日本軍兵士らで結成した「中国帰還者連絡会」での平和活動も、同じ頃から本格化させた。同会は、自身の加害経験をありのまま市民に向けて語る希有な元軍人らの組織である。九〇年代に入ると絵鳩も地元の神奈川県を中心にして市民を相手に自らの戦争犯罪や、撫順戦犯管理所で「認罪」した経緯について証言するようになった。その中で、同会の活動を継承しようとする「撫順の奇蹟を受け継ぐ会」神奈川支部のメンバー（支部長：松山英司、事務局：倉形亮・倉形玲子ほか）が絵鳩の証言に感銘を受け、証言の機会を多く作ってきた。

九〇歳を越えてなお記憶が鮮明で壮健な絵鳩だったが、いずれ証言に直接触れることができなくなる未来に備え、後継世代はその体験を発刊する必要を感じた。そこで、先の自叙伝のうち、軍隊時代、シベリア抑留期、撫順戦犯管理所収容期の三つの部分を二〇一〇年以降に順次、簡易出版した。その際、戦争の時代から遠く離れた若い世代でも読みやすくなるように、絵鳩と議論を重ねながら表現をより分かりやすくする努力を重ねた。軍隊用語などには語注を付け、当時の写真なども付加した。その意味では、絵鳩と戦後世代との共同作業の成果でもあった。市民運動による手売りながら、二〇〇〇冊以上が人々の手に渡った。それでも、時代状況を考えれば、より多くの人々、特に青年が手に取ることができるよう正式に出版したいと考え、絵鳩もそれを願っていた。実現を見ないまま二〇一五年の年初に亡くなってしまったことは悔やまれるが、東大倫理学科の後輩に当たる平田勝・花伝社社長の理解と協力を得てようやく悲願が叶うことになった。

今回の出版にあたっても、簡易出版の際に比べていっそう読みやすくすることを心掛け、関連写真や語注を増やす作業を続けた。監修者は絵鳩を含めた元戦犯たちの帰国後の歩みを調査研究しているが、絵鳩の回想録はその具体性や詳細さにおいて群を抜いていることに、まず何より価値を見出している。他の回想録では見られない情報も少なくないことに読者も気付くだろう。もちろん、個人の回想録であって歴史書ではないため、細かな点では修正しきれなかったところも残っている。この点は、後継世代の責に帰する。

最後に、初めて手にする方にはもちろん、簡易出版の読者のためにも、この回想録の現在的意義を捉える手がかりに触れておきたい。

本書のサブタイトルとも関わるが、監修者にとって印象深かったのは、絵鳩が探求してきたカントの道徳哲学が、戦時下でどんな役割を果たしたのかについてである。皇軍時代に戦争犯罪に手を染める命令を受けたとき、絵鳩のカント哲学はその防波堤にはなりえなかった。ところが、シベリア抑留時にソ連側取調官から同胞の「密告」を命じられて明確に拒否したのは、人間を人間たらしめる最後の一線を守るという矜持からであり、それを可能にしたのはカント哲学だった。拒否すれば生命が危ぶまれたり、帰国の望みが絶たれるような切迫した極限状況だったことは共通している。

絵鳩はこの違いを自覚的に論じてはいないが、ここにナショナリズムという補助線を引いてみるとどうだろうか。つまり、絵鳩をより深いところで規定していたのは、「大和民族」の一員であるという民族主義だったのではないか。もちろん、絵鳩は国家や民族なるものが近代的な「虚構」であり、世界市民的な観点に立つことの重要性をカント哲学に学んでいた。権威主義的な軍隊や天皇制などに距離を置くリベラルな思想に親しんでもいた。ところが、召集が決まるや否や、勤務先主催の壮行会で国家への忠誠が自然に口をついて出た。絵鳩自身は、幼少期からの天皇制教育のあり方にその原因を見出していた。

現在の日本社会におけるナショナリズムの高揚を思うとき、戦争になれば我々が何者になりかねないのかを、絵鳩の経験は存分に物語っているのではないか。戦争と「日常」が背中合わせなら、既にわれわれはある意味で戦時下に突入しているといえないだろうか。絵鳩らのように罪に向き合い、人間性を取り戻すこともないままだった人々が作り上げてきた戦後社会が、一度は否定したはずのナショナリズムに再び覆われつつあるからである。こうした見方が極論に過ぎるのかどうか、絵鳩と対話しながら読んでほしい。

二〇一七年七月

日本の対中国全面侵略八〇年、中国帰還者連絡会結成六〇年を迎えて

石田隆至（監修担当・大学教員）

【凡例】

（　）内は原著者による補充。

〔　〕は監修者らが分かりやすさを重視して補ったもの。

はしがき

森　達也（映画監督）

二〇一〇年一一月七日、かながわ県民センターホールで行われた『撫順の奇蹟を受け継ぐ会』のシンポジウムにパネラーとして参加した。このときのメインスピーカーは元皇軍兵士。この時点で九七歳になっていた絵鳩毅だ。

このとき強く印象に残ったのは、絵鳩が所属していた第五九師団一一一大隊が山東省で行った実的刺突のエピソードだ。

戦争犯罪についての告発は決して少なくない。多くの人が書いたり撮ったり発言したりしている。でもその多くは（南京虐殺などが典型だが）たくさんの遺体を見たとか、上官が殺害したことを自慢していたとか、間接的な伝聞の情報だ。つまり告発者はかろうじて正義の側に身を置いている。

しかし絵鳩は、その逃げ道を自ら断っている。自分は初年兵に捕虜を生きたまま銃剣で突けと命令した一人であることを隠さない。ただし命じた絵鳩も、結局は上官に命令されている。ならばその上官は、純粋に自分の判断だけで、これほどに残虐な方法で捕虜を殺害しようと決めたのだろうか。おそらくそうではない。軍における同調的な強制力が働いていたはずだ。

エルサレムの法廷で裁かれたナチス最後の戦犯アドルフ・アイヒマンは、なぜホロコーストのような残虐な犯罪行為を躊躇いなくできたのかと質問されて、「命令されたからです」と何度も繰り返した。このときの映像も残されている。アイヒマンは真直ぐ前を見つめている。死刑を覚悟していたはずだ。言い逃れや責

横浜での証言集会の様子（2010年11月7日）

任転嫁をしてもほとんど意味はない。自分がホロコーストに加担した理由は、「命令されたからだ」と実際に思っていたのだろう。多くのユダヤ人を殺害したのは自分の意思ではないと。

こうして人は同じ過ちを何度も繰り返す。

第二次世界大戦後、前線における米軍兵士たちの発砲率が実は二〇％以下であったことを知った米軍は、丸い形だった射撃訓練の標的を人の形にして顔の写真を貼り付けるなど、人の命を奪うことへの抵抗を下げるための訓練を行い始めた。このときに旧日本軍の初年兵教育が参考にされたとの説もある。

この結果として米軍による最前線の攻撃効率はほぼ二倍に上昇し、その成果はベトナム戦争において充分に発揮された。ところが訓練と戦場で心を壊された帰還兵たちの多くは、除隊後も日常生活に復帰することができないまま犯罪者となるケースが相次ぎ、大きな社会問題になった。

こうして米軍は、人を殺す実感が薄いままに人を殺せるハイテク兵器の開発に路線を変更する。モニターに映る敵軍のデジタル画像に照準を合わせながら、マウスをクリックしたりスイッチを押したりするだけで敵を殲滅できる。その典型が湾岸戦争だ。

ところがその延長であったはずの（大義なき）イラク戦争は、バグダッド侵攻によって武装勢力との市街戦に突入し、再び心を壊された米兵の一部は、捕虜への虐待や市民への虐殺などに関与し、除隊後も社会復帰ができないまま、またもや大きな社会問題になっている。

人は人を殺したくない。当たり前のこと。心を壊さないことには殺せない。だから語りたくても語れない。なぜ人が人に対してこれほどに残虐なことができるのか。その理由がどうしてもわからない。

こうして加害の記憶は途絶え、被害ばかりが語り継がれる。だから戦争の実相がわからなくなる。そしてこれは戦後日本の姿でもある。歯を食いしばってでも加害の記憶を思い起こすべきなのだ。でもそれはつらい。だから多くの人は目をそむける。

トークが終わってからの質疑応答の際、「もしもまた同じような状況になったら絵鳩さんはどうしますか」との質問に対して、マイクを手にした絵鳩はしばらく考えこんだ。会場は静まり返る。

「……私はまた、同じようにするでしょう」

絵鳩は言った。小さな声で。でもとてもはっきりと。

「皆さんもそうです。それが戦争です」

下唇を薄く噛み締めながら聴衆たちを見つめる絵鳩のその表情は、とても痛々しく、そしてとても凛々しかった。もっともっと話してほしかった。伝えてほしかった。こんな時代になってしまった今だからこそ。

第1章　皇軍兵士の四年　第一部　兵営記

大正二年（一九一三年）三月、私がこの世に生をうけたとき、日本は「大日本帝国」という天皇制国家だった。私たちが大正から昭和のはじめにかけて受けた小・中学校での「公教育」は、明治二三年（一八九〇年）に発布された「教育勅語」にもとづくものだったが、その最高理念は「忠君愛国」、つまり、「我が大日本帝国は天照大神のご子孫である万世一系の天皇陛下によって統治される世界無比の国体であり、その元首であられる天皇陛下のために身命を捧げることこそが、臣民たる者の神聖な義務であり、また最高の栄誉である」という思想だった。

そして、このような天皇と国家に対する「畏敬の念」は、その後高等教育を受けた知識階級の人びとにとっても、理屈では割り切れない強い痕跡を残すことになった。

私は昭和六年（一九三一年）四月、旧制水戸高等学校文科に入学した。その自由な雰囲気のなかでの読書や交友を通じて、「忠君愛国」の思想から人間の尊厳を主張する「ヒューマニズム」の思想へと移行して行ったが、それもいまにして思えば、政治には無関心な、実践力のない、一種の「ロマンチシズム」であり、また反左翼思想だった。

さらに、昭和九年（一九三四年）四月、東京帝国大学文学部倫理学科に入学すると、和辻哲郎主任教授に師事して、もっぱら「カント倫理学」を研究し、その人間尊厳の思想はその後における私の行動指針となっ

東大時代の著者（２列目中央）

た。

当時の日本は、国内ではファシズムの嵐が吹き荒れ、国際的にはますます孤立してゆく、正に祖国日本の存亡の危機だったが、私たち大多数の大学生は、それを「対岸の火事」のごとく傍観し、真理探究の名のもとに「象牙の塔」のなかに逃避していた。ために私たち大学生は、先の戦争を阻止する力とはなり得なかった。

大学を卒業した昭和一三年（一九三八年）九月に、私は文部省教学局思想課に勤務したが、尊敬する東大経済学部の河合栄治郎教授の思想調査を命じられると、「カント学徒」を自認する私の良心が許さず、辞表を提出した。当時の「ささやかな抵抗」である。

その後は、山梨女子師範学校（兼山梨高等女学校）、さらには上田高等女学校などの教師を歴任したが、後者の教師をしていた昭和一六年（一九四一年）七月、臨時召集令状を受けて、千葉県佐倉町の東部第六四部隊に入隊して「皇軍兵士」となり、昭和二〇年八月の敗戦まで、中国山東省での「侵略戦争」に参加することになった。

（一）嵐の前のひと時

私は昭和一六年（一九四一年）四月から、長野県上田高等女学校の教師を務めていた。その前年の八月に山梨県女子師範（兼山梨高等女学校）の教授嘱託を解かれたあと故郷の自宅で読書生活をつづけていたが、母や兄のすすめで信州の上田へ再就職することになったのである。

兄は、村の未召集者はわずか三、四人しかいなくなり、もう召集は間近いと覚悟しなければならないと言うし、母は就職してもらえれば家計も助かる上に、私にも恩給を受ける資格ができるという。こうして私の上田での第二の教師生活がはじまったのだった。私は満二八歳になっていた。

赴任した上田市は、後方間近かに太郎山を控え、前方には千曲川をのぞむ、落着いた静かな城下町だった。学校も本科生一〇〇〇名（四年制、一学年二五〇名）、一年制の家庭科生七五名、三年制の専攻科生一〇〇名で、合計生徒数約一四〇〇名とかなり大規模な学校だった。学校長の臼田紀六先生は立派な教育者だったし、良い同僚にも恵まれた。若い同僚の大部分が京都大学の出身だったが、中には「西哲叢書」のなかの『ソクラテス』を書いた後藤孝弟氏のような少壮哲学者もいた。学校の雰囲気も大変明るくて落ちついていた。さすがに「教育王国」にふさわしい学校といった印象を受けた。

日々の学校生活は楽しかった。私の受け持ち教科は、おもに専攻科の心理、論理、教育で、そのほか本科の教育、修身、英語なども受け持った。授業そのものも楽しかったが、放課後には若い先生や生徒たちとよくインドア・ベースボールに打ち興じたりもした。

赴任して間もなく城趾公園の桜が見事に咲いた。桜が咲き終わるとはじめて見る可憐な林檎の花が一面に咲きはじめた。千曲川から望む残雪の烏帽子岳、東太郎山、太郎山、虚空蔵山とつづく眺めも美しかった。また赴任してほどなく前の学校の生徒二人が訪ねてきたので、三人で小諸の「懐古園」を訪れた。自然味豊かないいところだった。そこからの浅間山も美しかった。後日同僚と山つつじに染まるこの山に登ることもできた。

学校の遠足日には豊里村の矢沢公園の上から蓼科山、八ケ岳、さらには北アルプス連峰の眺望を欲しいままにすることができた。

あるときは「地方視察」ということで、丸子から和田村方面に出かけたが、雨にぬれた山野の新緑の美しさは目を見はるばかりだった。山国の好きな私はまたしても信州のとりことなってしまった。

なかでも、六月五日から二泊三日の「奈良原修道場」での専攻科三年生との生活体験は忘れられない。道場は丘の上にたつ一七間に四間半〔約三〇メートル×八メートル〕の大きな建物であり、その建物も前の庭もチリ一つ留めぬほど清潔だった。ここからのながめは広く大きく、美しかった。前下がりの斜面が緩やかにのびて、そののびが終わるところに千曲川の対岸の段丘が一直線をなしている。そしてその段丘の向こうが、また広々とした高原になる。塩川とか横鳥とかいう部落なども数えられる。その左方が御牧ヶ原であり、駒〔名馬〕の名産地望月であった。その高原の萌黄色が乳色の霞のなかに美しく横たわる。ここで私たちは講話を聞き、正座をし、写経をし、農作業をし、座談会を開いた。また海抜二〇六六メートルの烏帽子岳への登山もした。ここでの日々は清らかで、まことに感動深い日々だった。

私はこの学校の「良き教師」たることを目指して努力した。五月の末に全校の中間考査があり、六月五日から二泊三日の奈良原修道場の合宿訓練を終えるとほどなく、教師仲間と浅間山への遠足を行った。そして、六月二一日から四日間の「勤労奉仕」が始まる。これへの参加者は市内の生徒六二名で、それが一〇班に分かれた。私は第三、四班の監督を務めて塩尻村の出征家族の麦刈りをした。農作業に慣れない生徒たちばかりだったので、よく鎌で怪我をした。それでも農家の待遇が良くて皆快活に働いた。近くを通る汽車に出征兵士らしい姿を見つけるとそれに手を振ったり、休憩時間には大はしゃぎをしたりしていた。生徒たちともよく話を交わした。つらい仕事だったが、教場では味わえない解放感と心の交流があった。

この勤労奉仕が終わりほっと息をつく間もなく、家から一通の電報が舞いこんだ。六月二八日の午後のことだった。それは私の臨時召集を知らせる電報だった。ある程度の覚悟をしてはいたものの、いざそれが現実のものと知ったときはやはりその衝撃は大きかった。しかしこの運命は逃れることのできない事がらであってみれば、心を静かにして受容するしかあるまい。そして私は思った。「僕の人生はここに終結した。だが、これまで素晴らしい生活を送ってこられたことは感謝しなければならない。そのことを思えばこれで死んでもよいのだ。これから僕に生活というものがあるとしたら、それはまったく未知の新生であって、かたくなに天の思し召しに従うほかないだろう」と。

翌日は五時半に目が覚めた。晴れわたったさわやかな朝だった。この日の夜、全校職員による「壮行会」を受けた。その席上、私は「この度、召集を受けて入隊することになりました。召されて征くからには、必ず新たな持場で自己の最善をつくす覚悟です」と決意をのべた。

翌六月三〇日、私は頭髪を短く刈り、出征兵士の襷（たすき）を肩にかけて全校生徒の前に立った。臼田校長から壮行の辞を頂いた後、私は「祖国のため、日本民族の幸せのために銃をとる。日本男児の本懐（ほんかい）これに過ぎるものはない」と、壮途へ旅立つ者の決意を披歴した。この言葉に偽りはなかった。これこそ、幼少時代から教え込まれた「忠君愛国思想」の噴出であった。

やがて、上田駅への行進に移った。楽隊を先頭に日の丸の小旗をふり、「出征兵士を送る歌」を高唱しながらの大行進となった。上田の駅頭で、あふれる生徒と市民を前に最後のあいさつをして車中の人となる。列車は動き出した。私はデッキに身を乗り出して歓乎する群衆に深く頭を下げた。生徒たちは、駅頭だけではなく、千曲川の堤にもいた。延々と立ち並び、旗を振り「先生！」「先生！」と絶叫していた。このとき不思議にもその前の山梨高女の生徒たちと上田高女の生徒たちの姿が一つに重なって、私の目に焼きついた。深い感動で涙があふれ、そして思った。「これほどに多くの若い人たちから強く支持されて生きてきた私の前半生は、ほんとうにありがたいほど幸せだった。私はこの人たちのためにこそ戦うのだ」と。生徒たちが旗を振り、私の名を呼ぶその千曲川原には月見草が一面に咲きみだれていた。

（二）東部第六四部隊へ入隊

昭和一六年（一九四一年）七月四日、私は臨時召集を受けて千葉県佐倉町の「東部第六四部隊」に入隊した。その前日には、郷里の千葉県安房（あわ）郡豊房（とよふさ）村南条の八幡神社で祈願祭をしてもらい、兄・正直の付きそいで佐倉町のみすぼらしい木賃宿（きちんやど）に泊まった。

私自身はすでに覚悟はできていたものの、その夜はやはり寝つかれなかった。野戦に行けば、生還はもとより期しがたい。当時の状況では入隊とは死を覚悟することであった。また野戦に行くまでの何ヶ月間は、はげしい初年兵教育を受けねばなるまい。私自身の体はよくそれに耐えうるだろうか。あれやこれやを思いめぐらすうちに短い夏の夜は早くも明けていった。

ついに入隊の日がきた。私は前夜一睡もできなかった。だが、心の糸はピンピンに張りきっていた。付添いの兄とは連隊の営門の前で別れると、私は「奉公袋」だけを右手にしっかと握って、坂をのぼって連隊の中央広場に立った。広場の壇上には、一人の指揮官がいかめしい軍服姿で立ちはだかっていた。彼は入ってくる補充兵を幾列かの縦隊に並ばせると、その先頭の一列を五歩前に進めた。そして右から順番に「何中隊、何中隊」と区分けしていった。私は「次、機関銃中隊」とばかり、いとも簡単に言い渡された。一瞬血の気が引いた。馬は嫌いだし、機関銃は重いことだろう。だがこの命令は絶対的だ。

こうして振り分けられた応召兵は、各中隊での入隊式を受けた。機関銃中隊では、まず中隊長・渡辺真佐男大尉（先の指揮官）の訓示があり、各内務班[注1]への配属、各班長や助手の紹介がなされたらしい。「らしい」というのは、私は中隊長の訓示を聞くうちに倒れてしまったからだ。私は昨夜から一睡もしていない上に下痢をしていた。極度の緊張感で疲労しきっていたのだろう。中隊長の訓示を聞いているうちに、目まいがしはじめた。足下の大地がゆらゆら動き、それがしだいに激しくなり、大地が立ち上がって私の体にぶつかりそうだ。「危ない!」と思った瞬間、私の体は柔らかいクッションのようなもので受けとめられた。そして私は意識を失ってしまった。

気がついたとき、私は藁(わら)布団の寝台の上に寝かされていた。そこは一階の自動砲(対戦車砲)班の部屋だった。私は目を覚ますやひどい不安に襲われた。それは「これから先、軍隊の訓練にはたして耐えられるだろうか」という大きな不安だった。私はすっかり自信を失っていた。その日の夕食は古年次兵が食べさせてくれた。アルミの食器に山盛りにして出された食事は、食器の異様な油臭さでノドにも通らなかった。それは冷たい牢獄の食事を連想させた。翌日、私は二階の第一内務班に移された。

注1　兵営内での生活単位となる班のことで、20～30人程度で構成される。

(三) 機関銃中隊第一内務班

当時、東部第六四部隊は第一五七連隊とも呼ばれていたが、昔から「勇名」を馳せた第五七連隊(ソ満国境の孫呉に移駐)の留守部隊であった。この部隊の構成は、連隊長をいただく二個大隊からなり、私はその第一大隊機関銃中隊に所属していた。機関銃中隊は一階が自動砲班、銃廠(じゅうしょう)、物品庫で、二階が機関銃の三内務班から構成されていた。私たちは「七月補充兵」と呼ばれて、機関銃中隊の第一内務班で初年兵の「一期教育」を受けることになった。

その後、補充兵の教育は別に「教育班」をつくって、古年次兵の普通班から引き離されて行われるようになったが、私たちの七月補充兵は古年次兵のたむろする「普通班」のなかにたたきこまれた。この普通班には三年兵七名、二年兵三名、教育を終えた初年兵三名計一三名の「古年次兵」がおり、それらの一人ひとりが私たち「新兵」の「戦友」として割りあてられた。そしてこの戦友の食事の上げ下ろし、兵器、編上靴の手入れ、敷布〔シーツ〕、襦袢〔シャツ〕、袴下〔ズボン下〕、靴下の洗濯、身の回りの整理整頓などの「奉仕」を義務づけられた。

兵営の内務班の構図は、真ん中に広い通路が走り抜けていて、部屋を区切る扉は一切なかった。横長の部屋は、この通路をはさんで小銃を立てかける幅一間（約一・八メートル）ほどの銃架が四つ向きあい、それを境として左右に寝台が並んでいた。つまり内務班の部屋は四つのブロックに分かれていた。向きあった寝台と寝台との間の二つの空間には、それぞれ長い木の食卓と二脚の木の長椅子が置かれていた。これはまた初年兵の勉強やわずかに許される喫煙の場所でもあった。

各人の寝台の後ろには幅広い棚があって、その上に本や小物を納める「手箱」が載っていた。この手箱の右には飯盒を、左には外套、軍服、襦袢、背嚢〔四角いリュック〕、軍帽を決められた順序に決められた折り方で積み上げられる。棚の下には右から帯剣と鉄帽、被甲（防毒面）、手入道具、雑嚢と水筒の順序に吊り下げる。寝台の上には毛布、敷布、枕を決められたように整頓しなければならない。この半間に一間（九〇センチ×一・八メートル）のごく狭い空間が初年兵の根城であったが、この根城の整理整頓には初年兵は大いに泣かされたものだ。とくに手箱の左の被服類の整頓はやかましく言われた。積み重ねる被服の順番が決められていただけでなく、それらは必ず背嚢の幅でなければならなかった。しかも被服の横の線はきれいな平行線をなしていなければならなかった。これには技術と熟練が必要で、初年兵にはなかなかできない。時間をかけてやっと仕上げても、演習から帰ってみると、週番上等兵の木銃によって無残にも叩き崩されている。初年兵は点呼までには整頓し直さねばならないと焦るが、「飯上げ」〔食事当番〕、「食缶返納」、ときには「間稽古」〔剣術などの練習〕でヒマがない。その精神的な苦しさは並大抵ではなかった。

当時の「軍隊内務書」の綱領の一つにはこう書かれていた。

「兵営ハ苦楽ヲ共ニシ死生ヲ同(おなじゅ)ウスル軍人ノ家庭ニシテ兵営生活ノ要(かなめ)ハ起居(ききょ)ノ間軍人精神ヲ涵養(かんよう)シ軍紀ニ慣熟(かんじゅく)セシメ鞏固(きょうこ)ナル団結ヲ完成スルニ在リ」

つまりここで示されている要点は、

一、兵営は、苦楽と生死を共にする軍人の家庭（共同体）である

二、兵営は、軍人精神を養い、軍の規律を高め、強固な団結を完成させることを目的とする

ということであろう。私が体験した兵営とは、はたしてどのようなものであったのだろうか？

（四）兵営生活の日課

私が入営後二週間後頃に母に書き送った便りによると、[注2] 当時の兵営生活の日課は次のようであった。

五時　起床、軽い体操
六時　朝食、室内掃除
八時～一一時　演習または学科
一二時　昼食
一四時～一六時　演習または学科
一八時　夕食、自由時間
二〇時三〇分　点呼
二一時三〇分　消燈

注2　著者は召集されて以降、国内の兵舎や中国山東省での大隊拠点から故郷や知人たちにむけて日常的に軍事郵便を送り続けていた。そこには軍隊内や中国での暮らしおよび心境などが綴られており、当時の状況を

つぶさに知ることができる。故郷で保管されていた軍事郵便は帰国した著者の手に戻され、第一章・第二章の多くの部分はその内容や表現をそのまま使って記されている。したがって、基本的には戦時中の視点で書かれ、それを補うように執筆時の視点が随所に入り込んでくるという構成になっている。「支那」といった差別語がそのまま出てくるのも同様の理由からである。なお、〇〇、△△といった伏せ字になっている箇所は、作戦や駐屯地に関する情報を記すことができなかった軍事郵便上の表現に由来する。

起床ラッパ

夏の夜は明けやすい。だが初年兵はその黎明(れいめい)も知らずに、まるで丸太ん棒のように眠り呆けている。午前五時少し前、営兵所から一人の兵隊が右手にラッパを持って連隊本部前に立つ。時間をはかり、正五時に彼はラッパを口にするや、勇ましく「起床ラッパ」を吹く。「起きろよ、起きろよ、みんな起きろ、古兵さんも、新兵さんも、みんな起きろ!」(オキロヨ、オキロヨ、ミンナオキロー! と聞こえるのだ)。まるで「冷血漢」でもあるかのように、冷ややかに吹く。それによって新兵の煉獄(れんごく)の一日がはじまることなどまるで無関係のように、朗々とことさら力をこめて吹く。

起床ラッパを耳にした中隊不寝番(ふしんばん)は、「起床!」、「起床!」と大声で各班をどなり歩く。間髪を入れず初年兵はビックリ箱が弾けたように飛び上がる。寝台から飛び出た新兵の姿は、軍隊で言う「襦袢袴下(じゅばんこした)」の出立ちである。もともと白かったこの木綿の肌着も、何代かの主人に仕えてすでに黄ばみ、継ぎはぎだらけである。起床してまずすることは、この上に軍服(「第三装」という平常衣)をまとうことだ。これもまるで運動会の「着衣競争」さながらだ。人に後れをとることは許されない。この世のものとは思えぬ「修羅場」だ。こうして初年兵の地獄の一日が始まるのだ。

洗面

つぎは洗面だが、初年兵は内務班を離れるときには、必ず官・姓名と行く先を大声で名のらなければならない。「〇〇二等兵、洗面に行ってまいります！」と、それぞれに大声で叫んで洗面所に走って行く。入隊した翌日のことだった。深山班長から「全員表で洗面をし、用便もすませてこい」と言われて、皆手に手に洗面袋を下げてゆっくり表に出た。清々しい夏の朝、私たちは思い思いにお喋りしながら、ゆうゆうと歯をみがいていた。そこへ二年兵の一等兵がやってくるや、いきなり近くの初年兵の頬を力一杯殴りつけた。そして「このヤロー！　歯ブラシ使うなんて三年も早ぇーやぁ」とほざいた。おそらく彼も初年兵時代にはそうされたのだろう。私たちは洗面もソコソコに引きあげた記憶がある。

それ以来、洗面所で歯みがきなどする初年兵は一人もいなかった。水道の水を一口飲みこんではそれを手のひらに吐きだし、その水で顔をするりとなでて洗面を終えた。ものの一分とかからない。つまり、私たちは一期の教育期間の三ヶ月の間、一度も歯をみがいたことはなかった。それでも目糞や鼻糞はとることは自由だったが、歯糞だけはどうしてもとることが許されなかったので、初年兵の顔の中では、いつも目糞・鼻糞が歯糞を笑っていた。

そのためもあってだろうか、中学時代には校医から「すばらしくいい歯だ」とほめられた私の歯も、その後ひきつづく野戦生活、シベリア抑留生活、中国での監獄生活の一五年を経て帰国したとき、診断を受けた歯医者からは「歯槽膿漏（しそうのうろう）の末期症状」と宣告されてしまった。

当番勤務

「〇〇二等兵、ただいま洗面所から帰りました！」

初年兵は口々に大声でこう叫んで内務班に帰るや、またまた次々にこう叫びながら部屋を飛び出て行く。

「小倉二等兵、飯上げに行ってまいります！」
「細田二等兵、班長殿の編上靴手入れに行ってまいります！」
「佐久間二等兵、機関銃の手入れに行ってまいります！」
「斉藤二等兵、馬の飼付けに行ってまいります！」

朝食までの間、初年兵にはそれぞれの当番が割りあてられていた。その割りあてられた仕事は、初年兵にとって決して楽ではなかった。仕事そのもののつらさより古兵からビンタを取られることが恐かった。

飯上げ当番にすこしでも遅れて行こうものなら、週番上等兵によく殴られた。また飯上げ当番は、三〇キログラムもあろうという食缶を何本も天秤に通して二人で担いでこなければならない。ただでさえ足元がよろめくのに、途中で将校にでも会おうものなら、雨のぬかるみのなかでも、週番上等兵の「歩調取れー、頭右ぃー！」の号令に従わねばならなかった。食事を終わって炊事場に食缶を返納にいくと「この洗いざまはなんだ！」と言って炊事係の古兵たちによく殴られもした。

機関銃手入れの当番も馬の手入れ当番も、行く先々で古兵からいじめられ、ビンタを取られた。機関銃の手入れでは、糸すじほどの傷でもつけようものなら、

「この野郎、ここに刻まれた御紋章が見えねぇのか。兵器は天子様〔天皇〕からお預かりした神聖な品物だ。それを傷つけるとはフテー野郎だ！」

とばかり、ぶちのめされる。そして、

「テメエたちの命は一銭五厘の葉書一枚で買えるが、機関銃一丁はそんなもんでは買えねぇんだぞ、テメエは営倉〔規律違反者を拘留する部屋〕行きだ」

と脅しつける。ほんとうに日本の軍隊では、人間の価値は兵器にも劣ると考えられていたようだ。そういえば、「軍人勅諭」のなかにも「死は鴻毛よりも軽しと心得よ」[注3]と書かれていた。

また私は何度も馬の手入れの当番にあたった。ある日私は少し遅れたために、その日の厩週番だった中村上等兵から目茶苦茶になぐり倒された。それはまるで親の敵討ちでもするような凄まじさだった。それで受けた顔の大きな腫れは長い間元に戻らなかった。私より数ヶ月先に入った兵隊だけに、彼から受けたその「鉄拳制裁」は悔しくて長く忘れられなかった。だが、彼は昭和二〇年に山東省の蒙陰県で戦死してしまったのは可哀想なことだった。

私は兵隊語で言う「娑婆」(社会)で「めんこい仔馬」という歌を聞いたり、朝の牧場を駆ける馬の写真を見たりしていたころは、馬は可愛いくて美しい動物と思っていた。だが軍隊に入り異常な接近を余儀なくされると、馬は厄介でまた気味悪い動物に思えるようになった。馬に水やりをするために近よって手綱をとろうとすると、両耳を後ろに倒したり、鼻先にしわをつくり、歯をむき出したりして今にも噛みつきそうな様子をする。恐ろしくて後ろから近づいて行くと、「ヒヒーン!」と嘶いて後ろ足を蹴りあげる。

とくに「昌倉」というくせ馬には手を焼いた。連銭葦毛[注4]で、尻と馬蹄のバカでかい、見るからに恐ろしい去勢馬だった。この馬にはほとんどの初年兵が噛みつかれたり蹴飛ばされたりした。やっと手綱をとって外に引き出すと、それを振りきって奔走するくせがあった。今度はそれを追って、初年兵は営庭中を走りまわらなければならない。ここでまた、古兵の手を煩わすことになり、それがまた「お説教」や「ビンタ」のタネになる。馬は自分の意志で自由に奔走しても、とがめられるのは兵隊のほうだ。食事も水も寝藁も初年兵が与え、体をピカピカにしてもらえる。馬の毛並が光っていないと「手入れ不良」として制裁を受けた。私たちは当時どんなにか「馬さま」が羨ましくもあり、また憎らしくもあったことだろう。

注3　天皇のためなら命は鳥の羽毛より軽いものと覚悟せよ、との意味
注4　馬の毛並みに灰色の丸い斑点が混じっていること

食事合戦

内務班には横一間・縦三尺（一・八メートル×三〇センチ）ほどの木製の古びた机が四つあった。この机は万能机で、初年兵の勉強机にもなれば、毛布を上に敷けば兵器の手入れ台にもなった。そしてまた何よりもうれしい食卓でもあった。そしていま、この食卓の上にホカホカの朝の食事が並べられた。アルミ製の二つの碗には麦飯と味噌汁が盛りわけられている。アルミ製の皿には漬物ものっかっている。アルミ製の食器はどれも油くさくまた生ぐさいが、初年兵の食欲はもうそんなことには頓着しない。左右に向きあってノドを鳴らしながらいまや遅しと「かっこめ！　かっこめ！」というあの「食事ラッパ」を待ちこがれている。

「食事ラッパ」が鳴る。教育係助手・奈良橋上等兵の「食事ハジメ！」の合図が響くと、初年兵はてんでに「頂きます！」、「頂きます！」を連呼しながら、目の前の食器にかじりつく。目の色を変えて飯をほおばり、ガツガツと胃袋に流しこむ。その早さはとうていこの世の姿ではない。それはいまのテレビに時々写し出される「早食い競争」なんていうような遊びごとではない。それは他人よりも早く食って、他人よりも多くを食おうとする「餓鬼」の姿である。

この殺気立った「食事合戦」には、またそれなりのわけもあった。全員に一碗の飯と汁とが公平に分配されたあと、まだ食缶には優に数名分の残りものがあったのだ。兵隊たちはこれをねらったのだった。食事合戦の勝者だけがこれを自分のものとすることができるからだ。だれもが他人より一秒でも早く平らげてその食缶へ駆けつけようとする。早く食うことによってしか、他人より多くを食うことはできないのだから。

兵隊は目の色を変えて早食い競争に挑むのだった。なかにはすばらしい天分をもっていていつも二度、ときには三度のお代わりをするのもいた。彼らはお代わりをするとき、他人の分があとどのくらい残るとか、すこし控えれば全員にまわるかもしれない、などということは考えなかった。助手も古兵たちも見て見ないふりをしていた。むしろ、この合戦の勝者を心良げに見やっていた。軍隊では「敏捷（びんしょう）」が第一の美徳だったからだろうが、ここにも「早メシ早グソ、芸のうち」という言葉が立派に通用していたのだった。この凄まじい食事合戦は、朝、昼、晩のいつでも、また来る日も来る日も変わることなくつづけられていった。

演習

食事合戦が終わっても、そのあと「食事休み」のような気の効いたものはなかった。煙草好きでも煙草など吸ってはいられない。食事当番はすぐさま全員の食器を洗い、また食缶をみがいて炊事場まで返納に行く。その他のものは全員が舎内外の清掃にとりかかった。それが終われば自分の根城の整理整頓に気を配り、また演習に出動する準備もしなければならない。まるで目がまわるようだ。

午前八時一〇分前になると助手の奈良橋上等兵が舎前から、

「初年兵、演習整列！」と大声でどなりあげる。初年兵はまたまた蜂の巣を突っついたようにぶつかりあいながら戦闘帽をかむり、雑嚢を下げ、帯剣を締め、右手に小銃を左手に巻脚絆と編上靴を手にして、われ先にと階段を駆けおりていく。これもまた競争だ。遅れては成績に響くのだ。そこにも班長や助手の目がいつも光っていた。

演習は午前三時間、午後三時間の一日六時間だった。最初は小銃をもっての各個訓練からはじまった。七月の暑い営庭のなかで、「気をつけ！」、「右向け右！」「回れ右！」、「前へ進め！」、「駆け足前へ！」、「駆け足止まれ！」の号令に追いまくられた。二重にも三重にも重ね継ぎされた襦袢股下は、汗でビショビショだった。

演習はそのうちに分隊訓練、小隊訓練、戦闘訓練へと進んだが、進むにつれて激しさを加えていった。そして一ヶ月後からはいよいよ本業の機関銃訓練に入った。さらにその肉体的苦痛は倍加されていったものの、一方では初年兵には演習に出ることは、内務班での意地悪い目や私的制裁から逃れているという一種の精神的な安らぎのようなものもあった。

雨が降ると演習は中止となって教官村社中尉による「学科」が行われた。初年兵はきつい演習から逃れられるということだけでそれを大いに歓迎した。学科はおもに中隊の広い「砲廠」（歩兵砲を収容する倉庫）でなされたが、内容は「軍人勅諭」や「軍隊内務令」の解読だった。板の間に腰を下ろしていると、雨の日の涼しい風が頬をなでて通りすぎる。快適で心も和むひと時である。しかし、初年兵の体は連日の過労で綿のように疲れきっている。やがて教官の単調な講話が心地よい子守歌になって眠りの淵に誘いこむ。ハッとわれに返っても、すぐさま瞼がくっついてしまう。そこへすかさず助手の竹刀が飛んでくる。たたかれても、たたかれても私たちは睡魔には勝てなかった。だれもがなにを聞いたかわからずじまいで、学科はいつも終わるのだった。

夕食まで

一六時に演習が終わり、中隊の舎前で助教が「解散！」と言うや、初年兵はわれ先にと助教や助手の足もとを目がけて殺到した。「班長ドノ！　脚絆を解かしていただきます！」「上等兵ドノ！　脚絆を解かしてください！」

班長や上等兵の脚絆を解いて、それをきれいに巻きあげて持って行くか行かないかは初年兵には将来の成績に関係する事がらだと考えられていた。そのことを真剣に考える者ほどこの競争に勝てた。私はいつもこの競争では落伍者だった。

このあと夕食までの二時間足らずも、結構いそがしい。まず演習で汚れた編上靴や兵器の手入れをしたり、汗になった襦袢股下などを洗濯したりしなければならない。これらは自分のものだけでなく、それぞれの「戦友」の分もしなければならなかった。だがこれらの仕事は意外に楽しかった。演習から解放された仲間たちと寛いだ気分を分かちあうことができたからである。あるいは初年兵にとって一番楽しいひと時だったかも知れない。

入営ほどなくのころだった。合歓の花咲くその木の下で、皆と仲よく靴を磨いていたときの楽しさがいまもよみがえってくる。このとき、人と人との会話ほど楽しく、また大切なものはないとしみじみ思ったりした。たしかに、軍隊には命令やお説教や私的制裁はあってもおたがいが対等に話しあえる「会話」はまったく封じこめられていた。同僚とちょっと世間話をしても、古兵どもはそれを聞きとがめて、「このヤロー！また『オベンチャラ』しやがって！」といつも怒鳴りつけたものだ。

点呼まで

一八時に夕食を知らせるラッパが鳴ると、例によってまた凄まじい食事合戦がはじまる。この必死の合戦も終え、その後片づけも済むと、二〇時三〇分の点呼までは一応初年兵の「自由時間」になっていた。初年兵たちは思い思いに長い机を左右に囲んで勉強したり、手紙を書いたり、手紙を読んだりした。

またこの時間になると班長が手紙の束を携えてきて皆に手渡した。そのなかでも私への手紙が圧倒的に多かった。彼はそのなかから一番分厚い封書を選びだすと、「おい、これを皆の前で読んで見ろ！」と命じた。それは上田高女の教え子からのものだった。この娘の手紙は、いつも私への愛情をストレートにぶつけているので、私はひるんだ。やむなく肩を落とし、小さな声で読みはじめると、寝台から身をのり出した古兵のヤジ馬連が、さんざんに冷やかす。

「もっと大きな声で読め、聞こえんぞ！」

「なんだ、『心のお兄様』だって、笑わせるなよ！」

「それ、おめえの色女だんべぇ。すごいこと書きやがって畜生め！」

「おめえ、先生づらしているが、そのおなごともうやったんだべぇ！」

なかば好奇心から、なかば反感から古年次兵はしきりに野卑な笑いと言葉を投げかける。私はなによりも手紙の発信者を冒涜された思いに歯ぎしりした。このことはその後も何回ともなく繰り返された。ここでも人間の自由は奪われていた。

点呼

二〇時一五分になると、週番上等兵が「点呼前一五分！」と各班を触れ歩いてくる。これを合図に内務班の清掃がはじまる。それを終えると、各人は自分の寝台や整理棚の整理整頓をすま早くすませて、自分の寝台の前に立つ。そして点呼前のこの一〇分間が初年兵泣かせの時間となる。それは班長や助手による厳しい口答試問の時間だからだ。

「おい、田藤二等兵、勅諭の五ヶ条を言ってみろ」

一七五センチもある長身で近眼の彼は、駆け足は仲間では一番早かったが、日常の動作はきわめて緩慢だった。そこに目をつけられてよく怒鳴られもした。彼は小学校もろくに出ていなかったので、軍人勅諭はむずかしすぎた。

「一つ、軍人は忠節を尽すを本分とすべし、一つ、軍人は礼儀を正しくすべし、一つ、軍人は武勇を尚ぶべし……？」

彼はここで立往生する。すると、「この野郎まだ覚えないのか！」とばかり、色の黒い筋肉質の班長の鉄拳が彼の顔に炸裂する。

「細田二等兵、そのつぎを言え」

背が小さいが実直な細田は、中等学校を出ている上に勉強家でもある。彼はスラスラと答える。

「一つ、軍人は信義を重んずべし、一つ、軍人は質素を旨とすべし」

「宜しい。つぎは石渡[注5]二等兵、『前文』を言ってみろ！」

いよいよ自分の番だ。仲間の半数以上はすでに青年学校などで「軍人勅諭」のあの長い全文を丸暗記してきていた。私はここではじめて読むのだが、どうしてもそれを丸暗記する気にはなれなかった。

「我国の軍隊は世々天皇の統率し給ふ所にそある　昔神武天皇躬つから大伴物部の兵ともを率ゐ中國のまつろはぬものともを討ち平け給ひ高御座に即かせられて天下しろしめし給ひしより二千五百有余年を経ぬ……」

このあとはもう知らないのでどんなにしても吐き出せない。とっさに班長のビンタが頬に炸裂し、目玉に星が走る。

「この野郎、大学出はおかしくて勅諭なんか覚えられねーのか！」

こう言うとさらにつづけて二、三発殴りつける。その激しさは前の田藤二等兵の比ではない。いま、班長の心のなかを推しはかると、「大学出のお前が覚えてくれなくちゃ、俺は小学校出の兵隊に暗記を強要できないじゃないか」という憤懣やり難いものもあったにちがいない。

二〇時三〇分、いよいよ週番士官の巡視がはじまった。彼はいかめしい肩章を右から左へかけ、週番下士官と週番上等兵をともない、内務班の入口に現われる。内務班長はすかさず全員に「気をつけ！」の号令をかけるや、

「第一班、総員二四名、事故二名、現在員二二名、番号！」と号令をかける。

兵隊たちは順番に元気よく、「一、二、三、四、五、……二二」と番号をかけていく。それが終わると班長はまた大声で報告する。

「現在員二二名、事故の二名は医務室一、厩当番一、計二名、異常なし！」と。

週番士官は「うん、よろしい」とうなずきながら第二班に移っていく。班長が「解散！」と宣告して点呼の儀式は終わった。

注5　石渡は絵鳩の旧姓。帰国して結婚後に絵鳩姓を名乗った

消燈ラッパ

点呼が終わり消燈ラッパを聞くまでまだ小一時間が残っている。この時間は、初年兵の貴重な「自習時間」だったが、私たちは少しも落ち着いて自習などできなかった。古兵たちの意地悪い目が四方からにらんでいたし、いつ呼びつけられて私的制裁を受けるかわかりやしない。古兵の新兵に対する私的制裁は、時と所を問わず、のべつまく無しに行われていたが、この時間帯には特に集中的に行われた。とくにこの時間にそのひどい仕打ちを受けなかった仲間は一人もいなかった。事実、私は「態度が横柄である」として、某二年兵からあるときはゴムの「上靴」で、あるときは「帯革（おびかわ）」で顔をしたたか打ち殴られた。その耐えがたい痛みと恨みは生涯忘れることができない。

戦々恐々の時間にも終わりがあった。二一時三〇分、ついに消燈ラッパが吹かれる。初年兵を一日の地獄から解放するそのラッパは、

「新兵さんはかわいそうだネー、また寝て泣くのかヨー！」

とたしかに聞こえた。体も心もグタグタになった初年兵はわれ先にと寝台に飛びこむ。いまここにはじめて「自由の世界」が生まれた。苦しみのない「眠りの王国」が待っているはずである。だが、あわれにもそうはいかなかった。新兵には一つの気がかりが残されていた。それは消燈後に必ずやってくる週番上等兵の巡視である。彼は手にする懐中電灯で部屋の隅々まで点検して歩く。特に銃架にかけられた三八式（さんぱちしき）歩兵銃の点検は厳しい。一つずつ懐中電灯の光りで銃口の中までのぞきこむ。その点滅する光りは、まさに匕首（あいくち）を

もって忍び寄る盗賊のような不気味さを帯びていた。つぎはおそらく自分の小銃だと思うと、心臓が止まりそうな気持ちだ。つぎの瞬間、週番上等兵の烈火の声がした。

「この銃は誰の銃だ！　初年兵全員起きろ！」

私は不動の姿勢を取っていう。

「はい、石渡二等兵のであります」

「お前は今日小銃の手入れをしなかっただろう？」

「いいえ、致しました。」

「ナニ！　銃口にチリがついていて、手入れをしたというのか？　お前は手入れ不良の罰として、ここで『捧げ銃（ささげつつ）[注6]』をやっておれ。いいか！」

と言い残して去ってゆく。私は、また週番上等兵が回ってきて「よし」の許しが出るまで、捧げ銃をつづけなければならない。一〇分もすると手は感覚を失い脂汗が出てくる。しかし菊の紋章を刻んだ小銃は手から離すことができない。限界がきてそっと銃床を床に降ろして休むと、盗み見をしていた古兵が、

「このヤロー！　週番上等兵の命令がおかしくて聞けねぇのか」

とばかり、寝台から飛びおりてきてビンタをとる。

ときには仲間の不備の共同責任をとらされて、初年兵全員が「捧げ銃」をさせられたこともあった。だから、週番上等兵の検査にパスした夜のうれしさはまた格別だった。

注6　軍隊での敬礼のあり方の一つ。両手で銃を体の中央前に垂直に保って立ち、相手の目を見つめる動作のこと。

（五）私的制裁

「軍隊内務令」には、「兵営は苦楽を共にする軍人の家庭である」と書かれているが、入隊して体験したところでは、「兵営とは新兵だけがつらい思いをさせられる地獄のようなところだ」と言わざるを得なかった。その一番の理由は、古兵たちの横暴きわまりない「私的制裁」が、公然と容認されているということだった。日本の軍隊は、「皇軍」すなわち「天皇の軍隊」としてその名を世界に誇っていた。だが、その内実はどうであっただろうか。「軍人勅諭」に示されている「下級のものは上官の命を承る（うけたまわ）ること実は直に朕（ちん）〔天皇〕が命を承る義なりと心得よ」は、軍隊統率の理にはかなうかもしれないが、それは事実としては日本軍隊に、数多くの悪弊と堕落を生んだと思われる。古兵たちの新兵に対する「私的制裁」もまたその根源はそこにありそうだ。

また日本の軍隊には天皇、国体、皇軍などの「空虚な優越感」はあったが、人間の尊厳、社会、歴史、世界などについての「思想」はもちあわせてはいなかった。それが軍隊の堕落を生み、また「私的制裁」へ走らせた他の原因でもあるだろう。

私たちは入隊するとその日から言葉づかいを直された。かりに初年兵が、「僕はよく存じませんが、多分そうだと思います」と言えば、寝台の上にあぐらをかいた古年次兵たちはゲラゲラ笑いながら、

「ナンダ！　この野郎、ボクだってー、地方気分[注7]を出しやがって。自分はと言え！」と言う。それでやり直しを命じられる。

「自分はよく分からないでありますが、多分そうであります」

声が小さければ、「声が小さい！　やり直し！」とくるし、こちらの態度が気に食わないと「この野郎、

態度がでかいぞ！」とくる。あとの場合は、ビンタを食う可能性が大きい。万事がこのようで初年兵はうかつにものも言えない。

おそらく彼らも同じことをされてきて、いまその「申し送り」をしているにすぎないのかもしれないが、かつて自分がやられた悔しさの「腹いせ」というのが本音のようだ。受ける側からすれば、まことに不愉快きわまる鬼婆ぁの「嫁いびり」である。これが新兵の遭遇する最初の「私的制裁」である。

初年兵には自分が受ける私的制裁の理由が分からないことが多かった。「官物をなくした」とか「兵器を破損した」とかははっきりしていたが、古年次兵たちはよく「この野郎、態度がデケーゾ！」と言ってなぐりかかってきたが、なぐられた初年兵にはほとんど合点がいかなかった。それはおそらく、前々から彼らが「こいつ」と狙いをつけていた初年兵をただ殴りつけるための言いがかりのようにしか思えなかった。古兵たちが新兵を痛めつける「私的制裁」の方法はまことに多彩であった。それはおそらく、日本陸軍が何十年もの歳月をかけて編み出した、その歴史的所産だったにちがいない。

注7　軍隊では、軍隊の外部の世界のことを「地方」とか「娑婆」と呼んだ。

お説教

「貴様らはいつになったら、娑婆(しゃば)っ気がぬけるんだ！　軍隊は娑婆とは違うんだぞ。軍隊には立派な軍隊語がある。ちゃんとそれを使え！　また学校を出たからって、でっけぇツラするな。百姓出の一等兵の方がおめぇらよりずっとエレエーんだぞ。デケーツラしたって、テメェの命は、一銭五厘出せばいくらでも替わりがくるんだ。それにテメェは俺たちが初年兵で絞られているとき、娑婆でサンザンパラいいことをしやがったから、これからはうんとしごいてやるからそのつもりでいろ……」

まずはこんな調子で長々と、ネチネチとお説教をたれる。どの社会にもこうした説諭の類はあるにしても、兵営でのそれはだいぶ様子がちがっていた。それはいつも兵隊が疲れて休みたいとき、たとえば演習の終わったあとなどを狙い、また正座などの体罰を交えての「いじめ」であった。一種の精神的加虐であった。

さまざまな体罰

私たちは助教や助手や古年次兵たちから、「私的制裁」としてさまざまな体罰を毎日のように受けた。一人でもそれを受けないで済んだ日は一日もなかった。その体罰はどれも屈辱的で非人間的なものだった。

不動の姿勢

すこしでもヘマをやれば、「お前はそこに立っていろ！」だ。もちろん不動の姿勢で直立不動でなければならない。一〇分も立っていると、だれでも体がふらつきだす。そうなると、「たるんでいる」とばかり、竹刀でぶたれる。

捧(ささ)げ銃(つつ)

銃の手入れが悪いといっても「捧げ銃」をさせられた。これは不動の姿勢よりもちろん苦しい。上官への敬意を表わすこの捧げ銃は、銃を両手で正しく垂直に保持しなければならない。緊張した姿勢と銃の重さとで到底五分とは耐えられない。それを一〇分も二〇分も強要される。

「体を前へ支え！」

この「仕置き」は、入隊当時ほんとによくさせられた。なにかあると、いきなり「体を前へ支え！」の号令がかかる。初年兵は体操かと思って気軽に体を床に倒して両手で自分の体を支える。ところがいつまで経っても、「止め」の号令がかからない。それは体罰だった。ものの五分もしないうちに脂汗が出てくる。その苦しさは想像を絶するものであった。苦しさのあまり尻を浮かせると、「尻が高い」と足でけとばされる。また尻を落とすのだが、汗が床にしたたり落ち、目も眩む。誰ももう体力の限度で、体を支えられずに床に腹ばってしまう。それでもやらされた。それはまったく拷問に等しかった。

　こんな拷問より、一発ビンタを張られることを皆願った。

各班巡り

　また、こんな屈辱的な仕打ちも受けた。編上靴の手入れが悪いと、その罰として「貴様は各班巡りをしてこい」と命じられる。そうなると、兵隊は一足の靴を紐で結んで首にかけ、そのまま中隊内の各班内を一回りしてこなければならない。各班の入口に立って大声で言う。

「石渡二等兵、通らせていただきます」

　これを見とがめた古年次兵が私を呼びとめる。

「おい新兵さんよ、いつから靴は首にぶら下げるようになったんだ?」

「はい、手入れが悪くて、班長さんに言われたからであります」

「なぁに、きれいじゃないか、ちょっとその靴なめてみろ」

「そんな靴じゃ色男も台なしだよ」

　こうして私は、行く先々で退屈な古兵たちの「なぶり物」になってしまう。ほんとに大の男が泣きたくなるような屈辱感を覚えるのだった。

鶯の谷渡り

新兵は寝台の下をもぐりながら、「ホーホケキョ・ホーホケキョ」とよく鳴かされた。これが「鶯の谷わたり」であるが、新兵の鳴声は恥ずかしさで声も細い。寝台にあぐらをかいた古兵たちは「今年の鶯は声が悪いなぁ」と冷やかしながら、気に入るまでやり直しさせる。ようやく解放された新兵には血の気もない。

ミンミン蝉

あるときは、班内の柱によじ登って「ミン・ミン・ミン・ミーン」と蝉の鳴声をさせられた。柱にとまっていることもむずかしく声も出しにくい。鳴声が気に食わないと、古兵たちはゲラゲラ笑いながら何回でも鳴かせた。

お女郎さん

なかでも新兵を苦しめたのは「お女郎さん」だった。銃架に立ち並んだ小銃の間から手を差し出して、「ねぇお兄さん、寄っていらっしゃいよぉ!」とやらされるのだが、それがなかなか古兵の気に入るようにはできない。女の声でしかもお色気が出ていなければならない。恥を忍んでやるのだが、我ながらぶざまで情けなく、古兵はおろか新兵の仲間までが笑い出してしまう。なんと屈辱的なお仕おきだったことか。

「がんめる」

糯袢、股下を洗濯して物干場に乾しておいたのに、取りこもうとすると無いことがあった。軍隊では支給された物品の「員数(もののの個数のこと)」がやかましい。あわてふためいて古兵に相談すると、決まってこうとしか言わない。「他の中隊の物干場から『ガンメッテ(盗んで)こい!』」と。もし見つかりでもしたら、それこそ半殺しにあわなければならない。でも、員数が足らなければ班内でまたドヤシあげられる。それで新兵は、「イチかバチか」捨て身でそれを決行せざるをえなかった。

酒保止め

入隊して一ヶ月経ったころから、「酒保」（営内の売店）へ行くことが許されるようになった。初年兵にはここで甘い汁粉を飲み、うまい饅頭を買う楽しみができた。この唯一の楽しみも、ときには奪われることがあった。勅諭が覚えられなかったり、演習に張りきっていると見られなかったりすると、「貴様らは明日から酒保止めだ！」とくる。それはなんという残酷な仕打ちだったことか。

営内一周

演習が終わり解散になると、よく脚絆の早巻き競争をさせられた。この競争で人より遅れると班長は必ず「営内を一周してこい！」と命令した。命令された者は、一周一〇〇〇メートルもあろうかという営内を、しかもかけ足で回らなければならない。演習でクタクタになっているその体で走るのは辛かった。ようやくたどり着いても、ビリッコにでもなろうものなら、「もう一回だ！」とくる。その情けないこと。

分解搬送

一日の機関銃演習が終わり、初年兵も意気揚々として軍歌を歌いながら家路につく。兵営の夕食が待っているからだ。そしてようやくその営門を目の前にする。そのときだ。班長は突如として「卸下！[注8]　分解搬送、前早駆け前へ！」の号令をかける。あわてて馬から四つの弾薬箱と機関銃をおろし、さらに機関銃を銃身、前棍、後棍に分解する。弾薬手は弾薬箱を一個ずつ担ぎ、銃手は分解された銃の部品をかついで、急な坂をフルスピードでかけ上る。だが、三〇キログラムもある銃身をかついだ者はフラフラだ。気ばかりあせるが足が前へ進まない。誰も代わってはくれない。中隊の前でようやく銃を組み終えたときは、班長の計算をはるかにオーバーしている。そうなると「全員、中隊三周！」ということになってしまう。消燈ラッパが告げるように「初年兵は可哀想だねー」（ショネンヘイワカワイソウダネー、と聞こえる）とつくづく思う。

注8　運んできた荷物を下ろすことを指す軍隊用語

鉄拳（てっけん）制裁（ビンタ）

軍隊での私的制裁の花形は、なんといっても「鉄拳制裁」だった。鉄拳制裁は、ごく軽いものから、死の恐怖を覚えるほどのものすごいものまであったが、日本の軍隊では「古年次兵の特権」としてまったく放任されていた。新兵はただ黙って堪え忍ぶしかなかった。「上官の命は朕の命なりと心得よ」の軍隊で、それに反抗できるのはただ「脱走」か「自殺」かしかなかった。私が「北支那方面軍」の一員として中国に渡るまでの短期間に、佐倉の兵営では脱走者、自殺者それぞれ一名ずつを出していた。

軍隊では「鉄拳制裁」のことを「ビンタ」と呼んでいた。手のひらで新兵の頬っぺたを引っぱたくことであるが、それは一発頬を張る単純なものは少なくて、たいていは「往復ビンタ」と称して左右の頬を連続的に打ちつづける、そのようなビンタだった。それは古兵がなぜか「怒り」と「恨み」をこめての激しいものであった。彼らは新兵にいつもこう言った。

「不動の姿勢をとれ！　歯を食いしばれ！」

ビンタを受けてよろめいたり倒れたりする新兵に、なおも不動の姿勢をとらせながら彼らは気の済むままに殴りつけた。新兵の口が破れて血がふき出ても、頬が紫色に大きくはれあがっても彼らは少しも意にも介さなかった。ビンタは、受ける側のわれわれからすれば、断じて「愛情の鞭（むち）」などとは受けとりがたい残忍なものだった。それは新兵に大きな「私恨」を残すものだった。古兵から酷いビンタを受けた新兵は、いつか野戦でその恨みをはたしてやるぞ、と考えない者はなかった。

「ビンタ」は手のひらだけで張られたのではなかった。ときには手のひらのかわりに、舎内で履く「上靴」（ゴムまたは革製のスリッパ）や「帯革」（革バンド）などが使われた。これらによるビンタの痛みは痛烈だった。なかでも革製の上靴やバンドによる痛さは言語に絶した。その激しい痛みは脳髄をつらぬき、人を死の真黒い淵のなかへ投げこんだ。私は、二回もこのそら恐ろしい体験をしている。この残忍きわまりない仕うちをした二年兵の名を私は生涯忘れないだろう。

ビンタのなかに、もうひとつ「対抗ビンタ」というものがあった。これは初年兵を向かいあいの二列に並ばせ、向かい合い同士でビンタをとらせるというものであり、助教や助手からよくさせられた懲罰だった。「対抗ビンタ、始め！」の号令一下、初年兵はま向いの仲間を殴らなければならないのだ。ビンタの痛さに慣れたとはいえ、仲間同士は殴れるものではない。助手が恐ろしいので仕方なく互いに優しく頬を殴りあう。これを見とがめた助手は「音が小さいぞ！　見てろ、こうやるんだ！」とばかり、側の一人を力一杯にひっぱたく。たたかれた兵隊は、向かいの相手にたたかれたかのようにカッとなり、力を入れて相手をひっぱたく。相手も「この野郎！」とばかり次第に力が入る。その気持ちの相互作用で「対抗ビンタ」は次第にエスカレートして行き、班長の思う壺にはまってしまう。

こうして初年兵は、四六時中「私的制裁」の恐怖にさらされていた。

古兵はなぜこのように新兵を「いじめ」つくしたのだろうか？　それは、「よい皇軍をつくる」ための方法としてあみ出された日本陸軍の伝統を守っただけであろう。だがそれは成功したと言えるのであろうか？

兵営は「皇軍」の教育機関であった。皇軍とは「天皇の軍隊」として、天皇に「忠節を尽くすこと」をその「本分」としていた。つまり、天皇のために戦い、天皇のために死ぬことを義務づけられていた。そこでは、人間は「人格」でなくて、兵器を操る「機械」または「弾丸」でさえあればよかったのであろう。軍隊とは人格を物体に変えようとする、あるいは人間を殺人鬼に変えようとする、そのような無謀な「一大軍需工場」だったのではないだろうか？

このような教育を受けた古年次兵たちは、すでに人間性を失いかけていた。しかし、彼らとてまだ人間であったので、軍隊に多くの矛盾を抱いて悩みながら次第に精神を荒廃させていった。この精神の荒廃が、日本陸軍の伝統的な野蛮な「私的制裁」によって、わずかにその「憂さ晴らし」をやっていた。上官（つまり天皇）へ歯向かうことのできない古兵は、その憤りを新兵への「鉄拳制裁」にぶつけていたのであろう。古兵の新兵への私的制裁は、新兵に古兵への「恨み」だけを積もらせていった。こうして「世界に冠たる天皇の軍隊」は、それを支えるべき「団結の絆」をみずからの手によって切りくずしていった、と言えないだろうか。

（六）厠天国

兵営の「厠」（便所）は各中隊ごとに兵舎の外に作られていた。木造の細長い建物のなかに、低い木の扉の付いた三尺四方ほどの便所が、十数個向かいあっていた。このむさ苦しい小さな空間が、じつは初年兵にとっての「天国」だった。初年兵はここではじめて、意地悪くつきまとう古兵の目から逃れることができたし、ここではじめて自分自身をとり戻すことができたのだ。あるいは、初年兵はここにいるときだけ「人間的な自由」を覚えることができたと言えよう。楽しみを奪われた者にとっては、放尿や排便さえもが喜びであった。このようなものとして人間を創り給うた神に感謝すべきであろう。肉体的にも精神的にも衰弱した青年たちには、すでに性的衝動さえ消えうせていた。もしそうでなかったら、彼らの肉体はその重圧のなかで自然崩壊してしまったであろう。思えば神の摂理はまことに深いものがある。

新兵はここでは自由に親兄弟、友達、恋人たちから送られた手紙が読めた。思う存分親しい人からの手紙を読み、それらの人々と会話を交わし、今日一日を生きる活力を汲みとることができた。数多く送られてきた教え子たちの手紙も、失礼ながらここでしか落ち着いては読めなかった。読んで対話し、人間らしい心をとり戻し、そしてまた激励された。

新兵のなかにも喫煙の常習者がいた。彼らには煙草の吸える機会は少なかった。訓練での小休止のときか、自由時間のわずかなときしか与えられなかった。消灯後は一切厳禁されていた。疲れきった初年兵にも、悩みごとで眠れない夜もあった。その苦しみを救ってくれるものは煙草だった。古兵たちは真夜中でも堂々と喫煙しているじゃないか、新兵も勇気を出して煙草を忍ばせて便所に走る。そこでの一服のすばらしさはなにものにも換えがたい。そのとき彼は天国の人となる。だが、不寝番の目は新兵に厳しく向けられていた。脱走を警戒してのことだった。彼らは新兵の便所の時間を計っている。煙草の味に陶酔しすぎると、それを不寝番に見破られる。結果は言うまでもなく「往復ビンタ」をとられた上に、班長へ報告される。

またある新兵はここを死に場所に選んだ。私たちが入隊した三ヶ月後に、また補充兵が入ってきた。そのなかの一人の兵隊が便所のなかで自殺した。中隊の不寝番に立っていた彼は、靴と靴下を脱いで自分の右足の親指で銃の引き金を引いた。実包（実弾）は彼のこめかみを貫いていた。彼にとってここは今までに最も安らぎの得られた場所だったし、また自分の死を遂げるのにもっとも安全で自由な場所であったのだろう。そして彼は天国の人となったのであろう。

彼の死体がその後どう処理されたかは知らない。しかし彼は自殺（自らの手で自らの命を絶つ）という方法によって、日本軍隊の非人間的な教育に抗議したことは確かであろう。つまり、彼はこのことにより自分が単なる「物体」ではなくて、自分の意志によって行為することのできる「人間」であることの証を行ったのかもしれない。

（七）重機関銃訓練

一ヶ月ほどの小銃訓練が終わると、いよいよ重機関銃の訓練がはじまった。訓練のためにわれわれに与えられた機関銃は、「九二式重機関銃」であった。これは、皇紀二五九二年（昭和一三年）につくられたことによってその名称が与えられたという。世界の多くのそれが「水冷式」だったのに対し、これは「空冷式」であった。重量は五五・五キログラムあり、一分間の発射数は六〇〇発、命中度もきわめて高いと評価されていた。

この訓練もしばらくは、「九二式重機関銃」の名称、構造、機能などの説明や、その分解、組み立て、手入れの仕方を習った。新兵器を扱うという緊張感はあったにしても肉体的にはたいへん楽だった。だが、軍隊の教育はいつまでも甘いものではない。兵隊はこの機関銃を使用して敵軍を殲滅できる銃手とならなければならない。それには血を吐く思いの「戦闘訓練」が必要である。

戦闘訓練は主に広い練兵場で行われたので、今までの営庭とは異なり自然の緑があり、心地よく流れる風もあって大いに心を慰めてくれた。また練兵場の向こうにほのかに見える町並みに郷愁のようなものを覚えもした。そんな気持ちも訓練ともなれば、たちまちシャボン玉のようにしぼんでいってしまった。

「陣地進入」

戦闘訓練は戦場での実践のための訓練であるから、つねに砲火のなかでの機敏さが要求される。兵隊は号令一下、スイッチを押された機械のように、素早く正確に行動しなければならないし、その姿勢はつねに低い姿勢でなければならない。低い姿勢をとればとるほど人間は苦しいが、その姿勢での早さが要求される。ここに戦闘訓練の苦しさと厳しさがある。なかでも心臓破りの訓練は「陣地進入」のための匍匐（ほふく）前進訓練だった。

戦場では、重機関銃分隊は銃も弾薬も馬に搭載している。機関銃小隊長も同じ号令をかけて早足で前線に出て、配属された中隊長から「機関銃前へ！」の号令がかかる。先頭部隊が敵に遭遇して撃ちあいになると配属された中隊長から「機関銃前へ！」の号令がかかる。機関銃小隊長も同じ号令をかけて早足で前線に出て、各分隊長に占拠すべき陣地を指示する。ここから、各機関銃分隊のいわゆる「陣地進入」がはじまる。分隊長は「おろせ！」の号令をかけて、馬の背から銃と弾薬をす早くおろさせ、陣地進入の態勢に入る。その場所が敵より隠蔽（いんぺい）されておれば銃手四人はそれぞれ片手で銃棍を握り、四人の弾薬手は六〇〇発入りの弾薬箱を抱えて、駆け足で前進する。しかし目的の陣地まで遮蔽物（しゃへいぶつ）がなければ、そこまではいくら離れていようとも「匍匐（ほふく）前進」をしなければならない。

銃手四人はそれぞれ腹ばいのまま、組み立てられた銃の前脚・後脚の曲がり部分に手を掛け、呼吸を合わせて米俵一俵分の銃を前へ推し進める。弾薬手は三〇キログラム余りの弾薬箱を同じ様に前へ押し出さなければならない。一〇メートルも進めばもう息苦しくなる。苦しくなって腰を浮かせると、助教や助手の竹刀が腰に炸裂する。汗と泥と草いきれのなかの死闘は、いつ果てるともない。この訓練のなかで、初年兵たちは「もう駄目だ」、「もう動けない」、「もうどうにでもなれ」と、何回思ったことだろう。

防毒面とアイス・キャンデー

こんなこともあった。八月のある真夏日のことだった。われわれ初年兵は防毒面をつけて、佐倉の町中を重機関銃の銃身をかついで走らされていた。つまり一番嫌な「分解搬走」中だった。防毒面をかぶっただけでも呼吸が苦しい。それがこともあろう真夏日に三〇キログラムもある銃身をかつぎ、しかも駆け足だ。防毒面の顎のあたりには、汗が溜ってベチャベチャ音をたてている。呼吸は苦しくて窒息しそうだ。顔は火のように熱く、喉は焼けつくようだ。どこまで走ればいいのだろうか。意識も次第に朦朧としてくる。

そのとき、氷屋の旗が目に留まった。それが段々近づいてくる。見れば一人の男の子がアイスキャンデーをうまそうに頬ばっている。口元に輝くその光りは全世界の美味を結晶させたようだ。私の目は殺気立った。その男の子をおし倒して、口元の宝物を剥とってやりたくなった。その瞬間上等兵の竹刀が私の肩をしたたかにたたく。

「この野郎、ズッコケやがって！」

たしかに私はランニングでは田藤に次いで早かったが、少しでも重いものをかつぐと駄目だった。だから銃身をかついでの「分解搬走」などはからきし駄目だった。こんなときには百姓出身の連中には歯が立たなかった。私の足の早いことを知っている班長や上等兵は、私をいつも「ずっこけている」と判断していたようだった。

その後、外出が許されてアイスキャンデーを口にする機会もあったが、あの時少年が口にしていたアイスキャンデーの美味には遠く及ばなかった。ともあれ、少年の口が味わっていたあのすばらしい味は、「幻の味」として私の思い出の小箱のなかに今もちゃんと納まっている。

（八）射撃と銃剣術

兵隊は敵に弾丸を撃ちこむことが商売である。射撃の上手下手は初年兵の序列を決定づけた。同じ弾丸数を撃ってできるかぎり多くの敵を殺すその技術が、兵隊には要求されるからである。三ヶ月の教育期間中に私たちは、何回もの射撃演習をさせられた。小銃射撃が三回、機関銃射撃が五回ほど、練兵場の射撃場で行われた。

重機関銃の射撃演習では固定した標的をじっくり狙って撃つ方法と、決められた時間内にどれだけの弾丸を標的に撃ちこむかを競う方法とがあった。後者は実戦的な方法であり、技術的にもむずかしい。二名の兵隊が八メートルほど後方から匍匐（ほふく）で銃を運び、銃をすえて弾薬を装填する。弾んだ呼吸のまま限られた時間内に、動く標的に多くの命中弾を撃ちこまなければならない。標的は見えたと思うと沈み、または右から左へ動いてたちまち消えてしまう。

なぜか私はこの射撃には堪能だった。小銃の射撃では、二、三名の仲間と中隊代表に選ばれて連隊の射撃大会に参加したし、また重機関銃の射撃でも初年兵のなかから選ばれて、小倉二等兵と組んで射撃大会に参加した。優勝はできなかったがそれぞれ上位の成績をおさめることができた。

軍隊では銃剣術もまた重視された。

当時の戦争では、勝敗の決は「白兵戦（はくへい）」（銃剣で刺殺し合う戦）にあったので、各中隊ではつねに「間稽古」などをしてその技能を磨いていた。銃剣術の技能は、兵隊の進級に大きく響いた。

機関銃中隊の銃剣術は、一般の散兵中隊のそれとは異なっていた。後者が小銃の先に短剣をつけた長さの木銃で突き合うのに対して、短剣の長さしかない竹刀を手にして勝負を争った。前者と後者の試合では、短い竹刀と長い木銃との対戦となり、明らかに後者が有利だが、そこにはいささかのハンデキャップも認められていなかった。「メン！」「ドウ！」「コテ！」をとるそのルールはまったく同じだった。

この銃剣術に私はまたなぜか堪能だった。私は中学時代に柔道をやったことがあったが、剣道には経験もなかった。軍隊ではじめて銃剣術なるものを習ったのだが、やってみると不思議にも才能があるようだった。たちまち中隊の初年兵のなかには敵がいなくなった。それにはわれながら驚いた。いまにして思えば、少年時代から運動の好きだった私は、高校受験の浪人時代には、裏の畠に砂場を作って、毎日一時間、幅跳びや高跳びを欠かさなかったが、この運動で鍛えた素早いフットワークが、ものを言ったのだろう。

あるとき中隊で初年兵、古年次兵こみの剣術大会があった。初年兵のほとんどは一回戦で敗退したが、私は古年次兵を次々になぎ倒してついに決勝戦に進出した。相手は二年兵の花沢上等兵だった。そしてこれをも打ち破って優勝してしまった。そのときの快感は忘れられない。日ごろ、ことごとに「補充兵」「補充兵」と馬鹿にされていたその鬱憤(うっぷん)を一気に晴らすことができた。その上、初年兵では最初の「外泊」までもせしめることができた。

中隊の剣術大会で優勝した私は、ほどなく中隊の代表として連隊の銃剣術大会にのぞんだ。今度は長い木銃とも戦わねばならないが、その経験はほとんど無かったので、「まぁ、一回戦でも勝てばいいさ」と軽い気持ちで参加した。相手は同じ竹刀の者もあれば、長い木銃で立ち向かってくる者もいた。私は早い出足で相手を制圧して勝ち進み、いつしか決勝戦を迎えた。相手は第一中隊の私と同じ七月の補充兵だった。だがこのときには不思議にファイトが湧かない。「ここまで来ればもういいさ」という声が身内に聞こえた。途端に相手の構える木銃が恐ろしく長く見えはじめた。

決勝戦だったので、たがいに相手の出方を見守る。とくに相手は試合巧者なのか、「ヤァ、ヤァ」のかけ声ばかりで少しも攻めこんでこない。業を煮やした私は、「ヨーシ、こっちからあたって砕けろ!」とばかり相手の胴を目がけて突撃した。相手は一歩下がるや、「オヤ」と思う私の虚をついて「ドォー!」ときた。彼の木銃は見事に私の胴に命中し、万事窮(ばんじきゅう)した。私は「準優勝」ということで、また故郷への外泊を手に入れた。

(九)ある日の「間稽古(まけいこ)」

兵営の「間稽古」とは、朝飯前とか夕食後とかの合間を利用しての訓練のことだが、それは大抵が銃剣術の訓練に当てられていた。ある日曜日のこと、班長は間稽古と称して初年兵を乗馬訓練に連れ出した。少しは馬のとり扱いに慣れてきたものの馬に乗ることは初めてだ。それも調教されていない駄馬の上、鞍(くら)を載せない裸馬だ。皆ビクビクしながらやっと裸馬の背に這いあがると、馬が勝手に歩き出した。馬の背で体がやたら弾んでいまにも振り落されそうだ。馬の振動に調子を合わせることは難しい。調子が狂い出すと、皆ぶざまにも馬の首にしがみつく。人の目など気にしてはおられない。

やがて、前を行く班長は声高に「速足前へ!」と号令をかけた。馬は利口なのか馬鹿なのか、一斉に前の馬に習って駆け出した。こちらは皆大あわてだ。ところは佐倉の町中で若い女の子も見ているし、下は固いコンクリートだ。「落ちたらどうしよ」、「痛いだろう、そのうえ笑いものになる」。無我夢中で馬の背の振動に体の調子を合わせる。少しずつ調子が分かる。いくら走っても落ちないし、序々に馬をあやつれるようになった。「ああ、馬が御(ぎょ)せた!」と思うと、なんともいえないうれしさが身内にあふれた。

(一〇)三〇キロメートル行軍

九月の残暑もまだ厳しいころ、私たちは成田まで往復三〇キロメートルの行軍をさせられた。普通、重機関銃部隊の行軍は、兵器と弾薬を馬に積んで行くのだが、この日の行軍は馬を使わない行軍だった。銃手の四人は五五・五キログラムもある重機関銃をお神輿(みこし)のようにかつぎ、あとの全員は弾薬手となって六〇〇発の実弾入りの弾薬箱（重量約三〇キログラム）を背嚢のように背負わされた。銃手と弾薬手とは四キロメートルほど行くとたがいに交代になったが、実際どちらに回ってもきつい。銃手一人の肩の負担は一五キログラムほどでも、四人の肩の高さが揃わないと、背の高い者の肩へその重さがもろにかかってくるし、銃は肩でガタガタ弾んで痛い。また弾薬手に代わっても、重い長方形の箱の角が背中に当たって肩を痛めつけた。

私は足腰にはかなりの自信はあったが、このような重い物を背負わされての行軍は初めてだった。わずか四キロメートルも歩くと、肩が痛くなってきた。右の肩、左の肩と頻繁に変えた。初めは外に出たうれしさに皆浮きうきしていたものの、そのうちに辺りの景色にも無頓着になっていった。残暑の日差しに照りつけられて、やせた頬からは汗がしたたり落ち、やがては脂汗までがにじみ出た。次第に意識が遠ざかり足元がよろめきはじめた。それは、まるで夢遊病者の行軍のようだった。成田にたどり着いたとき、兵隊は誰も夢見心地だった。

一時間の小休止のあと、折り返しの行軍が始まった。兵営までの同じ道のりをはたして行きつけるかまったく自信がなかった。兵隊の肩はすでに赤むけになっていた。その肩で重い銃や弾薬をかついで、あと一五キロメートルも歩かなければならない。まるで気が遠くなる思いだった。私たちに残されているものはただ意地だけだった。辺りの景色も見ず、なにも考えないで、歯を食いしばってただただ歩いた。一歩歩けば一歩兵営が近づく。一歩歩けば一歩終わりに近づく。ただそれだけを考えて歩いた。

この死のような行軍にも終わりがあった。高台の兵営を眼の当りにしたとき私たちは狂喜した。朦朧とした意識に希望がわいた。牢獄にも等しい兵営がこのときばかりは「楽園」の様に目に映った。そのときである、班長の厳しい号令がかかった。

「分解搬送、早駆け前へ！　目標、中隊舎前！」

軽装の班長は疾走をはじめる。初年兵はこれにつづかねばならない。銃手は銃を肩からおろすや分解して銃を肩に、弾薬手は弾薬箱を肩から両手に持ちかえて、いずれも全速力で走らねばならない。モタモタすれば助手のビンタが飛ぶ。今にもブッ倒れそうにやって来た兵隊の目玉の色が変わった。そして死に者狂いで兵営の急な坂を這うようにして登った。こうしてようやく長く辛い三〇キロメートル行軍は終わった。そこには苦しかった思い出と一人の落伍者もなくそれを征服したという何か誇らしげな思いとが、いま心のなかに住みついている。

(二)「要領」のいい兵隊

初年兵にとって、軍隊は「牢獄」であった。いつも古年次兵から精神的、肉体的な虐待を受けつづけていた。初年兵には、人間としての自由などなに一つ与えられなかった。軍隊では、ただ上官の命令(朕の命令)一下、びっくり箱の玩具のように飛び出す弾丸が製造されていた。この「人間から弾丸への改造」があの悽惨な「鉄拳制裁」という方法だった。

この悽惨な鉄拳制裁を受けない初年兵は一人もいなかった。なかでもとくに激しい制裁を受けた者は次のような兵隊だった。

高等教育を受けた人間……彼らの知性は、軍隊への批判の目をもっていた。また「気位(きぐらい)」(卑下や屈従を許さない精神)もあった。教育の低い古兵たちには、彼らの僻(ひが)みも手伝ってそれが「生意気」と思われた。自分らを馬鹿にしていると思われた。彼らはいつも「貴様態度がでかいぞ!」「この野郎、二年兵の言うことなんかおかしくて聞けねぇのか!」「そんなら、聞けるようにしてやろうじゃねぇか。こっちへ来い!」と言って殴りかかってきた。殴り方も他の初年兵より激しく残酷だった。平手打ちのかわりによくゴムや革の上靴(スリッパ)や帯革(皮バンド)が用いられた。私もこの種の人間としてこの悽惨(せいさん)な私刑を受けつづけた。

動作の緩慢な人間……軍隊は兵隊に敏捷（びんしょう）性を要求した。ここでは兵隊は引き金を引けば瞬時に飛び出す弾丸でなければならなかった。思想とは別に、人間には生まれつき鷹揚（おうよう）な〈おっとりした〉性分もあり、運動神経の鈍い者もいる。それがまた狙われて鉄拳制裁の餌食にされた。そのときのせりふはいつも、「この野郎、またモタモタしやがって！」だった。軍隊では、この天性的な人間の能力までも容認しないで、全員に画一的な敏捷性を要求した。打って殴ってその目的をはたそうとする非情の世界だった。私の同年兵の気の優しい田籐もその一人だった。彼と私は同年兵のなかでは一番よく殴られた。

機嫌とりのへたな人間……初年兵のなかには古年次兵にたいしてのご機嫌とりのうまい者も下手な者もいた。職業がら商人出の者はうまかったが、思想や性分も大いに関係していた。御機嫌とりのうまい初年兵は、班長や助手の巻脚半（まききゃはん）をわれ先にと巻きとり、「戦友」の兵器・被服・編上靴の手入れや洗濯までこまめにやり、また恥ずかしげもなく機会あるごとに古兵にお世辞をふりまいた。軍隊ではそれが普通で、それをしない初年兵は、狙われて制裁を受けた。私も田籐もその部類だった。

「軍隊は要領さ」……初年兵のだれもが考えたことは、「どうしたら鉄拳制裁を受けないですむか」ということだった。地獄のなかにささやかな安息所を作ろうとしたのだ。そこで彼らの頭に浮かんだものは、以前聞かされた「軍隊は要領さ」という言葉だった。この言葉の真実性を初年兵の多くは体験のなかで知った。

初年兵たちが体験した「要領」とはこんなことだった。軍隊では「員数」がやかましく言われた。兵器をはじめ個人に支給された一切の定数を失うことは許されなかった。あるとき干しておいた襦袢（じゅばん）が盗まれた。「戦友」に相談すると「ほかの中隊の物干所からガメッテ（盗んで）こい」と言う。「それが要領というものだ」と教える。問題は数が揃っていることが大事で、そのための盗みなど問題ではなかった。盗まれた相手方がそのためにどんなに泣こうが、そんなことは考える必要がないのだ。要するに表面さえ整っていれば、この社会ではそれでよいのだ。こうして初年兵の多くがたどり着いたこの「要領主義」とは一体どんなものだったろうか。「長いものにはまかれる」しかない。抵抗ではなく服従することだ。人間ではなく奴隷になることだ。

だが、人間であれば誰しも完全な奴隷には成り切れるものではない。それは自分が二重人格に落ちることだった。相手の暴力を和らげるしかない。これが要領というものだ。そこで「奴隷の仮面」をかぶって、

そこで、この仮面をかぶったからにはなにかうまい汁を吸おうではないかと考える。つまり、仮面は利己心をカモフラージュするための煙幕のようなものだった。

こうして次第に「要領のいい兵隊」が生まれる。表面はきわめて柔順で、へつらってまでも古兵にとりつくが、その庇護をいいことにほかの同年兵より楽をし、饅頭や煙草のおこぼれを頂戴し、他人のことなどにはまったく無関心な人間になっていく。仲間の同年兵が殴られるのを見ると、それが自分に加えられていないということだけで、ある種の喜びを感じたり、さらには彼らに対する優越感さえ味わったりしてしまう。

要するに、「要領のいい兵隊」は、日本軍隊が絶対服従を強要するための私的制裁によって生み出した「醜い奇形児」ではあるまいか。

(一二) 一期教育終わる

昭和一六年(一九四一年)一〇月、入隊してから三ヶ月後、私たち「七月補充兵」の「一期教育」は終わった。それは長い三ヶ月だった。ようやくつらい訓練から解放されて、「一人前の兵隊」と見なされるようになった喜びは、たしかに大きかった。すぐ後からは「一〇月補充兵」が入隊してきたが、彼らは私たちのように古兵のたむろする班ではなく、新兵だけの教育班が作られていたので、私たちは依然として班内で

一番下積みの兵隊であることには変わりなかった。

　しかし、検閲〔初年兵教育の成果の審査〕が終わったその日からビンタの乱れ飛ぶ訓練班の姿は消えて、私たちも既教育兵として古い兵隊と同じ勤務に就くことができた。それは中隊当番、厩当番、連隊本部勤務、その他の使役などであった。これらのどの勤務も教育中の訓練に比べるとずっと楽なものだった。このことは私たちに大きな喜びを与えてくれた。

　そしてもう一つの喜びは、酒保への立ち入りが自由になったことだった。勤務が許すかぎり、私たちはいつでもここで汁粉を飲んだり、安倍川餅を食べたりできるようになった。酒保は私たちの旺盛な食欲を満たすためばかりではなかった。木のベンチに身をおきながら、姥ヶ池からの心地よい秋風を頬に受けていると、心が清々して兵営にあることを忘れた。失われた尊いものが心に甦るような気がした。そこはたしかに魂の憩いの場でもあった。

　既教育兵になっての最初の勤務は、中隊事務室の勤務だった。事務室の長は人事係の狩野准尉が務め、その下に池田曹長、二宮軍曹、さらには神崎、土屋の両上等兵などがいた。そこへ教育を終えたばかりの私と小倉二等兵が勤務を命じられた。小倉は字がうまかったので、功績係の助手として固定された。字の下手な私は、毎日違った仕事をさせられたが少しも苦にならないばかりか、ペンを走らせているだけで気持ちが安らいだ。そればかりか事務室の雰囲気は和やかで人間的だった。とくに狩野准尉は、無口で怖そうに見えたが、時々ユーモアのある話で皆を笑わせた。ほかの上級者たちも私には穏やかに接してくれた。ときには酒保の饅頭で世間話に打ち興ずることもあった。あれやこれやで、この部屋で事務を取っていると、ときには軍隊にいることを忘れるほどだった。

（一三）幹部候補生志願のこと

一期の教育が終わりホッと胸を撫でおろしていた頃のことである。ある日、中隊当番が私を呼びにきた。「石渡二等兵、中隊長殿がお呼びだぞ」と告げた。その中隊長は、階級が陸軍大尉で、その名を渡辺真佐雄と言った。陸軍士官学校出のまだ独身の青年将校だった。年令は二五歳くらいで、私より年下だった。色の黒い小柄な人だったが、「実包（じっぽう）」の大尉ということで気位も高く、肩で風を切るようにして歩いていた。

私はその中隊長の前に不動の姿勢をとって言った。

「石渡二等兵、呼ばれてまいりました！」

椅子をすすめられて正座すると、中隊長はいきなりこう切り出した。「君は幹部候補生を志願し給え」と。そんなことを考えてもいなかった私は慌てた。そのころ私には将校などになろうという意志はまったくなかった。大体、軍人という職業など大嫌いだったし、軍隊への反感も強かった。幹部候補生志願などしたら戦争が終わるまで軍隊の牢獄から出られやしない。あるいは陸軍少尉のころには機関銃小隊長で戦死してしまうだろう。そう思っていたが、そのままを返事したら、「お前はなんという非国民だ！」と一喝されるに決まっている。

そこで、私はおそるおそるこう答えた。

「隊長殿、自分は自分の体力に自信がもてませんので、幹部候補生志願は致したくありません」

「この国賊め！」と怒鳴られると覚悟を決めていたが、中隊長はそうは言わずに、時局を説き志願を勧めた。

「この時局下においては自分のもてる能力のすべてを、天皇陛下にお捧げすることこそが国民の義務である。君は最高学府を出ている人間だ。その優秀な才能を国に捧げ、幹部候補生になることが天皇陛下と国にむくいる最良の道だ。君の健康については国が充分な面倒を見るから心配はいらない。とにかくもう一度よく考えた上で明日中に人事係まで自分の決心を報告せよ」と。

翌日、狩野准尉のところに行って、

「よく考えましたが、自分はやはり幹部候補生志願は致しません」

と告げた。またお説教をくうだろうと身構えていると、彼はいつものひょうきんな表情で、

「受けないんだな。あぁ、そう」

と、まるで「それがいいよ」と言わんばかりにうなずいた。それにしてもそのあと、なにかひと言あるに違いないと思って立ちつづけていると、

「受けないんだろう。分かったから、帰っていいんだよ」

と言う。私は狐につままれたようにその場を離れた。ほかの中隊では幹部候補生志願を断わったために、ビンタを張られた同年兵のことを聞かされていたからである。うちの中隊では幸いこれですべて片づいてしまった。すぐ帰れると思っていた私は、終戦までの長い間兵隊として苦労を重ねはしたものの、死なないですんだ。将校になっていたら生きていなかったかもしれない。

(一四) 外出の思い出

三ヶ月の教育を終えると日曜日には外出ができるようになった。この外出は私たちにとって、やはり一番の楽しみであった。古兵たちは隊からサックの配給を受けるとよく成田や船橋の色町へくり出して行ったようだが、私たちには羊羹(ようかん)やお汁粉の方がずっとよかった。そしてたまには、「煉瓦亭」の分厚いビフテキに

舌鼓を打つこともできた。行く先々で忘れていた「おしゃべり」を仲間たちと思う存分にした。少し前までは、「また『オベンチャラ』しゃがって」とビンタを張られたものだが、もうそれもなくなった。外出はほんとに楽しかった。重苦しい兵営から解放されて、人間社会の温かい空気に思う存分触れることができた。奪われていた自由をとり返して、人間らしい気分に大いに浸ることができた。

映画「将軍と参謀と兵」

当時、うわさにのぼって騒がれもしていた映画「将軍と参謀と兵」（田中哲監督、板東妻三郎主演）が見たくなったので、外出で千葉まで行った。面会にきた妹も一緒だった。日曜日の映画館は、評判の映画の上演とあって文字どおりの超満員だった。

私は人波にもまれながらも、映画のシーンに引きこまれていた。大陸の荒野のなかを、砲火にさらされながら、勇敢にその任務を遂行する斥候兵（せっこうへい）（偵察兵）の行動に全神経を集中していた。それは、そら恐ろしい行動であるとともに、生死を超越した英雄的行為でもあった。いま私には「死」は恐ろしい。だが、その死が避けられないものならば、この兵のように勇敢に戦って死ぬ以外、兵の救いはありえない。私はこんなことを考えながら夢中になっていた。

そのとき、妹はただごとでない様子で「外へ出ましょう」と私を促した。私は残念でならなかった。映画は佳境に入ったし、外地での兵が死と対決するその心構えを探ろうと一生懸命だった。でも、暗がりのなかでも知れた妹の泣かんばかりの表情にわれに返り、あたふたと戸外に逃げ出た。

戸外の光りは一瞬眩しかった。喫茶店でコーヒーを飲みながら、妹は恥ずかしそうに話してくれたが、それは映画館での兵隊たちのあくどい性の悪戯だった。それを聞いて腹が立ったものの、同じ兵隊として彼女に謝りたい気持ちにもなった。当時の兵隊は、たしかに一般の社会人に比べて柄が悪かった。軍隊は人間性を喪失させるところだったが、戦地に送られるという不安は彼らをいっそう自暴自棄の状態へまで追いこんでいたとも言えよう。

成田の羊羹

成田には昔から「米屋」と「柳屋」という二軒の羊羹屋があった。その名前は子供のころから知っていた。なかでも「米屋」のほうが人気があって、家族の成田土産はここの店の羊羹と相場が決まっていた。成田と言えばすぐ羊羹を思い浮かべるほどだったが、この羊羹も、昭和一六年半ばころからは商品としては店頭に出ないで、兵隊だけに裏口でコッソリ売られるようになってしまった。

兵隊でも一人につき二本という制限つきだったが、こすい兵隊は米屋で二本買い、柳屋でまた二本せしめ、さらにまたそれを繰り返していた。こうして古い兵隊は、十何本の羊羹をせしめると、決まったように公園に足を運んだ。そして彼らはこの羊羹を餌にして「女」を釣った。古兵たちは成田の外出から帰ってくると、いつもその手柄話に花を咲かせた。

「今日はよく釣れたぞ」

「俺は今日二匹釣ったよ」

「俺は三匹も釣ったぞ」

というふうにだった。

ある日、私もその羊羹を買うために、成田まで外出したことがあった。それも妹にせがまれてのことだった。米屋と柳屋で二本ずつ合計四本が買えたので、妹と二本ずつを分けあった。すると通りがかりの一人のおばぁさんに呼びとめられた。そのおばぁさんは、

「兵隊さん、病気の孫に食べさせたいから、一本でも譲ってくれませんか」と言いながら、私の前で頭を

深々と下げた。私は自分の一本を差し出した。

そのころ、日本にはすでに物のない時代が始まっていた。それでも兵隊は、「お国のために働く者」として格別の優遇を受けていた。軍隊の酒保では一般国民の手に入らない甘味品がいくらでも買えた。それだけに成田に外出する兵隊たちは、皆手に手に羊羹を沢山ぶら下げて町中を闊歩していた。このことでさえ、国民に対して気恥ずかしいことだのに、兵隊の中にはそれを餌にして「女を釣る」者もいた。こうしたことを見ても、もうすでに「兵隊の横暴と堕落」の兆しが現われていたようだ。

(一五)面会所の使役

兵隊は日曜日には決まって外出できたのではない。兵営には日曜日だろうと欠かせない勤務がいっぱいあった。衛兵勤務、中隊当番、厩当番、そのほかの使役があった。これを交代でやらなければならない。そのなかでも、兵隊が一番喜んだのは、面会所の使役だった。

新しい兵隊が入隊すると、各中隊では日曜ごとに面会所の使役要員を準備しなければならなかった。私たちが教育を終わるとすぐに「一〇月補充兵」が入ってきた。この兵隊たちの面会日には、面会人があふれて兵営前の馬場までが開放されたほどだった。

そのころのある日曜日に、私も面会所の使役にかり出された。衛兵所の前に各中隊の机がずらりと並び、その机を前にして二人ずつの使役兵が座る。左右を見るとほとんどが二、三年兵のようだ。彼らは皆色めき立っていて、なにか獲物を狙う猟師のような面もちに見える。どうやら彼らの狙いは、面会に来る若い娘さんのようだ。若い娘さんが来ると彼らは急に相好を崩して自分のところに呼び寄せる。他の中隊だろうと、そんなことは頓着しない。

「どうぞ、どうぞ、こちらに来てください。こちらが空いていますよ」

と呼びこむ。まるでポン引きのようだ。アチコチから声がかかるので、彼女の方は困りはて顔を赤らめて立ち往生する。そして結局強引な男に負けて、その机の前に立った。それからやりとりがはじまる。それを私は聞いていた。

「じゃぁ、ここへ面会する兵隊の中隊名、階級、氏名を書きなさい」

「それが終わったら、あなたの住所、氏名を書いてください」

「はい終りました。これでいいか見てください」

「あぁ、この欄が書いてありませんよ」

「あの、この関係って何のことでしょうか？」

兵隊は、ただニヤニヤしながら娘さんの顔をのぞきこむので、彼女のほうはますますモジモジする。それにつけこむように、また意味ありげに兵隊は言った。

「そこは書かないと駄目です。あなたがたは一体どんな関係ですか。それとも関係がないんですか」

そしてしきりに顔色を伺う。そのとき彼女は顔を朱に染めながら、こう言った。

「あのう、私たちまだ関係していません」

彼女の顔は恥ずかしさで泣き出しそうだったが、誘導作戦に成功した兵隊は笑いをかみ殺しながら、好色的な満足感を味わっているようだった。彼はこのときの彼女の様子を一日中仲間に吹聴(ふいちょう)して喜んでいた。

（一六）昭和一六年一二月八日

昭和一六年（一九四一年）一二月八日、私は連隊本部の使役兵として勤務していた。風の吹き曝(さら)しの高台にあった兵営はこの日も寒い朝だった。私は本部の暖炉当番だったので、まだ薄暗い内から暖炉の炊きつけに大わらわだった。そのとき、廊下伝いに流れてくるラジオ放送にただならぬ響きを感じとった。廊下に飛び出てその放送に耳を傾けた。放送は厳粛な音声で同じことを何回も繰り返した。「大本営陸海軍部一二月八日午前六時発表。帝国陸海軍は本日未明西太平洋において米英と戦闘状態に入れり」と。

それを聞いた私の体には、電流のような強い戦慄が走った。それは日本と私が「死の深淵」の前に立たされたそら恐ろしさだった。この放送を聞いて私の体は震えた。召集が解除されて再び自由の地に帰る希望は、ここに完全に失われた。

私は一日、ラジオの放送を食い入るように聞いた。やがて放送は真珠湾攻撃の戦果を大々的に報道した。それは信じがたいような戦果だった。すなわち、敵に与えた損害は、戦艦八隻、飛行機四七九機、戦死者二四〇四人、負傷者六二七人であった。この報道は私に明るい希望をもたらし、ようやく平静に戻ることができた。しかし、それはあまりにも甘い考えだった。この朝直感した恐ろしい予感の通り、この日を境として日本と私の運命は泥沼への道を突き進んでしまった。

(一七)陸軍一等兵誕生

昭和一七年(一九四二年)の新しい年を兵営で迎えた。米英との戦争までが始まったいま、もう私たちの召集解除の夢も消えてしまっていたが、とにもかくにも新しい年の兵営は静かでのびのびしていた。古年次兵が外泊で帰郷してしまったので、この日ばかりは私たちの天下だった。自分たちの正月料理を自分たちであげて楽しく食べた。そのあと私はプラトンの『弁明』や親鸞の『歎異抄』をひもといた。兵営のなかで誰にも邪魔されないで、本が読めるなんて不思議な気がした。読み疲れると寝台に長々と寝そべり思う存分の安眠をむさぼった。また、酒保に出向いてお汁粉を食べながら、仲間と飽きるほどおしゃべりをした。正月の三ヶ日はこうして過ぎたが、古年次兵のいない兵営は正に楽園のようだった。

一月四日になると、兵営はまた本来の騒々しい殺風景な姿をとり戻したが、この日には大変嬉しいことが待ち受けていた。それは私たちの進級式が執り行われたことだった。この進級式で私たちは全員「陸軍一等兵を命ず」と言い渡された。私たちもやっと天下晴れて一人前の兵隊になれたのだ。式のあと、皆震える思いで二つ星の新しい襟章(えりしょう)を上衣に取りつけた。ただ布製の小さな星が一つ増えただけだが、兵隊には涙の出るようなうれしいでき事だった。それは六ヶ月間のつらい努力の成果だったし、増えた星の一つは兵隊にわずかばかりの自由を約束したからである。私たちは今日からは兵隊の姿を見ても、ただやみ雲に固くなって挙手の礼をしなくてもすむ。相手の襟章を識別してから、上官には礼をし、二等兵の敬礼にはゆとりをもって礼を返せばよいのだ。それはなんと快い心のゆとりであり、ささやかでも「自由の回復」であった。

(一八)陸軍記念日

昭和一七年(一九四二年)三月一〇日は「陸軍記念日」だった。古い兵隊なら、この日にはなにが行われるか知っていたらしいが、教育を終えたばかりの私たちはなにも知らなかった。この日の未明のことだった。突如として「非常呼集」のラッパが鳴り響いた。たしかに「火事だ、火事だ、水持ってこい」と教えこまれていた、その不気味なラッパの音だ。ハッとして目が覚めた。同時に中隊不寝番が、「非常呼集! 非常呼集!」と連呼するのが聞こえた。

軍隊の「非常呼集」とは、敵襲を知らせ、それへの素早い態勢をとれという命令にほかならない。それは兵隊には自分の生死にかかわる一大事でもある。したがって寸秒の早さが問われる。だから非常呼集には、整列完了までの所要時間が部隊の大きさによって何分というふうにその基準がつくられていた。

この非常呼集の経験は、教育期間中に一度だけあったが、完全軍装をして舎前に整列し終わるまでには、その決められた基準の倍もかかってしまい、その罰として重い装備のまま何キロメートルも駆け足させられたものだった。その苦しかった思いもとっさによみがえった。

私たちは気違いのようになって、まず外套を寝台の上で巻きはじめた。あわてればあわてるほど巻けない。班長はすでに完全軍装姿で内務班にその姿を現わすや、「服装は完全軍装、直ちに舎前集合！」と命令してすぐ姿を消した。早朝といっても舎内は真っ暗だ。新米一等兵も教育を離れてすでに四ヶ月、よりがもどったのか動作がのろい。古年次兵は口々に、

「この野郎、なにをもたもたしているんだ！　早く舎前へ出ろ！」

と、罵声を浴びせかける。私たちがどん尻で舎前に整列を終わったが、そのために標準時間の目標が達成できず、大目玉を食ってしまった。

やがて、中隊ごとに連隊本部前広場に整列する。ここで状況と任務が与えられた。なにはともあれ、営庭から護国神社までの早駆けが要求された。機関銃中隊は、あのきつい分解搬送をしなければならない。とくになまり切った体にはこたえた。でも走らなければならない。無我夢中で、死ぬ思いでようやく目的地にたどりつくと、「状況終わり」（「演習終了」の意）のラッパが高々と鳴り響いた。そのときのうれしさはまた格別だった。

汗ビッショリでたどり着いた兵営には、お頭（かしら）つきの料理に、日本酒、甘味品付きの朝食が待っていた。食事のあとは連隊をあげての「点呼外出」（夜の点呼まで延長された外出）となった。このうれしい外出を私はどう使ったのか、いまは残念ながら思いだせない。

(一九)北支那方面軍へ転属

昭和一七年(一九四二年)四月二〇日、私は東部第六四部隊から北支那方面軍に転属を命じられた。その部隊名は、正確には「北支那方面軍第一二軍第五九師団第五四旅団独立歩兵第一一一大隊機関銃中隊」であった。

私の転属した部隊には、防諜上からそれぞれ秘匿名をもっていた。その秘匿名は第五九師団が「衣師団」、独立歩兵第一一一大隊が「衣第一一一大隊」または「衣の部隊」であった。

私たちの「衣の部隊」は、大隊本部のほかに、散兵中隊が五個中隊、機関銃と歩兵砲がそれぞれ一個中隊によって構成され、その兵数は約一二〇〇名だった。大隊長は厳格な阪本嘉四郎中佐が務めていた。

(二〇)下志津廠舎へ移る

北支那方面軍への転属部隊の編成が完了するとほどなく、私たちの衣第一一一大隊は佐倉の兵営を出て、八キロメートルほど離れた下志津廠舎へ移動して行った。部隊の移動は防諜のためだろう、深夜に行われた。深夜の穏密行動とはいえ、部隊が装備も新たに整々と営門をくり出すと、そこには数多くの市民たちが日章旗を打ち振り、見送ってくれた。その姿を目にして、私たちもいよいよ戦場に赴くのだという緊張感をいやが上にも高ぶらせるのだった。

下志津廠舎は平屋建ての兵舎が幾棟も立ち並んでいた。その一棟のなかに中隊全員がおさまった。そしてそこには佐倉の兵営のように各内務班を仕切る壁はなかった。中隊の指揮班も四つの小隊も一つの大部屋のなかで起居をともにした。こうした生活条件は、これから野戦に赴く兵隊同士の仲間意識を育んだ。これからは一緒に戦い、また一緒に死んで行く戦友同士である、そういう仲間意識が芽生えだした。

私たちを教育した昭和一三年兵は、除隊する間もなくまた予備役として召集されてきていた。彼らにはすでに現役当時の荒々しさが失われていた。牙を抜かれた動物のように優しくなっていた。彼らは口々にこう言った。「これからはお互いに御身大切さ」と。この最古参兵たちの思いはそのまま下の兵隊たちの気持ちに影響を与えた。こうして兵営当時の兵隊の意識は次第に変わっていった。強制と服従の無機的な関係が、有機的な柔らかい人間関係に移りはじめた。それは私には驚きであるとともに心うれしい変化だった。

このことは下層兵士である私たちの日常の気分を楽にし、明るいものにした。また、ここでの勤務は兵営にくらべてずっと楽だった。私は中隊の指揮班にいたこともあって、厄介な厩当番や馬の水飼いに出ないでもよかった。また私たちの下には一〇月の補充兵たちもいたので、せいぜい室内外の清掃か不寝番に立つかくらいのものであった。

また広々とした下志津の原は静寂で美しく心を慰めてくれた。時節も四月から五月にかけての最良の季節でもあった。空は晴れ、大気は澄み、野は新緑に輝いていた。ここで朝の体操をし、休憩をし、散策や語らいをした。草原には無数の草花が咲き乱れていた。すみれが咲き、けしに似た紫紺の花が咲き乱れていた。そして草原からは空高く雲雀が舞いのぼり、一日中その美声を聞かせてくれた。

ここでの生活は、入隊以来はじめて味わう快適の日々だったが、戦局の変化も身近に感じられはじめた。部隊がここに移動して間もなくのこと、空襲警報が発動されて部隊は対空監視哨の配備についた。私たちは配備につきながらそれは誤報だと思っていた。なぜなら、「日本海軍が真珠湾を攻撃して、アメリカの太平洋艦隊に壊滅的な打撃を与えて、まだ半年もたっていないじゃないか」と皆思っていたからだった。だがそれは事実だった。アメリカの空軍機一六機は、航空母艦から飛来して、東京、名古屋、神戸などの都市を分散的に攻撃したのだった。B25という敵の大型爆撃機の前には、日本の高射砲〔対航空機砲〕は歯が立たなかったという情報もほどなく耳にした。

出征を前にして（一九四二年三月）

（二一）出征の日

約一ヶ月の蜜月を下志津で過ごしたわが部隊は、昭和一七年五月二一日、また佐倉に移動した。いよいよ出征らしかった。この日は幸い天気がよかった。佐倉の駅で兵器・弾薬・被服・糧秣〔食糧〕などすべての軍用品を貨車に搭載したが、機関銃中隊と歩兵砲中隊にはこのほかに、それぞれ二〇頭にのぼる馬匹〔馬のこと〕があった。この馬匹の搭載には手を焼いた。兵隊も馬もはじめての体験である。馬は恐れて貨車にかけられた細い踏み板を踏もうとはしない。兵隊のほうも未だ馬の扱いに慣れない補充兵や初年兵ばかりである。それで一応既教育兵であるわれわれが先頭に立たなければならない。私たちは交代でこの作業を継続したが、午後から始めたこの作業が終了したときは真夜中の一二時になっていた。

私たち中隊指揮班の仮眠所は駅前の旅館があてがわれていた。絵鳩家から恭子さん〔婚約者〕とその父親、石渡家からは妹のちゑ子が代表で面会にきてくれた。渡辺中隊長はその面会を許してくれたが、私は長時間の労働でクタクタだったし、仮眠時間は二時間ほどしかなかった。数分挨拶を交わして別れた。

翌五月二二日、午前二時に全員起床した。いよいよ征途の朝である。われわれは完全軍装の威儀を正して佐倉駅前の広場に整列した。厳粛な出陣式が挙行された。私は見送りにきてくれたちゑ子と恭子さんたちに別れの挨拶を済ませた。四時一〇分、私たちをのせた軍用列車は静かに駅頭を離れる。私は二人に強い視線を送りながら、「僕は必ず生きて帰る」とかたく心に信じていた。

軍用列車の人となった私は、品川駅でホームを隔てて小池、荒井、柳沢らの教え子たちの見送りを受けた。憲兵が立っていて会話も交わせなかった。

姫路で朝が白みはじめた。空に墨絵のように浮き立つ姫路城が瞳に深く焼きついた。列車はその翌日、宇品（うじな）港〔広島にある軍港〕に到着した。到着すると直ぐに貨車から軍用用品や馬匹をおろし、さらにそれらを艀（はしけ）に積みこむ作業が始まった。部隊が乗船を終えても軍用船はなかなか出帆しなかった。船が動き出したのは、その日の真夜中を過ぎていた。波静かな瀬戸内海を眠りつづけ、目覚めたとき船は関門海峡に差しかかっていた。甲板上に出て日本の国土との別れを惜しんだ。

その夜は船の激しい揺れで目を覚ますと、船は朝鮮海峡の洋上にいるらしかった。暗い海にじっと目を凝らしていると、私たちの軍用船を左右から巡洋艦が警戒しているのが分かった。またしても重苦しい緊張感にとらえられた。

第2章　皇軍兵士の四年　第二部　戦塵記

（一）釜山上陸

五月二五日午前六時、軍用船は釜山港に入港した。赤い岸壁が見える。港に迫るように覆いかぶさった山には、色づいた麦の段々畑が印象的だ。船をおりて埠頭の便所に行く。小便所には大便がうずたかく盛り上がり、大便所の扉はことごとく剥ぎとられ、そこには二人の労働者が並んで用をたしていた。その前を通りすぎても、彼らは顔色ひとつ変えなかった。

宿舎の割り当てがあり、自分と笹本三年兵は○○町一丁目の熊谷進という人の家に厄介になった。装具を降ろし、汗になった襦袢袴下を洗濯した。やがて雨が降り出すと近所の老人の好意で焼酎製醸所のボイラーの上で乾かさせてもらった。宿舎には、若い奥さんと主人の妹と四歳になる美和ちゃんの三人がいた。ご主人は内地に出張中とか。心のこもる晩餐をゆっくり頂戴した。蕨も蕗も食膳にのっていた。魚も野菜もみな新鮮だった。釜山では塩のほかに米も砂糖も衣服も未だ配給ではなく、菓子類も午前中なら大抵手に入るという。うらやましくもあり、また頼もしくも思えた。

二二時から、少しはなれた広場で厩当番に立った。広場の前の高台にある酒楼からは、芸者の甲高い歌声が深夜まで鳴りひびいていた。時局に対して無関心なこの国をうらめしく思い、腹が立った。

五月二六日、釜山の電車の中は生臭い。この臭いをかいで「ここはやはり朝鮮なんだ」という感を強くした。埠頭への酒保品受領の帰りに喫茶店に入った。沢山の果物が置いてある。枇杷（びわ）も早々と並んでいた。この枇杷を注文したら、大きなカレー皿に七個ものせてきた。この大皿をみると、みな一斉に「朝鮮だなぁ！」と驚いた。よも山話をしていると小倉一等兵が、

「見ろよ、朝鮮ではコーヒーの出前があるんだ」

と騒ぎ立てた。見ると、金属製の盆の上に湯気の立ったコーヒーを二つ置いて、ボーイがのんびりと大通りを歩いて行く。これも朝鮮である。表情をもたないような朝鮮娘も、兵隊にからかわれると、肩をすぼめてうれしいような恥じらいのポーズをとる。そこにも朝鮮的なものが感じられた。

（二）中国大陸をのぞく

五月二九日、一三時半、安東に到着した。いよいよ満州に入った。どこもかしこも見慣れない満人（まんじん）ばかり。洋車〔人力車〕が走り、赤い服・黄色い服の姑娘（グーニャン）〔未婚の娘〕が歩き、日に焼けた苦力（クーリー）〔肉体労働者〕が土を運んでいる。子供の苦力もいる。それが「何かください」と車両に近づいてきて監督に叱られた。煙草を一本やったら、「多々的」〔沢山くれ〕と言って不服そうな顔をした。

鉄道の踏切には「小心火車」と書いてある。「汽車に注意せよ」ということか。大虎山の駅は、トーチカ〔厚いコンクリートの防御陣地〕でできていて、回りには鉄条網が張り巡らされていた。この駅の向かいの山からは、懐かしいかっこうの声が聞こえ、また鶯の声も聞こえてきた。二〇時一五分前、太陽はようやく近くの山の向こうに沈んだ。まだあたりは明るい。ゆっくり走る列車を満人の子供たちが追いかけてくる。

なにかを貰おうとするのだろう。中には「万歳」と両手を挙げて兵隊に媚びる子供もいた。

五月三〇日、午前五時過ぎ山海関[注9]に到着。朝食が上がった。下車して便所に行ったら、扉がまったくついていない。皆顔を赤らめながら用を足した。いよいよ異国の大陸に来たという感が深い。

北支那[注10]に入ったら、急に木々が多くなり野の草花も多くなった。楊柳の木が多くなり、満州の木々より発育がいい。柳のほかに松もあり、大変懐かしい思いがした。南満州では野に花らしいものを見なかったが、ここでは沿線いたる所に小さな白い花、黄色い花、うす桃色の花が咲き乱れている。

また、「ノーシン」や「仁丹」の広告だが、安東から奉天を経て北支のここに至るまで、見ないところはない。そのほか、「若素」の広告も「味素」の広告も多い。

一七時一五分、天津に着いた。さすがに大都市だ。人通りも多いし、美しい姑娘も多い。二時間ほど停車する。夕食を済ませてからホームに出て、下の舗道を行く人の群れをながめた。ガード下の舗道は、蟹を売る店、赤い二十日大根を売る店、団扇と蝿とりを売る子供たちでにぎわっている。蟹は一個一〇銭だとか。それを買って路上で食っている労働者、二十日大根を立食いする老人もいる。団扇と蝿取りを売る子供は、口早に通行人に呼びかけるのだが、三〇分もの間に一本も売れなかった。人力車がつぎから次へと走る。その車には大抵素晴らしく上等な支那服の姑娘が乗っていた。彼女たちの多くは、長い髪の毛を軽くウェーブさせて風になびかせていた。その支那服の襟とうなじとまた肩から手への線を美しいと思いながら眺めた。天津はさすが大都会だ。高貴な感じの若い夫人や理知的な感じの姑娘がときどき見受けられた。

五月三一日、午前七時三八分、列車は済南駅に着いた。済南は予想以上に大きな都市である。アカシヤの木が多い。この木の緑に囲まれた美しい家屋もある。他所では三、四〇センチほどの茎に、見すぼらしい穂しかつけていなかったが、この町の近辺では麦もよく伸びている。

済南の駅を離れるとほどなく腹が痛み、下痢をもよおし始めた。今日の夜明け、ある駅で売りにきたゆで卵を買って食べたのが原因らしい。汽車は停車しそうもない。顔には脂汗がにじみ出る。ついに我慢できず、皆に支えられながら貨物車の出入口に尻を突き出して用をたした。畑のチャンコロ〔中国人に対する蔑称〕たちも笑っていた。この苦しい滑稽劇を終えたら、ほっと救われるような喜びがわいた。

目的地の泰安には一三時半に着いた。列車から眺めると、大した市街らしいものも見えず、山また山ばかりがつづいている。兵隊は顔を見合わせながら、「えらいところに来ちまったなぁ！」と言う。

部隊は貨車から降りると、駅前にある衣第四五大隊（奥中部隊）の営庭に勢揃いした。我々の第五四旅団長・長島勤大佐が壇上に立った。この背の低い精悍な男は、我々を歓迎して次のような挨拶をした。

「俺が旅団長の長島だ。よく覚えておけ。お前たちの命は今日からこの俺が預かる。お前たちは南方で米軍と戦い、天皇陛下にご奉公したい気持ちだろうが、ここは大東亜戦争の重大な兵站基地〔輸送拠点〕だ。我が部隊の任務は、当地で鉄道や炭坑の警備、食糧・物資の調達をするきわめて地味なものである。しかも八路軍〔中国共産党軍〕の影響下にある当地では、この任務の達成も容易ではない。その重要さは、南方で米軍とはなばなしく戦うことといささかもひけをとるものではない。それどころか本官は、南方での巡洋艦一隻の撃沈と北支での八路軍の小銃一挺の捕獲とは、まったく同等の功績であると見たい……」

彼の話を聞くこの営庭は、すでに真夏の日差しである。この兵舎のすぐ裏には標高一○○○メートルほどの岩山が迫っている。聞けばこれがあの有名な泰山〔伝説などに登場する神聖な山〕とか。この山の向こうには共産匪〔共産党軍に対する蔑称〕がいるが、彼らはこの山だけは越えてこないそうだ。彼らは今もこの山に神秘的な畏怖を覚えているらしい。

二一時に点呼があったが、大陸のここでは未だ明るさが残っていた。点呼のあとふと思い出した。今日○○と△△の間のある駅の便所に、妙な落書きがあった。亀の絵を描き、その両側に「火焼紅蓮寺」という句が書かれていた。これはなにを意味するのだろうか?

注9　中国の華北地方と東北地方を隔てる軍事上の要地の一つ。「満州国」があった時代には、ここから先が「中国」という境界にあたる

注10　戦前の日本では、中国のことを差別的な意味を込めて「支那」と呼んでいた

(三) 残留事務を執る

わが部隊は作戦のため出発した。うわさでは大隊が新たに駐屯する場所を確保するための作戦だという。私は下痢による体調不良のために残されて、大隊本部の阿部曹長や中隊本部の土屋上等兵らとともに、部隊の留守業務を預かることになった。ほとんど仕事らしいものはなかった。内地から送られてくる慰問袋や手紙を兵站(へいたん)へ受領に行き、それを各中隊に区分けすれば仕事は終った。

この二週間の間に私の体もすっかり回復した。ほかの仲間が討伐で苦しんでいるとき、私は入隊以来はじめてのくつろいだ日々を送っていた。奥中部隊の酒保で甘味品を買ってきては食べたり、泰安の町を見て歩いたりしていた。

泰安の町は兵営以外はみすぼらしかった。家々は泥を煉瓦の形に積み上げたものが多かった。たまに黒煉瓦の小ざっぱりした建物を見つけたが、それらは大抵日本兵相手の飲食店だった。中には娼家が三、四軒ほどあったようだった。路上では薄汚い出店(でみせ)でさまざまな食べ物が売られていた。直径三〇センチほどの焼き餅(シャオピン)も切り売りされていた。つるされた豚肉は蝿がたかって真っ黒に見えた。小学生たちは登校の朝、そんな露店で粟(あわ)の粥(かゆ)をすすっていた。また白湯(しらゆ)〔お湯〕までが売られているのには驚いた。

この進駐作戦によって、わが衣一一一大隊は、泰安の東数十キロメートル奥地の新泰城(しんたい)に大隊本部、機関

銃中隊、歩兵砲中隊、第四中隊が進出し、第一中隊と第三中隊はそれぞれ炭坑警備のために張家荘と華豊とに駐屯した。第二中隊は莱蕪県、第五中隊は蒙陰県に駐留して、大豆、小麦、高粱、綿花などの収買工作〔実際には民間業者による農民からの略奪〕を武力で支援した。

（四）大隊駐屯地・山東省新泰

私は中隊に復帰すると間もなく、大隊本部勤務を命じられた。そして、一九四二（昭和一七）年六月二三日から、一九四四（昭和一九）年一〇月中隊に復帰するまでの二年間あまりを、第一一一大隊本部の治安部助手（陸軍一等兵〜陸軍兵長）として勤務した。この治安部は、将校一名、下士官一名、兵二名から構成され、大隊の宣撫・治安工作[注11]に従事した。

大隊本部があった新泰城は、小さな町だった。県公署と新民会[注12]とわが部隊とでその大半を占領し、残された半分の地域にわずか数十軒の住宅があったにすぎなかった。またこの住宅街には日本人の経営するホテル、飲食店、事務所などの数軒も混在していた。県城の東北部には立派な「孔子廟」があったが、ここは機関銃中隊と歩兵砲中隊が占拠していた。大隊本部は質屋さんだったという中国人の大きい建物を占領していた。ここに本部、経理部、情報部、治安部などの各事務室が置かれ、また大隊長以下本部勤務要員数十名が生活していた。城壁の四隅には望楼があって、四六時中、中国側の「県警」が立哨していたが、おもな出入り口である南門には、日本軍の衛兵所があって、出入する人間も品物もすべて厳重にチェックしていた。

新泰に住む中国人たちは貧しく、哀れだった。子供たちの多くは学校にも行けないで、馬糞拾いをしたり、小さな露店の番人などをしたりしていた。夕立ちがくると、われ先に路上に大きな腹をさらけ出して嬉々として水浴びをしていた。また幼くて死んだ子供たちは、「親より先に死ぬ不孝者」として野に捨てられ犬の餌食になっていた。
また端境期で食料に苦しむ老婆たちは、よく柳の枝を石臼で引いて食べていた。また、討伐のために徴用された中国人たちは、炊事場の流しに殺到しては、われ先にと残飯を漁って食べていた。

注11 占領地区の住民に日本軍の占領政策を理解させ、人心や治安を安定させる任務のこと。具体的には、演劇、ビラ、新聞などの媒体を駆使したり、衣食住、衛生、医療、教育面での便宜を図ることで、住民を協力的にさせることを目的とした

注12 占領地域では既存の行政機構は破壊され、意のままに操れる地元の要人（中国人）を使って再編される。それが「県公署」であり、県庁にあたるが、実権は日本人が握っている。「新民会」は中国民衆を日本軍や県公署に協力させるための治安維持組織で、ここでも表向きは中国人の組織とされている

（五）大隊本部治安部助手——その仕事と得た自由

こうした新泰城内を根城にした本部事務室要員の内務班は、一五名程が起居をともにしていたが、その大部分が再徴集の予備役組だったので、内地の軍隊のような「私的制裁」は受けないですんだ。私たちは、上級者への礼をつくしながらも、精神的には大いに「解放感」を味わうことができた。だが、私たちはまだ最下級の兵士だったので、毎日班の食事の上げ下げだけはしなければならなかったが、それもやがては中国の少年を連れてきて、その仕事を押しつけてしまった。

私の治安部事務室での仕事は、各中隊から送られてくる「宣撫工作」の報告をとりまとめて、第一一大隊の「宣伝月報」を作りあげることだった。時には報告の必要上「河川調査」や「望楼調査」に出かけたり、また時々は「県公署」や「新民会」と協同で近くの部落の「宣撫工作」などをしたりしていた。また、そのための資材を購入するために済南まで出張もした。

さらにまた「日語教科書」（「発音編」、「会話編」の二冊）を作り、これを使って城外にある「完全第一小学校」の上級生児童や小学校の先生たちに日本語教育を行った。また、年に数回は県公署に依頼して、作戦のための必要物資を運搬する人間を、時には何百人も提供してもらった。だが当時の私はこのことの犯罪性やその結果について深く考えを巡らせもしなかった。

そのころの私には与えられた仕事をおろそかにする考えはなかったとしても、大陸にきてようやく手にすることのできた「軍隊の中の自由」をどのように活用するかがより重要な問題だった。

当時私には、また旺盛な「読書熱」が勃然（ぼつぜん）とよみがえってきていた。戦友から借りたり、兄弟に送らせたり、部隊に寄贈された本を漁（あさ）るなどして、とにかく手当たりしだいに読んだ。その範囲は哲学書、歴史書、芸術書、小説、詩集、歌集にまでおよんだ。毎夜、事務室の薄暗い電灯の下で消灯までの時間を、あるいは消灯後も蝋燭（ろうそく）を灯してまで読みまくった。精神的な糧に飢えきっていたので、なにはともあれ読むこと自体が楽しく、読んでいると気持ちが休まるのだった。

また私にははじめて知る中国大陸が、ともあれ「興味」をそそった。私はあたかも「旅する人の心」でその対象を知ろうとしたのだった。中国大陸の風土は「乾燥」していて、私たち日本人の心には馴染めなかった。草木の緑のない岩山、つねに冠水しなければ作物の採れない畑地、流れる水のない川等々に奇異を覚えただけではない。その土地から採れる野菜も果物も、そして食生活を始めとする風俗習慣すべてが物珍しかった。私は日々遭遇するこれらの印象を書きとめ、「日報」のようにして家に書き送った。この「大陸風土記」をスケッチすることが私の楽しみだったが、その中で生活する中国人の貧困（私は城内で柳の葉を石臼で挽いて食料にする老婆を見ている）の原因に鋭く迫る目は、残念ながら持ちあわせていなかった。

中国の新泰に進駐していたわが部隊は、衣食住の面では日本の兵営でのそれと何ら異なるところがなかった。私たちはそれを当然のようにして享受していた。とくに私は治安部にいたため、県公署や新民会との接触が多くて、度々豪勢な食事の接待を受けていたし、また「中秋節」などには月餅（満月を形どった丸いお菓子）などの贈り物さえ受けていた。

そればかりか我々は、自由に外出して中華料理でも日本料理でも食べることができたし、日本人の経営する店では甘酒やお汁粉、コーヒーなどを飲みながら、仲間と話し込むことだってできた。また兵舎内ですき焼などをつつきながら、談笑のときを持ったこともあった。

また、野球チームを作って経理室や大隊砲チームとよく野球をして遊んだ。そればかりか、日本からの慰問袋や慰問団によって慰められてもいた。このようにして私たちは、軍隊用語で言う「娑婆」（一般社会）の人々とあまり変わらない軍隊生活を営んでいたわけである。

しかし、私たちの軍隊生活は不安定であり、また不安でもあった。私たちは祖国を遠く離れており、また自分たちの希望する仕事ができないという悩みがあった。私は多くの本を乱読することができたが、私が目指す倫理学の研究はできなかった。日本に残っている友人たちはすでに旧制高校や大学の教授として活躍している。それを思うと強い焦燥感にもとらえられた。

また人間の生活には、肉親や友人たちとの共同生活がなくてはならないものではないだろうか？　大陸に天皇の命令で渡ってきた兵隊たちは泰安から送られてくる肉親らの手紙を毎日待ちつづけていた。その手紙を読み、そして返信を書くことが、おそらく一番の楽しみであったと言えよう。

そればかりか、野戦の軍人はつねに「死」の恐怖と隣あわせで生活していた。私たち大部分の兵隊は、「日支事変」（日中戦争）を祖国の生存を確保するだけでなく、東洋の平和を築く「正義の戦争」と理解していた。そのために武器をとることは、「名誉」なことであるとともに、天皇の命令にしたがう尊い「国民の義務」を果たすことだと事実考えていた。だが、また多くの兵隊は死を前にしたとき、「天皇陛下万歳！」と叫ばずに「お母さん！」と自分を養い育ててくれた人の名を呼んだのもまた事実である。

我が部隊が進駐して二ヶ月経つと、早くも最初の犠牲者一一名が出て、その慰霊祭が孔子廟の中庭で執り行われた。それから毎月何名かずつの戦死者が後を絶たなかった。同年兵の清水は中国に渡るとほどなく戦病死し、また同年兵で親友の長谷川は戦闘で戦死した。このことは当然ながら我々に「戦地」にいることの緊張感と、いつわが身に降りかかるかわからない不安感とをますます強く呼びおこさずにはおれなかった。

（六）本部生活の点描（上）——昭和一七年の六ヶ月

私は、昭和一七年六月から翌々年九月まで、二年三ヶ月間、大隊本部で治安部助手を務めたが、この間の心に残る様々をここにスケッチしてみようと思う〔第一章（四）の注を参照〕。

「酒保」が開いた

新泰に進駐するとすぐに酒保が開いてわれわれを大いに喜ばせた。まず葉書が手に入ったことがうれしかった。さらに、サイダーや羊羹（ようかん）やパイナップルの缶詰が買えた。ここ中国の小さな町では、サイダーが一本八〇銭、パイ缶が一個三円もするのに、酒保ではそれぞれを二〇銭と四〇銭で求めることができた。

身体検査

また、ほどなく身体検査があった。体重六二・一キログラム、身長一六九センチ、胸囲八五・三センチ、呼差[注13]六・七センチ。だれもが目立って体重が減った。ひどい人は八キログラムもやせ、自分も二キログラムやせた。

注13　息を吸った時と吐いた時の胸囲の差のこと

絵鳩が故郷あてに書き送った軍事郵便はがき

軍事郵便はがきを作る

うどん粉糊があったので、なにかの包み紙を見つけてきて、葉書作りをした。茶色の包み紙を二枚貼り合せて、葉書の大きさに切り、それに軍事郵便と北支派遣のゴム印を押したら、野戦色豊かな郵便葉書ができあがった。全部で一一枚できたので、田村、野口らと三枚ずつ分けたあと、残りの二枚をジャンケンで分けることにしたが、僕は一枚もとれなかった。

毎日トラックが着く度にかけつけて行くのだが、自分宛の書信はちっとも来ない。今までに母と仙台の孝から二通届いただけだ。今日もなくて諦めて帰ろうとしたら葉書が見つかった。上田の若林陸子と記されていたが、もうどんな顔をした生徒だったか思い出せなくなってしまった。

慰問団が来た

七月一六日の今日、部隊に慰問団が来た。弱い電燈の灯影を受けて、女歌手が「暁に祈る」を歌った。

「ああ、あの顔で、あの声で、
手柄頼むと、妻や子が
ちぎれる程に振った旗
遠い雲間にまた浮かぶ」

こう歌い始めると、兵隊は感動して力一杯の拍手を送った。その拍手の中に再び登場した彼女はまた「海征かば」を歌った。最後には、兵隊も慰問団も一緒になって「愛国行進曲」を合唱し、万歳を三唱した。涙を流す兵隊も多かった。

サンダルと風鈴

兵隊が大陸に渡って最初に作った品物は履物だった。木切れを見つけてきては、アッチでもコッチでもサンダルづくりがはじまった。一枚板を細長く切って踵を打ちつけた簡単なものから、厚い木材に見事なカーブを刻みこみ、爪先には毛皮を張りつけた入念作まで、千種万態のサンダルができあがった。

つぎに兵隊がつくったものは、風鈴だった。サイダー瓶を口のほうから一五センチくらいのところで切って、そのなかに釘を下げ、釘の先に煙草の箱を切り抜いた短冊を吊すと、なかなか響きのいい風鈴ができあがった。

中には、どこからか石油缶を見つけてきて、それを適当な深さに切り、フチをおり曲げた上に白ペンキを塗って、気のきいた洗面器まで作った兵隊もいた。

恤兵品と煙草の配給

大陸の雨季の今日、めずらしく晴れて恤兵品〔兵士への慰問の品〕が配給された。日用品の甲と乙とである。甲が二個、乙は一個だった。甲の袋には、ちり紙一五〇枚、鉛筆一本、そしてなによりもうれしい軍用葉書が二〇枚入っていた。乙には、タオル一枚、フンドシ一本、歯ブラシ一本、歯磨粉一袋が入っていた。

ひる寝をしていた兵隊も一斉に目を覚ますと、子供のような笑顔を作って、これらの袋に飛びついていった。その袋には、「熱砂の誓」や「大政翼賛会の歌」などが印刷されていた。兵隊は袋を開けながら、いつしか「熱砂の誓」のメロディを口ずさんでいた。

数日後、煙草が上った。今日の煙草はいつもの「Baby」ではない。ベビーという煙草は真っ赤な包み紙に腹がけをした裸の赤ん坊が描かれているのだが、今日のは空色の包み紙に赤い首輪をした尾の長い白猫が二匹ならんでいる「双猫牌」という煙草である。

支那には煙草の種類が多い。この小さな町の街頭で売られているものを数えても、「天壇」、「麦秋」、「Five Bats」、「Spear」、「Mars」などがある。そして、それぞれに包装の意匠(いしょう)が面白い。これを集めてもち帰ろうと思った。こんな面白い意匠の煙草を眺めていると、煙草吸いでないのが恨めしくもなる。

『改造』(七月号)を読む

八月四日(火)、根岸さん(情報部班長、東大工学部出身)から『改造』の七月号を借りてきた。安倍能成の「練成と学問」を読む。この雑誌には沢山の新刊書の広告が載っている。中でもつぎの本が読んでみたい。

児島久雄『希臘(ギリシャ)の秋』、高村光太郎『美について』、後藤守一『埴輪の話』、火野葦平『兵隊の地図』。

八月に入ったら少しはすずしくなるのかと思っていたが、雨が上るとかえって前より暑さが厳しくなった。今日は午後から夜にかけて息苦しいほどムシムシした。裸で寝たが、敷布は汗でグッショリだった。この調子では、八月いっぱいは暑さで苦しめられることだろう。六月、七月、八月とつづく大陸の暑熱は、まったくの想像以上だ。夕方、内地のミンミン蝉のようなのが、近くの木にとまって鳴いた。二声三声鳴くとすぐどこかへ消えてしまった。

苦力たちの残飯漁りと慰問袋

八月九日、ミンミン蝉が鳴いた。これで二度聞いた。まだ時期が早いのか、あるいはそんな声しか出ないのか、日本で聞く蝉よりよほど鳴き方が下手だ。

朝飯の残飯を捨てに行ったら、炊事に働きにきている苦力（クーリー）たちが、「メシ、メシ」と言いながら近寄ってきた。気がついてみると、一人の苦力は醤油樽のなかに捨てられたドロドロの残飯を箸ですくい上げて、缶詰の空き缶の中に移していた。中には持参した支那茶碗にすくい上げて、その場で食べている者もいた。その姿を炊事の常任の賄夫（まかないふ）たちが、とがめるような目で見やっていた。それは彼らの持ち帰り分が減るからである。一瞬、支那民衆の貧窮さをリアルに体感した。

だが、今日はなんというれしい日だろう。午前中ひとしきり降った雨のために、連絡の自動車など来ようもないとあきらめていたところにそれがやってきた。まったく旬日〔一〇日〕ぶりのことだ。この車の音を聞きつけると昼寝をしていた兵隊たちが、蝗（いなご）が跳ね返るように飛びおきて事務室に押し寄せてきた。

山と積まれた慰問袋の中に、小生のも二個あった。一つは家から、もう一つは上田の教え子荒井からだった。家からのには、ゲーテの『詩と真実』、H・グラム・ウェルズの『世界文化史概観』、さらにうれしいことには葉書が一〇〇枚ほど入っていた。荒井は岩波新書の『支那・支那人』、『支那社会の科学的研究』、それからロマン・ロランの『愛と死との戯れ』を送ってくれた。一茶の墓所や野尻湖の写真も入っていた。これから本がおもいっきり読めると思うと心が踊る。なにから読もうかと迷うほど沢山手に入ったのだから。

手紙は全部で八通きた。母、孝、絵鳩さん、荒井の四人から封書。後の四通は野尻湖や水郷の色刷りの美しい絵葉書。これらのうれしい便りを一時間ほどかけて読んだ。あまり一生懸命読んだためか、読み終えたら頭がズキズキと痛んだりした。

戦友の慰問袋の中から女優のプロマイドが出てくるとまわりからワァーッとばかり手が伸びてたちまちさ

らわれてしまった。その戦友の手には高峰三枝子の写真が一枚しか残らなかった。小生の手には李香蘭（りこうらん）の写真が握られていた。その慰問袋の中の手紙には、「戦友の方たちにもお分けください」と書いてあったので、皆安心して手にした写真を頂戴することにした。

衛兵に立つ

八月一〇日（月）、廟の衛兵に立たされた。衛兵に立つのは入隊以来はじめてのことだった。将校が来た場合、控衛兵はただ「敬礼！」と言って不動の姿勢をとればいいのに自分が敬礼してしまったり、また「敬礼！」と言うべきところを「気をつけ！」と言ってしまったりした。

衛兵所の前を通る支那人は大抵立ちどまり、大きな八角帽子を脱いで礼をしていく。その礼を注意して見ているとさまざまな礼のあることに気がついた。心からの礼をしている支那人は残念ながら少ない。大抵の人は力をもつ者への恐ろしさで頭を下げているようだ。中には、歩いてきた方向に向って、そのままヒョコンと頭を下げて行ってしまう者もいる。頭髪を分けたり、西洋流のズボンをはいたりした若者は往々にして礼をしない。

一番愛嬌があるのは何といっても少年たちである。兵隊に「はらだたい（原田隊）玉吉」などという腕章を作って貰い、嬉々として水汲みをしたり、西瓜を買ってきたりしている。この少年たちが大きくなったとき、この支那の姿も少しは変わってくるのだろうか。だが、このあたりの少女たちは、案外兵隊にはなつかない。なんだかいつも猜疑（さいぎ）的である。誰が少女たちにこんな目をさせるようにしたのだろうか？　長い間の歴史・社会か、その両方か、あるいは日本軍か？

夜、立哨していると涼風が吹いてきて、草むら（雨が降って降ってやっと生まれた草むら）のなかからコオロギの声が聞こえてきた。その音に耳を傾けていると、まるで内地にいるような錯覚さえ生まれてくる。

明け方、東の城壁からオリオンの三つ星が垂直に上ってきた。

翌日午前一〇時、廟から南城門の本部衛兵に移った。ほかは皆交代になったが、自分のところだけ交代がない。遅れている治安部の仕事を考えて気が気でない。昼近いころ歩哨に立っていたら、「興亜食堂」の小姑娘がブラブラ歩いてやってきた。衛兵所をのぞきこむので「Shoma（何？）」と尋ねると、「Ode kan-kan（私見たい）」と言う。だから、「Pushin, Taizin tata - yu, kaikaide nabenzi（いけない、偉い人が沢山いるから早くあちらに行きなさい）！」と言ってやったら、ブスッとほっぺたをふくらませながら、またryuta-ryuta（ブラブラ歩き）で帰って行った。この小娘は新しい土地が珍しく、兵隊の怖さも知らないのだろうか。午後四時に下番した。

新泰ホテル

今日、治安部に相川曹長殿が着任してこられた。野口君も一等兵になったというので、中島中尉殿が私たちのために会食をしてくれた。表に出たら道がドロドロになっていた。「新泰ホテル」は接待が追いつかぬほどの混みようだった。在留邦人会があるのだそうだ。大陸にいるこの人たちは、家を持ちながらも本当の家はないのだ。

慰霊祭

八月二〇日（木）、慰霊祭が孔子廟の庭で行われた。興亜の礎石となって散った戦友一一柱の慰霊祭である。戸村少尉殿が読経された。山鳩の無心になく鳴声も悲しみを深くした。

この慰霊祭は、わが衣一一一大隊が駐留二ヶ月にしてはじめて出した犠牲者を慰霊するために行われた。大隊本部から南方五キロメートルの地点に張家荘炭坑があり、この炭坑警備にあたっていた第一中隊の南山分屯隊は、月明の夜八路軍の襲撃を受けて児玉少尉以下一一名が全滅をしたのだった。酒盛りをして酔い潰れたあとのことだったとうわさされていた。

茄子、西瓜、白菜、清酒、サイダー、パイナップル缶、そして万頭(マントー)〔蒸したパンのような主食〕……これが昇天の霊へのお供物であった。張りめぐらす幕も白、祭壇も純白、大陸の朝は空気も清浄だった。

俸給日

俸給をもらう。先月からの増俸分を加えて、一四円五〇銭を貰った。兵隊は毎月貯金をすることになっていたので、「いくら貯金をするのだ」と聞かれた。「五円します」と答えたら、「五円は普通だ。もっとしないか」という。五円は一等兵の責任額らしいので、気張って「それなら一〇円します」と答えたら、今度は逆に「おい、大丈夫か」と念をおされた。これで入隊以来の貯金は、おおよそ六〇円にもなろうか。

贈られた支那服

八月二七日（木）、今日、県公署では治安部のわれわれに「便衣」[注14]を作って持ってきてくれた。早速助手の野口一等兵とこのま新しい支那服を着て、事務室の緑川兵長に写真を撮ってもらった。

支那服は、背広や日本服のように肩幅が決められていないので、着ていてとても楽だ。林語堂という支那人は、『支那の横顔』という本の中で、こんなことを書いていた。「背広を着て得々としている男は、大抵女房の尻に敷かれても甘んじている男だ。なぜなら、背広の苦しさを感じながらも、近代的と称して支那古来の衣服を脱ぐというその心はすでに西洋の女尊に屈服する心に通うからである」と。この支那人が誇るように、支那服の上着はたしかに着て楽だし、また活動的でもある。あのダブダブで前を折りあわせて腰帯でしばるズボンは別問題として。

注14　中国人の普段着のこと。これを着て中国人の間に紛れ込んで情報収集をしたり、作戦を遂行したりした

宣撫工作

九月一三日（日）、新民会青年隊や県警備隊の連中と一緒に宣撫工作に出た。相川曹長、野口、菅野らはみな便衣を着け、まったく「苦力一等」（Ku-ri-i-an）である。唐もろこしの葉末をひやりとする風が流れ、青空に突き出た岩山が高い。瞬時、信州あたりの高原を旅しているような想いにとらえられた。この大陸ももうすっかり秋である。畑には、もろこしが稔り、枝豆が熟し、薩摩芋や落花生が生々と成育している。

不潔な支那人には眼病が多い。その目の悪い支那人が、宣撫班の目薬に群がり寄ってくる。子供の腹を西瓜かなにかのように弾きながら、「ここが悪い」と言って腹の薬を貰いにくる母親もいれば、また「うちには蚤（のみ）が多くていけない。どうにかしてくれ」と言ってくる老婆もいる。

昼飯は○○荘の部落で、荘長からマントー〔万頭〕を馳走された。ゆで卵や豚と豆の料理も出された。この部落には、今朝八路軍が一〇名ほどいたが先ほど引きあげたばかりだという。周りの者は拳銃を手にしたり着剣したりして、警戒を厳重にしながら宣撫工作を行った。

この部落にいたときだった。向こうの丘からオイオイ泣きながらくる二人の女がいた。これは家の者が死に、それを墓地に埋めて帰ってきたのだそうだ。よくも涙が枯れてしまわないものだ、と思われるほど仰山（ぎょうさん）に泣きじゃくる。それを紙芝居を見ていた近所の女たちが慰めてやる。やがて後から、チャルメラのようなラッパを吹きながら供の男たちが帰ってきた。賑やかな葬式だ。

仲秋節

九月二四日（木）、今日は「仲秋節（ちゅうしゅうせつ）」だという。だが、仲秋の名月は顔を見せてくれない。炊事の平野が、

点呼少し前に「街に出た」といって、お萩を三つ包みにして持ってきてくれた。仲秋節は支那人が楽しみにして待ち望み、そして大いに歓をつくす宵だという。

黒雲に隠れた仲秋の名月。日本の空はどうであろうか？　こちらは、アンペラ〔ゴザ〕の上に手製の小机を載せ、うすくらい電燈の光りで日記を記している。

はじめて山梨に赴いた年のこの日は、大気が澄んで月が明るかった。葡萄をつまみ、葡萄酒に酔い、月に歌った。その当時の朋友たちは、今どこでなにをしているのだろう。

翌日、「仲秋の月餅（げっぺい）」というものを口にした。これは日本のお月見団子にあたるものだろうか。丸い饅頭であるが、外側はからからしていて、中に砂糖や西瓜の種やはすの実などが入っている。油で揚げられたこの月餅は、割って口にすると柚子（ゆず）の香りが高い。そして得も言えない複雑な味がする。これは県公署から部隊への贈り物だという。

陸軍上等兵誕生

一〇月五日（月）、陸軍上等兵になった。今日、一〇月一日付で発令があった。思えば入隊してから一五ヶ月が経った。中隊では、自分たちの補充兵が四名、現役の二年兵一名、三年兵五名そして予備役が六名だった。夜、中隊に行って上等兵の襟章（えりしょう）をもらってくると、すぐに襟布（えりふ）や襟章を新しい冬衣に縫いつけた。

昼、原田隊に挑戦されて野球をしたが本部はあまり乗り気がなく、八A対一〔〝A〟はコールド勝ちを指す〕の惨敗を喫してしまった。小生の投手も打ちこまれて芳しくなかった。

翌日、本部や中隊に進級の申告をしてまわったので、一日中何となくあわただしかった。「申告いたします。陸軍一等兵石渡毅は、一〇月一日付をもって、陸軍上等兵に任命されました。謹んで申告いたします。終わり」。こう大声で各部屋の上官に申告してまわった。

用事で国富県顧問のところに行ったら、小生の襟の星が一つ増えたのをみて「星祭りをいたしましょう」と言ってくれた。「星祭り」とはいい言葉だ。

星祭り

一〇月一三日（火）、本部事務室の「星祭り」が行われた。緑川さんと自分が上等兵に進級したその進級祝いである。場所は「新泰ホテル」で、料理は日本の定食に支那人の店からとりよせた支那料理が一四皿。それに酒保からのキリンビール。快速度の飲みっぷりに皆大いに酩酊し、大いに歌う。秋冷の窓辺にはまだ虫がすだいていた。自分たちは支那の「芋揚げ」や「はすの天ぷら」や「肉団子」に舌つづみを打った。

済南へ出張

一〇月二二日（木）、今日から宣伝資材購入のため済南へ出張となる。四泊五日の予定だ。泰安からのバスを、菅野君と南京豆を食べながら県公署前で待つ。

乗ったトラックの上はひどく寒い。手が凍え、腰が冷えてきた。河のほとりの柳もポプラも、いつの間にか黄ばんでいる。沿道の畑では、南京豆と薩摩芋（さつまいも）の獲り入れが盛んだ。赤紫色の芋の山が夕日に映えて美しい。

泰安にトラックが着くと駅まで洋車〔人力車〕を走らせ、汽車に乗りこんだ。車内の食堂で中島中尉殿と夕食を済ませる。車は窓覆いを下ろしている。車内は夥（おびただ）しい人だが、この三等車には女性はほとんど乗っていない。

天津（てんしん）の日語学校の生徒だという青年が話しかけてきた。名を劉雲翔と言う。まだ一年生だというが、彼の日本語はほとんど実用にはならない。二年を終了すると、日本への修学旅行ができると喜んでいた。この一九歳の青年は、支那の古くからの習俗に恥らいと侮蔑心を持っている。前の座席の老人が、首に下げたキセルをとり出して煙草を吸うのを、自分が興味深くながめていると、彼はそれを指差しながら侮蔑的な笑いを浮かべた。また、その男のとなりの老人の汚いオワン帽子を引きむくようにして、その頭に巻きつけられた弁髪を見せながら「これ、どう思いますか」と言った。同胞に対する親愛と自信とを欠くこの中国青年に、些か惨めさと怒りとを覚えずにはいられなかった。

済南の駅前から兵站まで洋車を走らせた。広いアスファルトの道を洋車は音もなく走る。灯を暗くしたこの都市には、冷たい夜霧が流れていた。あるときは東京の日本橋の上に居るような感じがし、またあるときは北の異国の街を行くような感じさえした。

一〇月二三日（金）、中島中尉殿が「鶴屋ホテル」から電話してきて、「買い物に出るからすぐ来い」と言う。洋車の車夫に聞きながら行く。途中、本屋が目に入ったので急用だったがいきなり飛びこんでしまった。

本の冊数は多いのだが自分の求めたいような本はない。僅かに野上豊一郎の『西洋見学』、三木清の『読書と人生』、高山岩男の『世界史の哲学』などが目を引いた。野上氏の本を求めた。

本を求めてホテルに行ったら、中島中尉殿は、丁度ドアを開けて出ようとするところだった。街にはおびただしい洋車、おびただしい塵埃。済南は「洋車と塵埃の街」である。偕行社から加納屋へ、加納屋から高島屋へ。加納屋では宣伝用の蓄音機を求めたが、コロンビヤのポータブル（№２１２）が三五〇円もした。高島屋には、綿のタオルの寝巻も、毛やポプリンのワイシャツも皮の手袋もあった。だが、ひどく高かった。

この都市は支那の都市なのに、支那の姑娘よりむしろ日本の女性のほうが多い。支那の姑娘は二、三人連れで歩いているが、日本の女は申し合わせしたように洋車で行く。血色の悪い玄人女も、けばけばしく塗り立てた女も。

一〇月二四日（土）、一〇時少し過ぎ、中島中尉殿より電話で「菊水ホテル」に呼び出された。洋車で駆けつけたら、「今日は買い物もないから、一日ゆっくり映画でも見てこい」と言われ、一〇円紙幣を掴まされた。「旭屋」という本屋に入る。相良守峯（さがらもりお）氏の『独乙人（どいつ）のこころ』と岩波文庫版のフィヒテの『学者の使命』、ゲーテの『イフゲニー』などを求めた。

高島屋では、皆からたのまれた箸、箸箱、フォーク、湯呑茶碗、葉書などを求めた。売り場の女店員は大抵若い中国の姑娘であるが、彼女らは皆もの静かでやさしい。日本のデパートガールのようなあくどさも傲慢（ごうまん）さもない。昼はここの食堂で、オムライスとココアですませる。広くて静かな部屋にはクラシックの室内楽が流れていた。

「甘栗太郎」に寄って、田中にたのまれた羊羹、浜野にたのまれたロシヤチョコレートなどの発送を依頼した。

夜は中国の飯店で食べた。方少卿という少女は、僕の顔が支那人そっくりだと言う。その朋友の李玉蘭は、日本人そっくりの顔をしていた。こんな顔の少女をどこかで見たような気がする。

一〇月二五日（日）、午前中は、中島中尉殿からの電話もなかったので薄暗い兵站のほこりっぽい畳に腰をおろして、相良守峯の『独乙人のこころ』の中の「独乙民族の性格」と「独乙文学史素描」とを読んだ。

戸外では、ポプラの枯葉が鳴っている。ゲーテの論文を書きに、上野の図書館に通った当時のことがふと甦（よみがえ）ってくる。その当時の気持ちが、今日の読書時の気持ちに通うような気がする。

街に出て、「済南堂書店」で『中央公論』を手にして繰っていたら大学の先輩の古川哲史の名前が目についた。それは、「武士道精神書の研究」という傍題のついた論文だった。何気なく最後のところを見たら、括弧で囲んで「筆者は第一高等学校教授」と書かれていた。古川さんが一高の教授になったとは、少しも知らなかった。これは祝すべきことだが、自分の現況を思いあわせると、支えのない焦燥を覚えずにはいられなかった。そして、砂塵が舞いあがり、枯葉がカラカラと走り寄る異国の街をトボトボと帰ってきた。

一〇月二七日（火）、兵站から中島中尉殿のところに行き、そこからまた洋車で〇〇部隊へ、昨日預けた荷物を受けとりに行った。

路上の飯店では朝飯ができている。あのメリケン粉を粥(かゆ)にしたものを十数人の支那人がすすっている。平ぺったい茶碗を手にして、支那の苦力らが、立ち上がる湯気を吹き吹きうまそうにすする。驚いたことには、カバンを下げた学童たちまでが二、三人一諸になって粥をすすっていた。この学童たちは、日々いくらかの銭票を貰ってきて、こうして朝食をすませるのだろうか。なんとも支那とは驚くべき国である。

場外市場

一一月四日（水）、市場及び城外五ヶ村の宣伝宣撫工作に出た。市場はおびただしい人出だった。店らしい店のないこの土地ではこの市場がただ一つの商取引の場所だ。それだけになんでも売っている。麦、粟(あわ)の穀物から、木綿、絹の反物、牛肉や豚肉や羊肉、肥料のようにうす汚くなった塩魚、それに日本のハミガキ粉や仁丹までが並べられている。仁丹が五〇銭、ハミガキ粉が六〇銭である。中にはまるで布団の感じの綿入れの古着まで売られていた。新民会の少年は、生きた鶏を一羽買って、それをぶら下げながら我々の後についてきた。

読書の冬

一一月七日（土）ゲーテの『Iphigenie auf Tauris』を読了する。初秋の青空のように、ただ清澄な史劇である。ここには多彩な感覚はない。ただ限りなく澄んだトーンがあるだけである。

ドイツの作家で、ドイツの風土を美しく清らかにとらえた作家は誰であろうか？　ドイツの作家は、とかく内向的でIdealish〔観念的〕な世界を描きがちである。ドイツの作家にとっては、自然（風土）は何だかどこまでも背景的なものであるようだ。これに反して、日本の作家は人間の行動を風土のなかから芽生えたものとして、風土に根ざしたものとして描く。

一一月九日（月）、午前、野上著『西洋見学』の中から、「処女の木とアブ・サルガ」を読む。キリストとマリアが、ヘロデ王に追われて宿ったというエヂプトのシカモアの木。ベトヘレムの嬰児の皆殺しを行った凶暴なヘロデ。この王にたいして好感を持たないエヂプトの女王クレオパトラ。そしてヨハネの首を所望したサロメは、誰あろう凶暴な王ヘロデの妾（めかけ）マリアムネの子ヘロデス・アンテパスが懸想したヘロデァの娘に他ならない。そしてキリストの洗礼者ヨハネは、不義の女ヘロデァの恣意により、銀の盆に首をはねられねばならなかった。

一一月一三日（金）、寒いので早く寝た。外では珍しく風が吹いている。木枯（こがらし）であろう。音を立てながら吹いている。この音を耳にしながら、ヘルマン・ヘッセの『青春彷徨（ほうこう）』を読む。何処となく心ひかれる作品である。溢れるほどに自然への光波が描き出されているが、それは内省によって引き締められた淡い光の波を見るようである。だが、日本の作家のような柔らかくて、華やかな詩情は汲みとれない。

一一月二一日（土）、室生犀星の『蝶』という小説を読む。情報室の部屋はストーブが赤く、電気が明るかった。女学生を娘とする一人の父親が、娘と娘のところに来る四人の友達を捉え、これら五人の女学生の生態を美しく描きだしている。信濃の自然を背景にしてビビッドに生きる健康で清らかな若者の生活を、その中の一つの生の滅びを核心にして描く、柔らかく優しい雰囲気の詩情に満ちた小品である。晩秋のひと時救われるような心地で読む。

このあと、着剣して巡察将校の護衛を務める。月の明るい夜だった。

一二月二二日（火）、根岸さんから杉山平助の『文芸五十年史』を借りてきて読む。電気が消えてからローソクを灯して一二時まで読んだ。この本を読んでみて、自分がいかに現代活躍している作家のものを読んでいないか反省させられた。これから次のものを読んでみたいと思った。

横光利一『寝園』、『紋章』、岸田国士『暖流』、『泉』、尾崎士郎『人生劇場』、林扶美子『放浪記』、林房雄『青年』、『壮年』、島木健作『生活の探求』、和田伝『沃土』、伊藤整『鶯』、阿部知二『冬の宿』、『幸福』、石川達三『蒼』、鶴田知也『コシャマイン記』、火野葦平『糞尿譚』、長谷健『あさくさの子供』、寒川光太郎『密猟者』、芝木好子『青果の市』、高木卓『遺唐使』、上田広『黄塵』、『建設戦記』。

それからはなはだ恥ずかしいことながら、島崎藤村『夜明け前』、谷崎潤一郎『春琴抄』などである。

（七）本部生活の点描（中）——昭和一八年の一年

新泰の正月

昭和一八年一月一日（金）、新しい年の朝が明けた。大東亜戦争下で兵隊として迎える二回目の元旦である。九時、遥拝式[注15]があった。城壁の上に昇る深紅の太陽に正対して、捧げ銃をする。「君が代」のラッパは、凍てついた大陸の山野を圧した。この厳粛なひと時、歓喜で切れるような指の痛みも忘れた。式後、屠蘇と雑煮。酒を薬缶で暖め、暖炉で餅を焼く。去年の正月にくらべて今年はいささか心楽しいものがある。

昼、県公署に呼ばれた。県知事以下各科長が出席しての正餐会である。珍しい、豊富な支那料理を存分に食べ、すきとおる支那酒に気持ちよく酔った。

新民会では、一区の自衛団の人たちによる「高脚踊り」を見た。顔を隈どり、髭をつけ、日本の神主のような衣装を身に着けた連中が、日本の竹馬のようなものを脚にくくりつけて、鐘の音にあわせて踊り歩くのである。これに見とれていたら、新民会の会長に呼びこまれて、またもや支那酒を勧められた。ついには「気晴」〔将校むけの料理店兼「慰安所」の店名〕で、戦友たちの介抱を受けるという始末と相成った。

夜一一時、ようやく床の上に起きあがることができた。気分もなおり蘇りの嬉しさを享受することができたものの、もう二度と強い支那酒は飲むまいと思った。

一月二日（土）～一月四日（月）騎馬一三騎で測量に出た。遮断壕に沿い、丘から丘へ寒風を突いて駆ける。暗夜、馬の蹄が石を蹴って火花を散らす。この夜は谷里泊り。

一月三日、宮里に向かった。万東山部隊本部の楽隊に迎えられて入城する。昼食の接待を受けたあと、赤柴の炭坑に向かう。炭坑内の食堂での夕食は雑煮だった。

一月四日、赤柴から新泰まで一三里ほどの道のりをまた馬で帰ってきた。尻がすっかりすりむけて、馬が駆け出すと涙が出るほどの痛みを覚えた。

一月一〇日（日）、今日は日曜日。午後から外出したが外は黄塵が吹きまくり、出ている兵隊も少なかった。久しぶりで支那飯店に入る。帰りに「気晴」から、防寒襦袢を貰ってきた。綺麗に洗っておいてくれた。夜一九時二〇分、強風の中で新民会が炎上した。あわてて駆けつけたものの、すでに手の下しようがなかった。烈風に火の粉が舞い上がり、警察員の呼笛が鳴り響く。水甕を持った男たちが右往左往する。隣家の屋根の火消しに登っていたら、耳が切れるように痛かった。このときの気温は零下二〇度だったとか。消火のためにかけた水がたちまち凍りついて屋根から氷柱となって垂れ下がっていた。

一月一四日（木）、思いがけなく弟孝から小包が届いた。青島の本屋を通じて、『国民西洋歴史』、シラーの『たくみと恋』、ヘッベルの『幼年時代』の三冊を送ってくれた。大変うれしい。暖かい夜だ。零下二度しかない。一一時まで、孝の送ってくれた本を読んだ。

今日の昼は情報室で「米屋」の羊羹をご馳走になった。家からは和辻〔哲郎〕先生の『倫理学』中巻を、荒井からはヘッセの『デミヤン』を送ったという知らせもあった。今夜は何とも素敵な夜だ。

一月二六日（火）、朝の点呼のときの気温が、氷点下五度だった。昼、週番上等兵を下番するや、夜にかけてヘルマン・ヘッセの『デミヤン』を読んだ。少年の心を脅かす脅迫と流浪と邪悪で猥雑な世界と、それへの少年の嘲笑と侮蔑、少年の暗い情欲と清らかな愛慕との葛藤、これらの自己葛藤と取り組んで、真に自己の道に突き進んでいった少年の魂の苦闘史が、この『デミヤン』であった。心楽しい小説ではないが、読者を引きずりこんで止まない小説である。

注15　天皇の住む地の方角に向けて一斉に頭を下げて拝む儀式のこと。日本全土および戦地でも行われていた。軍隊では「捧げ銃」を行う

日本語教授など

二月二七日（土）、今日から新民会の訓練所で、小学校教員三〇名に対する「日語教授」を始める。新しい公用腕章をつけ、服装を整えて、春のように暖かい大気の中を弾む心で歩いていった。一一時開始。県公署の張さんが通訳を務めてくれる。

はじめに「言葉と言葉を習得する意義」というようなことを話してみた。言葉というものは、人間を特性づける大きな徴証（ちょうしょう）であること、言葉は人の心と心を結ぶ強い靭帯（じんたい）であること、したがって言葉を同じくする人々は、「民族」として強い団結を得てきたこと、そしてそこから各民族は、それぞれ特質のある文化を生んできたこと、だからある民族の文化を真に知ろうとする者は、その文化を生んだ人の心に帰らなければならない。そして人の心を知るには、その言葉を知るに勝るものはない。

こんなことを話したあと、日本の文字とその由来を話した。そして最後に五十音図の発音練習に入った。若い教師も老先生も一年生になって、「ア、イ、ウ、エ、オ」、「カ、キ、ク、ケ、コ」と大声で、僕の声に続いてくる。その熱心さには心動かされた。濁音と半濁音の練習は次に譲（ゆず）って今日の初講を終えた。

家から小包が届いた。葉書、タオル、アカギレ膏（こう）、バレーの刃〔安全カミソリの一種〕などが入っていた。寒い北支那にいるのだが、ひび一つ切らさないですむようになった。

三月七日（日）、外出した。県公署前の広場には一本の大木がある。その木の下に共用の石臼（いしうす）があるが、ここで妙なものを挽（ひ）いている老婆を見かけた。近寄ってみると、木の皮を挽いていた。これを粉にして粟（あわ）や高粱（こーりゃん）と混ぜて「煎餅（せんべい）」にして食べるのだそうだ。

またやはり今日のこと、石を掘り起して、その下に萌え出た草の芽を摘んでいた子供もいたとか。草を食い、木の皮を食うということは、かねがね聞いてはいたものの、この城内で見るのは今日がはじめてだった。

日本なら、春ともなれば、野にはつくしや芹（せり）や三つ葉が萌え出るのに、ここの乾いた大地からはなにも萌え出てこない。だから、粟や高梁が買えない支那の貧民は、木の皮や草の根を食わねばならない。昔、山梨の片田舎などで、もろこしの束がぶらさがっているのをときどき見かけたことがあったが、そのときこれを代用食とする人々の生活に憐憫（れんびん）の情を覚えたものだった。だがこの人々も、大陸のこの地の貧民に比べると、物の数ではない。彼らはまだ自分の手で生産した食物を持っていたが、この大陸の貧民にはそれがないのだ。

この大陸の貧民の凄まじい生活を見るにつけて、日本の大地がいかに恵み多い豊穣な土地であるかを思い、また日本の農村の生活の中には、ほんとに多くのもったいない、大地の恵みをないがしろにする「消耗」があるかを知るのである。大根の葉を捨て、里芋の茎を捨てる。これは何か神への冒瀆（ぼうとく）を意味するのではないだろうか？

三月八日（月）、忙しい日々がつづいたが、やっと本をのぞいたりペンを執ったりできるゆとりが生まれた。本部の内務検査が済んだあと、田村と二人してのびのびと風呂に入った。ただ一つしか開いていない厚い壁の窓からいつになく明るい光りが差しこんできて、ひどく春らしい気分を覚えた。

日語教授も今日で八日目である。四〇歳を越えた先生たちも、僕の生徒になって素直に付いてきてくれる。

三月一二日（金）、一二日間にわたる日語教授も今日で終わった。最終日なので通訳に来てもらって座談会を開いた。一人の先生が立ち上がって、「石渡老師の日々の熱心な教授を私たちは心から喜んでいます。が、それにつけても、この感謝の気持ちを表わす機会がないことが大変残念です」と言った。

この言葉は、私の一旬余〔一〇日余り〕に亙（わた）る努力に酬いるに充分だった。私は答えた。「私の拙（つたな）い教授にもかかわらず、あなたがたが日々この教室で示された真剣な学習ぶりで、私は充分酬いられています。他日本に帰ったら、きっとこの日々を思い起こし、この感動を友人たちに伝えることでありましょう」と。

またある先生は「徐福」のことを質問した。徐福は、始皇帝の命を受け、童男童女三〇〇〇人を率いて、長生不死の仙薬を求めるために東海に入ったが、ついに帰らなかったと伝えられるが、また仙薬を得て日本に住みついたともいう。この彼の墓はいま日本にありますか？　今よく考えてみるとこういう質問だったらしいが、私はそれを「徐福の祭があるかないか」と聞かれたと勘違いして、「そんな祭はない」と答え、その埋め合わせのように、支那から渡来してきて今なお日本で盛んな「節句」の話をした。私はこの徐福のことは、事実なに一つ知らなかった。恥ずかしいことである。

一四時半、事務室の兵隊が揃って城壁の上を駆けた。野に山に丘に暖気が満ちていて、心地よい「春」を覚える。ガラガラの畑の土も珍しく湿りをおびていて、その土のうえには寸余の麦の芽が緑に伸びている。野に花こそ咲かないが、やはり、気配は春である。

四月一〇日（土）、今日は「部隊編成完結記念日」だった。大きな大福二ヶと林檎が上がる。そして午後は、舞踊、琵琶、漫才、芝居などの慰問演芸会。夜は「マレー戦記」の映画観覧。

赤柴から約二週間ぶりで新泰に帰ってきた。ここはやはり懐かしい。一つ星の初年兵が沢山来ていた。皆大きく身体のいい連中ばかりである。彼らは演芸を見ながらも、寸暇を惜しんで「典範令（てんぱんれい）」〔初年兵が暗記を求められていた軍の文書群〕を取り出していた。

四月一四日（水）、根岸伍長以下六名で河川調査に出た。晴れて暖かい。畑の麦が青く光り、丘に群れている羊の毛も艶々（つやつや）している。野に薄紅に咲く花を見つけ、皆声をあげて喜ぶ。それは内地で見たことのない豆科植物の花だった。また進むにつれてタンポポの花も見つけた。これにも感動した。

新泰の北にある或る部落の外れに、玉皇廟〔道教の堂〕があり、そこから子供たちの声がするので入ってみたら、そこは小学校になっていた。するといきなり「石渡先生」（スト・センション）と自分の名を呼ぶ人がいる。見れば、少し前日本語を教えてやった先生だった。この先生は、ただ一人で四〇数名の生徒を預かり、その子供たちの心を育てているのだった。

四月一九日（月）、「日本語教本、発音編」が出来あがった。四月二六日から小学生に、五月一日からは有志の民衆に日本語教授をする。そのための教科書づくりに、ここ数日を支那字典と首引きでとり組んできたが、それが今日やっとできあがった。明日からはまた「日用会話編」の作成に取りかかろうと考えている。部屋に窓を付けたというので、岩田の部屋に泊まりにゆく。一時ころまで岩田の懺悔録を聞いた。彼は僕には羨ましいほどに気の強い若者だった。

四月二一日（水）、日中は暑いほどだった。夕方の六時過ぎでも二五度あった。城内の高い木々も急に緑に色づいてきた。日本語教本の「日用会話編」を作る。夜、矯通訳に華文訳を付けてもらった。岩田が明日済南に出張するというので、ヘロドトスの『歴史』と写真の引伸しを頼んだ。

新泰の初夏

四月二八日（水）、三日間の討伐から帰ってきた。一日三二キロメートルから四〇キロメートルの強行軍だったが、さほどの苦しさも覚えなかった。二日目の戦闘は、まったく偶然に部落に宿営中の敵を捉えての払暁戦となった。数百名の敵にわずか数十名で大打撃を与えた。敵の戦死傷者の数は、我が部隊の総勢の数を超え、味方には何の損傷もなかった。頭上を飛び交う敵弾は不気味であっても、群を成して逃亡する敵へ浴びせかける小銃弾の弾音は、心に鋭い緊張感を呼んだ。

四月二九日（木）、天長節（てんちょうせつ）〔天皇の誕生日を祝う祝日〕。皆は点呼外出〔点呼まで許される外出〕で出払ったが、田村や岩田たちと居残る。根岸さんの新しい居室でレコードを聞く。岩田が新たに求めてきたチャイコフスキーの「悲愴交響曲」も聞いた。早目に入浴を済ませた。皆外出しているので湯水は綺麗だった。入浴を済ませてから、酒保で甘納豆やらパイ缶やらを求めてきて、うまいお茶を飲んだ。長谷川如是閑（はせがわにょぜかん）氏の『日本的性格』を読む。

五月九日（日）、県公署の軒下に下がっている寒暖計が、九二度〔摂氏三三度〕を示していた。今日も暑い日だった。内地の真夏である。この真夏に、アカシヤの花が葡萄の花のように咲き誇っているのも妙な感じがする。

今日一日、討伐隊の宿舎確保やら、その苦力（クーリー）集めのことやらで苦労した。

夕方何回目かの公用に出たら、高珍瑛が黒い顔に白い歯をほころばせ笑いながら礼をした。この少女にはただ一時間だけ日本語教授をしただけなのに、支那人らしくない人懐っこい表情をする子だ。

靖国神社の例大祭で、田村、岩田らと点呼外出した。王さんの所で、茶を飲みながら、この土地の伝説を色々聞いた。そのなかの一つ。

「新泰城の部落には、支那には珍しく水の綺麗な深い池があって、スッポンの神々が住んでいた。この池は泉だったので冬でも凍らなかった。この部落では、何か公の会合があると、部落の代表者は泉のほとりへ行って、『机何個、椅子何個、食器何個、杯何個……何月何日までに御用意相成り度し（あいなりたし）』という注文書を、その水面に投げれば、それで良かった。その紙片は深く渦を巻いて沈んでいって、期日になると注文の品が全部備えられていたという。だが、会合が終われば、借用した品物全部を確実に返納しなければならなかったという」

六月一五日（火）、哲へ片仮名の返事を書いた。点呼後軍事教練。飛行場までかけ足でいった。日が落ちて涼しく、飛行場の芝原が青い。岩田、根岸さんと自分の三人で、一五〇メートルほどのところをかけ足競争をした。岩田には負けっこないと思ってやったら三メートルほど抜かれてしまった。この小男は、凄い闘志をもった男である。

岸田国士の『従軍五十日』を読んだ。残念ながら支那を知る上で格別新しいことを知らせてくれる本ではなかった。

二度目の盛夏を迎える

八月一日、今日付けで私も陸軍兵長を命じられた。今まで三ッ星だったのが、金筋一本となった。

八月一八日（水）、今日からまた僕の日記を日報で送ろうと思う。

今日はお盆の一六日である。国では、今年も「送り火」が焚（た）かれたことだろう。こちらでは、また何ヶ月かぶりに慰問団がきた。本部前広場のアンペラに、兵は我れ先にと集まってきた。見物客のなかの支那の若い娘たちは、とくに京子と照美という若い日本娘の舞踊に瞳を輝かしていた。光りに映える日本のキモノの美しさに魅せられたのであろうか。一〇時に終わった。兵は枕を並べながら、今日の慰問団の娘たちの品定めにしばらく花を咲かせた。

八月二二日（日）、兵長の初の俸給を貰った。一八円五〇銭である。

獅子文六の『南の風』を読み終えた。大衆的な通俗小説ではあるが、軽快で洒脱（しゃだつ）な味がなかなかいいと思う。

下痢などして衰弱すると、頬がこけてげっそりするが、それと同時に著しい衰退の徴候は、腕に現われてくる。このことを今度はじめて知った。手首を握ってみると子供の腕のようだったり、また裸でかけ足をすると振る腕が骸骨のように見えたりするのである。衰えということは何にしても悲しいことである。

八月二三日（月）、もう一ヶ月半くらい外出していない。習慣になれば、出ないこともさほど苦痛ではない。外には支那料理以外には食うものも飲むものも無いのだから。明日からは新しい酒保で蜜豆やらぜんざいやらを売り出すという。兵隊はこれを待ちこがれている。

身体の具合がとても良くなった。夕風が肌にしみじみとうれしい。今日は芹沢光治良（こうじろう）の『男の生涯』を借りてきて読んだ。これは真実がしみじみと湧き出るような小説だった。

今こちらには、西瓜と林檎と梨と葡萄と桃とが、仲良く出そろっている。内地ではそれぞれの時期に開きがあるのだが。

八月二五日（水）、背嚢（はいのう）を背負って、小銃をもって城外へ出かける。〇〇から飛行機が飛んできて、対空射撃の練習をしようというのである。防暑帽の中には暑い空気がうずを巻き、射撃用意をして畑についているひざは焼けた土でたまらなく熱い。また焼けた空気が頬をなでて玉のような汗が落ちる。待機姿勢のまま待ちつづけたその飛行機も、ただ一機だけ向こうの山に現われたかと思うと、すぐに姿を消してしまった。そんなことでこの予定された対空射撃の演習も、新泰城の仮想の敵を攻撃するという演習に早変わりしてしまった。われわれ四名は決死隊ということで、ある一軒家に突っこんでいった。ところが、一〇メートルほど前のバラ線〔有刺鉄線〕に引っかかってひっくり返ってしまった。手には刺がささって血が流れ出す。散々だったが、それでも終了後は大いに気持ちが良かった。

八月二六日（木）、点呼間近から大粒の雨が降り始めた。夜の点呼は外ではできなかった。冷々した風が窓から気持ちよく流れこむ。思えば暑苦しい夜々が続いたものだ。

このよみがえる思いの涼風を身に浴びながら、芹沢光治良の『男の生涯』を感動をもって読み終えた。これは男が闘いぬいた真剣な半生記である。男の苦しみと男の歓びが、磨かれた珠玉のようにきらりきらりと光り輝く。この作者のほかの作品も、ぜひ手に入れて読んでみたいと思う。

八月二七日（金）、今日も夕方の点呼からひどい雨が降った。不寝番に立っていたとき城外から蛙の声がひどく聞こえてきた。食用蛙の鳴声は、牛の声のようだと聞かされていたが、今日のそれは、何十匹もの猫が鳴きわめいているようだった。この声の間をぬうようにして、近くの草むらからは虫の音が冴々と聞こえてくる。蛙の声と虫の音、そぐわないようだが、やはり秋気を覚える。あちらにもこちらにも、水ガバガバである。今年は雨期がひどく遅れてきた。

マラリヤの秋

八月三〇日（月）、昨夜妙な熱が出た。寒気がして震えた。

今朝は急に涼しくなった。朝の点呼では群雀が渡り、うすら寒くさえあり、すっかり「秋」を覚えた。僕の身体はだるくて耳鳴りがする。こちらのカサカサな風土のように自分の腸は荒れはてて食物からは一滴の栄養も吸いとらない——何んだか、こんな幻想に苦しめられる。身体の衰えを感ずるほど寂しいことはない。早く涼しい秋がきて早く身体に力が満ち溢れないものかしら。

九月二日（木）、寝ていながら今日は亡父の命日だと思った。そして、在りし日の父の姿を思いおこし、ひとり追憶の情に堪えなかった。父が亡くなられたのは五年前のことである。それもつい昨日のできごとのようだが、考えてみるとその間に随分色々のことがあった。わが身の上についても、また家族の者たちにとっても。

昨夜からまたひどい熱が出た。夕方から夜明けまで、その高熱は暴風雨のように狂い回った。頭が狂うのじゃないかと思われた。自分は「マラリヤ」だと確信する。

九月四日（土）、これで二日間熱が出ない。夜四〇度を越える熱も、夜明けとともに平熱に下がってしまう。一日おきに出た熱も、ここ二日間出ない。変則的な熱の出方なので、軍医殿も模様をみるようにという。すっかり秋になった。新しい防火用水にさす陽もさわやかである。梨が出はじめた。山梨では葡萄も色づきはじめたことだろう。「秋」と言えば日本が思われる。郷愁にもかられる。

部屋の雑用をする王（ワン）少年が僕に言った。

「石渡先生（スト・センション）、日本へ帰ったらなにするか？」

言い表わす言葉を考えていたら、「苦力（くーりー）か？」と言う。また「弟はなにしてる？」と聞くから、「弟の一人は海軍中尉、も一人は陸軍少尉だ」と言うと、

「多々大人、すばらしいね。弟々多々大人で、新票不給（チンピョウブゲー）か？」とたずねる。つまり、弟たちは大したものなのに、お前には金も送らないでお前を兵隊にしておくのか、という意味である。

日本の兵隊の事情について、かなり良く知っているはずだと思った王でさえこんなことを言うのだった。中国では、『良い鉄から釘は作らぬ。良い人間は兵隊にはならぬ』ということわざが、長い歴史と伝統的体験を通じて一人ひとりの思想にまでなっているのかも知れない。この王の言葉から、兵隊でありながら教壇に立って日本語を教えているこの僕を、支那の生徒たちはどのように見ているのだろうと考えてみて暗然とした。

メリメの『カルメン』を読む。歌劇の歌などを聞き慣れた者にとっては、何となく精彩の乏しさを覚える作品である。恋愛にひたむきになる、それでいて一つの恋愛には留まり得ない、カルメンのあの純真性もヴァンプ性〔男を虜にする妖性〕も、それほど肉感的には迫ってこない。

漱石の『こころ』を読みつづける。

九月六日（月）、これで四日間熱が出ない。キニーネ〔マラリヤの治療薬〕も効いて、もういいのだろう。まったく秋を覚えるようになった。夜中に目を覚ますと、こおろぎの冴えた音色が聞こえてくる。朝は木々に群雀が鳴き戯れる。部屋の寒暖計もぐっと下がり、今朝は七二度（摂氏二二度）しかない。三週間の休暇が終って、明日からまた支那の小学校が始まる。僕もまた日語教授に出なければならない。これは義務である。

九月七日（火）、やっと力が出てきた。髭を剃るのに鏡を見たら急に顔に肉が付いてきたようだ。衰えは寂しく、健やかはうれしい。明け方、雨が降った。静かである。適度の温かさがある。毛布一枚にくるまって夜明けの秋をしばし楽しんだ。

道端の露店に赤い林檎（りんご）が並びはじめた。巴旦杏（はたんきょう）〔スモモの一つ〕程の大きさのこちらの林檎はかわいい。

九月八日（水）、漱石の『こころ』を読み終えた。

先生の友人Kは意志の強い学徒である。今までは自分の学問の世界しか知らないこの学徒が、一女性に恋愛をする。この恋愛は学問を打ち倒すほど強かった。Kは先生に打ち明けた。打ち明けられた先生も、この下宿のお嬢さんなしには生きられないほどになっていた。そこで先生は、Kが一人相撲であるのを幸いに、お嬢さんの母に結婚の申し込みをしてその娘を得た。

奥さんはこのことをKに話した。Kは打ちのめされる思いだったが、誰にもそれを示さなかった。Kは自殺した。彼はそのことには何も触れずに先生に遺書を書いた。先生は、それから何十年かそのことを苦しみながら生き、ついに自殺してしまった。

九月一〇日（金）、いまが一番快適な時節である。屋内にいても寒くないし、屋外に出ても暑くはない。日の光が肌に心地よく、大気も清々しい。よく飯が食える。そしてよく寝られる。体もどうやら正常にもどった。胸にも肉がついてきた。今日も酒保へ行って蜜豆とぜんざいを食べてきた。今日の快適な初秋の夕べは七三度（摂氏二三度）であった。

九月一四日（火）、また熱で寝て、また起きた。今度の熱は九度三分で楽だった。この山東熱というマラリヤは一夜熱が出ても翌日はけろりと下がるので始末がいい。熱が下がれば平常通り仕事ができる。

明日は「中秋節」だというので、小学校の校長先生と新民教育館の館長さんとがかごに一杯、月餅（げっぺい）と梨と柘榴（ざくろ）を持って来てくれた。こうして僕は今年も月餅をたらふく食べられるが、これを内地に持ちこんだら、皆さぞかし眼を丸くして喜ぶことだろうにと残念でならない。

九月一五日（水）、今日は中秋節である。お月見である。饅頭やら梨やらサイダーやらの下給品があった。支那人はこの日を長く待ちわび、そして存分に享受する。それは日本よりももっと深い生活的意義を持っているようだ。こうしたものは、簡単に失わせたくないものである。だが、重慶では月餅一ヶ一〇〇元もし、贅沢だというので製造禁止になったとか。

九月一八日（土）、今日から「週番」である。小学校でなつめの煮たものを馳走になった。なつめは生のままでも食べられるのだが、煮るとがぜんと甘味が増す。その味は、水気の多い芋をうんと甘くしたような味である。

果物が露店を彩っている。もうあの小さくて丸いサンザシの実も出始めた。秋風がまだ青い木々の葉をゆする。夕べ、群雀が何百となく一つ木に集まって鳴いていた。

九月三〇日（木）、いそがしい日々を送っている間に、いつしか体もすっかり回復してしまった。九月一八日付けの母からの手紙と村の国民学校からの慰問文とが届いた。母からの手紙だと、兄嫁は流産だったとか、またそのために長男の哲は楽しみにしていたサーカスも見に行けなかったという。児童の慰問文の中には、実った稲穂とかえでの実とが入っていた。

いい夜になった。斉藤同年兵が張家荘から求めてきた柿は甘かった。昨夜は、岩田同年兵が酒保から持ってきたぜんざいで気炎を上げた。伊太利（イタリー）の降伏のことから、「日本の最後の日には、俺たちはこうあるのだ」と、皆誇らかに語りあった。だが、事実誰も日本の降伏など夢にも考えてはいなかった。

遊楽の一〇月

一〇月一四日（木）、新しい県知事が挨拶にきた。新県知事の名前は、楊恵田という。注16

東京都の慰問団がきた。都川文子という歌手と福田信子という舞踊家とは、春一度来たことのある人たちである。筑波千鶴子という若くて比較的美しい子は「酒の安兵衛」をやったのだが、酔っぱらいの言動をするあたりは興冷（きょうざ）めで見るに忍びなかった。「美しい顔で、そのまま立っていてもらいたかった」とは、〇〇一等兵の言である。

憂愁深き夜である。和やかで華麗な奏鳴曲か協奏曲が聴きたくてならない。

一〇月一七日（日）、日曜日でまた野球をする。本部事務室のメンバーは次のような顔ぶれ。投手・石渡兵長、捕手・永野一等兵、一塁・清水兵長、二塁・鹿島一等兵、遊撃・矢部兵長、三塁・小倉上等兵、左翼・小林兵長、中堅・麦倉一等兵、右翼・田中上等兵。

相手はいつもの鍛工兵。今日は自分もよく投げよく打って、一四A対五（コールド勝ち）の大勝となった。汗をかき快く疲れた。甘い砂糖湯を皆で仲良く飲んだ。

岩田が『キューリー夫人伝』を読んで感激している。あるときキューリー夫人は、無理矢理にあるピアニストの演奏会に連れて行かれる。そのピアニストは、まばらな聴衆の前で、皇帝のごとく、神のごとく、ショパンを弾き、リストを弾いた。この火を吐くような演奏に彼女は心を奪われた。このピアニストこそ誰あろう、後の大演奏家にしてポーランド首相たるパデレフスキーその人であったと言う。

代永、雨宮、尾谷、小田切のかつての山梨高女競技部のメンバーが、北支那にいるこの自分宛に、慰問袋を送ってくれた。砂糖で味つけした昆布を口にして彼女たちの愛情を噛み締めた。また、「先生の教えていなさる支那の子供たちにでもお分かちください」と鉛筆が五ダースも入っていたし、鏡のついた歯磨粉入れのなかには針、ボタン、糸なども入っていた。そしてなによりも嬉しかったのは、彼女たちがそれぞれ時間を費やし、自らの手で作りあげた小さな人形だった。尾谷のは草履をはいた和服の田舎の少女で、なにかに見とれて道草を食っている。雨宮のは、体操する洋装の少女だ。

一〇月一九日(火)、外は小雨が降り、点呼後の営内は静かである。人一人いないようである。炭火が暖かく燃え、鍋の煮物が音を立てている。心までしみじみと暖かになる。肉と白菜を内地の人たちにも食べさせたい、など言いながら腹一杯食べた。満腹ということは有難いものだ。身内が暖かくなってきて、心にはじっとりと平安が宿る。今日は岩田の内務班で寝た。

注16　県公署(県庁にあたる)のトップである知事には名目上、中国人を置いていた

「十八渤海作戦」に参加(一一月中旬~一二月上旬)

一一月一〇日(水)、今日出発である。準備も整った。体の調子も頗るいい。今日は家、姉、忠、石井栄造氏らに手紙を書いて発とうと思う。帰る日は一一月末か一二月初めか分からないが、野戦の体験を深める最もよい機会だと考えている。斉藤茂吉著の『万葉秀歌』を携行しよう。では帰る日まで。

【追記】

昭和一八年(一九四三年)一一月一〇日から丸一ヶ月にわたるこの作戦は、黄河三角州地帯の八路軍根拠地の覆滅作戦だった。我々の部隊は、深夜トラックに分乗して利津に集結した。このトラック輸送の寒さは身にこたえた。零下一〇度、強風一三メールの中の長時間の輸送では、体はガタガタ震え、食事どきにとり出した飯盒の飯は凍りついていて食えなかった。

そして来る日も来る日も、三角州地帯の葦(よし)のなかを敵を求めて放浪した。交戦はほとんど無かった。敵も住民もいない部落をわたり歩いて、部隊は畜類や食料や家財を掠(かす)め、村落を焼失させた。敵が二度とここに住めなくすればそれでよかったのだろう。

この作戦についての記録は私にはなく、記憶は遠くおぼろげである。ただ寒さのなかをよく歩き、暖をとるために部落の家具や車などの資材をよく燃やしたことだけは忘れていない。この悪事を重ねているうちに、罪の意識も次第に薄れていったことも事実である。ただ、この作戦で強く心にかかることがある。それははじめて経験した捕虜の拷問のことである。

ある時、ある部落で、逃げ遅れた若い女性を捕虜にした。本部の指揮班長阿部曹長がその取り調べに当たった。その風采から八路軍の工作員とにらんだが、彼女は口を閉ざして答えない。業を煮やした曹長は拷問に移った。先ず手ごろの棒切れを手にしてところかまわず殴りつけた。裸の肌が大きくミミズばれとなったが、その人は歯を食いしばって無言でそれに耐えた。

やがて曹長は、水攻めの拷問に移った。彼女の半裸を冷たい地面に引きすえ、私を含めての兵隊に両手両足を抑えさせながら口からやかんの水を何杯となく飲ませる。そして「お前は八路軍の工作員だろう？　言えば許してやる」と迫った。しかし、彼女は頑として口を割らない。腹を立てた曹長が気ちがいのように水を流しこむ。腹はゴムまりのように膨らむ。何回も意識を失い、何回も顔をなぐられ、腹を踏まれて水を吐くのだが、彼女は遂に口を割らなかった。

私はこの人の強い意志、その人間性に驚異の目を見張った。それは世にも崇高な人間像であった。この時ほど日本の軍隊がみすぼらしく思えたことはなかった。その後のうわさでは、討伐隊の捕虜の監視をしていた某軍曹に散々暴力で犯されたあと、済南の捕虜収容所に送られたという。その後の顛末(てんまつ)までが目に浮かぶ。

この作戦も一二月九日には終了したのだが、なぜかその後の家あてに送った日報が見当たらない。いずれにせよこうして昭和一八年、渡支二年目が暮れていった。

（八）本部生活の点描（下）——昭和一九年の九ヶ月

「十九夏衣作戦」に参加

この作戦は、二ヶ月あまりにわたる「小麦収買作戦」（実際は小麦の略奪作戦）であったが、当時大隊本部指揮班に所属していた私は、その現場を見ることもなく、ただ魯中の村々を転々と行軍し、いくつかの民家に宿泊するという「旅行者」のような生活をしていた。

五月一一日（木）、支那の家屋の壁の隅に「泰山石敢当」「吉星高照」と。湿った黒い土を見る。それは河原に接した一九畑であった。そこには、内地の麦を負かすほどに、大麦、小麦が高々と見ごとな穂をつけていた。そしてこの豊かな麦の穂には、朝露がしっとりとかかっていた。

五月二〇日（土）、支那の廟で最も多く見られるものは、北支那のこの辺りでは、何んといっても、「孔子廟」と「関帝廟」（三国時代の武将である関羽を祀った堂）である。前者は文廟と呼ばれ、後者は武廟と呼ばれる。この他に、次のような数多くの廟が見うけられる。

神農廟、尭廟、舜廟、湯王廟、文王廟、文武廟、関岳廟、岳王廟、東岳廟、支昌廟、財神廟、土地廟、観音廟、竜王廟、玄壇廟、水神廟、薬王廟、痘神廟、玉帝廟、娘々廟、三義廟、二郎廟、天后廟、青帝廟、三元宮、三官殿、斗母宮、碧霞宮、真武廟、地蔵殿、弥勒殿、孝子祠、忠臣祠、節婦祠、義士祠、郷賢祠、名官祠、老君堂、呂祖堂……。

五月二二日（月）

麻の木がすでに一〇センチほどに。

水田を見る。この地区では初めてである。

今日見た廟の額に次のようなのがあった。「関聖帝君」「天仙聖母」「南海大士」「協天大帝」。南海大士の額のある廟には、また「観世音堂」と。

泰山敢当石に当たる場所に、「吉星高照　三光照来　出門大吉　太公到此」と。

六月四日（日）、竜舌菜という、日本では鶏のえさにする、葉の細長くとがった野菜があるが、この辺りでは、この幹も葉も人間が食べる。そこで我々も食べてみることにした。菜の皮をむいて薄く切り、酢のものを作った。そしたら、柔らかで、臭みもなくて、瓜などよりもずっと味が良かった。

六月五日（月）、宿の老太々（ロータイタイ）（お婆さん）を、兵隊たちは名づけて「マダム・トンガラシ」という。鼻赤くして、よく怒るがゆえに。

河に出て洗濯し、また体を洗う。堀に田螺（たにし）あり、獲り来て酢味噌とする。味またまた良し。

月まさに十五夜、楡（にれ）の木高く揺れる。兵は車座となり、酒を汲みつつ歌を唄った。九十九里ケ浜の地引き網歌を唄う兵あり。その歌はこんな歌。「ちょんこ、ちょんこ、まめげぇ、まめくうにゃぁ、はがねぇ、ゆうべのぼたもち、なぜくった」

六月六日（火）、麦はすっかり黄になった。あちらの畑、こちらの畑で、農夫が麦を刈っている。まさに麦秋（ばくしゅう）である。

河原でキックボールをする。地盤が悪い上に、軽いボールが風にのって流れていく。

「ヒョー」と「ハンタロー」（兵隊の用を足す中国の少年たち）が、河で小えびやどじょうや小ぶなやらを獲ってきた。それを鹿島上等兵が天ぷらに揚げた。これが昼食の付録になった。

柳樹の蔭の池の水面に糸とんぼ、赤とんぼ、しおからとんぼ、白い蝶。

六月七日（水）、愚痴をこぼさぬ男、不平を言わぬ男、そして黙々と自分の責務を遂行する人間、男はこんな人間でなければならない。

モーパッサンの『お通夜』を読む。

六月一〇日（土）、羊羹（ようかん）の天ぷらを食べる。このなかに味噌を揚げたものが混じっていた。それが岩田兵長と大網兵長に当たった。

六月一一日（日）、酒保品が到着した。ハンケチや猿股や甘納豆などがとどいた。

キックボール。歩兵砲を一〇対〇、六対〇で破る。

六月一四日（水）、兵は感情の潤い（うるお）に恵まれていない。ために、往々にして自ら自己の魂に、目に見えない無数の擦過傷（さっかしょう）を作りがちである。そして、お互いに、無遠慮に、この痛い傷に触れあっては、止むことのない、暗い、小さな闘争をつづけるのである。またこの暗い闘争は、往々にして他人への理由のない怒りとなって爆発する。このような男だけの社会こそ、最も男らしくない社会に堕する危険性を常に孕（はら）んでいる。

この兵の社会は自己を虐げられた女のヒステリックな状態と相通ずるものを持っている。

【銷夏愚詠】〔暑さをしのぐために詠んだ句〕

夕立や嬉戯の声挙ぐ楡木立
征く戦藤咲く村に憩ひけり
初恋を語る友あり蛍飛ぶ
閑古鳥兵は河原に小休止
花散るや外濠銀糸の雨ながら

六月二八日（水）、雹が降った。雷鳴をともなって物すごく。

六月二九日（木）、二五日ころから暑い日が続いて、雨が降り、その雨が上がったら、麦がすっかり色づいてしまった。五日ほど前まではまだ緑がちだった麦畑も、もう一面の黄色になってしまった。麦を刈り始めた所もある。

七月一日（土）、宿営している民家の小姑娘を兵が共同で飾り上げた。髪を洗い、頭髪を剃りあげ、顔を洗い、体を洗ってやる。そしてきれいになった顔に、汗知らずを塗った。この小姑娘は今年一〇歳、だれかが水戸光子に似ていると言った。だが、こうして出現した美少女も、兵隊の束の間の夢としてはかなくも消え去った。この家の老太々は、汗しらず「てんかふん」をおしろいと勘違いしてか、兵隊が苦労しての力作を瞬く間にふきとってしまった。そして曰く。「日本では良いかもしれないが、中国では駄目だ」と。

野には薔薇の花が咲いてた

桑の実も食べた
楊柳（やなぎ）の蔭に郭公（かっこう）が鳴いてた
葦（よし）の葉陰はよしきりしきり

（九）陸軍伍長に任官——機関銃中隊に復帰する

これまで、「戦塵記」と題して、昭和一七年五月二二日の出征の日から、昭和一九年一〇月一日の陸軍伍長任官までの期間を書きつづってきた。[注17] それは、私が事情の許すかぎり、故郷の母あてに書き送った「軍事郵便」の日記集だったが、残念なことにそこには作戦期間中の行動はなに一つ書かれていない。じつはこの空白のなかにこそ、記録に値する事がらがあるはずだが、防諜（ぼうちょう）上記載が許されなかった。その上、四五年という歳月が残念ながら私の記憶を消し去ってしまった。

したがって、これから筆を進めようとする期間は家に書き送った日記が見当たらない、昭和一九年一〇月から昭和二〇年八月の終戦までの約一〇ヶ月間である。この期間のことを、記憶のなかから拾いあげて記録することにしよう。そして、これ以降こそが書かないでは済まされない期間でもある。

注17　七月一日以降の三ヶ月間は、各地を転戦していて、日報を書き送らなかった。

「十九秋山東作戦」に参加

私は、昭和一九年（一九四四年）一〇月に中隊（村社（むらこそ）隊）に復帰すると間もなく、「十九秋山東作戦」（師団作戦）に中隊の命令受領者として参加した。このときのわが第一一一大隊は、討伐隊長が陸軍中佐・阪本嘉四郎、討伐副官が陸軍少尉・山下秀治であった。この討伐隊本部に私たち各隊の命令受領者が寄り、行動をともにしていた。討伐隊長の各中隊長への命令はすべて私たち命令受領者を通じてなされたので、この重要なポストには各中隊ではえりすぐった古参の下士官を送りこんできていた。

そのなかでも記憶に残る二人の下士官は、第五中隊の北村豈宥、歩兵砲中隊の尾山威という、いずれも美しい顎髭をたくわえた、名実ともに押しも押されもしない古参軍曹だった。その下で私は新米下士官として小さくなって命令を記録し、静かに引き下がっていた。帰国後「靖国神社例大祭」のときに顔を合わせたなかの一人から、「あのころの君は、誠にふてぶてしい下士官だったよ」と言われ、私の方が驚いたことがあった。だが、思えば、当時の私の意識の中には、入隊以降「補充兵」と侮蔑されてきたことへの強い反発心があったことも事実である。

私の参加した大きな作戦がいつもそうだったように、今回の作戦も敵との衝突もなく、毎日山東の奥地の山と平原をあちこち歩きまわっていた。一一月ともなると明け方の命令受領がきつかった、そのことくらいしか記憶に残っていない。

「考科表」の代書

この作戦に参加して一ヶ月ほど経過して、私は新泰（しんたい）の中隊に呼びもどされた。新泰に留まって留守隊長を務めていた機関銃中隊長・村社（むらこそ）泰蔵中尉が、中気〔脳卒中〕のために倒れたのだった。帰隊してみると、中隊長は寝台の上に横たわってはいたものの、思ったより元気らしかった。帰隊の申告に行くと、「明日からこの部屋にきて僕の口述を筆記してくれないか」とのことだった。それは中隊の全下士官の「考科表」を書く仕事だった。中隊長は中気の後遺症のため筆がとれなかったので、中隊長自らの仕事の応援を私に求めてきたのだった。

翌日から毎日中隊長室で、中隊長が口述する各下士官の評定を考科表として記入して行った。名前はもちろん伏せられていたがだれの分かはおおよそ見当がつく。ましてや自分のは一目瞭然だった。与えられた最上級の評価を面はゆい気持ちで筆録した。この仕事は二週間ほどで終った。

初年兵の教育係助教

私は、「考科表」の仕儀が終ると同年一二月から初年兵教育の助教を命じられた。私の初年兵教育は格別厳しかった。私は補充兵として卑しめられてきたことへの反発心が強かった。「補充兵が教育した初年兵はなっちゃいない」と言わせないぞ、という意地があった。と同時に敏捷な兵隊に鍛えあげて、彼ら自身を敵弾から守ってやろうという気持ちもあった。そんなことから、私は自らの誓いを破って、やる気のない兵隊、ずるけた兵隊、陰日向のある兵隊等にあえて「鉄拳制裁」(竹製の短剣で肩を打つ)を加えた。それは、私が初年兵時代に受けた、憂さ晴らしの制裁ではなく、理由を明瞭にしての制裁ではあったが、いまにして思えば、私はまだ「体罰も教育の良法」という社会通念(軍隊でさらに強化された思想)に囚われていたのだろう。

初年兵の体重の減量が大隊一だと軍医に叱られもした。

墩台での玉砕

最初の初年兵教育が終わり、昭和一三年徴集の予備役が召集解除になって部隊を去った一九四五(昭和二〇)年三月、新泰から南二〇数キロメートル離れた蒙陰警備隊(隊長以下約五〇名)が、八路軍の攻撃を受けて全滅した。急遽編成された救援部隊も墩台の丘で包囲され、隊長村社中尉以下ほとんどが戦死した。それは第一一一大隊編成以来の大損害であった。丘を埋めつくす死骸を見たとき、その悽惨さに私は立ちすくんでしまった。私の教官だった村社隊長の死骸も、私が教育した初年兵野沢二等兵の死骸も、そのなかから私に強く呼びかけてきた。

二度目の初年兵教育

蒙陰警備隊の玉砕は、わが第一一一大隊の兵士たちに深刻な不安を生んだ。「日本危うし」を実感として捉えはじめた。そしてそれを裏書きするように、一九四五（昭和二〇）年四月一日、アメリカ軍はついに沖縄本島に上陸を開始した。このころ私は再び初年兵の教育係を仰（おお）せつかった。今度の初年兵は、いわゆる「現地召集の初年兵」で、この大陸に就職していた連中だが、今年から召集年限を一九歳に引き下げた最初の青年たちだった。大隊に配属された二〇〇名余りの初年兵は新泰に集められて教育を受けた。大隊の主力は引きつづき討伐作戦をつづけて留守だったので、新泰には大隊本部と衛兵要員と初年兵部隊とを残すだけだった。私たちも蒙陰の二の舞を恐れて不安の日々を送っていた。

新泰にいた初年兵部隊二〇〇名に、大隊主力のいる索格荘（さっかくそう）への追及（後から追いかけること）が命じられたのは六月の始め、まだ二ヶ月の教育しか終わっていないころだった。彼らは一応機関銃の操作を覚え、戦闘訓練までの課程は終了したものの戦闘経験はゼロで、その実践力たるやまったく信じ難かった。したがって本隊への追及は、各中隊の教官、助教、助手にとってまことに頭の痛いことだった。

そのころ、私が丸三年間住み慣れた新泰（我が一一一大隊本部の駐留地）に大きな変化がおこっていた。つまりここはすでに別の独立警備隊の根拠地になっていたのだった。私の記憶では、新しい部隊の隊長が森川大尉（元一一一大隊五中隊長）、副官を角田中尉（元一一一大隊副官）が務めた。この両名にも見送られ、二度と帰らない新泰とも別れの日がきた。

索格荘への追及

六月初旬、新泰を後にした初年兵部隊二〇〇名は、鉄路を泰安〜済南〜城陽と貨車輸送され、そこから目指す索格荘までの約一五〇キロメートルを強行軍した。それも炎熱と地雷とを犯しての難行軍だった。経路は城陽〜即墨〜穴坊荘〜海陽〜索格荘だったが、穴坊荘を過ぎる地点から敵八路軍の敷設した地雷に遭遇した。最初に道幅二メートル程の道路を歩いていた部隊の荷物運搬の「苦力」（日本軍が軍用品を運搬するために強制的に連行した中国人）がやられた。道路が危ないということで、今度は全員道を外れて畑のなかを歩くことにした。ところが今度は、荷物を満載したロバが地雷を踏んで狂奔した。はらわたを長く地面に引きずりながら狂奔するその姿は空恐ろしく、前途が危ぶまれた。

私たちのこの追及部隊には師団工兵隊の地雷処理班が参加していた。彼らは地雷探知機をもって部隊の先頭を歩いていたが、少しも役立たなかった。八路軍の仕かけた地雷は、瓶や甕に火薬を詰めこんであるものばかりで、探知機には少しも反応しなかった。やがて畑のなかを歩いていた日本軍の兵隊も負傷しはじめた。

ここで輸送指揮官は、窮余の一策として苦力を地雷踏みにすることを命じた。すなわち彼は部隊の前方に、道をはさんで十数メートル巾に苦力を横一線に並べ、その後を着剣した日本兵が追い立てた。こうして罪のない中国人は、いや応なしに自らの死をかけた「人間地雷探知機」にされてしまった。その結果、それ以後目的地に着くまで日本兵には一名の被害者もなかったが、数名の中国人はそのためにあるいは負傷し、あるいは命を失った。日本軍は、彼ら負傷者も死者の遺体もそのまま道端に置きざりにして進んだ。

捕虜の集団虐殺

教官池田准尉に率いられた機関銃中隊には幸い負傷者もなく、無事目的地に到着した。大隊が占拠していた「索格荘」という村落は、戸数がわずかに五〜六〇戸ほどしかない小さな村だった。北側に高さ数百メートルほどの山を控え、南西側は楊柳豊かな河原、東側は小高い丘になっていた。この丘に中隊の兵隊が、岩を掘り下げ、その上に部落の家々の扉や切倒した河原の柳材を載せて、盛んに掩体壕〔敵襲から守るための屋根付き陣地〕作りをやっていた。この部隊の牛や豚や鶏などはすべて食いつくされていた。部隊は毎日兵を割いて獲物さがしに四周の部落を遠くまで荒らしまわっていた。そして食糧になる一切がもち帰られたが、なかには潜んでいた部落民までも「戦果」として連れ帰っていた。

　この本隊に命からがら追及してきた初年兵を待ち受けていたものは、大隊長による「第一期検閲」だった。戦地でのこの検閲は射撃と銃剣術がおもな科目だったが、今回はいささか勝手がちがっていた。伝えられた大隊長命令には、今回の検閲では射撃のほかに捕虜の「実的刺突」（生きた人間を突き殺すこと）を加える、と言明されていた。

　検閲の日、六月一二日は雲一つない晴天だった。午前中は南西の河原で射撃の検閲がこともなく済まされると、午後からはいよいよ部隊でも初めての「実的刺突」が行われることになった。

　そのころ大隊では、三〇名ほどの中国人捕虜を抱えていた。彼らは皆逃げ遅れて捕らえられた農民たちのようであった。この捕虜を大隊長は、初年兵の刺突訓練のために、各中隊に四、五人ずつ分配させた。私は昼食をすませると、警戒兵を連れて機関銃中隊に割り当てられた四名を、本部まで受領に行った。昨夜命令を受けた時は思い悩んだが、命令は絶対である以上、このときの心境は、すでに上官の命令の忠実な実行者としての自覚だけだった。

　部落の東側に隣接した広い畑地には、すでに四本の柱が打ち立てられ、その後ろにはそれぞれに深い穴が掘られていた。周囲には中隊の警戒兵が遠くとり囲んでいた。この様子を見てとった四人の連行者はハッと顔色を変えた。そして口々にこう訴えた。

「私は百姓です。助けてください」「私は八路軍ではありません。殺さないでください」と。

なかに一五、六歳の少年がいた。彼は私にすがりつくようにして言った。
「私にはたった一人の母親が私の帰りを待っています。私を家に帰してください」
彼は泣いて私に訴えた。日本の兵隊の良心に最後の望みを託して必死に訴えつづけた。私にも母親が一人残っていて、私の帰りを待ちわびていた。この少年の叫びが私の心に痛く突き刺さった。だが、少年の願いを聞き入れることは、上官の命令は天皇の命令である日本の軍隊では、自己の命との引きかえでしか許されない。私は胸をえぐられる思いはしたものの、反射的にその願いを無視せざるをえなかった。そして「戦争に非道はつき物だ」、「戦争だ、やむを得ない」と自分に言い聞かせ、自己を弁護した。やがて彼らは、使役兵によって四本の柱に結わえつけられ、人間から「実的」に変えられてしまった。

午後の検閲がはじまった。大隊長熱田勝利大尉は、馬にまたがり意気揚々とその英姿を現わした。教育係助教だった私は、「実的」から一五〇メートルほど離れた畑の凹地に初年兵を集めて敵状を説明し、「前方にいるものはすべて敵だ。必ず突き殺せ！」と命令した。そして四列縦隊に並んだ先頭の四名に、「出発！」の号令をかけた。最早私には迷いはない。緊張しながらも、皇軍下士官の面目さながらであった。

兵隊は土煙を上げながら、無我夢中で畑の上り斜面を這っていった。やがて、教官池田准尉の「突っこめ！」の号令がかかる。半狂乱の兵隊が腰の短剣を抜いて突進する。よろめいて倒れるものがいる。敵を前にして皆立ち止まってしまう。だれだって人殺しは恐い。「馬鹿野郎！　敵だ、突くんだ！」という教官の罵声を浴びて、兵隊はわれに返る。目をつぶって短剣を突き出すのだろう、その剣先は空を切ったり、左右へ大きくそれたりして、人間の胸を突き刺すことができない。「よし！」の許しが出るまでめくら滅法突きまくる。

つぎの四名が出発する。状況はまったく同じだ。同じことが八回ほどくり返されて、彼らの検閲はめでたく（!?）終了した。大陸の真夏の血の色をした大きな夕日が、中国人の屍と初年兵の青ざめた顔とを分け隔てなく照らす。長い腸を引きずって死んだ中国人も、血の気を失ってしまった初年兵も今は一言も発しない。それはただただ身の毛もよだつ光景だった。

その日の夜、中隊は初年兵のために酒をふる舞い、祝宴を張った。古年次兵たちは「これでお前たちもやっと一人前の兵隊になれたなぁ。おめでとう！」と口々に言った。だが初年兵の表情は暗く、最後まで晴れなかった。命令とは言え、自らの手で人を殺した初年兵も、直接命令を下し、その結末の恐ろしい惨状が目を離れない私も、この夜は寝つかれなかった。その後、シベリアでの窮乏生活のなかで、この日のことなどすっかり忘れ去ってしまった。夢一つも見なかった。この日のことを思い出し、中国人民に謝罪できたのは、さらに一〇年も経た「撫順戦犯管理所」の優遇下でのことであった。

検閲が終わったあと、私は初年兵分隊を指揮して、部落の南東台地での陣地構築作業に参加したり、糧秣狩りに出かけたりした。すでに部落の穀物も食用動物も食い荒され、川原の豊かな楊柳もすべて陣地の掩蓋として切り倒されてしまっていた。一〇名ほど残った女性の捕虜は、兵隊の話では、将校の「慰安婦」を強要されたあと皆斬殺されてしまったという。また某中隊では、若い女性の捕虜を殺害し、その肉を分けて食うという、身の毛もよだつ犯罪が行われたとも伝えられた。

第一一一大隊が参加した作戦

私の所属する第五九師団第一一一大隊も、年々強大化してゆく八路軍勢力を撃退する目的で実施された第一二軍または第五九師団の作戦に、毎年何回となくかり出された。これらの作戦は「剿共作戦」（中国側からは「三光作戦」）[注18]と呼ばれ、共産党支配地区の根絶を目指すきわめて凶暴な作戦であった。わが大隊が参加した主な作戦（◎印は私も参加）は、以下のようである。

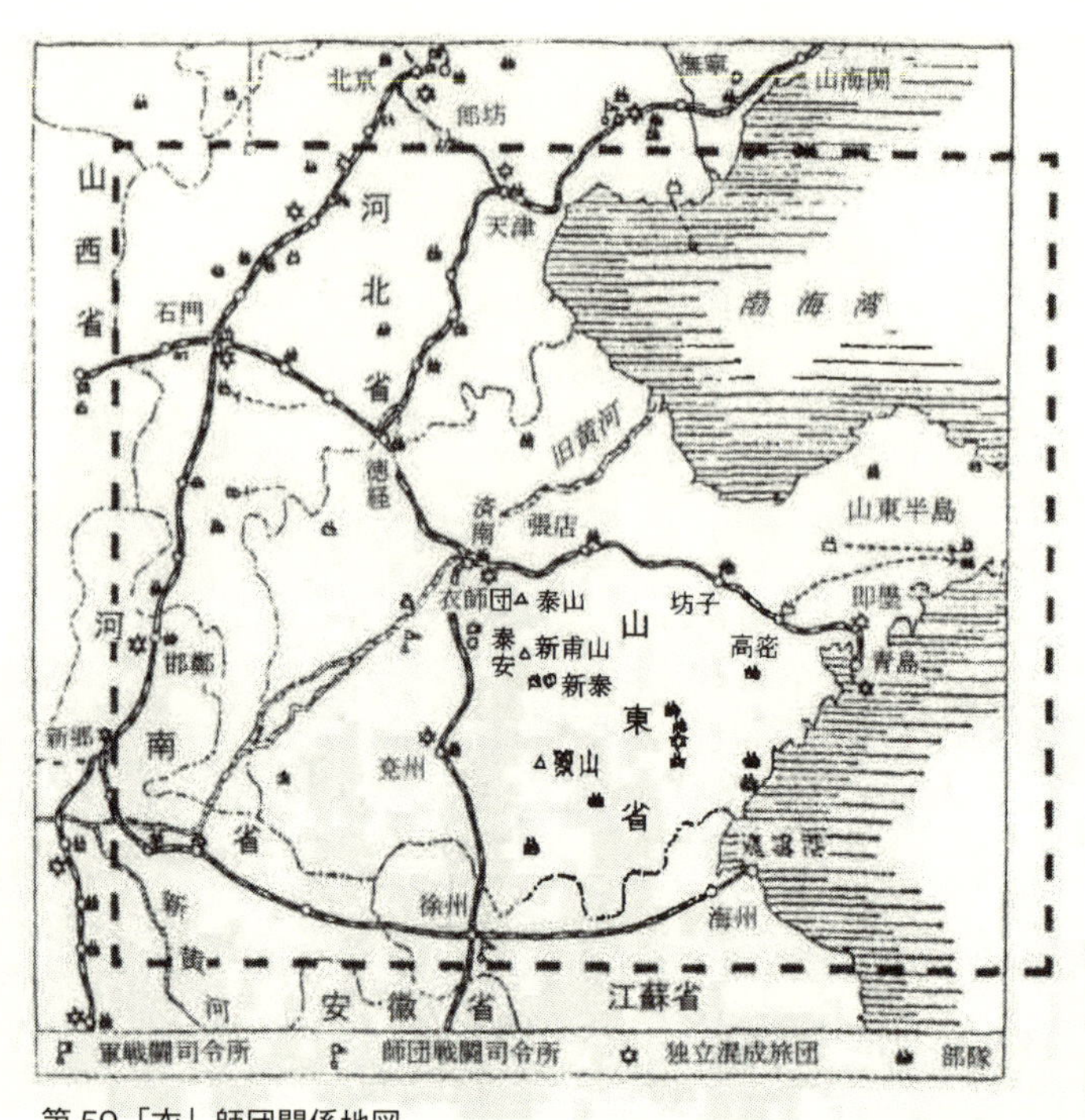

第59「衣」師団関係地図

第一次莱新蒙作戦（一九四二年五～六月）（第五九師団作戦）

与えた損害（死者六〇名、焼却家屋一〇〇余軒）

魯中・魯南作戦（第三次魯東作戦）（四二年一〇月～一二月）（第一二軍作戦）

与えた損害（死者二一〇名、捕虜三〇〇名）

新越甫山作戦（四三年一月）（第五四旅団作戦）

与えた損害（死者一〇名）

太行作戦（四三年四月）（第一二軍作戦）

与えた損害（死者一二〇名）

魯中作戦（宇学忠残党殲滅作戦）（四三年五月）（第一二軍作戦）

与えた損害（死者一五〇名、捕虜三八〇名、焼却家屋二〇余軒）

南部東臨路作戦（斎子修武装解除作戦）（四三年六月）（第五九師団作戦）

与えた損害（死者九〇名、捕虜二五

○名）

十八秋魯西作戦（四三年九月～一〇月）（コレラ作戦）（第一二軍作戦）◎

与えた損害（死者七〇余名、糧秣六〇〇余トン）

十八秋魯中・魯北作戦（四三年一一月中旬～一二月）（第一二軍作戦）◎

与えた損害（死者四〇名、家屋焼却・破壊三〇〇余軒、糧秣三〇〇余トン）

十九春剿共（そうきょう）作戦（四四年三月～四月）（第五九師団作戦）

与えた損害（死者二八〇名、家屋焼却三〇〇余軒）

十九夏衣山東作戦（小麦収買作戦）（四四年六月～七月）（第五九師団作戦）◎

与えた損害（死者二八〇名、略奪小麦五七〇〇トン）

十九夏山東作戦（四四年八月～九月）（第五九師団作戦）

与えた損害（死者一九〇名、捕虜二五〇名、落花生油一〇〇〇トン）

十九秋山東作戦（四四年九月～一二月）（第五九師団作戦）◎

与えた損害（死者三〇〇名、家屋焼却二〇〇余軒）

二〇春山東作戦（四五年一～三月）（第五九師団作戦）

与えた損害（死者二四〇名、捕虜三一〇名、家屋焼却三〇〇余軒）

秀嶺（しゅうれい）一号作戦（四五年五月）（第四三軍作戦）

与えた損害（死者二九〇名、家屋焼却・破壊一〇〇〇軒）

秀嶺二号作戦（四五年六月～七月）（第四三軍作戦）◎

与えた損害（殺人：軍人三〇余名・民衆八〇余名、家屋焼却・破壊三〇〇余軒、強制労役八〇〇〇余工日）

以上のように、わが第一一一大隊が編成されてから終戦までの三年三ヶ月の間に一五回に上る軍および師団、旅団による作戦に参加したが、私自身はその中の五作戦にしか参加していない。最後の「秀嶺二号作戦」以外は、大隊本部指揮班要員として参加したので、直接戦闘の経験はとぼしい。私が大隊長の命令により初年兵に捕虜四名を突き殺させて、後に戦犯に問われた「秀嶺二号作戦」については前記の通りだ。

だが、こうした大がかりの作戦のほかに、大隊が周辺の治安を確保するために行う小規模の作戦があるが、私は一回だけ参加したことがある。一九四三（昭和一八）年四月下旬、大隊警備地区の「粛清討伐」のときである。いわゆる「匪賊」数百名が潜入しているという情報を得て、城壁をめぐらしたある部落を払暁攻撃した。大隊砲弾（催涙性ガス弾？）を二、三発打ちこむと、城壁の左方の門からおびただしい敵が遁走しはじめた。これに対して大隊指揮班も一斉に射撃を加え、私も小銃弾数十発を発射したが、私の銃弾の何発かは敵を倒したようだった。戦争のなかでの私の最初の殺人行為であった。

注18　剿共とは共産党を打ち滅ぼすという意味。「三光」とは「焼き尽くし、殺し尽くし、奪い尽くす」を意味する

北朝鮮への移動

そしてほどなく（一九四五年七月）、部隊に移動命令が下り、全員白馬山の工兵隊に集結した。兵隊たちは、「俺たちは本土防衛要員として日本に帰るのだそうだ」とまことしやかにうわさし、浮き浮きしていた。しかし私たちを乗せた軍用列車は朝鮮の大邱で大休止した後、急に北上し、北朝鮮の咸興という町で停車した。わが中隊は「日本窒素工場」の対空監視哨を務めることになった。帰国の夢は消えたが緑の山河は日本を想わせ、日本語はどこでも通用したので、私は「ここでなら死ねるぞ」と思った。八月一日、私は陸軍軍曹に進級した。

ソ連軍に対する陣地構築

八月八日、ソ連が満州への侵攻を開始したと伝えられると、部隊は急に移動を開始し、一日行程の興上裡という部落に到着し、ソ連軍に対する陣地構築にとりかかった。私は初年兵の機関銃分隊を指揮して、中隊本部から一〇〇〇メートルほど下がった北鮮国境から咸興を経て平壌にぬける幹線道路沿いに、第一中隊の特攻班が爆薬を抱えて戦車に体当たりするのを援護するための陣地の構築をはじめた。この場に立たされて私も最後の腹を決めた。私はこの陣地を自分の墓場と考え、銃座を広く掘り、その上に材木と土で頑丈な掩蓋を作った。

昭和二〇年八月一五日

昭和二〇年八月一五日、朝鮮咸鏡南道南部の丘陵地帯は晴天だった。この日も私は隊員とともに機関銃と弾薬を携えて最前線の陣地に元気よく出発していった。陣地は一応でき上がっていたものの、最終的な仕上げ工事が残っていた。全員で和やかに補強工事を終えると、陣地のそばで車座になって昼食の飯盒飯を食べた。兵隊はすでに「最後の腹」を決めていた。皆安らかな気持ちで話しあっていた。そのとき東南の方向つまり元山港あたりにソ連軍のものらしい哨戒機の大きな機影を認めた。不思議なことにだれもそれを騒ぎだてない。そしてこんな声も聞かれた。

「ソ連軍はいつになったらここに姿を現わすんだろうか⁉」、「ヒョッとしたら、この道は通らないかもなぁ」

午後も陣地の補強工事をつづけた。天蓋の土盛りを厚くしたり、掩体のなかに藁を敷いたりしていた。そこへ中隊から伝令がやってきた。彼は私に告げた。「分隊長殿、中隊長殿からの伝令であります。陣地構築を止めて至急中隊に復帰してください」

「それはどういうことなんだ?」

私が聞き返すと、伝令はこう答えた。

「よくは分かりませんが、なんでももう陣地構築はしなくてもよくなったんだそうであります」

中隊長命令とあれば帰らないわけにはいかない。首をかしげながら中隊本部まで帰ってきた。私は中隊指揮班にかけつけると大声で聞いた。「一体どうしたと言うんです?」

指揮班長が沈痛な面もちでこう答えた。「戦争は終わったのだ。正午に陛下の玉音(ぎょくおん)放送があって、なんでも日本は連合国側に降伏したらしいのだよ」「ご苦労様だった。兵隊も休ませてくれ」と。

戦友たちから得た情報を総合してみるとこういうことらしかった。

「本日正午、天皇陛下のご放送が行われた。その内容ははっきりしなかったが、日本は戦争に負けたらしい。それも『ポツダム宣言』を受諾する無条件降伏のようだ」

祖国の勝利をただひたすらに信じて、今日の日まで軍務に励んできたわれわれだった。その祖国が突然敵国側に無条件降伏するとは、あまりではないか? 兵隊はだれも彼もくやしくて歯ぎしりしながら泣いた。そして底知れない虚脱状態に落ちこんでいった。

その日の夜は明るい月夜だった。その夜兵隊は眠れなかった。思い思いにたむろして一晩中語り明かした。自分たちの未知の運命について語りあった。「無条件降伏だから日本の男は去勢される」、「ソ連軍の捕虜になる」、「ソ連で強制労働させられる」などなど、憶測から憶測へと流れていって果てしなかった。また丘陵地帯のいたる所から、酒に酔う兵隊の泣き喚くような歌声、そしてその間を縫うように実弾の発射音が飛び交っていた。それは、自分の青春を賭けた兵隊たちのやり場のない怒りと絶望との交錯した表白(ひょうはく)であった。

事実この夜、なん名かの若い命が自らの手で絶たれていったのだった。

悪夢にさいなまれた一夜が明けた。丘陵地帯の木々の美しい緑のなかに、また新しい朝がよみがえっていた。私の心のなかにも新しい世界が開けていた。それはこんな思いだった。

「戦争は終わった。それは忌まわしい悪夢だった。われわれは生きている。死なないですんだのだ。これからはわれわれにも、祖国にも、新しい時代が開けてくるだろう。そのために生き、そのために働こう」と。

それは素晴らしい解放感だった。

第3章　シベリア抑留の五年

強制労働、慢性飢餓、極寒、人間不信の世界

(一)興上裡から五老里へ

八月二〇日過ぎのある日、部隊は興上裡から一日行程内の五老里(ごろう)という部落へ移動した。大隊長の指揮下に、完全武装の「皇軍」は整然として最後の行軍を飾った。だが、その行軍はなんと心に重い行軍だったことか。

部隊は、重い背嚢を背負いながら青々とつづく稲田の長い一本道を歩いていった。兵はこの道は祖国への道と思って、その足どりもたしかに軽かった。だが、予期せぬことが待ち受けていた。道々で出会う朝鮮人たちは、われわれに向かってこう言った。

「見ろよ、やつらは負けたというのに、まだあんなに持ち歩いているじゃないか」

「あれは俺たちから巻きあげたものだ。俺たちに返せ!」

何人かは兵隊の後を追ってきて、ツバを吐きかけたり、石を投げつけたりした。なかには、兵隊の背嚢に手をかける者さえいた。

ほどなく新生朝鮮の旗がひらめく街へ出た。その街頭には、我々を威喝するかのようにプラカードが氾濫

していた。

「金日成(キムイルソン)将軍万歳」「祝新生朝鮮民主主義人民共和国」「歓迎朝鮮人民解放ソ連神軍、打倒野獣的帝国主義日本軍[注19]」

また、この街角に多くの日本人を見かけた。彼らの多くは男性で、門前に放心したようにたたずみ、痴呆したようにうずくまっていた。声をかけても、返事は返ってこなかった。しかし女性は強かった。私たちを追ってきて話しかけてくる。

「兵隊さん、どこへ行くんですか?」

「兵隊さん、私たちはどうなるんでしょうか?」

「兵隊さん、一緒に連れていってくださいよ」

など、「驚天動地」ともいうべき非常のときの女性のたくましさを、私はこの目でまざまざと見てとることができた。

注19　日本の降伏直後にこうしたプラカードが掲げられたことは、朝鮮民衆が抗日勢力に期待していたことを伝えるエピソードだといえる

(二) 武装解除

到着した五老里(ごろうり)は、北にやや遠く高い山脈を背負い、大河のほとりに静まりかえる山村だった。部隊の宿舎になった国民学校では「奉安殿(ほうあんでん)[注20]」が壊され、二宮尊徳の銅像がひっくり返されていた。この校庭で私たち一〇〇〇名は、ソ連軍によって武装解除をうけた。大隊長命令で、各中隊は指定された場所にすべての兵器を持ち出した。「あらぬ疑いをかけられてはみんなが苦しむ」という説得もあって、みんな思い切りよく武

器をかなぐり捨てた。だが、武装解除などということは、相手側にはあってもこちら側のことではないと考えていた我々にはやはり胸せまる現実だった。こうして私たちは、名実ともに「丸腰（まるごし）」となった。思えば昭和一六年（一九四一年）七月四日以来、四年一ヶ月余りで私の軍人生活は終わった。しかし、このあと一一年間にわたる抑留と監禁の生活が待ちうけていようとは、夢想すらしなかった。

ある夜私は、第五中隊の親友岩田忠司から脱走についての勧誘を受けた。彼は熱っぽく私を口説く。

「なぁ石渡、われわれは帰れないらしいぞ。外の朝鮮人から聞いたが、ソ連軍はわれわれを捕虜としてシベリアへ送りこみ、そこで強制労働させるつもりらしい。そうなったら、帰国は何年先になるかわかったものじゃない。また、シベリアの寒さには耐えられないかもしれない。ところで、今日いい話を聞いてきた。元山（うぉんさん）付近から漁船で、沿岸沿いに日本まで送り届ける人がいるそうだ。今日、ある日本人から誘いを受けたのだ。そこへの手引きは信用のおける鮮人〔朝鮮半島出身者に対する蔑称〕がやってくれる。山口准尉など二、三名の下士官も加わるそうだ。どうだ、一緒に逃げないか?」

このように勧める岩田を私は必死になって留めた。その話の中の下士官たちは、ある日集団のなかから消えた。岩田はよく思いとどまって僕とシベリア入りをした。だが、抑留中に部下をかばって労働監督ともみあいをしたとき、ソ連兵に銃殺されてしまったという。岩田にはあのとき「冒険」の道を選ばせるべきだったろうか?

ほどなく捕虜の集団は川向こうの青年学校の校舎に移された。この宿舎は日当たりがよかった。北側と西側に接して低い山があり、東には広い河が流れていた。南は一段下がって、校庭とそれにつづく畑が広がっていた。だが南側の校庭の出入り口と東側の河堤に出るところとの二ヶ所には、ソ連兵が四六時中立哨していた。

頭に瓜（うり）を割ったようなシャポーチカ〔帽子〕をかぶり、胸に「マンドリン」（自動小銃）をかかえたソ連兵は、ヨーロッパの戦場からトンボ返りの部隊らしく、服装も心身もヨレヨレの老兵たちであった。われわれは、この目の前の目障りな「ロスケ」〔ロシア（ソ連）人に対する蔑称〕にたいして、悪口を言いあってうっぷん晴らしをしていた。

「ひでえ、うす汚ねえ野郎どもだなあ。あれでよくまあ戦争に勝ったもんだ」

「みんな、ジジイじゃねぇか。まるで山猿だ」

「見ろ、見ろ！　やつら、ひまわりの種まで食っていやがる。やっぱり下等人種だなぁ」

事実、彼らが一ヶ月の間に、何アールかの畑いっぱいに植えられたひまわりを見る影もなく食い荒したのには、だれもが驚きいった。

捕虜の食事はよかった。日本軍の糧秣倉庫はソ連軍におさえられていたが、よくその勝手を知っている主計将校が日々白米や甘味品など兵隊の欲しがるものを要求してうまい食事をたっぷり食わせてくれた。ただ、野菜や肉類は乾燥野菜と缶詰で代用された。

ソ連兵の歩哨に朝鮮人から身を守ってもらいながら、たらふくと三度三度の食事がとれる。労働もないからおしゃべりしたり、本を読んだり、昼寝をしたりの日々である。そしてほどなく帰れる。兵隊になって、こんなよい生活は初めてだった。

しかし、兵隊たちは長い間風呂に入っていない。八月の始めに、対ソ陣地構築のために咸興の宿舎を離れて以来ずっとである。真夏日に、何日もハンマーをふるったり、重い背嚢を背負って何十キロメートルもの行軍をしたりしてきた。たまに川の水で身体を洗う程度だった。こうして一ヶ月が経ったとき、捕虜たちにある異変が起こった。はじめて経験する「疥癬」〔伝染性の皮膚病〕である。だれ言うとなく、

「あぁ、かゆい。チンポがかゆい」

「出してみろ、俺が調べてやらぁ」

「見てみろよ、俺のはこんなにでかくて赤ハダカだ」

だんだんと騒ぎが大きくなる。会話も動作もおおっぴらになっていく。白昼堂々と公衆の前で「お手当」がはじまる。まさしく仏閣の秘仏の「御開帳」である。そのあるものは犬や山羊の陽物（男根）のように赤くただれてたれ下がり、またあるものは赤ぶくれの大トマトを二つぶら下げて鎮座している。

医療器具や薬品類はすべて没収されていた。大隊長がソ連側と交渉した結果、午後二時間の水浴が許された。季節は晩夏、水浴びそのものが快適だっただけでなく、ここから見渡される北朝鮮の山岳風景は素晴らしかった。そして秋風も身にしむころになるとやがて「疥癬旋風」も下火となり、忘れられていった。

相撲大会や運動会でうさを晴らしていたころ、ある日突然、ソ連の軍医と衛生兵らしいものが大勢やってきた。日本に帰るための身体検査と予防注射をするのだという。

みんな胸を震わせた。そして数日後、今度は一〇〇名ほどのソ連兵が、またトラックでやってきた。そしてこう言った。

「ヤポンスキー、ダモイ！（日本人よ、帰国だぞ）」

捕虜たちは、「バンザーイ！　バンザーイ！」と叫びながら、肩を叩きあい、身体をぶつけあった。そして、各自の私物をもって校庭に集まった。その素早さは、軍隊当時の「非常呼集」を上まわった。検査が終わるといきなり「出発だ！」という。一日歩いて、その晩は咸興の駅に野宿した。ここで二日間、貨車への積みこみ作業をさせられる。積みこんだのは日本軍隊の軍用物資だった。食料品、衣料品、ガソリン、ダイナマイト、トタン板などなどである。この仕事はしばらく「無為徒食」に慣れた者にはきつかったが、監視兵の目を盗んで缶詰や羊羹をせしめる楽しみがあった。この仕事も終わり、いよいよ帰国だ。港南港への行進がはじまる。一〇〇〇名の捕虜に一〇〇名の警戒兵がついて前後左右をとり囲んだ。彼らはなぜかやたらに「スコレコ・ウレーメヤ（何時か）」と聞いた。それで、めぼしい時計をマークしてから、巧妙にそれをだまし盗っていった。私も、真新しい時計を盗られてしまった。こうして、日本兵の何百個もの腕時計が、ソ連兵の獲物となった。

注20　各学校に与えられた天皇・皇后の肖像写真である「御真影」や、天皇が発した教育勅語を設置するために学内に作られた設備のこと

（三）海賊船

昭和二〇年（一九四五年）一〇月八日のことである。港南の港にはダモイ船（帰国船）が待っていた。船体は美しいライトブルーに彩られ、大煙突には鎌とハンマーを交錯させた赤いマーク〔ソ連国旗のこと〕が色鮮やかに浮かびあがっていた。この船へ、私たちはまたしても荷積みの労働を強要された。みんな、帰国を夢見て黙って働いた。

この日の夜、私たちを乗せた船が快いエンジンの音とともに動きはじめた。私たちは甲板に出た。だれの心も、もう祖国の空へ飛んでいる。やがて、側（そば）の岩田伍長が言う。

「船の進路がおかしいじゃないか?」と。

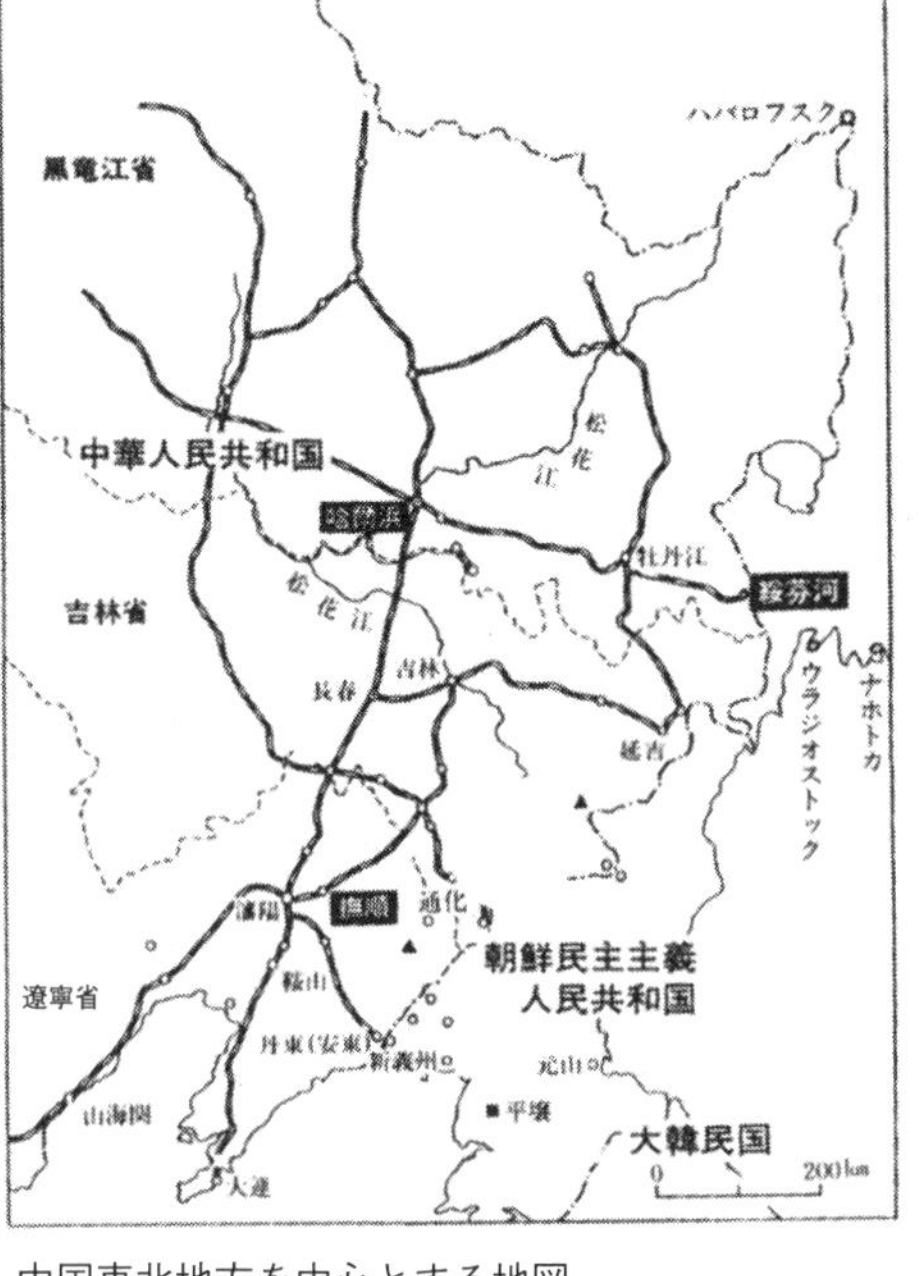

中国東北地方を中心とする地図

言われてみるとそうだ。日本への進路とまったく逆方向だ。たしかに北へ向かっている。そこへ一人が寄ってきてこう言った。

「ロスケに聞いたんだが、この船はウラジオストックで積荷を降ろしてから、俺たちを日本へ送るんだそうだ」と。

この言葉を聞いて、私たち二人の心も再び平静にもどった。

私たちの寝所は、下の広い船倉だった。そこに一〇〇〇人の人間が安らかに眠っていた。ある深夜のこと、身辺に怪しいざわめきを感じて私は目を覚ました。近くにソ連人らしい大男がいて、兵隊の私物をかきまわしている。あきらかに、めぼしい金目のものを物色していることがわかる。私は身体を横にしたまま広い船倉をぐるっと見渡してみた。懐中電灯があちこちで点滅している。間違いなく一〇人以上のロシア人が、ゾロリゾロリと、まるで寝静まった人間に襲いかかるダニのように、日本兵の間をはいまわっているではないか。みんな、手に手に拳銃を持っている。目的はやはり腕時計のようだ。乗船までの間に、何百個という時計がだまし盗られた。だが、まだ半数以上の者が腕時計を持っていた。この残された腕時計が、うごめくダニ集団のねらいである。彼らも怖いのか、手に持つ拳銃も小刻みに揺れている。そのとき、船倉の中央から一人の兵隊が叫んだ。

「隊長殿！　隊長殿！」

増田中尉が「何だ！　どうした？」とこれまた大声をあげて立ちあがり、身体を大きく前にのり出す。やがて不気味な発射音とともに増田中尉が倒れた。幸い応急処置を受けて命だけはとり止めた。

翌朝、将校団はソ連の輸送指揮官に対して抗議した。

「今後、日本人捕虜の生命を充分に保証し、また物品の略奪行為を禁止されたい」と。

だが、その回答のためにわれわれの前に立った、堂々たる体躯の指揮官からは、傲慢の印象こそ残れ、残念ながら誠実な謝罪の言葉を聞くことはできなかった。彼はたしか中佐の階級章をつけていた。

（四）絶望

二夜を貨物船で過ごしたわれわれは一〇月一〇日の朝、ついに異国の土地を見た。そこはウラジオストック港だった。鉛色の空が低くたれ下がって、北国のわびしい風景とたたずまいが感じられる。点々と丘を彩る白壁に赤い屋根の小さな民家。この家もすこし前までは、戦争の渦中にあったのだろうが、戦争が終わったいま、あそこではどのような人たちが、どのような思いで生活しているのだろうか。やがて「下船せよ！」という命令が伝わってくる。

「どうしたんだ、約束がちがうぞ！」

こんな言葉があちこちでおこる。この動揺を静めるように中隊長はつぎのように言った。

「ここで貨物を降ろしてもらうが、それが終わればわれわれは日本に送り返されることになっている」

兵隊は全員、装具をもって下船した。そして、一日がかりで船の搭載物全部の陸揚げを終えた。終わったら、こんどは「貨車に乗れ！」と言う。みんなギョッとなると、彼らはこう説明した。

「いま、ここには君たちに当てる宿舎がない。やむを得ないので、構内の貨車に乗ってもらうが、それも一日だけだ。明日は乗船してダモイ（帰国）だ」と。

兵隊は、貨車一杯に投げこまれた麦藁（むぎわら）の上に車座をつくり、さっそく四方山話（よもやまばなし）に花を咲かせる。そのうち、兵隊の頭のなかに疑惑が芽生えてか、黙りこくる者が多くなった。だれもが希望は失っていないが、「貨車は動くか、動かないか」の疑問に全神経を集中しているようだった。動けばもちろん絶望だ。確率は五〇％だ。「動くか、動かないか」「帰国か、強制労働か」――、この二極間の往復思考をくり返していたが、そのうちに疲れはててみんな眠ってしまった。

私もいつしか、眠りに落ちていた。この眠りの深淵の奥深く、コトコトッ、コトコトッと、子守歌のように心地よいリズムが刻まれる。私たちは、赤子のようにこの子守歌に身をまかせていた。そのうち、意識の底の優しいリズムが変化を遂げはじめた。ゴトッゴトン、ゴトッゴトン、音がだんだん大きくなる。大きくなる音が僕の身体を突きはじめる。混沌とした意識のなかで、意識と無意識の葛藤がはじまる。やがて無意識は、ついに意識に打ち破られた。そして、意識はあまりにも残酷な現実を突きつけた。

「しまった！　貨車が動き出した！」

まさに「絶望！」である。それは、生身を腸までズタズタにさいなむ絶望感だった。もう二度と再び私たちに生きる勇気を与える何かがあるだろうなどとは決して思えない、まるで人を狂気にまで追いやらずにはおれない、そんな絶望であった。多くの兵は、目覚めながらも、誰一人として声を立てない。そして限りなく深い絶望の淵のなかへまっ逆さまになって、何処までもどこまでも落ちていった。

(五)明太(メンタイ)

神は、人間をたくましいものにつくり給(たも)うた。絶望のどん底にうちひしがれた兵隊はそれでも生きていた。こうして生き残った人間を乗せて、貨車はノロノロとシベリア本線上を走っていた。兵は代わるがわるに、貨車の上の小さな窓から窓外を見やる。行けども行けども、ただ果てのない荒野だ。家もなければ森もない。荒れ果てたままの大地が、いつ果てるともなくつづく。この大平原を見やっていると、まるで大海原のただなかに立っているように、はるか彼方の地平線が大きく、緩やかに円弧を描いている。だがそれは、なんと非情な、そら恐ろしい風景だろう。目をやれば、すぐそこに緑の山河、小鳥のさえずり、四季とりどりの花がある日本の風景。私たちが慣れ親しんできたその風景とはなんと異質な風景だろう。低く暗い雲の下で、愛すべき物象一切を捨象し去って、ただ空虚に横たわる大地、これが風景だろうか。ただただ、そら恐ろしい「死の大地」でしかない。

午後になって貨車は長い時間停車した。扉の施錠を外す音がして扉が開いた。「食事をとりに来い」と言う。「何人か?」と聞くと、「一人でよい」と答える。「五〇人分の食事受領に一人とはおかしい」とみんな首をかしげた。

兵隊は昨晩から二〇時間あまり何も食べていなかった。何しろどでかいショックで食事も忘れていた。だが、「食事」と聞いてとたんに腹のなかの空腹が一気にふき上げた。

「これで全部です」と言って当番兵が投げ出した品物を見て、みんなあ然としてしまった。それはシベリアの土地のようにカラカラに干からびた「明太(めんたい)」だった。分けたら、一人に二腹しか渡らなかった。

「日本軍の食料品をあれほど積み降ろしさせたくせに、これはどうしたことだ」——、兵隊は悔し涙とともに明太をちぎって食べた。水をガブガブ飲んで、腹のなかで大きく膨らまそうとした。だが、二〇時間の空腹はいっそう募りこそすれ、とうてい癒(いや)すことはできなかった。

貨車はまたあらぬ方向へと動きはじめた。そしてこの日の夜もまた眠れなかった。それは空腹のためであった。その苦しさのあまり、我々は各自が隠し持っていたひとにぎりの米を出しあって、ローソクの火で飯盒(はんごう)飯を炊いた。一時間もすると飯盒は音を立てはじめ、あたたかい湯気を吹き出してきた。兵隊は車座になって、かたずを飲みながらこの奇跡を見守った。やがて目を見張るような白い米の飯が炊けた。牛缶(ぎゅうかん)〔陸軍配給の牛肉の煮物の缶詰〕も惜し気もなく切って、みんな涙ながらに食べた。それは、帰国の夢が破れて以来、はじめて心なごむひとときであった。魂の安らぎを得て、ほどなく全員は深い眠りに落ちた。

（六）カーメン・レバーボルフ

貨車の食事が干し明太二腹という待遇で、私たちは二夜を貨車で過ごした。貨車の隅への用便にも足がふらつきはじめた。三日目のこと、つまり一〇月一二日のことだった。みすぼらしい貨車は小さな田舎駅に止まった。貨車の扉がつぎつぎと景気よく開けられ、「みんな降りろ！」とソ連兵が大声で叫んだ。

駅の近くには民家がバラバラとあり、あとはだだっぴろい緩やかな丘陵地帯だった。この荒れて寒々とした場所こそ、その名をカーメン・レバーボルフといった。ソ満国境の興凱湖畔に近い村だった。

この駅から一〇〇〇メートルほど離れたところに、古ぼけてちっぽけな収容所があった。鉄条網を二重に張りめぐらし、四隅には警戒兵が立哨する屋根つきのやぐらが建っている。ここが私たちの最初の住家となった。だが、ここに入れられた人員は三〇〇人ほどで、大隊長熱田大尉も親友の岩田伍長の姿もなかった。

蛙と人参の切れっぱし

この収容所で二、三日はゴロゴロしていた。明太は黒パンに変わったが、一日一食でその量は三〇〇グラムくらいしかなかった。まだ炊事施設が整っていなかったので、スープ類はなにも与えられなかった。だから、「皇軍の兵士」も絶えず飢えに苦しめられて、徐々に身も心も落ちぶれていった。

ある日、同年兵の斉藤兵長は駅での使役から帰ってくると、私を部屋の隅へ呼んだ。彼は汚い木綿袋から小さな人参の切れっぱしを三つ四つとりだすと、「石渡、これを食えよ」と言った。二人で食べた。その味の素晴らしかったこと！　これまでの人生での最高の食べ物だった。どんな果物よりもうまかった。

「これも一緒にやろうや」

と言って斉藤が次にとりだしたのは、まだ生きている一匹の赤蛙だった。ローソクの火で足を一本ずつ焼いて食べた。これまたこの世のものとは思えぬ最高の美味だった。食べながら涙が溢れ出た。

点呼

私たちは軍隊に入ったその日から点呼で明け暮れしていたので、点呼には慣れていた。それはシベリアで捕虜となっても変わらなかった。だが、ここではいささか勝手がちがった。日本軍隊では四、五分で終わったが、ここではゆうに二〇分はかかる。

ソ連の衛兵が「点呼！」とふれまわると、近ごろめっきり活きの悪くなった旧日本陸軍の兵士たちがのろのろと広場に這い出してくる。これに向かって両手を広げて見せて、「ツェン、ツェン（一〇、一〇）」と叫ぶ。一列一〇人ずつ並べというのであろう。並び終えると、こういう号令がかかる。

「第一列気ヲツケ！　一〇歩前へ進メ！」

一〇歩前に出た一〇名を「アジン、ドバー、トリー……ツェン」と端から数えはじめる。まちがいなく一〇人いると紙に「一」と書く。第二列以降も同じである。つまり週番士官は捕虜の一人ひとりを自分の目で数えあげねば気がすまないのだ。シベリアの寒い戸外での二、三〇分の点呼には、みんな閉口した。これに向かって腹を立てた捕虜たちは、

「ロスケってほんとにトンマだよ。奴ら、かけ算を知らねぇんじゃないのか」

と言ってウップン晴らしをする。そこで、捕虜の代表者が、こんな申し入れをした。

「最前列に番号をかけさせる。一人が前から各列が一〇人ずつまちがいなく並んでいるかを確かめる。もう一人は、横から一〇人の列が何列あるかを確かめる（番号をかけさせてもよい）。そしたら、三〇〇人ぐらいの点呼はものの五分とかからないだろう」と。

だが、この申し入れも最後まで採用されなかった。

アガルコフ兵長

ほどなく、カーメン・レバーボルフ収容所にも炊事場が完成した。ここの責任者を、池田志二朗准尉が務め、私はスタルシ・パーバル（炊事班長）として、毎日全収容所員の糧秣を柵外の倉庫まで受領に出向いた。それを私に手渡してくれるソ連側の糧秣係下士官が、アガルコフ兵長だった。

彼は、身長一七五センチぐらいで、年令は二三、四歳。負傷兵なのか、片足をすこし引きずっていた。赤ら顔でちょっとドスのきいた男だった。はじめ、この男は予め袋に入れた一日分の食料を、「これだけだ、持っていけ」と私に押しつけていた。なにも分からない私は「スパシーボ（ありがとう）」と言っておし頂いてきた。

そのころ、炊事場に毎日訪れる女医さんがいた。四〇歳代のたいへん恰幅のいい、それでいて優しさのある女医さんだった。大尉の肩章をつけていた。毎日、できあがった捕虜の食事の点検にきて、必ず自ら試食もして帰っていった。この人がある日私にこう尋ねた。

「コック長、あなたは捕虜たちの食糧を毎日正しく受領していますか？」

私が「ヤァー（はい）」と答えると重ねて、「それではパンをいまは何本受領していますか？」と尋ねる。「はい、四〇本から四五本です」とアガルコフ兵長が蹴飛ばすように渡してくれるパンの本数を答えた。すると、いつもは優しい女医さんは怒った。

「君は正しい受領をしていない。『一日一人三五〇グラム』と保証されているパンが、どうして日によってそんなに変わるのですか」

「毎日パンの数が変わるのはおかしいとは思っていましたが、黒パンが一日に一人三五〇グラム支給されるということは、まったく知りませんでした。これからは、注意して正しく受領いたします」

と詫びたあと、

「私たちの食糧についてのノルマを教えていただけますか？」

と頼んでみた。

女医さんは、ソ連政府が定めた「日本人捕虜に対する給養規定」の内容をこと細かく書いてくれた。その内容は次のようであった。
①黒パン　三五〇グラム
②雑穀（主に燕麦（えんばく））　六〇〇グラム
③野菜（主に塩漬）　一五〇グラム
④肉（または魚）　三〇グラム（六〇グラム）
⑤塩　二〇グラム
⑥砂糖　一八グラム
私はこの内容をはじめて知り、明日からの糧秣受領では、サインする前に必ず支給伝票を見せてもらおうと決心した。

翌日、また使役兵を連れて糧秣受領に行った。アガルコフは、いつものように袋に入れたものを指差して
「それをもっていけ」と命令した。私は、黙って二包みのパンの袋を秤（はかり）にのせた。彼は慌ててそれを蹴飛ばしながら言う。

「チトタコイ？（何をするんだ）」

私もいささか気色（きしょく）ばんだ。

「ソ連は捕虜の食糧にノルマを決めて保証している。だから、われわれにはそれを正しく受領する権利が

あるはずだ」

彼は凄まじい形相で迫ってきた。僕も腹をすえた。

「糧秣を正しく受領せよとは、女医さんの命令だ。支給伝票を見せなさい」

彼はしぶしぶとそれを見せる。案の定、一〇キログラム不足している。その不足分を要求すると、二キログラムのパン三本を追加する。残り二本を要求すると、彼は近くの昆棒をつかんで襲いかかってきた。この剣幕をおそれて、兵隊が言う。「班長殿、今日はもう帰りましょう」。やむなくそれにしたがった。

つぎからは、彼もすこし態度を変えた。あくどいピンハネをやめて、量の多い雑穀から四～五キログラムをチョロまかす作戦に出た。秤に少し細工を施していたのかもしれない。

彼についての色々のうわさ話も絶えなかった。「今日彼はあやしげな女と歩いていた」、「昨晩、黒パンを三本抱えてやってきて腕時計と交換しろと言った」などなど。収容所には上級中尉の所長も政治部員もいた。また、公共の品物を横領すれば薪一本でも二五年の刑という厳しい法律もあったはずだのに、これはまたどうしたことだろうかと思わないわけにはいかなかった。


「暗い恋」


これは私たち捕虜がかいま見た事実から憶測してつくりあげたある恋物語である。捕虜にはひどいひがみがあるから、ねつ造であったらお詫びしなければならない。だが、「岡目八目」ともいう言葉もあることだから、当らずともそう遠くないだろう。幸いにもこの当事者二人の氏名は忘れた。

寒いシベリアにも春の兆しが見えはじめたころ、女医さんが交代した。三〇歳前後の大変美しい女医さんがやってきた。色白で、プロポーション抜群のロシア美人だった。捕虜たちをアッとうならせたことはいうまでもない。この女医さんの階級は軍医少尉だった。私たち炊事班員も、夕食を炊きあげると、いまや遅しとそのご到来を心待ちにしていた。試食用の食器をピカピカにして、今夜の一人分の食事をのせて待っていると、みんながしびれを切らすころにようやく姿を現わした。

「今日の夕食は、黒パン三五〇グラム、カーシャ（燕麦入スープ）、砂糖一八グラムです。一人分のカーシャには、缶詰肉三〇グラム、野菜一〇〇グラム、燕麦五〇グラムが入っています」

と私が説明すると、冷たい表情でただひと言「ハラショー（よろしい）」と言って、試食もせずに帰ってしまった。前の女医さんは必ず試食して、味つけや調理の仕方についてよく教えてくれた。また、「パンは焼かないで食べなさい。焼くと酵母菌が死んでしまうから」とか、「表へ出るときは必ず防寒帽をかぶりなさい。さもないと、病気になりますよ」とか、注意もしてくれた。これを知っている炊事の仲間は、今度はガッカリしてしまった。それで、美人女医さんの評価は下がる一方だった。けれども関心がなくなったのではなかった。

毎晩のようにそのうわさ話が出た。

「今度の女医さんは、美人だけど冷たい人だね」

「美人を鼻にかけているのさ」

「きれいだけど、目に憂いがあるね」

「亭主と離れればなれなんだろうよ」

ほどなくこんな噂が伝わってくる。

「女医さんと糧秣係のアガルコフ兵長が腕を組んで町を歩いていた」

というのである。そこでまた話が弾む。

「それにしても、ビッコの兵長と美人女医さんでは、ちと不釣りあいだな」

「でも彼は『持てる者』ですよ。パンや肉や日本製腕時計などに物を言わせたんでしょう」

「そうだよ。彼女も年増だし男が欲しくないはずもないから、おそらく一挙両得というわけだろうさ」

こうして、新任の美人女医さんは瞬く間に、憎らしいアガルコフ兵長の「女」にされてしまった。

炊事場のすぐ裏にポツンと白壁の小屋が立っていた。そこへは時どき、政治係将校が出入りをしていた。四〇歳くらいの、貧弱な男で意地悪そうな顔をしていた。たまに見かけたが何をしているのかはさっぱりわからない。捕虜のペーチカ〔暖炉〕当番を付けていた。その当番がある夜、一大ニュースを持ちこんできた。

「あの美人の女医さんは、うちの政治部員の『色女』ですよ」

さあたいへんだ、また炊事場のなかが色めき立った。われこそがこの目でその事実を突きとめてやろうといきり立った。

ペーチカ当番の兵隊は、彼女が来る晩に限って早く帰された。この日もそうだったというのだ。手ぐすねを引いて待つとほどなく現われた。紺色のオーバーをまとっている。華やかなネッカチーフでおおわれた顔がほんのりと赤らんでいる。彼女は例によって試食をしない。やがてあたふたと出て行く。一人の炊事員が、すかさず後をつける。「やっぱり、入った！　入った！」と息を弾ませて帰ってきた。これで二人の情事の確証をにぎった。

女医さんは職務上毎日現われた。政治部員の「密室」の方は、週に二、三回しか温かい灯がともらなかった。だが、その灯がともる夜は必ず二人の密会がもたれつづけられた。一時間ほどの逢い引きの後、女医さんは一度炊事に顔を出して、心を静めるようにして帰っていった。最初は緊張感の見られた女医さんの顔も、次第に和らぎが出てきたようだった。

私たちには、二人の情事がどうしても「暗い恋」としか見えなかった。ソ連の政治部員は昔の日本の憲兵同様に、なにか恐ろしい権力をもっているようだった。そこでどう見ても不釣り合いな二人の情事を、我々はこのように結論づけた。若い美人の女医さんに、何か個人的な秘密があったにちがいない。アガルコフ兵長と親しかったというから、彼から配給量以上の食糧を受けたこともあるかもしれない。これをネタにして政治部員が彼女を脅迫し、その身体を求めた。こうして、われわれが知る二人の情事ははじまる。それは権力をもつ男の脅迫からはじまった情事だったが、やがて女医さんもそれを肉体的に受け入れていったのではないだろうか？　だが、それにしても傍目(はため)にはなんとも「暗い恋」であった。

馬のはらわた

シベリアの冬は早い。一〇月はもう冬である。夏から一足飛びに冬がやってきた。日本軍隊の防寒被服が渡される。防寒帽、防寒靴、防寒外套、防寒手袋などを鎧(よろい)のように身に着けはしたものの、シベリアの冬将軍には勝てなかった。

帰国の夢を失った捕虜は、ただ無力感の深い泥沼にはまりこんでいった。捕虜の食事は胃袋を満たしてくれなかった。慢性的な空腹が四六時中彼らを苦しめた。そこへ冬将軍の到来である。防寒具に身を固めた捕虜は首を垂れ、肩を大きく落して、シベリアの凍てつく大地を、来る日も来る日も黙々と歩いて行く。腰にぶら下げた飯盒(はんごう)の音が、ただ挽歌をかなでるようだった。

彼らは、一様(いちよう)に一つのことしか考えていなかった。

「今日の作業場では、馬鈴薯(ばれいしょ)をくれるだろうか？」

「今日も、きっとトマトの漬物が貰(もら)えるぞ」

このように考えることだけが生きる希望であり、生きていることの証でもあった。ソ連の捕虜規定のなかでは、零下二八度を超える日の戸外労働は禁じられていたというが、ここでは寒さのため作業がとり止めになったことは、残念ながら一度もなかった。

ラーゲル（収容所）の便所は、きわめてお粗末だった。庭の隅に、回りも屋根も板を打ちつけただけの便所があった。中に、一メートル幅で長さ一〇メートルほどの深い穴が掘られ、それへ縦に頑丈な板が一面に渡されている。板の真ん中に一〇個ほどの穴があいていて、ここに並んで用を足すのである。慣れればそれほど苦にもならなくなった。だが、冬の到来でここも様変わりしだした。出したばかりの糞便が、たちまちに凍りついてしまう。それが次つぎに重なりあって、穴の中からピラミッドのようにつき出る。その先は錐のように鋭いので、夜の暗がりでの便所通いは神経を使った。はじめての体験に度肝を抜かれたが、ホッカホッカの便がその場で即席冷凍となり臭いを封じこめてくれる有りがたさも知った。それにしても便所通いはつらかった。防寒外套をつけていても身体は全身冷え切ってしまい、口から吐きだす息で髭も眉毛もまっ白く凍ってしまう。

こうしたシベリアの酷寒の中で一人の捕虜が死んだ。最初の犠牲者である。山梨県出身の現役兵の初年兵だった。彼、樫山一等兵は、運動神経の発達した頑丈な体と誠実で明るい心とをもった好青年だった。ひと一倍真面目な彼は、重労働および栄養のバランスを大きく崩したせいで倒れてしまった。同僚の手で、異国の丘の凍土がかろうじて掘られ、そこへ浅く葬られた。彼の死はすべての捕虜に自己の未来像を見せつけられたような沈痛な衝撃を与えた。

そのころのある夕方、こんなことがあった。炊事場の前がいつになく騒がしいので出てみると、四、五人の兵隊が長くて重そうな、得体も知れないものを引きずってくる。雪明かりで見据えると、長さ五メートルもあろうかという代物である。聞くと、働きに行った屠殺場からもらってきた「馬のはらわた」だという。私の教えた初年兵ばかりである。彼らは懇願せんばかりにこう言った。

「班長殿、お願いです。ぜひ、これをスープの中へ入れてください」

彼らの必死の願いに負けて、その臓物を引きとった。それは、血だらけのまま戸外に投げ捨てられていたもので、コチコチに凍っている。土も枯れ草も付いている。とうてい正常な人間の食物ではない。だが、シベリアの捕虜にはそれは数十キログラムもある立派な「肉の固まり」だった。

翌日、その一部を調理することにした。大釜にお湯を沸かして、凍結した腸を溶かしにかかった。溶けてくると、さぁたいへん。生血と腸内の汚物の悪臭が鼻をつく。炊事場内は、いたたまれぬほどの臭気ふんぷんではないか。でもやめるわけにはいかない。みんな歯を食いしばって作業をつづける。軟らかになった腸を断ちひらいて汚物を捨てる。そしてもう一度湯がく。蓄えの水も底をつくと雪を釜に投げこむ。温度が急に下がるので沸騰までまた時間がかかる。何回も何回も煮沸（しゃふつ）したが悪臭はとれない。作業隊の帰る時間は刻々に近づく。もう間に合わぬとなって決断した。この血と糞の臭いが抜けきらない馬のはらわたを、燕麦のスープの中へふんだんにぶちこんだ。肉の分量はいつもの一〇倍を超えたが、ひもじさのない炊事員の口にはとても入る代物ではない。それを私たちは祈るような、謝罪するような気持ちで各作業隊に配った。

だが、作業から空腹を抱えて帰ってきた人たちは、それをむさぼるようにして食べてくれた。食べ終えた初年兵たちは私にわざわざこう言いにきた。

「班長殿、お陰様で今日は肉がたらふく食べられました。明日もお願いします」と。

それは涙のこぼれるほどの切なくて悲しい想いを私に残した。捕虜たちがむさぼり食ったその「はらわた」は、その昔彼らとともに戦場を駆け巡っていた日本の軍馬のものであったという。

狂気への誘い（いざな）

炊事班長をしていた私は、日に日に体重を増し、ついに八〇キログラムを超えた。月一回の身体検査では、裸になると即座に「ハラショー（よろしい）」でパスしていた。腹が出っ張って靴のひもがよく結べないほどだった。これにひきかえ、軍隊であれほど元気だった若者たちが見る見るやせ細っていった。そしてついに栄養失調でK一等兵が倒れた。私はこのときほど自分の「巨体」を恥じたことはない。たとえ与えられた糧食は公平に分配してきたという自信はもちながらも、それは寒さと飢えに泣く重労働の兵より多くを食べたことの汚辱を自ら晒しているからである。

また兵たちは、Kの二の舞を演ずまいと馬の臭いはらわたをガツガツと食べた。われわれ炊事員は、とても食べられなくて別食をつくった。やがて良心の呵責にたえかねて、オコゲまで公平に分配することにした。

そのころ、私はある異常な体験をした。

その夜、カーメン・レバーボルフはまたも吹雪いた。シベリアの雪は乾燥して細かい。銀粉をぎりぎりまで砕いて、まき散らしたような雪である。この夜は月夜だった。丸い大きな月の輪が、吹雪く大空にホンノリと浮かんでいた。月のありかを知らせながらも、棘のような銀粉の雪が容赦もなく降りしぶいている。

私は防寒帽をかぶって便所へ走った。走りながら独りつぶやいていた。「あぁ、シベリアでは月夜でも雪が降るのか」と。そのとき、突如として大きな恐怖感が私を襲う。吹雪く夜空の月のあたりから、不気味な声が聞こえてきた。

「お前は、このシベリアのマローズ（酷寒）から逃げ出すことができるとでも思っているのか。それはできない。シベリアの冬は永劫につづく。君は永久に祖国には帰れないぞ。君はK一等兵と同じ道を行くしかない。君を待つものはシベリアの凍土だけだ。そうだよ、死だけだ！」

その声は、小さいながら逃れ出ることのできない強い魔力をもっていた。その声は私をとらえて、まっ暗な深淵の中へ、どこまでもどこまでも、グイグイ引きこんでいった。僕の頭脳は打ちのめされたように狂いはじめた。逃げなければと思えば思うほど、めくるめく早さで真っ暗な深淵のなかへ落ちこんでいく。

「このままでは、僕は気違いになるぞ。助けてくれ！」

私は心に叫ぶ。叫びながら吹雪の中を走りまわった。不思議にもそのとき、私は救われた。私は恐ろしい「狂気の淵」から脱出することができた。シベリアの冬、それはやはり「魔の世界」であった。

（七）ウォロシロフ第二収容所

シベリアの魔の冬にも終わりがあった。五月ともなると、雪解けのあとに懐かしい緑が芽ばえた。帰国の夢をのせて、捕虜の心も浮き立つ思いだ。そんなある日、私は十数名の仲間とともに移動させられた。理由はなにも話されなかった。

着いたところが、一〇〇キロメートルほど離れたウォロシロフ第二収容所だった。この町は、昔ウスリスクと呼ばれたが、いまはウォロシロフ元帥にちなむ名を与えられていた。町を外れるとウスリー河が流れ、そのすぐ側(そば)に第二収容所があった。

この収容所は、いままでと比べるとずっと大きく、また設備も整っていた。六〇〇名ほどの仲間がいた。そして、ここにはもう一つの楽しみがあった。ラーゲル（収容所）の近くの道を往き来するソ連人をながめることができたことだ。また夜には、街の灯が河の向こうに真近にながめられた。それらは人間世界への関心と夢とをかきたててくれた。時季もよかった。庭に出てマホルカ（ロシアのきざみ煙草）をくゆらしながら、いつも鉄条網の外のソ連人をながめていた。兵隊、男女の労働者、小学生、囚人の群れなどなどが通る。みんな、無警戒に素顔をまる出しにしたソ連人たちである。彼らは柵内のソ連人とちがって、われわれにお節介をやかない。私たちは、彼らと対等な立場に立つ「自由人」のような気分になってくる。それはなんと心なごむ楽しいひと時であったことか。

ここで私は、昭和二四年（一九四九年）九月までの三年五ヶ月の捕虜生活を送ることになった。ここで私は、幸せにも多くのよい知己を得た。

関東軍参謀・芝生中佐

昭和二一年（一九四六年）五月、ウォロシロフ第二収容所へ移された二、三日後のことである。私は、このコンバート（大隊長）に呼ばれて隊長室へ行った。その人の名は芝生といい、元関東軍の高級参謀を務めていたという。若くてりりしい彼は、中佐の軍服姿で私をむかえた。堂々とまぶしいほどの参謀肩章をつり、胸には「天保銭」[注21]を留めていた。彼は、笑みをたたえながら、固い椅子を私にすすめた。

彼は、私の経歴について尋ねた。その後、会談の中心点と思われる方向へと話が進んだ。彼は、おもむろにこう尋ねた。

「貴官は、シベリアの民主運動をどう考えるかね？」

私は、思っていることを偽らず答えた。

「現在私は、ソ連の政治の理念的・哲学的拠りどころであるマルクス主義的唯物論が、カント的観念論に対して優位に立つということを理論的に納得しておりませんので、ここでの民主運動とは無縁でいたいと思います」と。[注22]

そのためか、しばらくして私は本部入りをすることにもなった。

この収容所では、まだ日本軍隊の規律が整然と生きていた。各作業隊の隊長は、本部前の階段の上に立つ芝生参謀に対して、

「気ヲツケ！　頭（カシラ）、ナカ！　自動車修理工場作業隊、N中尉以下二〇名、只今より出発致します！」

と報告する。これを受けた大隊長はいつも笑顔でこう言う。

「諸君、ご苦労さま！　身体の具合はどうかね？　みんな大丈夫かな？」

そして、笑顔で一人ひとりを励ますようにして見送る。

また彼は、ときにこういう話をすることもあった。

「諸君！　我々の祖国は戦争に敗れましたが、しかし滅亡してしまったのではありません。敗戦は、日本にとってはじめての経験です。それだけに、祖国の再建はなみ大抵のことではないでしょう。このたいへんな、重大な再建があなたがたを待っています。

諸君！　自暴自棄になってはいけません。必ず健康を守り、明日の日本の再建のために生きぬきましょう。天皇陛下がおおせられた通り、『耐えがたきを耐え、忍びがたきを忍び』ましょう」

そして、作業隊を見送ってしまうと、彼はその足で各中隊を見まわり、病気で休養している兵隊の一人ひとりを見舞う。やさしい言葉をかけ、病状を尋ね、そして激励した。私もマラリヤの再発で休んでいたときそうされた。そのときは、地獄で「おやじ」にめぐりあったような強い感動を受けた。

しかし、この「おやじ」は後年突如としてわれわれの前から消えてしまった。そのころ私は、みんなが羨む「B・K」（補助監視員）の仕事をしていた。マラリヤであえいでいた私を、彼がこの仕事で助けてくれたのだった。その日は早い帰りだったがひと足ちがいで会うことができなかった。彼がなんのために、そしてどこへ連れ去られたかはだれ一人として知る者もいなかった。私は地団駄踏んで悔しがったが、彼がいなくなると、この収容所でもにわかに「民主運動」のきざしが見えはじめたことは事実である。

注21　陸軍大学校を卒業したエリート将校であることを示すバッジのこと。江戸時代の天保銭に形が似ていたことからそう呼ばれた

注22　シベリアの民主運動とは、抑留されていた日本人の間に起きた社会主義思想を積極的に受容・実践しようとする運動を指す。詳細は後段の本文中に出てくる。石渡（絵鳩）は、大学の倫理学科で観念的なカント哲学を修めており、唯物論とは思想的に対極的なところに立っていた

マホルカを吸う小学生

冬も過ぎたので、作業場にむかうどのトラックも、風よけの重くるしいシートをとり外していた。捕虜は

進行方向と反対の向きに並べられて腰をおろし、その一番うしろに、自動小銃をもったソ連兵二人が立ちあがって警戒している。今日が私の最初の戸外労働である。この日は朝からよく晴れていた。心もいささか弾んでいた。鉄条網を出てながめるソ連の風物が私の好奇心を呼びおこしてくれていたからである。

朝の日差しの中を、労働者や兵隊が急ぎ足で歩いている。やがて、小学生の一団がやってくる。白いカバンを肩からだらしなく下げた子、買物袋のような物をふりまわしている子、汚れたセーターを着ている子、ダブダブの刺子(さしこ)を着ている子、ハンチング〔帽子〕をかぶる子、防寒帽を載せている子——、じつにマチマチだ。日本の小学生を見慣れた者の目には、まことに異様な出で立ちである。どれもこれも「与太者(よたもの)」〔ならず者〕風だ。彼らはわれわれに向かって口々に叫ぶ。「ビィズダ!〔女性陰部の呼び名、「馬鹿野郎」をも意味する〕」と。

その中の三、四人が立ちどまると「マホルカ」〔労働者用の刻み煙草〕を巻きはじめた。新聞紙を裂いてクルクルと丸めてつばをつけて仕あげる。じつに手なれている。マッチの火をすって、スパスパやりだした。通学途上の小学生の集団喫煙である。これには度肝(どぎも)をぬかれた。ましてや、そのそばを通る大人たちが気にもとめないのにはまたまたおどろかされる。

だが、ほどなく、こんな小学生ばかりでないことがわかった。清潔な服装をして、愛くるしくてお行儀のいい小学生がやってきた。彼らは決まって胸に大きな赤いネクタイをつけていた。彼らは、ピオネール〔赤色少年少女団〕の一員なのである。そしてソ連では、この少年少女の中からだけ国の指導層が生みだされるのだとも聞いた。マホルカを吸う小学生とピオネールの小学生とは、幼少にしてすでに格差をもうけられ、次第に社会的地位上の格差を広げられていくのだろうか? 「支配者と被支配者」、「命令者と被命令者」とに。

その後私は、ソ連の上級者が下級者に対して発する「ヤァー、プリカーッ〔余は命令する〕」というけわしい言葉を、しばしば聞いた。それは、形式的には日本軍隊の「上官の命令は朕の命令なり」といささかも異ならなかった。まったく有無を言わせぬ「絶対命令」だった。捕虜の多くは、こうした場面を見てよくこう言った。

「社会主義、それもファッシズムだ。スターリンだってヒットラーに劣らぬ独裁者さ」と。

階級のない社会でも、国家権力はつねに、絶対的命令者として国民に君臨せざるをえないのだろうか？このことが「国民の利益である」という旗印のゆえに。ソ連国民には、「納得による服従」という権利が、どれほど充分に保証されていただろうか？

あかざ

シベリアにも死の厳寒が去ると、短いながらすばらしい春がやってきた。冬の間はただ不毛の荒野でしかなかった大地にも緑が萌え、野の草花が一斉に咲きだす。わけても捕虜の喜びは、山野を満たすさまざまの野草群である。

このころ私たちの胃袋はすでに異常だった。「食べても、食べても空腹感の消えない」――、そんな胃袋になっていた。またこの胃袋には、自制力という安全弁もなくなっていた。そのため、さまざまな悲劇もおこり始めていた。砂糖工場の作業場では、石のようにかたい砂糖のかたまりを二キロも食べた捕虜が腹の激痛のために七転八倒の苦しみを味わった。ウォートカ〔ウォッカ〕工場では、マッチをすると緑色にメラメラ燃える火酒〔蒸留酒〕をたらふく飲んで、中の一人は意識不明に陥ってしまった。ある道路工事の作業隊では、蝸牛(かたつむり)を湯がいて食べて全員身体がしびれてしまった。その中の一人は、飯盒(はんごう)一杯も平らげて死んだ。

そのころ私は道路工事の作業班に属していた。ウラジオストックからモスクワへの幹線道路の側溝掘りの仕事だった。朝迎えにくるトラックで一〇キロメートルも二〇キロメートルも走る。気候はいいし、作業場周辺の山野は野草の宝庫のようなものだから、この野草を茹でて腹を膨らますこともできる。そのために、にわかに好ましい職場になった。

作業員二〇名に一人の炊事員が認められていた。当番制でまわってくることもある。この時節の炊事員は朝から野草狩りである。安全でうまい野草をできるだけ集め、これを湯がいてあく抜きをし、調理しなければならない。私たちは、およそ食べられる野草ならなんでも採って食べた。よもぎでも、芹でも、蕨でも、のびるでも、つくしでも、タンポポでも、ふきのとうでも手あたり次第に採って食べた。中でも、捕虜にもっとも歓迎されたのが「あかざ」だった。

あかざは、シベリアの大地のいたる所で容易に、また多量に採れただけでなく、湯がくと一番くせのないいい味をもっていた。私もシベリアではじめて食べた。日本ではその名さえ知らなかった。このあかざを私たちはふんだんに食べた。このおかげで塩漬の野菜しか配給を受けなかったわれわれも、ビタミンA、B、Cなどを大量に補給してもらえたわけである。

この当時の私たちの昼食は二五〇〜三〇〇グラムの燕麦を、飯ごう半分ほどにひきのばした「お粥」だった。そのなかには、塩漬けの鰊も野菜もゴチャゴチャに投げこまれていた。ここへきてあかざが手に入ると、それも遠慮会釈なくそれへブチ込む。するとにわかに量が膨らむ。いつもの倍の飯盒一杯（約一升）の粥にありつけることになる。これを見て、捕虜の心は救われる。そしてひと時の休みを、安らかに丘に伏せる。

ソ連の人たちは、このゴッタ粥をのぞいてしかめ面で言う。

「鰊は鰊、トマトはトマトで食べたらどうだ」と。

だが、日本人は最後までこの忠告を無視しつづけた。もはや日本人の食事は、見た目に美しいとか、食べてようまいということでもなく、何よりも見た目の分量が多くなければならなかった。

シベリアの大地のあかざは、その望みをかなえてくれた。あるところのあかざがなくなるころ、作業は別の場所へ前進していた。あれほどのあかざを食べたが、中毒症状など誰もおこさなかった。

バァーニヤ（公設浴場）

日本人捕虜をよろこばせたものの一つに、「バァーニヤ」（サウナのような蒸し風呂）があった。バァーニヤとはソ連の公設浴場のことだろうが、我々には入浴を意味した。風呂好きの日本人には、バァーニヤは最高の贈りものだった。最初の収容所では、たしか虱退治（下着の煮沸）のために連れて行かれたものの、一、二杯のお湯で体を拭いただけだった。ウォロシロフへきてからは、月一回定期的に連れていかれた。道路下の収容所から、雪解け道を選びながら小高い町中に出るとやがてこのバァーニヤがあった。古くて薄汚くて、まるで監獄のような建物だった。ここへの道は、往復三〇分もかかるドロドロ道だったり、ツルツルすべる凍り道であったりしたが、いつもこのときばかりはみんな喜んで出かけた。

私たちの入るところは、広くコンクリートが打ちっ放しのお粗末な場所だった。何十本というシャワーだけが、頭の上にぶらさがっていた。制限時間は二〇分と短かったが、その間シャワーのお湯を流しっ放しで使えた。私たちの入浴日には、ソ連人もドシドシ入ってきた。中には、別料金で家族風呂に入っていく人もいた。そこには浴槽があり、その中に体を浸せるのだと聞いたときには、つくづくうらやましく思った。

日本側では、何回となくソ連側に対して入浴日数をふやしてほしい、浴槽のお湯に入れてほしいと要望したが、それは果たせなかった。理由として日本人は毎日のように入浴すること、それもお湯を一杯にたくわえた浴槽であることなどを主張するのだったが、いつも決まった回答だけが返ってきた。すなわち、

「入浴の回数を多くすることは体力を消耗することになる。浴槽に入る日本式の入浴は非衛生的でよくない」

収容所の女医さんだけでなく、一般の労働者たちもたしかに「バァーニヤにしばしば入ると病気になる

よ」と言っていた。また、工場帰りの女性労働者たちは油で汚れた顔のまま街中を平気で歩いていたが、工場には浴場の設備などなかったのだろう。

この二つの民族の、風呂に対する風習のちがいも、おそらくはそれぞれがおかれた気候風土のちがいから生まれ出たのだろう。高温多湿の日本では入浴は日常生活の必要条件にもなっていたが、大気が乾燥していて夏はしのぎやすく、冬でも室内は薄いシャツ一枚でいられる人々には入浴はさほどの必需性をもちえなかったのかもしれない。そうした彼らから、衛生面だけの理由からとはいえ、月一回のバァーニヤの提供を受けたことは有りがたいことだった。

マガジン（売店）

戦争が終わって一年が経つとシベリアに夏がきた。

ウスリー河の両岸には楊柳（やなぎ）が青く高く繁った。私たちには、ウォロシロフの街はまだもの珍しかった。そのころ、駅の近くにある工場の仕事を終えると、公園を歩いて帰ってくる機会があった。そのとき、このさほど広くない公園がなぜか私の心をとらえた。

夏の夕方の涼しい風が流れていた。公園の木々の緑が、あちこちにやさしい木蔭をつくっている。老若男女のグループが、思いおもいのベンチを占めて語りあっている。やがて、屋根をのせた小さなボックス型のマガジン〔売店〕の前へでた。それをとり囲むようにして子供たちが群がっている。若い母親に手を引かれた子供もいる。赤や黄色や緑の軽やかな衣服が美しく映えて、まるでおとぎの国へでも迷いこんだような錯覚を覚える。

マガジンではアイスクリームが売られていた。子供たちはそれを買うために順番を待っているのだった。辛抱した挙句にそれを手にした子供たちの笑顔は、かわいく美しかった。幸福そのものの笑顔だった。これこそ「平和」の象徴だろう。

私たちは、長い戦争の時代を経て、いままた抑留の日々を送っている。あまりにも暗い日々の連続である。しかし、これとはあまりにも対照的であるこの人々の喜びや語らいこそが、人間本来の姿ではないだろうか。この平和の一枚の絵は私の瞳に焼きついた。ただ暗く下を見つめて歩き、わが身を嘆きつつ、ソ連の遅れや貧しさを笑ってそのウサを晴らそうとしていた自分の眼を、いささかなりとも未来へ、天上的なものへ向けさせてくれたように思う。

相撲

ソ連の女性労働者は見るからにみんなたくましい。五月ごろまでは男か女か見分けがつかない。頭から爪先まで、同じ労働服に身をかためている。シャポーチカ、綿入れの上着とズボン、そして半長靴（ブーツ）という出で立ちである。彼女たちはこんな姿で、化粧一つするでもなく堂々と町中を闊歩する。二十日大根（はつかだいこん）をかじりながら、数人寄れば合唱しながら工場への道を行き来する。帰り道の彼女たちの顔は油に汚れたままであるが、それを恥じる風もない。

夏のある日、私たちはウォロシロフのある工場に来ていた。戸外でソ連の労働者と一緒に昼飯を食べた。彼らが新聞紙にくるんだ弁当を開くと、三五〇グラムほどの黒パンと塩漬けの鰊（にしん）が一匹出てきた。サッサと食べ終わると水をガブガブ飲んだ。

やがて日本人の元気な若者たちが相撲をはじめた。ソ連の労働者たちがぐるりと取り囲み、「ダバイ！ダバイ！（やれ！　やれ！）」と連呼する。女性の声援のほうが激しい。いつしか勝ちぬき戦になった。一人の若くてたくましい兵隊が二人、三人と抜いてくると、おそれをなして出る者がない。ソ連の女たちは声をからして「ダバイ、ダバイ」と叫ぶ。そのときソ連の女労働者が一人飛び出してきた。

年齢は二〇歳ぐらいで、見るからにエネルギッシュだ。ソ連側から大歓声が湧きあがる。日本人代表の兵隊は女性とのとり組みが恥ずかしいのか尻ごみする。ソ連の女たちが彼をひきずり出して、ついにとり組ませてしまった。女のほうにはいささかの恥らいもない。獅子奮迅の戦いぶりだ。それにしてもすごい腕力だ。怪力ワーニャは、ついにヤポンスキー〔日本人〕の大将をねじふせてしまった。大将の上に馬乗りになった彼女は、しばらく男の上でころげたあと立ちあがって、両手を高くあげ得意満面のジェスチャーをする。ソ連の女たちが彼女をとり囲んで喜ぶ。「国技」もお株を奪われ、日本の男がソ連の女に敗れた。「なあに、餌さえ良ければ負けるもんか」と捕虜たちはつぶやいた。

それからは、昼の休憩時間がくると、ソ連の女労働者たちから「ヤポンスキー、スモウやろう」とせまられた。逃げようとする日本の男たちを捕まえてはおし倒して馬乗りになったり、また、捕まえられても応じない者には、「ヤポンスキー、ホイニャー〔日本の腰抜け野郎〕」と毒づいたり、また臆することもなくその状態を手先で図示しながら、「ヤポンスキーのヘナチョコチンポ」などと言ってからかいつづけた。その腕力の前に屈した日本人たちも、まるで原住民のような彼女たちの野生味には、いささか好感をおぼえたものだった。

ポミドール（トマト）

ウォロシロフの第二収容所では、捕虜に賃金が支払われていた。それも仕事で決められたノルマを超えた人たちだけであった。建築作業場の大工や左官のなかには、ノルマの五倍もやって月に何百ルーブルもの高給を得ている者もいた。その金で白パン、ペロシキ〔惣菜パン〕、スメターナ〔ロシア風ヨーグルト〕などを求め、シガレットをくゆらしていた。そのころ、金にありつけない一般の捕虜たちは、肩を落としながら恥も外聞もなく、駅頭で投げ捨てられるタバコの吸殻をひろい集めていた。

こんな人たちにも時おり「救い」が訪れた。それは、コルホーズ〈集団農場〉への作業にありつけるときだった。なぜなら、このときだけが彼らの変貌した胃袋を満たしてくれたからである。つまり、つね日ごろ悩まされつづけている「空腹」から一時的にせよ解放され、満腹という充足感で人間的な気分がとり戻せたからである。

農場の作業に行くと、昼食のための野菜〈馬鈴薯、キャベツ、玉葱など〉をかなりの量をもらえた。また、トマトや胡瓜（きゅうり）などの採取作業では仕事しながら食べることが許されていた。農場のなかでも、「ソブホーズ〈国営農場〉」より「コルホーズ〈集団農場〉」のほうが〈規律が〉緩やかであり、また、女性作業員と話もできたので、私たちに精神的な解放感も与えてくれた。

あるとき、ウォロシロフ郊外のコルホーズに行く機会を得た。そこでの仕事は「ポミドール」〈トマト〉の採集だった。採集されたポミドールは、すぐさま水洗いされて、大きな樽にそのまま塩漬けにされていく。冬中食べる塩漬け野菜だから、青いもののほうがいい。熟れたものは家畜の餌にされてしまう。したがって、いま赤く熟れて食べごろのものはすべて「ヤポンスキー用」なのだ。これならいくら食べても叱（しか）られない。

今日の作業場は緩やかな勾配をもった、ゆうに二〇ヘクタールはある大きなトマト畑だ。一列の柵は四〇〇メートルもある。私たちは、この柵の前に一人ずつ麻袋をかついで立つ。そして、塩漬けのための青くてしっかりしたポミドールを採りながら前へ進む。たちまちヤポンスキーの食欲が爆発した。だれも食べる食べる。大きく赤いポミドールへ手がのびると、素早くそれを口へ運ぶ。数十名がこれをくり返えす様には、さながら血に飢えた狼のような「殺気」がみなぎる。それはまるで捕虜が実験台上に立たされているようでもあった。

「人間は、一度にどれだけのポミドールを食うことができるか、君たち試してみよ」と。

我々は、喜んでこの実験に応じた。そして恥も外聞もなく食いに食いまくった。四〇〇メートルの柵の終点までくるとみんな尿意を催して砲列を敷いた。そして隣の柵へ移る。ここでも事態は変わらない。よく食べ、よくおしゃべりをする。まことに天国の図だ。一コース二〇分の終点ではまた砲列を敷く。第三、第四コースと進むにつれて、放尿の頻度が加速度をくわえる。柵の終点が待ち切れなくなる。それでも食べる。砲列を敷きながら話しあっている。

「なぁーに、ポミドールなんて水ものさ。みんな小便になっちゃうからヘイチャラだよなぁ」

だがそれがどうやら「ヘイチャラ」でなくなってきた。口の周りがおかしくなってきた。唇に手をあてがうと、それが他人の口のようだ。私はビックリして、となりの友達にたずねると、彼もさっきからそうだと言う。そして、「大丈夫さ、しびれぐらいで死にやしないよ」とアッケラカンとしている。

たしかに、死んだ者はいなかった。だが、人の一生で食べるトマト相当分にもあたるトマトを食った。全員の口と舌は、感覚を失い味覚を喪失した。それでも全員ラーゲルでの夕食は全部平らげた。いつものように、三五〇グラムの黒パンを賽(さい)の目に切って一時間もかけての「祝宴」を張った。

この日の帰りのトラックでは、一時間の間に何回となく車を止めてもらい、一斉に放尿した。そのつど、同乗したコルホーズの女の笑いを買った。そして、この日の「ポミドール禍(か)」も、次のような景品つきで終わった。

トラックでは、捕虜が進行方向に背を向けて座り、その背後には二人の警戒兵とコルホーズの女が一人運転台の屋根にもたれて立っていた。満腹でいい気分の捕虜の背中でこんな声が聞こえる。

「止めなさいよ」

「ヤポンスキーに見られるよ」

どうやら、兵隊が例の二〇歳ぐらいのお人好しの女にちょっかいをはじめたようだ。声はやがて消えたが、「性の戯れ」はずっとつづけられた。車を降りると捕虜は一斉に兵隊の顔を見た。兵隊は、照れることもなく問わず語りに、「駄目さ、こんなにでっかいや」と言って、こぶしをつくった右腕を左手の輪のなかへ通して見せた。

コルホーズ（集団農場）の女

これは、ロシア語に堪能な友達が、私に語ってくれた話である。彼はある日、私にこんなふうに話してくれた。

今日面白いことがあったよ。いつものAコルホーズへ行ってきた。すると、いつか話したターニャが、昼食のとき僕に胡瓜をもってまたやってきた（彼女は八年生クラス〔義務教育〕を終えたあと、ずっとここで働く二〇歳前後の労働者）。ターニャが僕に聞いた。

「日本ってどんなところ？」

僕は答えた。

「それは、いいところだよ。シベリアのように寒くないから、防寒帽も防寒外套もいらないよ」

「冬でも花が咲く？」

「咲くさ、春・夏・秋・冬、いつでも花いっぱいだ」

「私、行ってみたい。食べ物や着物もいっぱいあるの？」

「あるとも、あるとも、ムノーゴ、ムノーゴ（無限）だ。それに黒パンや塩漬け鰊（にしん）やポミドールなんか食べないですむ。日本人はいつも米の飯か白パンに、新鮮な肉、魚、生野菜を食べている。また果物は蜜柑、林檎、梨、柿、バナナ、パインナップルなど、それはそれはなんでもあるよ」

「女の子の着るきれいな着物もあるの？」

「ある、ある、いっぱいあるさ。日本の『着物』を知っている？　赤や紫の絹地に、きれいな花や鳥が描かれているんだ。また、デパートへ行けば、西洋のすばらしいドレスだって買える。それどころか、ラジオ、時計、自転車そのほか、ターニャの欲しいものは、なんでもあるよ」

僕は望郷の思いをこめて話したので力があったのだろう。ターニャの頬はポッと染まり、その瞳は遠くのものを夢見るようにうるんできた。そして彼女はまた口を開いた。

「私、日本に行きたい。T、日本へ帰るとき、私を連れて行ってちょうだいよ。私、あなたのお嫁さんになる」

純真なターニャの言葉にも、うそでない熱がこもっていた。

「ああ、いいよ。僕の嫁さんになって日本に来たら、ターニャ、もう一つびっくりすることがあるんだよ」

「それ何？　教えて、いま教えてよ」

彼女は僕の胸を叩いてせがむ。僕は、おもむろにこう言った。

「それはね、『ニホンニハ、タイヨウガ二ツアル』ことだよ」

これを聞いたターニャは、さすがにむっとしたらしい。

「そんなばかなこと、誰が信じると思う。Tは私をばかにしている。もう、あなたの嫁さんなんかにはなってやらないから」

僕は平然としてこう言った。

「君だけにコッソリ教えてやったのに、そんなに怒るんだったらもういいよ。ワーシャでもお嫁さんに連れて行って、太陽が二つもある日本で彼女と楽しく暮すことにするさ」

僕もかなりの名演技をしたらしい。ターニャの態度が急変した。

「ごめんなさい。私はいままで太陽はひとつと聞いていたので、ばかにされたと思ってつい怒ってしまった。まじめなあなたの言うことを疑ったりして、ごめんなさい。ワーシャでなく私をお嫁さんにして！」

ターニャは僕の嫁になることを改めて決心すると、「日本には太陽がふたつある」という信じがたい話を、そのことのゆえに信じこんでしまった。そして一日中嬉々として、このことを仲間たちに吹聴してまわっていた。仲間はみんな、「あの日本人にからかわれたのさ」と言ってとりあおうとしなかったが、日本人の妻となり、太陽がふたつもある、美しくて豊かな国、日本へ渡るという彼女の夢はいささかもしぼみもせず、また色あせもしなかったようだった。

以上のように、彼は私に語った。彼は自分の悪ふざけを恥じるとともに、この若いコルホーズの女労働者ターニャの、自然児のように純粋で信じやすく、健康な人間像に頭を下げていた。私も同じ思いを抱く。チェーホフの短編小説『可愛い女』その人が、いまもこのシベリアの大地に生きつづけていると思わずにはいられない。

マラリヤ

シベリアに酷暑が訪れた。湿度の低い大陸のことだから、同じ高温なら日本よりはるかに凌ぎやすいわけだが、その暑さはやはりけた違いだった。戸外での温度は四〇度にも迫る日々がつづく。布を靴下代わりに巻き、編み上げ靴を履いた足も、火傷をするように痛い。これは、すでに中国大陸でも経験済みではあったものの、当時とは体力がちがっていた。体力の衰えた捕虜にはシベリアの酷暑はまた新たな恐怖を呼びおこした。

私は三年前、兵隊として山東省にいたとき、マラリヤにかかった。いわゆる「山東熱」と呼ばれるもので、中二日の間隔で発熱する三日熱だった。四〇度を超える高熱が出ると食物は喉も通らなかった。便所までの通路を、煉瓦(れんが)に頭をぶつけながらよろめき歩いていた。幸いキニーネの十分な服用でその後の発熱はなかった。それでマラリヤとは縁が切れたと思っていた。

前のラーゲル（収容所）で炊事係をして八〇キログラムにもなった体重も、三ヶ月の戸外労働で元の状態を割りこみはじめた。身体検査で文句なしの「一級」がたちまち「二級」へと転落した。そして、日増しに労働が身にこたえだしてきた。

炎天下のある日、私は道路作業班の一員としてウォロシロフ郊外で道路の側溝掘りをしていた。この日も激しい酷暑だった。身体を動かすと、外気の暑熱がそっくり体内に吸いこまれて体温がぐんぐん上昇する。そして、脳髄が破裂しそうになる。シャベルを振るう力がなくなり、シャベルは揺らぎだした身体をかろうじて支える。「あっ！　マラリヤだ」と直感したとき、私は溝のなかに屑折（くずお）れてしまった。やがて高熱のため意識を失っていった。

私はポプラの街路樹の木陰に横たえられた。正気を失い、路傍の石となっていた私に、なぜかさまざまの「幻聴」が訪れた（それは実際の声であったのか幻聴だったのかは、いまでもわからない）。

A「彼の昼食、どうする？」

B「発熱の病人でも食うだろうか？」

C「そりゃ食うだろう。とっておいてやれよ」

D「奴は働いていないんだぞ。働かざる者食うべからずじゃないのか？」

E「ほんとにそうだ。やつの働かない分は俺たちの肩へおっかぶせておいてさ、寝ながら食うとはけしからんよ」

F「奴は食い意地がはっているからあとで食うよ。みんなで分けたって、スプーン一杯だろう。残してやれよ」

午前中に倒れた私は数時間経って熱が引き、意識も回復した。僕の飯盒（はんごう）には僕の分の昼食がとってあった。私は作業している同僚に気がねしながら食事をとった。

このマラリヤは、その後何回となく私を苦しめた。作業場だけでなく、寝台の上でも二回襲われた。夜四〇度の高熱を出しても、朝は平熱なので、例え足がふらついていても作業に出なければならなかった。医務室にはマラリヤの特効薬はおいていなかった。だから、発熱の度ごとに身体は消耗していった。

恵む老人

やがて、シベリアにも秋が訪れた。長い夏と長い冬との狭間のごく短い秋だが、捕虜には快適な有難い季節だ。この秋晴れのある日、ウォロシロフの郊外で道路の側溝を掘る仕事をしていた。ポプラの木々はときどき病葉(わくらば)をハラハラと頭上に落とした。

そのとき、ひとりの老人が私の側へよってきた。みすぼらしい袋を下げた、六〇歳代後半と見られる小柄の老人だった。白髪でヨボヨボしていたが、腰をのばしてたち止まると、もの珍しそうにしばらく私たちの仕事ぶりをながめていた。私と視線がぶつかったとき、彼は話しかけてきた。

「ズラースチ、ヤポンスキー!」(こんにちは、日本人!)

私も答える。「ズラースチ!」

「カーク、ジェラー?」(ご機嫌いかがですか?)

「オーチン、ハラショー」(たいへん元気ですよ)

「クーシェチ、ムノーゴ? マーロー?」(食事は、多い? 少ない?)

「ニムノーシコ、マーロー」(すこし足りない)

私の返事を聞くと、なごやかな老人の顔が曇った。そして、手にしたみすぼらしい袋に手を差し入れた。彼は赤く色づくリンゴを一つとりだすと、その手を私にさしのべて言う。

「ヤポンスキー、ナァー、クーシェティ」(これをあげるから食べなさい)

私は老人に促されてそれを押し戴いた。このリンゴは、おそらくウクライナ方面から来た高価なものだろう。街を行く労働者が口にしている二十日大根でさえ、私には垂涎に価していた。ましてや、リンゴなどは文字通り「幻の果実」であった。老人は、この高価な自分の食糧を見ず知らずの異邦人に与えたのだ。彼の温かい心がじかに伝わってきて胸が熱くなった。

幸い、ソ連の監督も警戒兵も近くには見えなかった。私は片言のロシア語であつく礼を言った。老人はなごやかにうなずくとまた話しはじめた。

「私にも君ぐらいの子供がいる。独ソ戦で、ヨーロッパに行ったまま帰ってこない。死んだかもしれない。本当に戦争は嫌だ。私の若いころ、帝政ロシアのころはよかった。私も家族もいい暮しをしていた。ソ同盟〔ソ連〕になってからは、家族もバラバラだ。生活も苦しくなった。

君は知っているか？　ＣＣＣＰ（ソビエット連邦の略称）とは、『スターリンが死ななければ、ソビエットは救われない』という意味でもあるのだ。貧しいくらしをしているソ連人は、陰ではみんなそう言っているよ」

まわりにソ連人のいないことを確かめると、老人はこう言って去った。

「ドスビダーニヤ、ヤポンスキー（日本人よ、さよなら）。生きて日本へ帰るんですよ」と。

老人は、同国人には決して漏らさないスターリンの悪口を異邦の捕虜の私にぶちまけて去った。この気持ちのやさしい孤独の老人もソ連の社会での落ちこぼれ、落後分子かもしれない。また当時の捕虜のアクチーブ（積極分子）が今日のことがらを知ったなら、

「ソ連の落後分子と日本人の反動分子との滑稽な出あいに過ぎないさ」

と一笑に付したかもしれない。[注23]　しかし、私には老人との間に、言語、習慣、民族、国家体制などを超えての、人間的共感があった。人間的愛情の感動があった。そして、これこそ平和を求める政治の根幹でなけれ

ばならないという思いもまた強い。

注23　シベリアの民主運動に積極的に取り組む者を「積極分子」と呼んだのに対し、そうではない者は「落後分子」「反動分子」と呼ばれて激しい批判に晒された。ソ連の民衆の間でも社会主義建設の運動に積極的な者とそうでない者が同じように区別されて呼ばれていた

「ヤポンスキー、サバァカー」（日本人の犬畜生め）

これも昭和二一年（一九四六年）の秋のことである。私たち三〇名ほどの作業隊は、ウォロシロフの「道路本部」の構内で清掃などの雑役をしていた。このときの警戒兵は、なかなかの捕虜思いで、我々仲間での人気者だった。彼は、仕事にかかる前の我々に向かい、こう言った。

「日本人は犬を食べるか？」

仲間の一人が答えた。

「食べます。赤犬が一番うまいですよ」

それだけの会話で終わり、みんなはそれぞれの場所へ別れていった。

私たち二人は食事当番として昼食の支度にとりかかった。そこへほどなく先の警戒兵が犬を一匹引きずってやってきた。栄養はあまりよくないが、中型の赤犬である。彼は「これを食べろ。食べていいんだ」と言う。そして炊事を一人増員させた。私たちはこれ幸いとばかり、人目のない倉庫の陰で犬をしめ殺し、調理にとりかかる。犬の残骸は穴を掘って埋めた。後ろめたさを覚えもした。

やがて昼食時間になる。もう情報が伝わっているのか、集まる者の顔はみんな喜びを表わしている。先を争うように、飯盒（はんごう）のふたが開かれる。今日の昼のカーシャ（燕麦入りスープ）は溢れんばかりの肉入りカーシャだ。みんな嬉々としてほおばる。その肉のうまかったこと。いつも与えられる、羊の乾燥肉やアメリカ製の缶詰どころではない。やわらかで新鮮だ。これを腹一杯に食べられる幸せは、捕虜をそのまま天国に運

んだ。

そこへ、一人の主婦が血相を変えてやってきた。四〇歳ほどのこの人はここの官舎に住む主婦のようだ。

「うちの犬を返せ！　お前たちは、うちの赤犬を食ったんだろう。さぁ、弁償しろ！」

私たちの食事を覗きこんでいた子供たちが「食っている、食っている」とまわりで囃したてる。だが、わが味方のはずの警戒兵は、「俺は知らんよ」とばかりとり澄ましている。女が騒げど、嘆けどいっこうに取り合わない。業を煮やした女は、ヤポンスキーの兵隊を口汚く罵りながらその場を去った。そのとき彼女が最後に残した捨てぜりふはこうだった。

「ヤポンスキー、サバァカー（日本人の犬畜生め！）」

こう面と向かってののしられると、生きるためとはいえ、やはり心が痛む。人の愛犬を食ってしまったのだから……。

それからは、この作業場に顔を出す度ごとに「ヤポンスキー、サバァカー」と、子供たちに囃したてられ、体のいいなぶりものになってしまった。「なぁに、犬は食ったが、魂までは腐らぬぞ」と力んでみるのだったが、知らなかったとはいえ、ロシア人の愛犬まで食ってしまったことの恥辱と後悔とは、かなり後まで私の心に尾を引いてしまった。

M・ナチャルニック（作業監督）

ソ連は、この四年有余の第二次世界大戦で、二〇〇〇万人もの死者を出したという。そして戦後なお、窮乏のどん底にあえいでいたことは、私たち捕虜の眼にも明らかだった。彼ら一人ひとりの食生活は、捕虜のわれわれとさほど異なりはしなかった。捕虜のお粥弁当をのぞきこんでうらやむ人たちも現にいた。家の窓ガラスは破れっぱなしだし、「満州」からの長襦袢でワンピースが作れる人は上等のほうだった。女たちは、捕虜の持つ小さな手鏡をやたらと欲しがった。

あるとき、石山での採石作業に出た。ダイナマイトで石山を砕いてできた石を、トラックに積みこむ仕事である。ここの作業場のM監督と親しくなって昼どきに話しあうようになった。彼は色黒で長身の退職軍人だった。年齢は四〇歳くらいで、我々への思いやりのある人だった。彼は、話好きで色んなことを話してくれたが、中でも次の話が心に残っている。

「僕は、独ソ戦を戦ってきた一将校だ。君たちはレニングラードの攻防戦について、あるいは知っているかもしれないが、その凄まじさ、苦しさといったら君たちの想像を絶するだろうよ。

僕たちは、レニングラードの塹壕（ざんごう）の中で、来る日も来る日も一日二五〇グラムの黒パンと水だけで戦闘をつづけた。山野は砲弾ですっかり形を変え、草一本の緑さえ見ることもできなかった。そんなところで、毎日まいにち塹壕に閉じ込められて昼夜を戦いつづけた。日を追うにつれて、食糧や弾薬の補給もままならなくなった。壕のなかの戦友も、次々に死んでいく。塹壕の中は戦友の死骸で埋まりだした。その腐臭の中で食事をした。死んだ戦友のパンと水をわけあい、弾薬をはぎとって戦った。

そのときのことを思えば、いまのソ連は『天国』のようなものだ。ファシスト・ドイツはもういないし、だれもが三五〇グラムのパンを保証されている。また、君たちの食事もわれわれと同じなのだから、不満もあろうが辛抱して欲しい。そして、ときにはレニングラードで戦ったソ連の兵隊の苦しみを思いだして欲しい気がする」

淡々と語るM・ナチャルニック（作業監督）の話は、私の心に響いた。彼は一度もわれわれを「ファシスト」とは呼ばない。ソ連の政策をおしつけようともしない。だが、聞くわれわれにはソビエット的人間の鋼鉄のような意志と働く者への深い愛情とが、ヒシヒシと伝わってきたのだった。

路上散見

ウォロシロフに来てはじめて戸外の労働をした私も、ときにはコルホーズでの農作業や採石積みなどの仕事もしたが、たいていは道路工事に従事していた。荒れはてたウォロシロフ市街の道路の修復工事が主だった。道の両側の側溝掘り、暗渠（あんきょ）〔地下の排水路〕づくり、アスファルト敷きなどが主な仕事だった。街路樹の下での休憩時間には、行き交うソ連人がながめられるという楽しさがあった。

そんなあるとき、すばらしい金髪の美人を見かけた。色白で、エレガントで、チャーミングな女性である。容姿はこのあたりの人々とはちがい、パリーあたりから抜けだしたような人である。休憩中の捕虜は、会話を止めてその人に瞳を集めた。なかの一人が、彼女の後ろ姿へこう言った。

「ほんとにきれいな人だなぁ。シベリアへ来てはじめてあんな美人を見たよ」

全員異論がない。ため息も漏れる。だがそれも、すでに性欲を喪失した捕虜たちの純粋な美的鑑賞の対象としてであった。これを見ていたソ連のカンボーイ〔警戒兵〕がニヤニヤしながら近よってくる。

「あんなのは、ホイニャー〔駄目だ〕、ロシア美人はこうさ」

と言いながら、大きな手振りでそれを描いて見せる。その手振りから見ると、乳房が大きく、腰がでっぷりしていなければならない。これこそが美人の第一条件だというのである。これでまた捕虜は大笑いして言う。

「われわれとロスケとは何もかも正反対さ。やつらの美人とは肉体美人のことだよ」

当時ソ連では、失われた労動力をとりもどす必要性からか、多くの子供をもつ母親には「母親英雄」という勲章が与えられていた。この国家的政策の影響もあったであろうが、「まず健康で、よく働き、多くの子供が産める女性」というのが、ソ連人の女性観の根幹をなしていたようだ。その点、日本人が見とれたパリー的、ラテン的美人の柳腰（やなぎごし）〔細身の身体つき〕は失格というわけだろう。それは窓辺の花であっても、大地に種を撒く働き手とは縁遠いというのだろう。

あるときには、若いアベックも通る。中には、われわれの前で急に腕を組んで見せて、

「ノー、ヤポンスキー、スマトリー（おい、日本人、見なさいよ）」

と声をかけていく。ご丁寧にも、キスまでご披露するのもいる。これはこれで良い。彼らの愛はいかにもあけすけで、健康的でもある。

だが、ときには捕虜の心を傷つけるような人びともいる。休憩している私たちの前を、また一組の男女が通りすぎる。二人とも長身で、教養あるインテリ風である。年齢はともに三〇歳代と見た。女性は人目を引くロシア美人だった。二人はわれわれに近づくと男性のほうから口をひらいた。

「ヤポンスキー、ナァー（日本人、やるよ！）」

見れば「げんこつ」を突きだしている。それも日本では性交をほのめかす拳骨で、人差指と中指の間に親指を突きだしているのである。私はとっさにこう思った。

「俺たちはこれからこれさ。羨ましいだろう」と。

だが途端に男と腕を組んでいた女が、腕をほどきざまに、こんどは両の手で同じこぶしをつくり、こう言いながら突きだした。

「ヤポンスキー、ホイニャー（馬鹿野郎！）」

顔をゆがめ、悪意をまざまざ刻んでいる。これでわかった。このげんこつはソ連では他人を侮辱するジェスチャーだった。それは、「馬鹿野郎」や「こん畜生」を表わしているのだ。

そうとわかったとき、怒りがこみあげ不快の感情が尾をひいた。ロシア語には「ホイニャー」とか「ビィズダ」とか、男性や女性の性器を示す侮蔑語が多いが、それを若い女性までが恥じらいもなく口にだすとは、なんということだろう。

トラックの運転手

シベリアにまた冬がきた。捕虜にはつらいつらい冬である。冬になったと思う間もなく、ここウォロシロフでは早くも零下三〇度を超えはじめた。ソ連の捕虜規定では、零下二八度を超える日の戸外労働は禁じられていたはずだが、それはほとんど守られなかった。本部ではしばしばそれへの抗議がなされたが、彼らはさまざまな理由をつけて戸外労働を強要した。その日も大隊長芝生中佐は、整列した作業隊を留めて陰田通訳官を通じて抗議を行ったが、無駄だった。

われわれはトラックに乗せられ、二〇キロメートルほど離れたある製材工場へ向かった。戸外は零下三〇度を超えていると思われる。しばらく走ると風除（よ）けの幌（ほろ）の中で防寒服に身を固めていても、ガタガタと震えがやってくる。そのときトラックが故障した。

運転手が下へおりた。すぐ直るだろうと思ったのに、なかなか直らない。一〇分もするとヤポンスキーのほうが先に焦（じ）れだした。ガヤガヤ、ブツブツ言いだす。私は、幌をめくって見てびっくりしてしまった。この酷寒のなかで運転手は、自分の毛皮のシューバー〔コート〕を脱ぎ、その上にあお向けになって故障を直しているではないか。シューバーをエンジンの下に敷き、あお向けの彼は薄い綿の作業衣をまとうだけだ。エンジンの故障を修理する彼の手は素手のままだ。この酷寒のなかでは、日本人なら手の皮なぞ車の金具に剥ぎとられてしまうだろう。

彼はときどき口癖になってしまった「ホイニャー」とか「ヨーポェマーチ〔畜生！〕」などと言いながらも、悠然と修理をつづける。そのまま彼は三〇分ほど修理をつづけて、ついに車を直し終えた。

これを見て私は感動し、また彼らにはかなわないと思った。その寒さにたえる体力、強い精神的忍耐力——、全く脱帽のほかかない。それは、祖先代々何十世紀にわたって培われ、受け継いできた伝統のしからしめる業（わざ）であろうか。シベリアの大地のように強靭な人間力、ロシア民族のどエライ底力、それをマザマザと見せつけられた。シベリアのこの恐ろしい「マローズ（酷寒）」に打ち勝てる者は、やはりこのロシア民族しかないだろう。かってのナポレオンの遠征がそうであったし、日本のシベリア出兵、ナチスのモスクワ攻略などすべては、この「マローズ」との戦いで、ロシア民族のこの耐寒力の前ににべもなく敗れ去ってしまったのであろう。

ダイヤモンド・ダスト

ウォロシロフの冬は厳しい。零下三〇度を超える日々がつづく。橋の下のラーゲルから歩いて一〇分ほどのところに、かなり大きな「大豆工場」があった。この工場は大豆を製粉する工場だった。製粉された大豆粉はソ連では大事な食糧である。燕麦や高粱（こうりゃん）の粉と混ぜて黒パンの原料となるのである。

またここは、日本人捕虜にとって大歓迎の作業場でもあった。ここでは、捕虜の空腹を癒（いや）すに充分な大豆が与えられたからである。だが、仕事はなかなかの重労働だった。製粉された大豆粉を麻袋につめ、それを貨車へ積みこんだ。この仕事は昼夜交代で行われていた。

厳しい真冬のある朝、私は夜間作業を無事に終えて戸外に出た。空腹も手伝ってか、恐ろしいほどの寒さだった。誰かが表の寒暖計を見て、「あっ、零下三八度だ！」と叫んだ。このとき、私は、世にも不思議な現象を目撃した。大気そのものが氷結してしまったのだ。大気のなかの水蒸気が凍結してしまったのだろうか。まるで水晶の粉末のようなものが、新鮮な朝の光のなかを、キラキラ光りながら舞いおりてくる。なんという壮絶な光景だろう。私は寒さも忘れてしばらく見とれる。シベリアの大地を覆いつくして舞いおりる、この峻厳にして、神秘的な壮麗さ——、この世に生を受けてはじめて出あう光景である。それは、私にはかぎりなく美しく、またかぎりなくそら恐ろしかった。死への恐怖をかりたてる美しさだった。

これが「ダイヤモンド・ダスト」と呼ばれるものであることを知ったのは、何十年も後のことである。

零下四二度

私はシベリアでの五年間の抑留中に一回だけ零下四二度という寒さを体験した。それは昭和二二年（一九四七年）一月、ウォロシロフにおいてであった。この日も定刻七時三〇分に迎えのトラックが到着した。労働係将校のB上級中尉の顔も見えた。この寒さでの戸外労働は、ソ連の「捕虜規定」であきらかに禁止されていた。大隊長芝生中佐は、ソ連側のB労働係将校に対して労働の中止を強く要求した。だが、ソ連側はこう言って譲らない。

一、今日の作業は緊急を要する
二、労働時間は短縮する
三、凍傷予防には万全を期する

捕虜の抗議もむなしく、作業隊はトラックに乗せられる。おろされた場所はウォロシロフ郊外の丘の上だった。仕事はウラジオストックからモスクワに通ずる幹線道路の除雪作業だった。ここは風の吹き溜りらしくて、約二メートルほどの雪が一〇〇メートルもつづいていた。肌をつんざくような風も吹く。

われわれは、作業にとりかかる前、暖房車で十分身体を暖めた。作業は零下四二度の寒風から身を守るため二人ずつでまず穴を掘った。穴の中では風は防げる。だが穴の回りはすぐさま氷の壁だ。シャベルも跳ね返る。次第に手の感覚がなくなる。やがて痛くなる。仕事始めから一五分も経っただろうか、ふと同僚の顔を見て驚いた。

彼の鼻筋が真っ白だ。彼に注意すると、すかさず彼も言う。「たいへんだ！　君の鼻も真っ白だ」。二人して暖房車に駆けこむ。見れば満員の仲間が、おののきながら自分の鼻をもんでいた。

この日のわれわれは、北満の関東軍兵士が使用した「完全防寒服」を身にまとっていた。防寒外套をはおり、顔には毛糸の防寒覆面をして、その上に防寒帽をかぶり、手には防寒手套（しゅとう）を、足には防寒靴を履いていた。したがって、われわれの肉体のなかでおおわれていない部分といえば、眼と鼻だけだった。ここを零下四二度の寒気はねらい撃ちした。またたく間にひげとまゆ毛を凍らせ、鼻の頭を白く変色させてしまった。生まれてはじめてのこの酷寒を警戒し、おびえていたからこそ、幸いにもわれわれは身の異変に早く気づくことができた。

暖房車の中で全員三〇分ほどの暖をとったあと、再び除雪作業にとりかかった。だが、事態は同じだった。また暖房車へ駆けこむ。監督は、寒気の和らぐのを待って作業をつづけようとした。これに対して、ソ連の警戒兵が反対した。約一時間の押し問答のすえに監督が折れた。こうして全員が、収容所に引きあげたため、凍傷による被害者は一名もなくて済んだ。思いだす度に震えを覚える零下四二度の体験であった。

味噌の話

この年のおそろしい「マローズ（酷寒）」が去ると、昭和二二年（一九四七年）の春が足早やに近づいてくる。シベリアの大地を覆っていた雪が底のほうから溶けはじめたかと思うまもなく、いたるところに春の水が溢れだす。アムール河は急に水かさを増し、河畔には捕虜がいう「迎春花」が咲きはじめ、猫柳が風に揺れはじめる。ここでの春の到来は、まるで嵐のようにすさまじい。日本での春の訪れが忍びやかであるのに比べ、ここではまるで「凶暴的」である。冬を駆逐する春の女神は、まさに暴力的でさえある。そして、この春の迫力に押されてやせ細った捕虜の胸にも、再び「ダモイ」（帰国）の夢が花開く。

そんなころ私は本部要員として招かれ、大隊長芝生中佐、副官坂口大尉、陰田通訳官などの人々と起居を共にするようになった。カーメン・レバーボルフに引きつづいて、またスタルシ・パーバル（炊事責任者）を仰せつかったのである。

五月の陽光が燦々（さんさん）と輝くころ、モスクワから将官がこの地区の収容所の視察に来ることになった。にわかに、所内の点検、補修などが活発に行われだした。鉄条網が補修され、所内外は見違えるほどきれいに清掃された。宿舎内外は石灰塗りが行われ、室内の床の汚れは全員が手にするガラスの破片ですっかり汚れを削りとられた。炊事場ももちろん、それ以上のみがきをかけてその日を待った。

前日の糧秣受領では係の態度が一変していた。品物の量目にも気前の良さを見せた。四、五キロのオーバーは意にも介しなかった。炊事場は見ちがえるように清潔になり、献立表、調理のための材料、器具その他すべて非のうちどころもない。炊事についての希望を聞かれたら、何を述べようなどと考える余裕も生まれた。

いよいよモスクワからの将軍が到着した。少将の肩章もまぶしく、長身でかっぷくのいい将軍は、所内の全将校をしたがえて炊事場にその偉影を現わす。陰田通訳官が、「炊事の責任者です」と私を紹介すると、将軍は笑みをたたえながら静かにこう尋ねる。

「君は日本人捕虜の一人一日の食事について、ソ連側で定めた『ノルマ』（定量）をよく知っていますか？」

「はい、よく心得ております」

「よろしい。それではそれを毎日正しく受領していますか？」

「はい、毎日正しく受領しています」

このときには、所内の将校たちの顔色に安堵の色が見えた。

将軍は、かさねて私に尋ねた。

「最後に尋ねるが、君は炊事の責任者として、われわれにたいする要求事項はないかね？　遠慮なく言ってよろしい」

「捕虜の食事にたいするソ連政府の配慮には私たちは日々感謝しておりますが、ここにひとつ希望事項がございます。それは『味噌』です。日本人は、生まれたときからこの味噌を食べてきています。所内全日本人の希望として、私たちに味噌をつくることをご許可していただけないでしょうか？」

「それなら、どうしたらその味噌がつくれるようになるのかね？」

「所内には専門学校で醸造を専攻した者がおります。まず試験的につくってみますので、材料の大豆を三〇キロほど頂けたら、この人に味噌づくりを担当していただくつもりです」

そのゲネラール（将軍）が重ねて尋ねる。

「だが、その味噌づくりには酵母が要るのじゃないのかね？」

「はい、それにはいまわれわれに支給されているドロージィ（酸味のある白濁色の飲み物）を用います。この酵母を、炊いた大豆にくわえて適当な温度で数日放置すれば、味噌ができます」

これを聞いた将軍は言下に答えた。

「ハラショー（よろしい）！　それでは味噌をつくることを許可しよう」と。

そして、収容所長を呼ぶとその場で命令した。

「所長、明日さっそく味噌をつくるための大豆三〇キロを増配せよ」

私は、そのあまりにも早い即決にかえって驚いたのだった。

この将官の巡視は、ソ連の側にも日本側にもいい結果を生んだように思えた。収容所側では、なに一つ大きな欠陥を指摘されなかったようだし、我々はそれ以来ずっと大豆の特配を受けて懐かしい味噌の味を生活のなかへとり戻すことができた。量的にはささやかであっても、精神的うるおいの面では大きい効果をあげてくれた。

衛兵司令の恋人

私のスタルシ・パーバル（炊事班長）としての仕事は日々の糧秣を規定どおり正しく受領すること、それが献立表どおりに調理され、また公平に分配されているかなどについて直接指導・監督することであった。もちろん炊事全体の衛生管理の責任も負っていた。このほかにも一つ、こんな仕事もあった。朝早く、ラーゲルの衛兵所から木箱に入った炊事用の包丁類を借り受け、炊事の仕事が終わるとまたそれを衛兵所に返すという仕事である。

ある夏の夜のこと、この包丁の入った木箱を衛兵所へ返納して帰ろうとしたそのとき、中から声がかかった。

「スタルシ・パーバル、イジーチシュダー（コック長、こっちへ来い！）」

行ってみると、今日の衛兵司令のK曹長だ。彼は野生的で開放的で、日本人にも人気のある男だ。年齢は三二、三歳くらい。彼の側には女がひとりいた。いかにもシベリア的な、男をしのぐ堂々たる体躯である。この女はどうやら衛兵司令の恋人のようだ。女が「約束がちがう」と言うと、男は「勤務だからだめだ」と言っているらしい。曹長は私の顔を見るとあっけらかんとして言う。

「コック長、今晩僕のかわりにこの女と付きあってくれ」

私はからかわれたと思い、笑いながら引き下がろうとすると「待て！」とばかりに腕をつかまれた。どうやら本気らしい。曹長の恋人がサッと僕の腕を自分の腕に抱えこむと、「ノー、パイジョム（サァ、行こう！）」と言う。曹長は側から「俺が許可するから二、三時間遊んでこいよ」とけしかける。

私はすっかりあわててしまう。KもKだし、彼の恋人も恋人だ。私は必死で女の腕から自分の腕を引きぬくと、「ニマグー、ニマグー（そんなことできません）」と言いながら逃げ帰ってきた。そのうしろから兵隊たちの爆笑と女の「ホイニャー（畜生め！）」という呪いの言葉が追いかけてきた。

私が言った「ニマグー」を、みんなは「お相手をするそんな力はありません」と理解してのことだったろう。ともあれ事実、捕虜でそんな力をもつ者は少なかった。

ある士官の妻

そのころ、ラーゲルの経理部将校にD少尉がいた。ソ連人としては小柄であったが若くて色白で、端正な顔をしていた。新婚で、表の糧秣倉庫の隣に居をかまえていた。その人の妻も若くて美しい人だった。ヨーロッパ系の美人だった。ふたりとも明るくて、私たちの眼には、お似合いの「おしどり夫婦」と見えていた。

このD少尉の部下に、N兵長がいた。捕虜に日々の食糧を支給する糧秣係である。年齢は二四、五歳くらいで風さいも上がらず、足を少し引きずっていた。性格は内向的で、やや気どり屋でもあった。ただ我々への食糧は、おおむね正しく支給していた。この彼がある頃から、なぜか食糧の授受の時間を短縮しだした。雑穀や黒パン、野菜、肉などを一品目ごとに秤にのせて、その目方を相互にチェックしあっていたので、授受にはたいてい二〇分はかかった。それをなぜか急がせはじめた。また、黒パンなどのキロ数に不足を見るようになった。

「マーロー、チテリーキロ（四キロ足りない）」

と抗議すると、パンを放り投げて、

「ダバイ、ベストレー！（早くしろ）」と、怒なり散らすようになった。

そして、授受の時間を半分で済ませるようになった。この変化に私は、何か不正の臭いを感ぜずにはおれなかった。

ちょうどそのころ、所内に妙なうわさが流れだした。この糧秣係とD少尉夫人とがあやしいというのである。だが、にわかには信じられないことだった。それでも、最近のN兵長の態度の変化から「もしや」という疑惑も生まれた。「彼は授受の時間を一〇分切りつめて、その後どうするのだろうか」、こんな疑問も生まれる。私たちは、その後の動静に注意しだした。彼は、倉庫を出るとき必ず新聞紙にくるんだ品物を持っていた。そして必ず隣の部屋に消えた。はじめは彼の部屋だと思っていた。あるときその部屋に鍵がかかっていた。彼がノックすると、出てきたのはなんとD夫人ではないか。彼女は、あたりを見まわしたあと、いささかの躊躇もなく彼を部屋へひき入れてしまった。これにはみんな驚き入ってしまった。自分たちが彼女の亭主でもあるかのようにショックを受けた。どうやら、捕虜のうわさも真実らしい。

ほどなくこんな事件が起こった。ある日のこと、定刻に翌日の食糧を受け取りに行くと、倉庫は鍵がかかったままだったので、そのまま待つことにした。そのとき、隣の部屋から男と男の争うような声が聞こえた。耳を傾けると、D少尉とN兵長の声だ。明らかに痴話喧嘩だ。どうやら、その凄まじさからすると、D夫人とN兵長の不倫現場をD少尉が見てしまったようだ。激昂した少尉の狂ったような怒鳴り声と、どこまでもシラを切ろうとする兵長の捨て鉢な応酬、それが廊下までビシビシと伝わってくる。このままではどんな大事件に発展するかもわからない。我々はハラハラしながら棒立ちしていたが、不思議なことに、他の部屋のだれ一人として仲裁にも出てこない。ここには、収容所の将校の家族がまとまって住んでいたというのに。

この日の事件はともかくも終わった。しかし、N兵長とD夫人との忍び逢いはあとを絶たなかった。シベリアでは、多くの捕虜がこのような不倫を見たり聞いたりした。こんなことは今の日本ではさほど驚くにあたらないことかもしれないが、半世紀前の私たちには、やはり「別世界」の現象のように思われた。いずれにしても、ソ連で受けた「カルチャー・ショック」のなかでもその最たるものであった。そして、これについてのさまざまな疑問を抱いた。

一、ソ連では、人間の「性」をどのように把握しているのだろうか?
二、ソ連には「不倫」という道徳観念はないのだろうか?
三、個人の自由は、婚姻における性の自由までも容認するのだろうか?
四、社会主義社会での人間は、ただ良い「生産力」でさえあればそれでこと足りるというのであろうか?

親友の死

そのころ、六〇キロメートルほど離れたマンゾフカ収容所から、数名の患者がここの病棟へ送られてきた。その中の一人に、私が昔教育した初年兵がいた。彼はある日、私の軍隊時代の親友である岩田忠司の不慮の死について僕に告げた。

岩田伍長は、千葉県銚子市の出身で、私より四歳年下の同年兵だった。彼とは中隊は違っていたが、衣第一一一大隊が山東省新泰に進駐してからは互いに本部要員として親交を深めあった。私が大隊本部の治安係で、彼は経理室に勤務していた。それも、昭和一七年(一九四二年)夏から二〇年(一九四五年)一〇月ウラジオストック到着までの三年間のつきあいだったが、彼は私の軍隊での無二の親友だった。

彼は、商業学校を出ただけだったがなかなかの博識であり、文学を愛し、また世故〔世の中のこと〕にもたけていた。一六〇センチにも満たない小男だが、精悍でありまた奔放でもあった。そしてなかなかのスポーツマンでもあった。この彼は軍隊当時、よく酒を携えてやってきてはたがいに語り明かしたものだった。小説や哲学の話、軍隊や社会批判などのほか、身の上話にも花を咲かせた。たがいの秘話をも明かしあった。また彼は、私のねがいを聞きいれて、済南中の本屋を尋ねあさって和辻〔哲郎〕先生の『倫理学』を手に入れてくれたり、また時計をなくした私に真新しい精工舎〔現「セイコー」〕の腕時計をプレゼントしてくれたりした。この記念の時計も北朝鮮でソ連兵にだましとられてしまった。そして日本へ帰ると聞かされた、あの「帰国船」の甲板上で未来を語りあったのが、彼との最後となってしまった。

岩田はマンゾフカの収容所で、ある作業隊のカマンジール(指揮者)をしていた。その日、彼は作業長としてある石山にきていた。石山から採石をとりだす作業であった。ソ連側の現場監督(ナチャルニック)は人使いの荒い男で、日本人の反発をかっていた。この男が岩田に次のように命令して帰った。「カマンジール、作業の邪魔になるこの石を五メートル動かせ、これが今日一日の君たちのノルマだ」と。

命令とあれば受けないわけにはいかない。岩田は二〇名ほどの全員を集めてとりかかる。手に持つ道具は各人一本のローム（鉄棒）だけだ。これをやせ細った四〇本の腕がつかみ、挑んだ。だが、悲しいことに何トンという巨岩はビクともしない。まるで捕虜の無力をあざ笑うようだ。ついにみんな怒りだした。そして、日ごろの監督にたいする憤怒が一気に噴きだした。

岩田は早い昼食を命じた。昼食が終わっても、そのままの休憩をつづけさせた。午後の陽が大幅に回ったとき、ふたたび監督が現われた。彼はこのさまを見て、激怒した。

「ヨーポェマーチ！（大馬鹿野郎め）なんていうざまだ」

岩田は監督に歩みよると、こう言った。

「こんな、できもしない仕事をやらせるお前のほうがよっぽど大馬鹿野郎だ！」と。

捕虜から侮蔑（ぶべつ）された監督はさらに怒った。顔を朱に染めてこうわめいた。

「ヤァ、プリカーツ！（命令だ）全員作業にかかれ！」

これを受けて岩田が言う。

「我々は断わる。こんな無茶な命令にはしたがわない。やれるものなら君がやって見せろ！」

監督の怒りはいよいよ絶頂に達した。彼はいきなり岩田の胸倉を両の手でつかむとこう言った。

「このサムライ野郎、チョルマ（監獄）へ行け！」

岩田は、監督の手をふり払おうとする。監督はそうさせまいとして、小競り合いがつづく。丘の上の警戒兵がこれを見とがめて駆けおりてきた。兵隊は岩田が監督に暴力をふるっていると見るや、自動小銃を構えて岩田を撃った。岩田は数発の弾丸を受けて倒れ、彼を慕う作業員全員に見守られながら絶命した。

岩田は、こうして祖国には帰らぬ人となった。翌日からの石山では鬼監督の「ダバイ、ダバイ、ベストレー（やれ、やれ、早くやれ！）」の声がますますその力を増していったという。

記憶の中の友達

ウォロシロフ第二収容所の雰囲気はよかった。大隊長芝生中佐、副官坂口大尉、陰田通訳官をはじめとする本部や、各中隊の労働指揮官たちは、みんな人間的にもすぐれていた。階級をかさに着て部下を痛めつける類の将校は一人もいなかった。みんな部下をかばい、労う立派な将校ばかりだった。捕虜の部下たちはこの人たちを信頼し、また尊敬もしていた。ここには人間的な信頼を基礎にした、新しい軍隊規律がうち立てられていた。他のラーゲルにあったような上官に対する集団的な反抗、つまり「反軍闘争」などというものはなかった。労働はきつかったが、みんなは憩いの場をもっていた。

労働から帰るとうれしい夕食が待っていた。夕食は決まって黒パン三五〇グラムと砂糖一八グラム、それに缶詰肉や塩漬野菜を炊きこんだカーシャ（雑穀のお粥）だった。捕虜たちは、むさ苦しい急造寝台の上に向きあって座るとこの粥をチビチビとすすり、一～二センチほどのサイの目に刻んだ黒パンを一切れ一切れ砂糖をまぶしながらゆっくり時間をかけて味わう。だれもこのときばかりは口をきかず、食事に全神経を集中する。それはゆうに一時間にもおよぶ厳粛な「祭典」だった。このとき捕虜たちは、自分が生きていることの自覚とその喜びとをかぎりなく拡大しようとしているかのようだった。

この祭典が終わると、彼らにはもう一つの楽しみが待ちうけていた。一時とはいえ空腹を癒し、人間的な気分をとり戻した人びとは、それぞれの友人を訪ねては話の花を咲かせる。そこにはささやかながら「自由」があった。語りあうことはそれをまた追体験することであり、現在の苦界から脱出することでもあった。友人たちとの交流は捕虜たちにとってたしかに最高の生きがいであった。だがこの自由と生きがいも「民主運動」の名のもとに、次第に奪われていった。この大事な時間は、「読書会」、「党史研究会」などにとってかわられる。こうして捕虜たちは肉体労働に引き続いて、重い精神労働を加重されることになってしまった。

ともあれ昭和二三年（一九四八年）半ばころまでの生活には、楽しい夜の自由時間があった。そのなかで、何人かの心の友達を持つことができたのは、大変幸せなことであった。いまここで心に残る先輩、友人について語ろう。

陰田通訳官

この方は私の尊敬する人生の先輩であり、また私の恩人でもある。氏は元関東軍のロシア語通訳官をしておられ、高等官待遇〔高級官吏〕を受けておられた。収容所では通訳官をされ、ロシア人はみんなこの人のことをマイオール（少佐）と呼んでいた。年齢はすでに六〇歳を越えておられたかもしれない。白髪で小柄ながら、その気力は私たち若者をしのぐものがあった。

ソ連側将校の居丈高（いたけだか）な態度や横暴な要求にたいして臆するところもなく、常に聞くべきは聞き、答えるべきは堂々と伝えていた。ことに捕虜規定にそむく酷寒下の労働にたいしては、いつも堂々と激しい抗議をくりかえしていた。その姿は多くの捕虜の心を強く打った。

私は本部入りしてからは、氏と同じ小部屋で起居をともにすることができ、親交を深めさせていただいた。氏は私をご自分の子供のように可愛がってくださされた。あるとき、私は足に大きな腫瘍ができて何日もその痛みに悩まされたことがあった。そのとき陰田さんは、長靴の底に隠しもっておられた貴重なペニシリンを、二度三度とおしげもなく私に与えられた。当時医務室にはこのような薬はなかった。おかげで、私はほどなく激しい痛みから解放された。

陰田さんは話し好きな方だった。ひまさえあれば敗戦前後の世界の動きや現在の日本の情勢などについて、くわしい話を聞かせてくれた。情熱をこめて話される氏の話のなかから、私は日本民族の自覚と使命をいっそう深めることができた。この得がたい私の師も、大隊長芝生中佐のあとを追うようにして、ほどなくどこかへ連れ去られてしまった。その後、私は二度とこの方に会うことがなかった。

髭の中島さん

「髭の中島さん」は、北大の工学部を卒業して満鉄の技師を務めていたという。やせて小柄で優しい人だったが、捕虜にはめずらしく威厳のある人だった。年令は私より少し上で、当時三五、六歳だったろうか。彼はだれにも親切だったので、だれにも好かれていた。彼のまわりには多くの仲間が寄り集まっていた。人柄がよく、話がおもしろかった。また俳句をよく詠み、『ホトトギス』〔代表的な俳句雑誌〕の常連だったという。

私は、彼が有志の所望で開いた「俳句講習会」に顔を出したことから、知りあうことができた。その最初の出あいが印象的だった。彼は最初に俳句の話をした。話は平明ながら、人を引きつける深みをもっていた。私は初対面でこの、より詩的で、より思索的で、より愛情深く若い先輩につよく心ひかれた。

このときの会で、各人が句作をしたのを中島さんに見ていただいたが、そのとき中島さんが推した優秀句はこんな句だった。

「宮詣り静かに閉づる日傘かな」

このとき、私もはじめて俳句をつくった。

「野に葬るただ寥々（りょうりょう）と秋の雲」

しかしこの句は選には上がらなかった。またこのとき、説明のために彼がはにかみながら上げた自作の一句を私は覚えている。

「遅れつつ妻が踏み来る落葉かな」

中島さんは、恋愛結婚した奥さんを若くして結核で亡くされた。この句は「満州」で病魔に冒された奥さんへの深く静かな愛情を歌っておられるようだ。

この中島さんに、私はあるときこんなことを言われた。

「石渡さん、あなたは少しビタミン・i（愛）をお飲みになったら」と。

静かにポツリと言われた言葉だが、いまもって有りがたく心に留めている。だが、この人とは二度と会うことがなかった。

寺田栄一

彼は私より三、四歳若く、東大経済学部を卒業していた。スリムな体つきだが、なかなかのバイタリティを秘めていた。最後まで作業隊で労働をつづけていたが、夜はロシア語の勉強に余念がなかった。そのときの彼は生き生きしていたので、私も心をひかれた。そしていつしか親友になっていた。おたがいに行き来してはよく話しこんだものだ。おたがいの人生観や世界観にちがいはあったが、この逆境に屈服しないで明日を見つめる姿勢がおたがいの共感を呼んだ。彼も私もマルクス主義の少々は囓っていたが、捕虜の仲間たちの付和雷同で迎合的な「シベリア民主運動」には好感がもてなかった。

昭和二四年（一九四九年）になり、収容所内に「民主委員会」なるものが設けられるようになったとき、二人とも仲間たちに推されて委員長選挙に出馬したことがあった。その頃この平和な収容所もすでに民主運動の荒波にのみこまれようとしていたので、「民主グループ」が推す候補者のまえに破れ去っただけでなく、またれっきとした「反動」の刻印まで押されてしまった。ほどなく二人は「大衆集会」でつるしあげられる結果になった。非を認めた寺田は許されたが、認めない私は「大反動」ということで隔離され、仲間と話もできなくなってしまった。

寺田は、帰国後熊本の高校で英語の教師をつとめた。その間研修生として、オックスフォード大学に留学もした。この彼と一〇年ほど前、逗子の会合で念願の再会をはたすことができた。そしていまもたがいに賀状を交換している。

池田満正

池田君との交友は、寺田君の紹介によるようだ。その初対面のとき、彼はたしかこう言った。

「石渡さん、私に哲学を教えてくれませんか?」と。

彼は私より三、四歳ほど若く、横浜高等専門学校を出ていた。学校の倫理学の教授が、私の大学の同級生である辻由明とのことだった。これが二人を結びつける機縁ともなった。

彼は色白で頬も赤い童顔だった。だが、柔道の有段者である彼の体躯は堂々としていて、「満州国」の警察官をしていたという。この彼から哲学の教授を頼まれてしまった。哲学の本など有りっこない。窮余の策としてこんな方法を考えついた。藁半紙でノートをつくり、それに私が日記のように「哲学的随想」を書く。それを池田君に読んでもらい、さらに彼の疑問に答えてゆくという方法である。以来、私は毎日のように心に浮かぶ哲学的断片を書き綴った。

「ギリシャにおける原始哲学について」、「ソフィストとソクラテス」、「唯物論と観念論」、「スピノザ」、「ルネッサンス私見」、「ゲーテのファウストについて」などなどの類である。こうやって書き留めたものが五〜六〇ページほどになったとき、またもや突然別れが訪れた。

彼がかたく秘めていた警察官の前歴が、彼の親友Sによってソ連側に「密告」されてしまった。そのため、彼はほどなくアルチョンの「懲罰大隊」へ送りこまれてしまった。この彼とはまた不思議な縁で二、三ヶ月後には再会できた。彼のいたところに今度は私が「大反動」のゆえに送りこまれたというわけである。それから私がウラジオストックへ送られるまでの数カ月の間、身体的に衰弱しきっていた私は彼から食料面などで大いに助けられた。当時彼は危険な炭鉱作業をしていた。この仕事で得た給料で、黒パンなどを求めては私に恵んでくれた。その後、私は中国送りとなり、彼は日本に帰国できた。

彼は帰国すると私の妻となる人に私の消息を知らせ、また私が書いた「哲学的随想」をも書き送ってきたという。彼はその文章の一言一句をもらさずそらんじて帰ってきたらしい。私は帰国後、彼との念願の再会をはたすことができた。彼は逗子に住み、たがいに賀状を交わしていたが、残念ながら他界された。

「民主クラブ」の誕生

昭和二一年（一九四六年）春、ウォロシロフに移ってから『日本新聞』なるものを手にすることができた。この新聞はソ連の極東軍司令部が発行所であり、日本人捕虜の手で編集されていた。主筆は浅原正基（ペンネーム・諸戸文夫）であった。長い間活字から遠ざかっていた私たちは、何はともあれこれを歓迎した。

紙質も活字も悪いこの二ページの新聞には、おもに国際情勢と日本のニュースが伝えられていた。アメリカの占領政策についての非難、日本国民の窮状などがくり返しのべられ、またそれとの対比で、ソ連の政策と社会主義の優位性がつねに檄越な筆でつづられていた。この新聞の意図は明らかに日本人捕虜に対するマルクス・レーニン主義による思想改造であり、この新聞こそがシベリア民主運動の思想的総本山をなしていた。

私は労働の余暇にこの新聞を読む楽しみを味わったが、すこし距離を置いてこれに接した。檄越で「アカ」の色彩の濃いこの文面から、世界や日本の実相を汲みとろうとした。だが、この新聞のなかで最も惹かれたのは、その文芸欄であった。徳永直（すなお）の小説『太陽のない街』、ぬやまひろしの詩「秋風の歌」、「ゆたんぽ」などであった。ここには荒々しく硬直した言葉の代わりに、文学の芳香があって心を打たれた。苦境のなかにも真実を見つめ、それを謳う高貴な心があった。それで私の心は慰められ、また鼓舞された。

昭和二三年（一九四八年）になってからのことである。ある日、捕虜たちの信望を一身に集めていた芝生中佐が収容所を追われ、代わりに坂口大尉が大隊長を務めることになった。いままでは副官を務めていたこの人は、五〇歳前後で予備役の将校だった。長身でたいへん温厚で誠実な方だったが、ソ連側に対する姿勢では前任者に比べ、ややもの足りなさをおぼえた。

このころから、所内には少しずつ変わった動きが見えはじめた。ある日のこと、私は元同じ部隊の兵隊だったAとBとから呼び出しを受けた。彼らはこう言った。

「今度ラーゲルに『民主クラブ』をつくりますが、あなたも一緒にやってくれませんか」と。

それを、私は一途に断ってしまった。人間的に尊敬する芝生参謀に誓った言葉に偽りはなかった。「ソ連の笛に踊る、そんな男ではないぞ」というのが本音であった。ソ連に連行されて以来の体験で、私は民族的侮辱を数多く受けたし、それへの反発と同時に民族的自負心も強かったからである。だがこのことがやがて、その後の私の運命を大きく左右することにもなった。

やがて、たち遅れたわが所内にも「民主グループ」が組織され、日に日にその活動も活発化してきた。『日本新聞』の読書会からはじまり、『ソ同盟共産党史』、『レーニン主義の諸問題』などの読書会が組織されていった。そして夕食後には、労働で疲れきった捕虜たちが全員出席を強要された。しばらくして、私も興味があったし、また炊事という恵まれた職場にもいたことから、それらに参加することにした。だがこうした読書会などよりずっと有り難かったのは、ソ連の日本語訳の小説が読めたことだった。ゴーリキーの『母』、パブレンコの『幸福』のほかに、『若き親衛隊』(ファジェーエフ)、『モスクワを遠く離れて』(アジャーエフ)などの新しいソビエット文学に触れることができた。

中でも、パブレンコの『幸福』は、私に大きな衝撃的な感動をもたらした。これを読んで私は初めて「ソビエット的人間」の実態に触れることができた。パブレンコの描くソビエット的人間とは、みんな平凡な名のない労働者・農民である。彼らはだれも与えられた仕事にたいしては、きわめて真面目で、勤勉である。いかにして仕事の能率を高め、そして増産できるかに奔走する。彼らはみんな謙虚でおおらかでそして堂々としている。なによりも隣人を愛し祖国を熱愛する。社会主義祖国をおびやかす敵にたいしては、自分の命を投げだして戦う。こうした不断の戦いにこそ、彼らの幸福がある。これこそが「ソビエット的人間」にほかならない。私は、自分の利害だけが眼中にあって、他人の幸せを踏み躙っても意に介しない「資本主義的人間」の惨めさを、あらためて突きつけられた思いであった。また、シベリアでの狭い個人的体験からだけで判断してきた自分のソ連観について、強い反省を迫られもした。

取り調べ

私は、在ソ五年の間にソ連の政治部員から二度にわたり取り調べを受けた。それはいずれも昭和二三年（一九四八年）のことであり、所内に「民主クラブ」の誕生を見てからのことであった。二度とも取調官はK上級中尉であり、通訳は態度の横柄な朝鮮人が務めた。

最初の取り調べのとき、こうクギを刺された。

「これから君に対して取り調べを行うが、すべて真実を申し述べねばならない。もし虚偽の申し立てをすると、君はソ同盟の法律により処罰されることになるぞ、よいか」と。

そしてつぎに「身上調書」のようなものを書かされた。その内容は、住所氏名のほか、学歴、軍歴、政党関係、宗教関係、両親の職業などである。書き終えるとつぎのようなことを聞かれた。驚いたことに、彼らはすでに私の経歴の一切を掌握しているようだった。

「君は東京のミカドの大学〔「東京帝国大学」を指す〕を出たそうだが、それはサムライを養成する大学だろう。だから君はファシストだな？」

「君は文部省に勤めていたそうだが、○○体育課長を知っているだろうな？」

「いや知りません」

と答えると、

「そんなバカなことがあるか。彼の方は君を知っていると言っているぞ。トボケても駄目だぞ」と言う。私も気色ばんで言う。

「彼はどこでそんなことを言っているんですか。バカバカしい」

「彼は極東軍事裁判の参考人として呼ばれているが、そのとき君の名前を上げているんだ」

あきれてものが言えない。やがて彼らがめざす主要テーマに移る。それは、私の軍隊当時の犯罪の追及だった。いまにして思えば、これがソ連の行った「中国に対する戦犯摘発」のはしりであった。このときの私への追及は、昭和二〇年（一九四五年）六月、山東省索格荘において大隊長熱田大尉の命令で実行した、捕虜の「実的刺殺」事件についてであった。

政治部員は、この事件に関係した初年兵数名の名前を上げ、「知っているか」と言う。「知っています」と答えると、「彼らはみんなこの事件のことを隠さず告白している。だから君も正直にすべてを自白せよ」と言う。

私は、この中国人捕虜四名の殺害事件の全貌とその中で果した私の役割について隠さず述べた。大隊長こそがその全責任を負うべきであり、私には責任はないと考えたので、隠さず述べたのだった。これがあとで私の「命とり」になるとは考えもしなかった。

密告者

所内の民主運動が活発化するにつれて捕虜の取り調べも急増した。とともに、「あいつはソ連のスパイだから注意しろ」という声がささやかれだした。現に、にわかに私への接近を始めたSが、私の一部始終をソ連の政治部員に密告していたことを、私はその取り調べを受けながら感づいた。

Sは、東京の専門学校を卒業していた。小柄でおとなしく、気の弱い青年だった。また病弱で所内の雑役などの軽労働をしていた。彼は民主運動に加わっていたが積極分子ではなかった。いわゆる「中間分子」だった。彼は私の調査報告を済ますと、私の友人である池田君の調査を命じられたらしい。私のところに現われては、なに食わぬ顔で話題を池田君の方へ持っていった。池田君が過去に「満州国」の警官をしていたことを、私の口から聞き出そうとしたらしい。すでに私は彼が「密告者」であることを見抜いていたので、彼にたいしては固く口を閉ざした。政治部員に命じられた私と池田君に関する調査について、彼がどのような「効果的」な作文を提出したかはわからないが、ほどなくこの作文のごほうびとしてダモイ（帰国）の船に乗せられたことは事実である。

ソ連は第二次世界大戦での日本人捕虜六〇万人に対しても、その戦犯摘発の有力な方便として、この「ストゥカチェストボ」（密告）を採用した。それは私の知るところでは、「帰国」という餌で釣り、また「脅迫」の鞭（むち）で強要していた。日本人はこれを道義的に許せないと考えた。ソ連に対しては「卑劣」だと感じ、日本人に対しては「同胞を売る背徳者」だと思った。

最近読んだ本のなかにソ連の軍司令官クルイレンコのつぎのような言葉を見い出したが、依然として私には割りきれないものが残る。

「密告は少しも恥ずべきことではない。我々はこれを自分の任務と考えている。仕事そのものは恥ずべきものではない。もし、人が革命のためにこの仕事が必要だと認めるならばその仕事をやらなければならない」と。

しばらくして、私はまた政治部員から呼び出しをうけた。そしてこれが私への最後の呼び出しとなった。この呼び出しは、それまでの取り調べとは様相を異にしていた。将校の顔は前より柔和だった。その彼が口を開いた。

「君、池田満正を知っているだろう？」

「はい、知っています」

「では、彼の経歴について知っていることを全部言いなさい」

私はギクリとした。親友池田君を売ることはできない。内心の動揺を押さえながら答える。

「千島方面にいた兵隊だということ以外はなにも知りません」

「前に警察官をしていたそうだが、知らないか？」

池田君は、満州で警察官をしていたことを隠していた。「バレたら日本へ帰れません」と私に語っていた。信頼してうち明けられたこの秘密を、男の意地としても明かすことはできない。私は答える。

「そんなこと、聞いたことありません」

すかさず政治部員は居直って、こう言った。

「それでは、彼について調べなさい。彼の前歴についてできるだけ詳しく調べるのだ。これは命令だぞ！」

「命令！」と言われて、またギクリとした。私の胸中にさまざまな想念が流れる。私はいままで「正義」を貫くことを信条として生きてきた。この誇りを投げ捨てること、また友人の信頼を裏切ることはできない。だが、この命令を拒否することの結果は予測できないほど厳しいものになるだろう。ヒョッとしたら自分は帰国できなくなるかもしれない。私の年老いた母を二度と見ることができないかもしれない。数十秒の熟慮の末、私は決断してこう言った。

「それはできません。仮に命令であろうと私にはできません」

政治部員は予期しない返事に、やや驚きの表情をして言う。

「君は、帰国したいと思わないのか？」

「それはしたいです」

「それなら、私の言いつけを実行しなさい」

「それはできません」

「君には肉親がいないのか？」

「おります。年老いた母と五人の兄弟がいます」

「それなら、私の言うことを聞いて帰国したらよいだろう」

「言うことを聞くことはできません」

ついに政治部員は怒り出してしまった。

「もうよい、帰れ！　だがお前は日本には返さんぞ！」

この捨てぜりふのような険しい言葉を聞いて、私は部屋を後にした。

自分の部屋に戻っても衝撃は去らなかった。長い間私の心を支えてきた「帰国の夢」は、こうしてついに消え去った。うつろな胸のなかへにわかに絶望が忍びこんできて、私の心を目茶苦茶にかきむしる。だが、やがて私は凛然たる「天上の声」を聞いた。「それでよいのだ。お前は正しいことをしたのだ」と。

私は昔、カント哲学に若い情熱を注ぎ込んだことがあった。そしていま、このカントの言葉が力強く心の中に甦る。

「それをしばしば、また常に思えば思うほど、ますます新たに、また力強く驚嘆と畏敬の念をもって心を満たすものが二つある。我が上なる星輝く空と、我が内なる道徳律である」

この言葉は彼の『実践理性批判』の結語であり、また彼の墓碑銘でもある。この言葉を静かに反復して、私は救われた。私は人間が人間と言われるに相応しい「良心の声」に従った。そのために「帰国の夢」は失ったが、「密告者」とはならなかった。

吊し上げ集会

昭和二四年（一九四九年）になると、所内の「民主クラブ」も「反ファシスト委員会」と改名されるようになり、ハバロフスク地区本部の指導者〔日本人〕たちが頻繁に姿を現すようになった。彼らはいずれも立派な服装をしていた。真新しいソ連製のルパーシカ（綿入れの上衣）とピカピカの長靴を身に着けていた。その姿は「異邦人」のようであり、その態度は横柄であった。彼らだけには警戒兵もつかず、収容所への出入りはまったく自由だった。上等な食事をし、俸給ももらっていた。私はどうしても彼らが好きになれなかった。私の目には、彼らは「虎の威を借る狐」にしか見えなかった。

あるとき、地区本部からYという男がやってきた。『ソ同盟共産党史』の講師としてであった。集合がかけられ、私も出席した。私の耳に「今日はYと石渡（私の旧姓）の理論闘争が行われるそうだ」というようなうわさも入ってきた。しかし、その晩の会合ではあまり激しいやりとりはなかった。ただ、Yは会の初めに私を名指ししてこう質問した。

「君は民主運動をどう思うか？」

私は答えた。

「『ソ同盟共産党史』の読書会には加わるが、それ以上の参加はしようとは思わない」

そんなことでその場は過ぎた。

昭和二四年夏のある日曜日のことだった。反ファシスト委員会の役員が、

「大衆集会があるから、全員会場に集まれ！」

と大声で触れてまわった。

「さて何ごとだろう」

と思いながら、みんな重い腰を上げた。

いままでも地区の楽団が来ると集合をかけられたが、それはいつも夕食後のことだった。今日はまだ日が高い。それに、「大衆集会」なんていう言葉ははじめて聞く。みんな訝り（いぶか）ながら、ガヤガヤ言って集まってきた。

全員が地面に腰を降ろして整列が終ったとき、K委員長はやや青ざめた表情でこう言った。

「これから名前を読み上げるが、その者は前へ出ろ！」

瞬間、全員がシーンとなり耳を澄ませる。

「山下常義！」「寺田栄一！」「石渡毅！」「以上三名、前へ出ろ！」

山下、寺田は私の親友だ。そしてすこし前に、民主クラブの責任者の対抗馬として委員長選挙に出馬した者ばかりだ。

三人は前に出て大衆と向きあった。するとKがまたこう言った。

「まず、山下からはじめよう！　同志諸君、諸君は山下をどのような人間と思うか？　忌憚（きたん）のない意見を述べられたい」

アクチーブ（積極分子）と見られる連中が手を上げて意見を述べる。彼らはここぞとばかり、彼がソ連や民主運動について誹謗した事実を次つぎに数えあげる。同じことが何回かくり返えされたあと、委員長が言った。

「山下、お前はいま上げられた事実を認めるか？　認めるなら、それについていまどう思うか、自己批判をしてみろ！」

山下と寺田は、指摘された事実を認めるとともに、頭を垂れてその「非」を認めた。その場の大衆は二人を許した。

最後に私の番がまわってきた。私は不思議なほどに腹がすわっていた。「お前は帰さないぞ」とすでに政治部員から引導を渡された人間だ。もう恐いものはない。アテネで裁判にかけられて、悠然と毒杯を傾けたソクラテスの英姿が浮かび、「人間の品位を汚すな」という「良心の声」が聞こえてきた。

大衆のなかから、「石渡の反ソ的言動」なるものが、ボソボソと数え上げられた。それは、こんなふうであった。

「○月○日、自動車工場でB・K〔補助監視員〕をしていたとき、石渡は『ロスケの知能指数は低い。算数能力の低さは彼らの点呼を見れば分かる』等々とソ連を誹謗していた」

「彼は常にこう言っている。『シベリアの民主運動は、ソ連によってつき動かされての運動だ。俺はそんな運動には加わらない』と」

「彼は、いつもわれわれの民主運動をけなしている。『それは帰国病に過ぎず、早く帰るための方便さ』と言って、われわれの民主運動に反対している」

こんな類のことがあげられた。だが覚悟したほどの激しさは見られない。そこには、「われらの敵」に食いつく迫力に欠けていたようだ。民主運動の指導者たちには、つね日ごろ「彼らの本音」をすっぱぬく私は、目障(めざわ)りであり憎らしくもあっただろう。その委員長が言った。

「石渡、いま多くの大衆から出された君の反ソ、反民主主義的な言動について、なにか言うことがあるか？また自己批判することがあるならここで言え」

私は答えた。

「いま諸君が上げられたことは、すべて間違いなく私の言動だ。それは、いつどこで言われ、なされたものであろうと私自身の意見であり、私自身の人格的表現である。したがって、いまここで、それらを訂正する気持ちはいささかもない」と。

大衆は唖然としてしばらく声を呑んだ。やがて数人が叫ぶ。

「反動だ！　ヤツを隔離しろ！」

それは、すでに仕組まれたからくりのようであった。これをもって、私は所内ただ一人の「反動分子」に仕立て上げられ、病棟の外れの一室に隔離されてしまった。食事も別に部屋まで持ちこまれ、仲間との接触を一切絶たれた。しかし、労働には駆り出された。

翌日からの作業は、製材工場での雑役に固定された。長は私が教育をした初年兵の高橋だった。彼が私に仕事を指示する以外、誰も私と口を利くことを禁じられていた。

私が隔離されて程ないある日、収容所長が自ら私の部屋に訪ねてきた。彼は現在の私の境遇を個人的に同情しているようだった。所長は山下、寺田のように自己批判して早く元の状態に帰ることを勧めた。彼は静かに諭すようにこんなことも言われた。

「君は大学では哲学を専攻したそうだが、そんな君なら、当然唯物弁証法が観念弁証法よりも正しいことぐらいはわかるだろう[注24]」

そのとき私は、言下にこう言い張った。

「いや、わかりません。わからないから民主運動も致しません」

「じゃあ、いつになったらわかるのかね？」

「それがわかるまでには、少なくとも一〇年はかかりましょう」

所長は、苦笑しながらあきれ顔で去って行った。以後、私には暗い孤独の日々が残されてしまった。

注24　ここでは、「唯物弁証法」はマルクス・レーニン主義を、「観念弁証法」は石渡が学んだカントなどの観念哲学を指している

夢の曼陀羅（まんだら）

私は監禁されてからよく夢を見るようになった。この夢で夜毎（よごと）私は「天国」に遊ぶことができた。夢は、みな楽しい夢ばかりだった。懐かしい祖国にあって、親しい同胞と語りあう夢が多かった。父母、兄弟姉妹、そのまだ見ない子供たち、友人、そして多くの教え子たちが私の夢枕に立ってくれた。この人たちは、私が選んで夢の世界に引き寄せたのではないのだから、真実私を愛しく思って、私をはるばる訪れてくださったのであろう。私たち日本人の遠い祖先たちが夢をそう理解したように、私もそう思わずにはいられなかった。

夢ではいつでも私は「帰国」していた。その夢では、帰国までのいっさいの道順が省かれていた。「天皇制打倒」、「われらの祖国ソ同盟万歳」などのプラカードを掲げたダモイ列車も、ナホトカでの気ちがいじみた怒号もない。[注25] 私はいきなり祖国の大地に立っていた。

祖国日本とわが同胞は、私がいつ帰っても、どこに行ってもつねに温かく、大らかに私を迎え入れてくれた。それは、甲府の武田神社や上田の城址公園の桜が咲くころであったり、昇仙峡（しょうせんきょう）の紅葉が深紅に燃えるときであったりした。[注26] ここではだれもが笑顔で優しく迎えてくれた。みんな一様に私の辛苦をねぎらってくれた。愛情の絆は不変であった。ここには、キリストを敵に売るユダはいなかった。私はこの人々に囲まれて、かぎりない安らぎを得た。「神の国」の栄光に思うさま浸ることができた。

この「神の国」にはもちろん、肉親、親友、教え子たちがいた。死んだ父がおり、まだ見たことのない甥や姪もいた。彼らと茶房で、その味を遠く忘れてしまったコーヒーを飲むこともできた。愛らしい姪たちが、いつもつき添って私の道案内をしてくれた。ある音楽喫茶では、若い日の思い出の曲、メンデルスゾーンの「バイオリン・コンチェルト」を聞くことができた。これを聞くと、そぞろに本郷（ほんごう）時代〔東大在学時〕の学友の顔も浮かぶ。

また、夢の中で、神保町の古本街をよく歩いた。日本へ帰国した夢の中には、必ずこの一コマがくみ入れられているのだった。ここを独りで歩いていると、それだけで救われるような安らぎを得ることができた。あるときは、和辻〔哲郎〕先生の『倫理学』の全巻を見つけて狂喜したり、またあるときはヘーゲルの『歴史哲学講義』の原書を血眼（ちまなこ）になって探し歩いたりした。

思えば、当時私はこの有りがたい夢のゆえに辛い現実にも耐えられたような気がする。夜毎夢枕に立つ人々の「愛情」に支えられて、辛うじて生きのびてこられたと思う。この夢は私にとって現実以上に「より現実的」であった。そして、この夢こそが私を励まして、私の現実をより「真実なるもの」へと導いていってくれた。

注25 ナホトカは、ソ連抑留者の大半が帰国の際に出港した地。そこでは、シベリア民主運動のリーダーたちが帰国にあたって、祖国日本での社会主義革命を我先にと誓い合う場面が見られた

注26 山梨の甲府や長野の上田は、出征前に絵嶋が高校教員として赴任したことがある地である。昇仙峡も甲府にある名勝地

（八）アルチョン収容所

別天地

昭和二四年（一九四九年）九月、秋晴れのある日、私は独りトラックに乗せられた。たどり着いたところは、ウォロシロフから一〇〇キロメートルも離れた「アルチョン収容所」だった。この収容所の名前は、反動分子だけが送りこまれる特殊な収容所としてよく知られていた。また、「反動ラーゲル」とか、「懲罰大隊」とか呼ばれて恐れられてもいた。そこへ私もついに送りこまれてしまった。

ものものしく、頑丈な鉄柵をめぐらしたその収容所の門をくぐると、さすがにゾオーッとした。もう二度と娑婆（しゃば）〔自由な世界〕には出られない地獄門のような気がした。そしてまた、待ち受ける労働も死の責苦のように厳しいだろうと思った。私もいよいよ腹をくくる時が来たと思った。

しかし、私の思惑は大きく外れた。ここはまことにありがたい「別天地」だった。捕虜にとってのユートピア（理想郷）だった。ここは「反動分子」だけが集められていたので、あの騒々しい「民主運動」は影をひそめていた。上等の衣服と長靴で傲慢にねり歩く「赤い狐[注27]」もいなかった。朝の作業隊の出発時における、あの喧騒もなかった。昨日までは毎日、「赤い狐」が何匹も出て、次つぎにこう吠え立てていた。

「同志諸君、今日も全力をあげて、われらが祖国、ソ同盟強化のため大いに奮闘しよう！　ソ同盟五ヶ年計画期限前達成のため、今日もまた熱烈たる生産競争を展開しようではないか！」

「同志諸君！　今日もわれらの組織の強化のため大いに奮闘しよう。われらの組織のなかに巧妙にもぐりこんでいる、ファシストや反動分子を徹底的に摘発しようじゃないか！」

その声はなんと喧騒を極めていたことか。その蛮声は野獣的でさえあった。聞いている捕虜たちは、衰弱した喉（のど）をふり絞ってやたら「同感！　同感！」とわめきたてる。拍手がわきおこり、やがてスクラムを組むと「赤旗の歌」や「スターリン賛歌」をがなりたてる。帰国の餌に釣られた捕虜たちの、この哀れにして狂気じみた姿こそ、シベリア民主運動の象徴であった。アルチョンには、この狂気と騒乱がなかった。ここは音もなく静まり返っており、太陽の光を思う存分浴びることができた。夜は夜で、さまざまの「読書会」に駆り出されることもない。それどころか、われわれを慰めるための映画会まで開催された。

私は、シベリアに来てはじめて映画を観た。私たちはほとんど毎週のようにソ連映画を観ることができた。そのなかでも、カラー映画『石の花』は忘れることができない。私はカラー映画なるものをここではじめて観た。まずその映画の美しい色彩に心を奪われた。『石の花』はソ連の古い伝説を映画化したものであり、メルヘンの世界を色彩ゆたかに描きだしたにすぎなかったが、私は涙の出るような感動を覚えた。それは入隊以来八年もの永い間奪われていた芸術の世界を、私に想いおこさせた。これを見て私は、また久しく忘れていた人間的感動をふたたび体験した。この感動は誇張でなく、反ソ感情で冷えきっていた私の心に暖かい灯をともしてくれた。

「死の責苦」を想像した労働もそうではなかった。ソ連に連行された当初の身体検査ではいつも「一級」のレッテルをはられていた私の体位も年々下がりつづけて、当時はボリノイ（病人）の一ランク手前の「三級」まで落ちていた。そのためかここでの労働はずっと農場作業ばかりだった。ここでは、つらいノルマの強制も現場監督の「ダバイ、ダバイ〔早くしろ！〕」の罵声（ばせい）もなかった。トマトや胡瓜（きゅうり）など採って食べられる物はいくら食べてもよかったし、昼食のための材料として、カルトーシカ（馬鈴薯）やビートー（甜菜（てんさい））などを豊富に貰えた。

まだ秋口だったので、作業場への行き帰りのトラックも寒くはなかった。それでも、労働を終え夕食を済ませると、無気力に寝台に伏せる日々だった。前のラーゲルで隔離され、他人と口をきくことを禁じられていた頃は、強い自負心と対抗意識があった。それがここへ来ると、みんなが「反動分子」であり、急に気が楽になったためだろう、張りつめた力もどこかへ飛んでいってしまった。まわりの仲間たちにも、みんな「暗いあきらめの気分」が漂っていた。

その日も私は夕食を済ますと、まわりの人たちとは口もきかないで、早く寝台に横たわっていた。そのとき、だれか人の声が私を呼び起こした。その人は、ウォロシロフ時代の親友の池田君だった。たがいに再会を喜んだ。私はとくに、政治部員の圧力に屈して、彼の密告者とならなかったことを、心底から喜ぶことができた。彼は、炭坑で石炭掘りをしていた。彼は、その報酬で得たルーブルで「黒パンと砂糖」を買い求めてきて、私に恵んでくれた。私は涙でその恵みを受けた。彼は帰りがけにこう言った。

「先生、これから夜には遊びにきて下さいね」

この言葉に甘えてしばしば彼を訪ねては、そのつど黒パンやマホルカ〔刻み煙草〕をめぐんでもらった。

めぐまれた黒パンは、ソルジェニーツィンのいう「眠りへの逃避のできない飢餓」を和らげてくれたし、マホルカは心に「恍惚感（こうこつかん）」を与え、牢獄からの精神的解放感を与えてくれた。[注28]

注27　ソ連の民主運動を積極的かつ過激に担い、ソ連の権威を笠に着て日本人捕虜に居丈高に接していた日本人捕虜のことを指す

注28　ソルジェニーツィンはソ連・ロシアの作家。自身も政治犯として一九四五年から八年あまりにわたって強制収容所を経験し、『収容所群島』などの小説として発表した

黒パン

すこし前私は、[注29]ノーベル文学賞作家でありながら、ソ連作家同盟から除名されたソルジェニーツィンの作品を読む機会があった。その彼の作品『収容所群島』のなかに、こんなことが書かれていた。

「これがもっと粘（ねば）っている女性になると……、一般の男性用バラックに出向いて、組立て板寝床（いたねどこ）の列の間を歩き回りながら、『五〇〇グラム、五〇〇グラム……』と単調な声で、客を探さざるをえないはめに追いこまれるのだ。若い救い主が配給パンをもってついてきたら、自分のワゴンカ（組立て板寝台）をシーツで三方から囲みその天幕とも小屋ともつかぬなかで、パンを稼がねばならない」と。

この「五〇〇グラム」とは、いうまでもなく黒パン五〇〇グラムのことであり、彼女たちの一食分にあたるのであろう。

ソ連では、革命当初から第二次大戦まで、男女の囚人はひとつの共同収容所に収容されていた。男性用バラックと女性用バラックとに宿舎は分かれてはいたものの、そこの住人たちは看守の目を盗んでたがいに行き来していたという。その頃の話であろう。黒パン五〇〇グラムと「性」との交換を述べているのである。

これを読んで、いまの日本人はどう思うだろうか？　いまの日本には食べ物が氾濫しているし、また「飢餓」の苦しさを体験した人も、おそらく少ないことだろう。だが、上にのべられた女囚たちは、耐えがたい飢餓という動物的苦痛をとり除くために、敢えて彼女たちの人間的肉体（性）を投げ捨てたのである。これを私たちは、どう理解したらいいのだろうか？

それは、「自己保存の本能がそうさせたのさ」で済まされるのだろうか？　囚人とても人間である。人間が、ただ生きることだけが目的という「どん底」に投げこまれたとき、「飢餓からの脱出」――黒パンあさり――こそが彼らの「本能」であり、「生きていることの証」である、と言えないだろうか？　女囚は、そのために性的な肉体労働によって自らの目的をはたした。この女囚にとって、五〇〇グラムの黒パンをもって彼女の後について来る男囚は、作者の表現通り、まさしく「救い主」であったのだ。

そしてここには、相互の自由意志を尊重するという人間の「モラル」があった。それは、働く仲間を「売る」（密告する）――窮地に追い込む――という行為とは、次元を異にする行為であるともいえよう。

「黒パン」は、ソ連人の常食であるが、シベリアの捕虜にとってもまたそうだった。それは、ロシア独特の質の悪い酸っぱいパンだった。色は黒く、材料は燕麦（えんばく）やとうもろこしの粉が主で、小麦粉はほんの繋ぎ（つなぎ）程度にしか入っていなかった。パンの切り口には、雑穀の殻（から）や粒（つぶ）がのぞいており、その味は、飯の腐りはじめのように酸っぱかった。この黒パン三五〇グラムが捕虜一人一日の配給定量だった。このほかに雑穀六〇〇グラムの配給もあったが、これは朝と昼に分けて食べ、夕食には黒パンの全量を当てた。

捕虜はみんな黒パンの夕食を一番の楽しみにしていた。わずか一かけらのパンを二〇個にも三〇個にも刻んで、一時間もかけてその味を賞美した。しみじみと生ける喜びを噛みしめた。その味は、とうてい「文明堂のカステラ」の比ではなかった。入ソした日本人捕虜六〇万人全員の、もっとも切実な願いは、「この黒パンを腹一杯食べてみたい」ということだった。「僕は死ぬまでに、一度でいいから黒パンを枕にしてみたいよ」と言い残して死んでいった仲間も少なくかった。

注29　本書の元になった自叙伝『大正から昭和へ』（私家版）が執筆された一九八〇年代前半の段階を指す。本節と次節はその時点からの視点で記されている

マホルカ

シベリア捕虜は、いつも重い労働と底のない空腹と酷寒とに苦しめられていた。だが、この人たちにもかろうじて、二つの「救い」があった。ひとつは「睡眠」であり、もう一つは「煙草」であった。前者は「消極的な救い」であったが、後者は覚めた人間の恍惚感として「積極的な救い」であった。

ソルジェニーツィン作『イワン・デニーソヴィチの一日』のなかに、こんな一節がある。

「一番肝心なことは……いまや唇が火で焼けるまで、思う存分煙を吸いこめるということだった。ふーッ！　煙は飢えた体全体に広がり、爪先にも、頭のなかにまでもジーンとしみとおった。こうして、この恍惚感が体全体に広がった」

現在、日本の煙草愛好者は、欲しいときに欲しいだけの煙草を吸うことができよう。そして、この恵まれた喫煙者にも「いらいらが止まる」、「思考力を呼び覚ます」などいくつかの効用があげられることだろう。だが、自由を奪われ、人間の限界に追いやられた人たちにとって、煙草は単なる「嗜好品」ではなかった。それは、苦しい現実から脱却できるただひとつの「スプリングボード」だった。地獄にいながら天国を見ることのできる、まるで「魔法の杖」のようなものだった。

当時ソ連には、パピロス（吸口付タバコ）もシガレータ（両切タバコ）もあったが、これらは捕虜には無縁の代物だった。捕虜には、労働者たちの吸うマホルカが配給になった。煙草の茎をおが屑のように刻んだもので、新聞紙を割いて丸めて吸った。それも、一日ひとり五グラムの配給しかなかった。どんなに細く巻

いても五本ととれない。つまり、最小限必要量の三分の一にもならない。

手に職をもつ人びとは、派手にパピロスなどを吸っていたものの、一般労働者は給料を貰えないので、足りない煙草の工面もできない。自分たちの仲間は「非情」だったので、捕虜たちは、ソ連人の顔さえ見れば手を出して言う。

「ダイ、タバコ（煙草ください）」

また、うなだれてトボトボと行く死の行列のような捕虜の隊列も、道端に落ちている煙草の吸殻だけは、決して見逃さない。それを発見したときの捕虜の眼は、にわかに生き生きと輝き、それを拾う動作の素早さはまったくの別人である。

あるとき、私たちはウォロシロフの駅で仕事をする機会があった。そのとき、私たちははじめてモスクワ行きの立派な客車も見た。みんな立派な服装をしていた。この立派な人たちに、私たちの仲間は、汚れた手を差し出して、臆面もなく使い古した言葉「ダイ、タバコ」を乱発する。乗客がホームに投げ捨てた吸い殻に、われ先にと群がる。立派な服装のソ連人たちはその姿を見て笑った。私にはそれができなかった。そのころ私の「ニコチン欠乏症」はまだそれほど重症ではなかったし、人間的自負もあった。仲間の姿を離れて見ることができた。それは、心から同情できても、やはり悲しくあわれな姿だった。そして、これらの姿を見てあざ笑うようなソ連人の口元と蔑視の視線に、私は民族としての憤激を覚え続けた。

ソルジェニーツィンは、前書のなかで、こうも書いている。

「シューホフは、……同じ班のツェーザリが煙草を吸っているのに目ざとく気づいた。しかも吸っているのはパイプではなくて、一服おごって貰えるやつだ。しかし、シューホフはいきなりたかろうとはしなかった。ツェーザリのすぐ横につっ立って、半ば顔をそむけてじっとあらぬ方を眺めていたが、ツェーザリが一服吸いこむごとに（ツェーザリは物思いにふけっていてたまにしか吸いこまなかった）赤く円を描いた灰のふちがのびていって、それだけ煙草が短くなりパイプの先に迫っているのを見のがさなかった。
そこへまた山犬のフェチューコフがしのび寄ってきて、ツェーザリの真正面につっ立って、じっと相手の口元をのぞきこみ、眼をギラギラさせた。
シューホフにはひとかけらの煙草もなかった。今日は晩まで手に入る見こみもなかった。だから彼は、全身を期待におののかせた。いまの彼には巻タバコの吸いさしのほうが、自由そのものよりも望ましいものにさえ思われた。それでもなお彼には〈気位〉というものがあったので、フェチューコフのように相手の口元を覗きこんだりはできなかった」

ここに登場する二人の人物、シューホフとフェチューコフとは、いま他人の吸う一本の煙草を一口吸わして貰おうと全神経を集中している。他人から与えられる煙草の吸いさしは、二人にとっておそらく、「自由そのものよりも望ましいもの」に思えたことだろう。この点ではこの二人も、ソ連人の前に「ダイ、タバコ」と手を指し出した日本人捕虜の切迫感と、まったく同一であっただろう。

だが、シューホフだけは、そうはしなかった。山犬のフェチューコフのように「眼をギラギラさせながら、ツェーザリの真正面につっ立って、じっと相手の口元をのぞきこむ」ことをしなかったし、また、猫なで声で「一服吸わせてよ」とは言わなかった。彼には、〈気位〉というものがあったからである。

このシューホフの言う「気位」とは何であろうか?

自由をうばわれ、最低の生活へ追いこまれた囚人や捕虜にとって、この「気位」とはどんな意味合いをもつものだろうか。彼は「気位」の故にあえて「乞食振舞い」をしなかった。それは、我々がよく言う「教養が邪魔をする」という類のものだろうか。そうだとしたら、せいぜい「お高くとまる」にすぎないだろう。

このシューホフのいう「気位」とは、もっと人間の根源からわきおこる「自尊心」のようなものではないだろうか。それは単に自己を他人より高しとする、そんな自尊心ではない。人間が人間であることを守ろうとする、そういう意味での自尊心ではないだろうか。それは、「人間が動物へ堕落することを拒否する決断」を意味する。それはたしかに毅然たる「人間の品位」（尊厳）を意味するものであろう。

ソルジェニーツィンは、また同じ本のなかに次のようなことを書いている。この箇所は、この「気位」なるものの欠如の姿を具象的に描いてみせている。

「シューホフには、最初の班長のジョーミンの言った言葉が、いまでもどうしても忘れられない。一九四三年、その時すでに一二年もラーゲル生活をしていたこの古オオカミはある日、森のなかの空き地で焚き火にあたりながら、戦線からぶちこまれてきた新入りを前にしてこう説教したものだ。

『いいかお前たち、ここには密林の掟があるんだぞ。しかし、ここだって人間さまは生きているんだ。ラーゲルでくたばっていくやつは、他人の飯皿をなめるやつ、医務室をあてにするやつ、それから仲間を密告しにゆくやつだ』。密告のことについては無論、班長もさんざん罵倒した。やつらは自分をかわいがるあまり、他人の血を犠牲にしている手あいだ」

いま静かに、過ぎ去ったシベリア抑留生活を思い浮かべるとき、私たちは個々の人間として、また民族として多くの「汚点」を残したような気がする。この反省のためにも、ソルジェニーツィンの言葉に耳を傾けるべきではないだろうか？

暗い記憶

シベリアに抑留された当時、私の煙草歴はまだ浅かった。私が煙草に初めて接触したのは、旧制高校の一年生のときだった。部屋のコンパのとき、友達の一人が「ゲルベゾルテ」〔ドイツ製の煙草〕を持ちこんできてみんなに勧めた。私も吸ってみた。朽葉のようなよい香りに心をとられて吸いこむうちに、気分が悪くなって倒れてしまった。臆病だった私は体によくないと思い、ずっと禁煙の生活をつづけた。軍隊にとられて野戦行きとなったころ、いつしか加給品の煙草をいたずら程度に吸うようになった。やがて敗戦となりソ連に抑留される身となったが、まだ本格的な煙草吸いではなかったので、他の仲間のように「ニコチン欠乏症」の苦しみを味わわないですんでいた。

ところが、いつしか苦しいシベリアの生活のなかで、本格的な喫煙者に育っていった。週一回配給されるわずかなマホルカが、私を虜にしてしまった。やがて煙草なしでは生きられぬ捕虜となった。雑作業をする私には、給料など貰えなかった。一日五グラムの配給では、やっと四、五服しかない。ときに友達やソ連の歩哨や現場監督から、一服の恵みを受けたものの、それも高(たか)が知れている。そしていつしか、惨めな「ニコチン欠乏症患者」に落ちこんでしまった。ウォロシロフにいた頃はまだゆとりもあり、シューホフのいう「気位」のようなものがあった。駅で投げ与えられる煙草の吸い殻にも手も出さないでいた。その頃までは私はまだ「シューホフの徒」であった。そして、昭和二四年（一九四九年）九月、ここアルチョンの「反動ラーゲル」へ送られてきた。そのときも私には、密告者にならなかったことの「誇り」のようなものがあった。

新しいラーゲルは、予想以上に良い環境だった。民主運動の怒号もなく、労働も軽かった。同じ反動分子の仲間と暮らす気安さがあった。「針のむしろ」から、暖かい「藁(わら)のむしろ」へ移ったような気がした。しかしそれが、かえってひとつの落とし穴でもあった。

「針のむしろ」にいた頃にはうるさい視線に対抗する気迫があった。「藁のむしろ」に座ったとたん、心に余裕とゆるみが出た。そして、一度は決然と諦めた「帰国」のことを思い浮かべる。ふたたび迷いが生まれた。「君は帰れないぞ」と言った政治部員の言葉が新しい響きをもって甦(よみがえ)る。年老いた母、兄弟姉妹、友達、教え子たちの顔がそれに重なる。この懐かしい人たちに、もう二度と会えないのだろうか？　思えば思うほど心も乱れ、夜も思うように眠れない。

眠れない夜がつづいたある朝のことであった。早く起き出てトイレにいった。まだ薄暗かったが寒くもなかった。トイレは戸外の数十メール離れた小高い所にあって、そのときは霧に包まれていた。便所の前の一寸した空き地には、丸太を組んだベンチが二つ三つ置かれて喫煙所になっていた。用を済ませて、ベンチの一つに腰を下ろした。

昨夜もよく眠れなかったので気分も冴えない。その上、私は何日もマホルカを吸っていなかった。頭が朦朧としている。「こんなとき、マホルカを吸ったら、どんなにかうまいだろう」「あぁ、マホルカがほしい」、それは、恐ろしいほど強烈な欲望だった。この欲望は、私の視線を眼前の吸殻入れへと追いやった。白樺の杭の上の置台には空缶があって、そこに数本の吸い殻が捨てられてあった。私の目は、それをしっかり捉えて離さない。だが心は、そこへ延びようとする私の手を強くおし止める。朝靄のベンチの上で、何分間かこの葛藤がつづいた。だがついに私は、その誘惑に負けてしまった。私の手はとっさにその数本の吸い殻をつかんだ。幸いあたりには誰もいなかった。その吸い殻をポケットに押しこむや、そのまま宿舎に走った。「素晴らしい獲物だ」と狂喜しながら走った。

しかし、落ちつくにつれて私の心は痛みはじめた。他人が不要になって投げ捨てた吸い殻ではあったが、私には「犯罪」の意識が強かった。それも、ずっと守りつづけてきた「人間的誇り」をここで一挙に投げ捨ててしまった、というその後悔が、私を苦しめ抜いたからである。ソ連に連行されて以来「これだけはしまい」と神に誓った貴い「戒律」を自分自らで破ってしまった。この堕落こそが「犯罪」でなくてなんであろうか。このように思われた。ポケットにねじこんだ吸い殻をどこで巻きかえて吸ったのかは、何も覚えていない。だが思い出されるのは、人生の転落者がみんな一様に味わっただろう「暗いホロ苦さ」であり、また人間的体面をかなぐり捨てた者の「メランコリックな安らぎ」であった、ということである。

地獄に落ちた者には、地獄の道が歩きやすくなるのだろうか。また、「汚れた体はもとには戻らない」という自虐的心理が、だれにも湧くものだろうか。私はその日以来、朝早く同じ場所に行き、同じことをくり返した。慣れるにしたがって、私は他人の目の届かないことを幸いに、ここのベンチの上で他人が投げ捨てたマホルカの残骸を新しい紙に巻きかえて、それを震えるような思いで吸った。捨てられたマホルカからも、再び香わしい煙がわき出た。とともにそのニコチンは私の体内の隅々にまで、「甘美な調べ」を運んでくれた。私の魂は、こうして地上を離れて天界に遊ぶことができたし、またそこで祖国の同胞と交わることもできた。

でも、それも五年間のシベリア抑留期間を通じて忘れることのできない一枚の大きな「暗い絵」である。

(九)ウラジオストック収容所

凍る海

アルチョン収容所での生活は短かった。ここでの生活は、わずか三ヶ月にすぎなかったが、幸い物心両面での安らぎを得ることができた。労働は農場作業が主だったし、民主運動の圧迫もなかった。映画が観られたし、親友の池田君にも会えた。ここは私にとって文字どおりの「別天地」だった。

だが、ここからまた引き移されるときがきた。昭和二四年(一九四九年)一二月、いつものように理由も告げられずにウラジオストック収容所へ移されてしまった。この収容所は、めずらしいことに「船の収容所」だった。港に接岸されたかなり大きな貨物船に、日本人捕虜が数百名収容されていた。私にはものめずらしくもあり、ここからの海のながめを楽しむこともできた。

ここでの労働は、倉庫の片づけや清掃など、波止場での雑用が多かった。体力のある若者たちは、寒風に吹きさらされながら、港に入ってくる船の錆落しの仕事などもしていた。このころの私はめっきり体力も衰えていたので、比較的軽い労働にまわされていた。倉庫の掃除や建築現場での雑役が多かった。仕事場への往復はいつも徒歩だったので、ウラジオの街やソ連の人たちをながめる楽しみもあった。この街は港町で、しゃれた雰囲気の街だった。国際都市であるせいか、何か日本的な体臭も感じられて、やたら「郷愁」を誘われもした。第二次世界大戦が終わって四年を経過したいま、街の建物も往来する人たちの服装も、すっかり美しくなっていた。

昭和二五年（一九五〇年）のウラジオストックの冬は、寒さが一段と厳しかったようだ。だが、いままでに零下四〇度の極寒を体験した私には、せいぜい零下三〇度のウラジオはやや暖かく感じはしたものの、例年にない寒波に見まわれたというだけに収容所の船は「凍る海」の中に閉ざされてしまった。中学校の地理科で「不凍港（ふとうこう）」と聞かされていた記憶があるが、それだけその風光は心を捉えもした。

この年は降雪も激しく、臨時の雪掻き作業によく駆り出された。ウラジオからモスクワまで通じている軍用道路は、ピョートル大帝湾を見下ろす高地付近で、深い降雪のためによく途絶してしまった。そこの除雪作業に私も時おり参加した。ここから見下ろすピョートル大帝湾の広大な風景は、壮絶だった。その氷海は、陸から水平線の彼方まで際限もなくつづく白銀の世界である。それが朝の太陽光線を浴びて宝石のように光り輝く。はじめて見るこの大光景にしばらく心をうばわれ、零下三〇度の極寒も忘れる。

ふたたび現実に返れば、この広大な氷海の向こうに祖国日本のあることが思い浮かぶ。この広く遠い雪の道を歩いて行けば日本に帰れるかもしれないと思ってもみる。そして海を渡る鳥の姿をうらやんでみる。また、古代の神話にある国引き物語のように、日本の国土がここまで引き寄せられないものか、と空想もする。しかし、覚めた心は「この海が溶ける春まで待て、春になればまた迎えの船も来るだろう」と諭す。そうだ、私たちにはまだ帰国の夢があったのだ。

ある日、作業から帰ったある仲間が私にこう話した。

「今日は、妙な話を聞いてきた。作業場で、ロシア人の一人が僕にこう言うんだ。『君はファシストなんだね？　だって、ファシスト以外の日本人捕虜は、もうみんな帰ってしまったんだもの』と。

そこで、

『そんな馬鹿なことないさ。僕は兵隊で、そんなファシストなんかじゃないから』

僕がこう答えると、彼はニヤニヤしながら一枚の新聞紙を出した。ソ連共産党機関紙の『プラウダ』だった。

『ここにチャンと書いてあるから、読んでみたらいい』

そこにはたしかに、『戦犯二四五八名を除いて、日本人の軍事俘虜の送還は完了した』と書かれていた」

しかし彼も私も、この『プラウダ』の記事を信じようとはしなかった。なぜなら、ふたりとも「自分は断じて戦犯などではない」と固く信じて疑わなかったからであった。

ビタミンB2欠乏症

私は、昭和二四年（一九四九年）五月に、ソ連が「日本人捕虜の全部を一一月までに送還する」とマッカーサー総司令部に回答を送っていたことも、また「戦犯を除きすべての日本人捕虜の送還を完了した」というタス通信の発表も知らなかった。だからこそ、楽天主義の私は「凍る海」が溶ける春への期待に胸を弾ませながらしがみついていた。

軽労働ではあったが、冬の間ずっと戸外の労働に従事してきた私は、いつの間にやら、じわりじわりと体力を消耗していった。尻の肉はげっそりと減り、船のタラップの昇り降りにさえ息切れを覚えるようになった。そして昭和二五年（一九五〇年）を迎え、北国の港にも日一日と春の気配が感じられるころ、私の身の上に一大異変がおこった。
私は、船の上甲板（じょうかんぱん）にある大きな船室に起居をしていた。場所は中央付近の下の寝台だった。ある日の明け方近く、私は自分の腰の冷たさで目を覚ました。そのわけを知り、ギョッとした。寝小便をしてしまったのだった。私はうろたえた。そして、頭に浮かんだ最初のことは、この恥ずかしい事実を同僚の目からどうやって隠すか、ということだった。寝小便の跡は毛布をかぶせることでごまかせても、その嫌な臭いは消すことはできない。しばらく混乱した意識のなかで苦慮しつづけたが、ニッチもサッチもいかなくなったとき、私は濡れた藁（わら）布団を甲板までかつぎ出した。そしてうまく仲間が起き出す前に運び出せた。作業から帰ってすぐに取り込もうという算段だった。

一度私を襲った夜尿症（やにょうしょう）は、夜ごとに私を襲い、悩ました。日々の屈辱とその心労で寝不足になり、ますます悪循環となっていった。表の甲板にとり出した藁布団は、水気はとれても臭いまではとれなかった。とれないばかりか日増しに臭気を加えていった。周りの仲間が気づかないはずはない。私はますます無口になり、陰気になっていった。こうした日々が何日もつづいたとき、作業長が医務室での診断を勧めてくれた。

ふくよかな顔の女医さんは、私にいろいろ尋ねたあと、こんなことを告げた。

「これは、ビタミンB$_2$の欠乏から来ています。しばらく作業は休みなさい。そのうち中国へ行ったら野菜もいっぱい食べられますから、あなたの病気も治りますよ」

「中国へ行ったら」という言葉には、一瞬ドキンとした。しかしすぐさま、私はこの言葉を否定した。「そんな馬鹿なことがあってなるものか。それでは、一体俺はいつ帰れるというんだ」と身内からの強い反発があった。この強い反発に力を得て、私は女医さんが漏らした恐ろしい言葉もあえて黙殺してしまった。

私は、診断の結果「ボリノイ」（病人）となり、労働を免除された。作業班から外され、寝所もトイレに近い船室の隅に移された。そこには、同じ病気の仲間が数名ほど集められていた。同じ部隊の初年兵Hもいた。しばらくして、寒さも緩んで港の氷が溶けはじめてくると、私の身体もだいぶ回復してきたので、船内での軽い仕事につくようになった。それは夜間の不寝番の仕事だった。夕食から翌日の朝食までを二、三時間ずつ交代で勤務した。真夜中の勤務でも、もうそれほど堪えなかった。むしろ、街の灯や港に停泊している船の灯が傷心の思いを大いに慰めてくれた。

こうした夜の勤務の思い出のひとコマとして、なぜか決まって次のようなエピソードが思い浮かんでくる。その日、私は真夜中の勤務だった。そのときわずか一時間もの間に二度もトイレに通う兵隊がいた。「彼もトイレが近いんだな」と思ったが、少し様子がおかしい。不寝番の私の前を通るときなぜかつくり笑いをしたり、ちょっと恥ずかしそうな様子をしたりする。その上、行きか帰りかのどちらかに普通の通路とは別のコースを選ぶのである。つまり、必ず一度は寄り道をした。決まって甲板上につき出た上等のキャビンの前を通るのである。この夜は帰り道にそのコースを選んだ。彼は私の視線を感じてか、ほんの四、五秒間立ち止ってそのキャビンをのぞきこむと、「すげぇなぁ」とひと言、感嘆の声を残して去って行った。

私は不思議に思って、彼が立ち止まった場所に行ってみた。その部屋はスチームで暖かそうに煙っている。窓のカーテンも開いたままで、電燈も明るく灯っていた。「何があるんだろう」と思って目を近づけると、若い女性の裸像が飛びこんできた。年令は一五、六歳の美しい少女の胸には、毛布が一枚辛うじてかかってはいるものの、白い下半身を覆うものはなにもない。私は思いがけないものを間近に見てうろたえた。見てはならないものをあえて見た「罪悪意識」に責められて、思わずその場を離れた。あとになって人から、その少女は収容所長のお嬢さんだと聞かされた。

このようにして、不審な男の正体もつかめたのだが、彼の名前もその後のことももう忘れてしまった。いずれにしても、彼は少女の美しい裸像を見ることとで、「生きる喜び」と「人間であることの証」を獲得したのであろう。

モスクワの女子大学生

昭和二五年（一九五〇年）五月、シベリアにも五度目の遅い春がめぐってきた。野にも山にも洪水のような雪解けがはじまる。シベリアの大地はどこもかしこも水浸（みずびた）しとなり、音を立て流れはじめる。それはまさしく、大地が奏でる「歓喜の歌」のようだ。この歌声を聞くと、シベリアの捕虜たちには、またしても「ダモイ（帰国）の夢」が大きくふくらむ。「港の氷が溶ければ、日本の船がやって来る」――、誰もがそう信じていた。

そのころ、私たちの耳に一大ニュースが飛びこんできた。

「モスクワから女子大学生が大勢視察に来るそうだ」

というのである。彼女たちの視察の目的は表向きには知らされていなかったが、それだけにさまざまな憶測が乱れ飛んだ。

「彼女たちは、モスクワ大学の医学生で、収容所内の衛生状態や捕虜の健康状態を視察に来たのだそうだ」

「それは、われわれの帰国のための下準備さ」

捕虜の思考は、何ごとによらず、必ず「帰国」の目標に引きつけられて動いてゆく。すべての捕虜は「さぁ、帰国だ！」とばかり、このうわさのなかで興奮していった。

この待望の女子大学生たちがやってきた。このとき、捕虜たちはみんな外の労働に出かけていて、所内には衛生兵と病人などが一〇名ほど残っていた。私もその中の一人だった。このとき衛生兵を務めていたのが、私と同じ部隊のU下士官だった。彼は現役志願の下士官だったが、気持ちのやさしい、明るい性格の上、美貌でもあった。そんなことで、「女医さんのお眼鏡に叶ったんだろう」とうらやむ人も多かった。

この彼が、妙なことで到来の女子大学生と関わりを持ってしまったのだ。彼女たちは、収容所に到着してからずっと医務室を離れなかった。ラーゲルの女医さんとばかり話をしていた。部屋の見まわりなどまったくしなかった。女医さんとどんな話をしたのか、何の目的で来たのかもわからないまま、その日のうちに帰って行った。

しばらくして、船内に奇抜な話が伝わりだした。

奇抜な話というのはこうである。彼女たちはどんな目的か、またほんの出来心（できごころ）なのかわからないが、「日本人捕虜の精液が顕微鏡でのぞきたくなった」と言うのである。彼女たちは女医さんに所望した。そこで女医さんは、側にいた衛生兵（助手）のUに命じた。

「〇〇〇〇、これにあなたの精液を入れてきなさい」

と言って一本の試験管をさし出した。Uが顔を赤らめてモジモジしていると、

「トイレでオナニーをして出してきなさい」

と、平気な顔で重ねて命令した。彼はスゴスゴその場を去って命令を実行したというのである。

これはやがて全収容所に知れ渡ったが、多くの者は捕虜の屈辱を怒るより、帰国の夢の消えたことの方を残念がった。

（一〇）ハバロフスク収容所

アムール河のほとり

やがて日増しに日射しも強まり夏めいてきた。そんなある日、収容所長の次のような命令が伝えられた。

「みんなは、これからハバロフスクに向かって移動する。しばらくはそこで労働することになるが、ほどなく同地区の仲間たちと一緒に帰国の運びとなるから安心せよ」と。

私たちは、このときはじめて行き先を告げられた。そのために私たちはこの命令の「真実性」を確信す

ることができた。「ダモイ、ダモイ」でだまされつづけた捕虜たちも、ここでまたその「ダモイ」を信じて、心は夏空に高く舞い上がる思いだった。

こうして、また貨車に乗せられた。貨車は、シベリア鉄道をウスリー河に沿って北上したが、捕虜たちに迷いはなかった。貨車はウォロシロフ、スパスク、イマンの町々を経て、約七五〇キロメートルの長旅を終えた。到着したところは、まさしく約束の地ハバロフスクだった。ここは言うまでもなくシベリア屈指の都市で、当時約三〇万の人口を擁していた。ウスリー河を併せて水量豊かなアムール河のほとりに位置し、緑も豊かな水の都という印象を受けた。

我々はこの街の「第七ラーゲル」に収容された。そこにはすでに、二〇〇名ほどの先着部隊がわれわれを待っていた。彼らは、遠くカザフ共和国のカラガンダ地区から移動して来たという、第三九師団所属の兵士たちだった。ここで、われわれ第五九師団関係者を併せて約一〇〇〇名の集団が構成されたわけである。ここでまた、「赤旗の歌」くらいは歌う程度の民主運動がはじまった。それは、すでに捕虜の習慣性となっていたので、別に異を唱える者もいなかった。少し前までは「反動」のレッテルを貼られていた私も、いつしか彼らと同列の人と見なされていた。

このラーゲルにはまたドイツ、スペイン、イタリーなどの捕虜もいた。彼らは、私たちとは接触できないように隔離されていたが、それでも金網越しに互いの様子を見ることができた。彼らはなぜか血色もよく、服装もきれいな上に、態度も堂々としていた。彼らは、日本人の捕虜が赤旗を掲揚し、「赤旗の歌」を歌うのをいつも不思議そうな眼差しで見ていた。

ここでの作業は、比較的に軽い労働だった。私のビタミン欠乏症もなぜかウラジオを離れると同時にピタリと止んだ。再び労働に復帰して、おもに建築現場の雑役夫を務めた。大工の足りないときには、ちょっとしたカンナ削りや釘打ちの仕事もした。これはわずかな間の経験だったが、帰国後の日常生活の上で大いに役立った。押し入れのなかの棚づくりや犬小屋作りなども、おかげで気安く取り組めた。

このころ私の所属した作業班は、市内の住宅づくりをしていたが、こんな思い出が残っている。その建設はなぜか急がれていた。監督は毎日現場に現われて督促する。毎日来て見てもヤポンスキーは柱一本も立てずに、柱を削ったり壁になる半丸太を裁断したりしているばかりだ。その家は、日本でいう山小屋式の住宅で、シベリアではどこでも見られる民家の様式である。監督は、やきもきして来るたび、

「ダバイ、ダバイ、ベストレー（早く、早くやれ）」と、声を荒らげて督促する。捕虜の作業長は、その都度こう説明する。

「日本の大工の工法は、ソ連とは違います。ソ連では、柱を一本ずつ立て、それの長さに併せてまた次の柱を立てるというやり方ですが、日本では、全部の柱や壁材などをすっかり準備してから、一気に建て上げるのです。安心して任せて下さい」と。

その都度監督は半信半疑で帰って行くのだが、彼もとうとう待ち切れなくなって、ある日こう切り出した。

「君たちのいう『棟上げ』とやらを〇〇日までにやりなさい」

作業長は、大工に諮ると、その場で「ＯＫ」と答えた。

その約束の日が来た。私たちは朝から総動員でこの棟上げ工事に取り組んだ。そして午後四時ころには全部の柱が立ち、屋根の形も整った。作業終了間際に現場監督が現われると、彼は大声を挙げてこう叫んだ。

「オォ、ヤポンスキー、ハラショウー！　オォチン、スパシーバ！（おぅ、日本人はすばらしいよ、本当に有りがとう！）」

監督は、新聞紙の上にありったけのマホルカをとり出すと、「さぁ、君たち！　休憩してこれを吸いたまえ！」と、みんなを呼んだ。

また、私たちはアムール河のほとりで作業をすることもあった。そこは市民が憩う場所のようであり、階

段状のベンチが並んでいた。このベンチの板を修理した。この付近はウスリー河とアムール河の合流点に近く、水量は豊かで溢れるように流れていた。湖のように広くて、向こう岸も遠くに見えた。河岸の揚柳(やなぎ)の木々も青々と繁り、気の早い若者たちが嬉々として水浴を楽しんでいた。それは、胸に迫るような「平和の姿」だった。やがて近づく帰国の夢を重ね合わせながら、そぞろにエキゾチックな感慨に打たれた。

このハバロフスクに来て早くも二ヶ月が過ぎる。あと一ヶ月で五回目の敗戦記念日が訪れようというとき、つまり、昭和二五年(一九五〇年)七月一五日のこと、突然、収容所側から私たちに次のような通達があった。

「明日、諸君は帰国のためここを出発する。所持金はすべて本日中に使用し尽くすこと」と。

ウラジオを出るとき、このことはすでに予期していたとはいえ、いよいよその日が来るとなれば、気も動転するほどに嬉しい。だれも彼もただこのことだけを胸に抱いて、あらゆる苦難に耐えてきたのだった。

この日、所内にはにわかづくりの「売店」ができた。みんなここで、パン、ペロシキ、スメターナ、タバコなどを買い求めて、嬉々として談笑をつづけた。そこには、もう「捕虜」の暗さはなかった。どの顔も明るい「人間」の顔に立ち返っていた。文無しの私とても、その例外ではなかった。心満ち足りながらも、眠れぬ一夜だった。

「ダモイ(帰国)列車」

眠れない一夜が明けた。それでもみんなの顔は明るかった。やがて、嬉々としてラーゲル内外の清掃にとりかかる。早く、また入念にと心をあわせる。「飛ぶ鳥跡を濁さず」の古い道徳は、いまなお生きつづけている。そして出発である。誰の足どりも軽い。

日本の全面降伏により、ソ連軍の軍事捕虜となった者は、約六〇万人といわれる。その中には、関東軍将兵のほかに旧「満州国」の官吏・警察官・協和会職員[注30]から、新聞記者や会社員にいたるまでが含まれた。彼らは、粗末な収容所に分散させられて、森林伐採、鉄道建設、炭坑作業、道路工事、住宅や工場の建設などの重労働に使われた。さらに人びとの苦しみは、空腹、極寒、民主運動などで倍加された。にもかかわらず、彼らはこれによく耐えた。それはただ、みんな一様に、「ダモイ（帰国）の夢」を捨てなかったからである。

敗戦後五年を経過したいま、ここハバロフスクには、まだ四つの捕虜収容所が残されていた。「戦犯ラーゲル」には、ソ連で刑を受けた二〇〇〇名の日本人捕虜が監禁されており、「将官ラーゲル」には、関東軍の将官、旧「満州国」の日本人高級官僚・司法官（噂では、旧「満州国」皇帝・総理・各大臣らも）[注31]など数十名が収容されていた。他の二つは「一般ラーゲル」であり、ここには、合計一〇〇〇名足らずの日本人捕虜が残されていた。

いま「ダモイ列車」への行動を起こしているのは、「戦犯ラーゲル」を除く三つの収容所をあわせた約千名の人々であった。私たちが歩いて到着したのは、ハバロフスク郊外の荒涼とした無人駅だった。そこには長い車両を連ねた貨車が待機していた。それは穀物輸送用のものを改造した、錠のかかる頑丈な有蓋貨車だった。その貨車の上には、前方から後方へと何本かの電話線らしいものも引かれていた。また貨車には、私たちが作業中しばしば見送った「ダモイ列車」のような飾りつけが何ひとつない。私たちが見たどの「ダモイ列車」も、プラカードを掲げ、赤旗やむしろ旗をおし立てていたものだったのに……。

私たちは、少し不安を覚えながら乗車した。やがて「民主委員会」から、「アクチーブ肩章」を返納せよ、という触れがまわる。アクチーブとは、シベリア民主運動の中での積極分子であり、肩にその印の記章をつけていたのだった。本人にすれば、人一倍の努力（労働・学習・アジ〔アジテーション（扇動宣伝）〕）によって勝ち得た「宝物」であったろう。そこには、大きな自己満足や、他人に対する優越感も潜んでいた。この大切なものを返納とは何ごとだ？　彼らの意識も混乱した。ある者は、そのアクチーブ章をはぎ取ると、怒りをこめて地面に叩きつけ、足で踏みにじった。「だまされた」、「裏切られた」とでも思ったのだろう。

こうした人びとの不安をよそに、私たち九六九名をのせた「ダモイ列車」は、静かに動きだした。シベリア鉄道本線上をアムール河沿いに、一路ウラジオストック方面へ南下しつづける。

すべての車両は重い鉄の扉を閉ざされ、外には頑丈な錠前がかけられていた。

この列車に乗っていた人たちは、大きくわけて、軍人関係約六百名、官僚・憲兵・警察官約三五〇名であり、その階級的な構成は、将官クラス約二〇名、佐官クラス約一二〇名、尉官約一六〇名、下士官兵約六六〇名であった。師団別では、第五九師団の約二五〇名、第三九師団の約二〇〇名が圧倒的に多かった。

注30　国民総動員組織である大政翼賛会のモデルとなった翼賛組織。「満州国」内のすべての民族や物資を戦争遂行に協力させることを目的とした
注31　同じ時期に、「満州国」皇帝溥儀は、弟の溥傑らと共に中国に引き渡された

(一一)奈落の底

私たちを乗せた「ダモイ列車」のなかは暗かった。有刺鉄線をめぐらした高い二つの小窓から、わずかな陽が差しこむだけだった。それに、大陸の真夏の太陽が情け容赦もなく照りつけるので、車内はまるで蒸風呂のようだ。おそらく四〇度にはなっているだろう。流れ落ちる汗を拭いぬぐいしていた兵隊たちは、全員裸になった。交代で高窓に顔を近づけて涼をとるのだが、それも熱風さながらだ。

この灼熱地獄のなかで、兵隊たちは、ただただ一つのことだけを考えあぐんでいた。なかの一人がポツリとつぶやく。

「ほんとに、俺たちは日本へ帰れるだろうか?」

「帰れるさ、所長が明言したんだもの」

それは、大方の兵隊の思いをのべていた。私もそう思った。そう思うことでこの灼熱に耐えることができた。またこの「楽天主義」こそは、長い抑留生活の中でおたがいが身につけてきた「保身術」でもあった。鉄条網の中の捕虜には、なに一つとして真実は伝えられないので、自分の明日を思い悩むことは「百害有って一利なし」だった。牢獄生活を生きぬくためには、何よりも「くよくよしないこと」だ。「明日は明日の風が吹く」、「待てば海路の日和あり」だ……。こんな楽天主義を身につけることだった。

しかし懐疑派もいる。その一派はこう言った。

「君たちは甘いよ。この貨車のざまを見てみろ。こんなダモイ列車があるか？　まるで囚人輸送車じゃないか。やっぱり、俺たちは中国へ送られるのさ」

「そういえば、作業場の労働者は、『捕虜の送還は終わって、残っているのは戦犯容疑者だけだ』と言っていたなあ」

「そうだ、また俺たちはだまされたのだ。チクショー、ロスケの野郎、最後の最後までだましやがって！」

こうした言葉には、確かに迫力があった。楽観論者の胸にもこたえた。それは、だれもが秘めておきたい「古傷」をかきむしられるような辛さを与える。この辛さに耐えかねて、楽観論がまた息を吹き返してくる。

「だが、俺たちは戦犯ではない。たしかに戦争はしたよ。それもみな天チャン〔天皇〕の命令じゃないか。俺たち一兵卒が戦犯である訳ないだろう」

「そうだ。そうだとも」

と、多くの兵隊があいづちを打つ。そして、五年間のソ連抑留中しばしばなされた「帰国論争」が決まってそうだったように、ここでもまた、「楽観論」が優勢を占める。

「いやしくも、ソ連は世界の大国だよ。それが、自国でつかまえた捕虜にしろ、戦犯にしろ、他国へたらいまわしするなんて、そんなみっともないことする訳ないじゃないか」

この他愛もない論理は、不思議にも多くの捕虜を説得する力を持っていた。蒸し暑い貨車の中に一陣の涼風が流れ込んできように、兵隊たちは胸をなで下ろした。

シベリア大陸では、真夏でも日が沈むと気温はグングン下がり、夜はうすら寒くさえ感じられるのだが、このスシ詰めの貨車のなかでは丁度居心地のよい程の温度だった。そして列車は、相変わらずナホトカ方向に向かって南下をつづけている。捕虜たちも、いつしか安らかな寝息を漏らしながら、ぐっすりと深い眠りに落ちこんでしまった。翌日の太陽が高く昇ったころ、貨車はとある引込線に入って止まった。

「大休止だ！」という号令で貨車から降ろされた。ホッとして深く吸い込む大気の何と清々しかったことか。ここで飯を炊いて食べた。食べ終えると長い時間、木陰でノンビリと休む。涼しい風の中でくつろぐ人びとの顔には、何の屈託もない。まだ、だれもが「帰国の夢」をいまも追いつづけているようだ。

やがてまた、列車はノロノロと動き出した。ところが、本線に出たかと思ったら間もなく駅のホームらしいところに停車した。するととたんに誰かが大声を挙げた。

「あ、グロテコだ！」

これを聞いて、車内は騒然となった。

われわれを乗せた列車は、シベリア本線の分岐点であるニコリスクを知らないうちに通過してしまったのだ。この列車は、もうナホトカを目指す路線上にはないのだ。われわれの眼と鼻の先にあるのは、中国の綏芬河だ。そうとわかれば、どんな楽天主義者でもこの現実を正面から凝視しない訳にはいかない。そうだ、「中国への移管」はもはや、動かしえない決定的な現実となったのだ。一瞬にしてすべての人の光明は絶望へと転落し、「奈落の底」に落ちてしまった。すべての車両は、蜂の巣を叩き落としたように、最早収拾する術もない状態となった。腹を括った車両長は、こう怒鳴った。

「みんな聞け！　こうなったからには、ジタバタしても駄目だ。みんな一緒に死のうじゃないか」
「死」という決定的な言葉を聞いて、みんな水を浴びせかけられたように静まり返った。「奈落の底」に叩き落とされた捕虜たちは、このようにして自分の「最後」を覚悟することによって、一応平静をとり戻した。またある者は、「運命」としてあきらめた。またある者は「何とかなるさ」という楽観的な習性によって、またある者はさらに楽観的に「中国経由の帰国」を考えて、落ちつきをとり戻した。そして、みんな一様にしばらく放心状態のままでいた。

　私は貨車の小さな高窓から、ただぼんやりと外を眺めていた。昔日本軍の軍事探偵が暗躍したというこのグロテコの街には、赤い屋根をいただく白壁の家並みが静まりかえり、白楊（はくよう）の緑や向日葵（ひまわり）の花が燃えるように鮮やかだ。やがて、駅が騒然としてきたと思うと、沢山の大砲を積んだ列車がやってきた。大勢のソ連兵がホームに降り立って点呼を受けたと思うと、威勢のいい靴音を残して去って行った。何本かの車両が行き来したが、私たちを乗せた車両は動く気配もなく、ここでまた夜を迎えた。奈落の底であえぎ苦しんだ捕虜たちは、ぐったりとして泥沼のような眠りに落ちた。

　ふたたび朝がめぐってきた。昭和二五年七月一八日の朝である。その明け方、列車はまた動き出した。快晴の今日もこの大陸にはまた灼熱の太陽が昇ることだろう。汽車はわびしい汽笛を鳴らしながら山を登った。トンネルに入り、間もなくトンネルをぬけるとそこは「綏芬河」だった。まちがいなく中国の領土だった。

第4章　撫順戦犯管理所の六年　監獄が自己改造の学校であった

(一) 綏芬河(すいふんが)から撫順(ぶじゅん)へ

ソ連のハバロスクを出発して、ようやく、中国の国境の街・綏芬河までたどりついた列車は、しばらくして全車両の扉が一斉に開かれると、ソ連兵が「全員下車だ！」と大声でふれまわった。時刻は、夏の太陽が山を離れて、そろそろ暑さを覚えはじめるころだった。

地上に飛び降りると、まっ先におびただしい数の警戒兵が眼に飛びこんできた。彼らは皆、ま新しい草色の軍服に「中国人民解放軍」の胸章をつけていた。緊張した面持ちだったが、彼らは少年のように初々しかった。大柄で粗野なソ連兵を見慣れてきている私たちには、新鮮で好感がもてた。

いよいよ身柄のひき渡しである。日本人九六九名の身柄が、ソヴィエト社会主義同盟から中華人民共和国へ移管されようとしている。両国の代表者の立会いのもとでの厳粛な儀式である。捕虜の名前が一人ひとり読み上げられる。不動の姿勢で両国政府の責任者の前に立つ。一人ずつチェックされ、ソ連側から中国側の手に移される。このとき、私たちはいままでの単なる労働単位から、名前をもつ一人の人間として認められたのだという、不思議な感動を覚えるのだった。

この儀式を終えると、中国兵が両側に立ち並んでつくられた通路を歩いて、すこしはなれた列車に導かれた。それは、ソ連では一度も乗ったことのない客車だった。

「すごいなー、客車じゃないか！」と。

子供のような歓声があがる。掃き清められた座席に四人ずつが向きあって座るとなぜか涙が溢れてきた。まもなくまたざわめきが起こる。思いもよらない看護婦さんの登場であった。断髪の若い看護婦さんは、にこやかにこう尋ねる。「病人はいませんか？」「気分の悪い人はいませんか？」と。また日本語の堪能な係官が親切に「何か欲しいものはありませんか？」と一人ひとり顔を覗きこむようにして尋ねてまわる。客車が動きはじめてしばらくすると、昼食が配られた。それを見てまた驚いた。白い万頭（マントウ）、焼豚、ゆで卵、肉入りスープ、漬物に熱い中国茶だ。そして、

「食べられる人は、たくさん食べてくださいよ！」

と言い添える。思いがけないご馳走に、皆眼を丸くしながらかぶりついた。存分に食べ終ると、捕虜の顔にもやっと人間らしい笑顔がよみがえった。そしてやがて心地よい満腹感で、安らかな眠りに落ちた。

翌日も客車は走りつづけた。窓ガラスに貼られた新聞紙の隙間に眼をあてて外を眺める。豊かな農作物に満ちみちた農村風景が、現われては消え、消えては現われる。シベリアでは見られなかったこの広大な緑の田園風景は、私たちにおだやかな安らぎと親近感を与えてくれたのだった。

この列車は、ハルピンから南を指して走りつづける。長春（旧新京）を通過するとき、思いがけない国内戦の傷跡を見た。何棟もの建物が焼け落ち、組みこまれた鉄骨はひん曲がって赤く錆（さ）びついていた。仲間の何人かはここに住んでいた。ここに妻子を残した人もいた。このような暗い風景を見るとまた心が沈む。そして何回となくこんな言葉が、溜息のようにはき出された。

「我々はどこへ連れて行かれるのだろうか？」

撫順戦犯管理所正面入口

列車は停車した。一九五〇年七月二〇日午前三時だった。田舎じみた小さな駅である。低い禿山（はげやま）が間近にせまり、その山の上には石の塔がひとつ立っている。誰かが叫んだ。

「あ、撫順（ぶじゅん）だ！」

駅の標識には、たしかに、「撫順東站〔撫順東駅〕」と書かれていた。

（二）「撫順日本人戦犯管制処」

降りたった野原のなかの駅は、まだ薄暗く、うすら寒さを覚えた。私たちは事両ごとに隊伍を組んで構外に出る。するといきなり、空恐ろしい光景にぶつかった。私たちの歩く道の両側には、銃剣を構えた兵隊が約一〇メートルの間隔に立ち並び、付近の民家の屋根には機関銃が据えつけられている。思わず背筋に冷たいものが走った。それはこれからの私たちの運命を暗示するかのようだった。暗い気持ちにとらえられながら、黙々と二〇分ほど歩くと、やがて高いレンガ塀に囲まれた大きな建造物の前に着いた。その大きなアーチには、「中華人民共和国東北人民直轄監獄」という大文字が、威圧するように高く掲げられている。

「ウァー、やっぱり監獄入りか？」

だれもがたじろいだ。やがて順番にその監獄のなかに呼びこまれる。事務所らしい最初の建物の門柱には、なんと墨痕（ぼっこん）鮮やかに「撫順日本人戦犯管制処」（以後「管理所」と呼ぶ）と書かれていた。これですべてが読めた。ハバロフスク出発以来捕虜の胸のなかに去来しつづけた「帰国の夢」は、ここで完全にうち砕かれてしまった。

やがて監視兵に導かれて、長いコンクリートの廊下の角を何回も曲りくねりながら、それぞれの獄房に導かれた。それらの大部屋（三、四所）には一七人、小部屋（五、六所）には五人が入れられた。

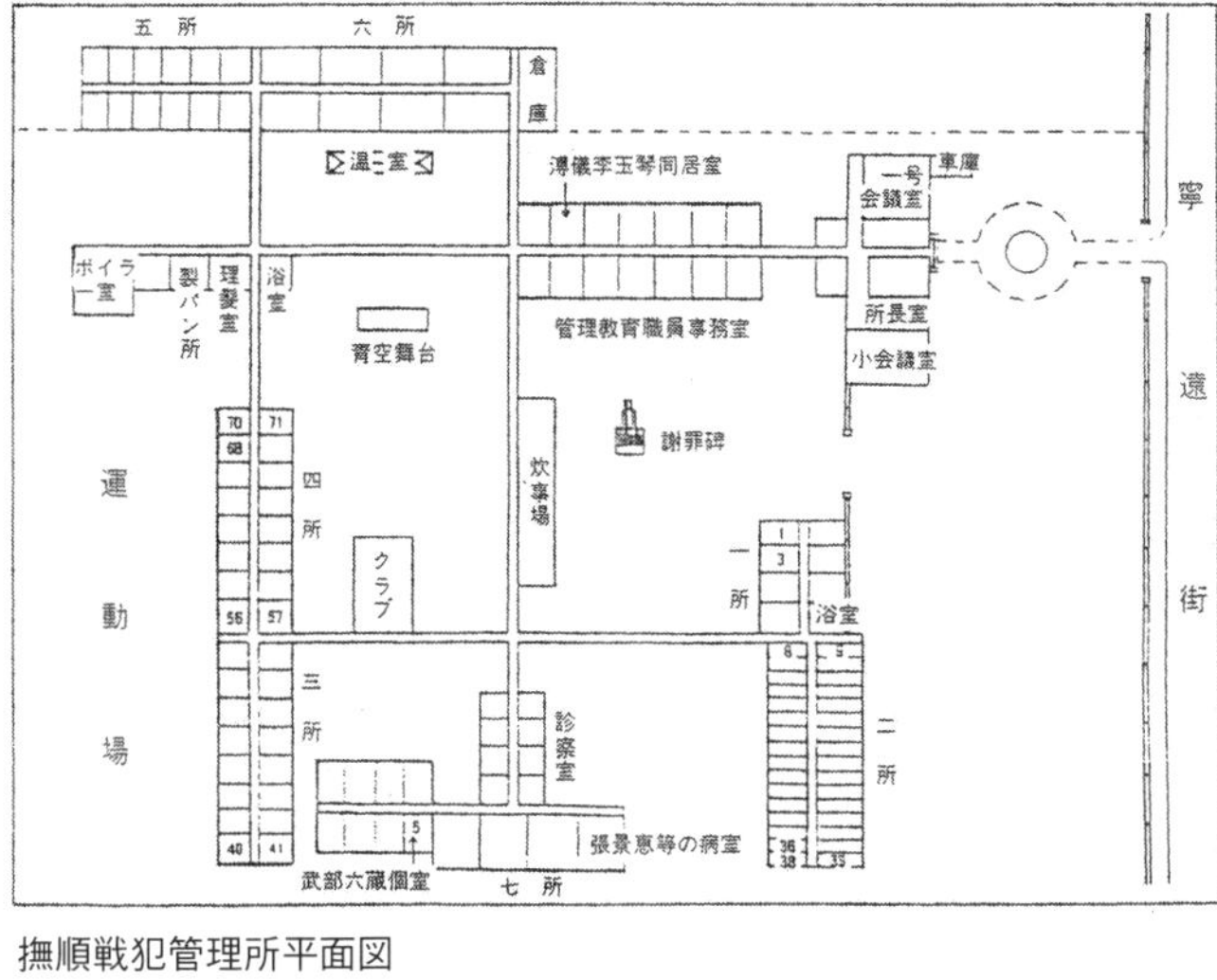

撫順戦犯管理所平面図

私は五所の小部屋に入った。入口の鉄の扉が閉められると、外からガチャリと施錠されてしまった。その音は地獄に投げこまれたような不気味さを伝えた。隣の部屋とは厚いコンクリートの壁で仕切られていた。

私たちが収容された「撫順戦犯管理所」は、渾河（こんが）の北岸二キロのところにあり、撫順城駅までは一・二キロの地点に位置していた。その直ぐ北側には高爾山（こうじさん）が迫り、その頂上には、今から九〇〇年前（元の時代）に建てられたといわれる石の古塔が望まれる。私たちはここでの六年間の監獄生活のなかでいつもさまざまな思いをこめてこの塔を仰ぎ、それと語りつづけてきた。この山のふもとには、張作霖（ちょうさくりん）が敷設したという瀋吉線（しんきつせん）が東西に走っていた。また、管理所の西側一帯は一面の野菜畑だった。

管理所の総面積は四万平方米で総建物面積は七〇〇〇平

方米あったが、これは昭和一二年（一九三七年）ころ、当時の「満州国」が「反満抗日分子」を投獄するために設立されたものと聞く。当時ここでは、眼を覆うような拷問が日夜繰り返され、多くの中国人の命が闇に葬られていったという。終戦当時この監獄の所長を務めていたO氏は、皮肉にも我々と一緒にここに監禁された。

管理所の建物はすべて平屋で、炊事室、医務室、浴場などのほかは、第一所から第六所まで〔の監房が〕あり、第三所と第四所だけが一五～一七名収容できる大部屋で、ここには尉官以下兵隊クラスの戦犯が収容されていた。大部屋の内部は、綺麗で明るかった。入口の鉄の扉についたのぞき窓さえなければ、どこかの運動部の合宿所とまちがえそうであった。各部屋は二メートル幅の通路をはさんで、両側に高さ五〇センチほどの床（とこ）がしつらえられ、その上には小ぎれいなゴザが敷かれていた。両側の壁にそって、各人のま新しい寝具が折畳まれて並んでいた。天井も壁もクリーム色のペンキで綺麗に塗りあげられ、庭に面し、鉄格子（てつごうし）のはめられた窓は曇り硝子のために外界は見えないものの、開口部が大きいので、何時も明るい光線が部屋いっぱいに差しこんでいた。これは日々の生活のなかで大きな救いとなった。

（三）豊かな食事

長い最初の一日が暮れて、夕食の時間になった。所内がざわめきはじめたと思うまもなく、看守人が扉の鍵を開けて、大きな食缶二本を部屋に運んできた。缶の一本には炊き立ての固い高粱飯（コーリャンめし）〔雑穀米のこと〕、もう一本には大根と豚肉をたっぷり煮こんだ副食があふれていた。その食事の見ごとさを見ただけで感動してしまった。それこそ長いこと忘れていた、暖かくて香り豊かなまさに「人間の食事」だった。シベリアの晩飯は、いつも三五〇グラムの黒パンとわずかな塩漬けの魚と野菜を刻みこんだスープだけだった。たまに魚の代わりに肉が入っていても、それは缶詰の肉か羊の乾燥肉だった。その食事と今日の食事はまったく味が違っていた。そして何よりも量が多かった。

今日ばかりは、慢性飢餓の胃袋も十分に満足した。そのうえ看守が「食事は足りましたか？」と各部屋に声をかけて回ってくる。

「中国では食事のお代わりができるんか？」といぶかりながらも、だれも「得たりやおう」（「しめた！」の意）とばかり追加注文してしこたま食べた。私たちは長い間のかなわぬ願いを果たすことができた。人間にとって満腹感とはこんなにもすばらしいものだったのか。私たちはこの幸福を与えてくれた中国に感謝した。先刻来胸をふさいでいた「戦犯」の暗い影をいつしか払いのけ、中国での一夜を安らかに眠ることができた。

充実した食事の様子

そのうちに、高粱飯が真っ白い米の飯に変わった。管理所の職員たちが一日に二食の高粱飯しか食べないのに、私たち戦犯は悠々と白米飯を三食摂っていた。「日本人は米が常食だから米の飯を与えよ」という中央からの指示があったらしい。その後も、日本人の好きな様々なものを食べさせてもらえた。おはぎ、お寿司、餅、さらには蒲鉾（かまぼこ）までも食べさせてもらった。

（四）五所の小部屋

私は最初五所の小部屋にいた。部屋の仲間は四人で、難波章二君が室長を務めていた。入所した翌日には新しい被服一式が与えられ、各自に収監番号がつけられ、顔写真を撮られた。六八一号が私の収監番号で、これからは名前ではなく、この番号（リューパイ・パースー・イー）で呼ばれる四人生活がはじまることになった。

部屋は明るくこざっぱりしていた。窓の外側には鉄格子がはめられていたものの、南向きの窓は大きくて、部屋いっぱいに明るい光線を送りこんでいた。壁に沿ってキチンと折り畳んだ布団や毛布は真新しかった。北側の鉄の扉には小さな「のぞき窓」があるが、これを除くと「療養所」という感じだった。

三度三度の食事は看守が運んでくれ、そして下げてくれた。労働はなく、朝と晩の二回、便所と運動を兼ねて三〇分ほど戸外に出されたが、あとの日中の時間は各人の自由にまかされていた。皆壁際に整頓した布団に背を当てながら、雑談にふけったり、うつらうつらしたりしていた。時々看守が回ってきて小窓からなかをのぞいていった。ある日仲間の一人が寝そべっていたら、看守は穏やかな声で、「病気ですか？」と気遣う。そうではないと答えると、「それなら起きていたらよいでしょう」と静かに注意するだけだった。その後も看守は大声を上げたり、ましてや私たち戦犯を罵ったり、殴ったりすることは一度もなかった。

撫順戦犯管理所の職員は、人民解放軍の兵士たちであり、かつて日本軍と戦闘を交えた人や肉親を日本軍に奪われた人が多かった。〝恨み骨髄（うらみこつずい）〟のはずのこの戦犯たちに、彼らはどんな思いで、キリスト者のような高い愛情を注いでいたのであろうか？　帰国後だいぶ経って、管理所の先生方と交流ができるようになって、その真相を知ることができたのだった。

管理所職員の多くはこの「不愉快な仕事」から逃げ出そうとして、朝鮮戦争へ志願する人も多かったという。多くの人は日本の戦犯が一日も早く処分されることを願っていた。炊事員のなかには、自分たちが高粱飯で戦犯が白米飯であることを恨んで、「釜のゴミくらいが何だ、奴らが食おうが食うまいが勝手にしろ！」と広言したり、また理髪員のなかには戦犯の髪の毛をわざとぶざまに刈って、「ざまあ見ろ！」とうそぶく者もいたとか。当然なことであろう。これに対し、中央の指示は厳しかったという。

一、日本人戦犯を罵(ののし)ったり、手をかけてはいけない。

二、医療の完全を期し、一人も死なせてはいけない。

三、食事などは日本の民族習慣にあったものにすること。

管理所では、この中央の指示を完全に実施するために、何回となく学習会や検討会を開いて、職員全員の思想の統一を図ったという。私たちはそのころ、中国側にこの血を吐くような苦しみがあったことなど知る由もなかった。

管理所の大部屋（左奥の小部屋は便所）

（五）大部屋での生活

一ケ月くらい経って、私は第五所から第三所の大部屋に移された。ここには一七名ほどの仲間が雑居していた。兵隊もいれば憲兵や「満州国」の警察や官吏もいた。皆下級者ばかりだった。当時中国政府は、日本人戦犯に対する三等級の給仕規定を決めていた。将官待遇、佐官待遇の人々は、区別されて第五所

と第六所とに集められていた。第三・第四所の私たちの待遇が、最下位の尉官以下待遇というものであった。[注32]

大部屋での生活も前と変わらなかった。毎日「上げ膳下げ膳」で腹一杯の食事をし、労働もなかった。毎日朝食と夕食の後に運動場の隅の大便所に行き、その後三〇分ほど運動をする。週に一回は部屋ごとに入浴もできた。それも日本式の大きな湯舟にとっぷりと浸れた。月に一回は理髪室で調髪してもらった。シベリアでのことを思えば、ここはまるで「天国」のようなものだった。飢餓の苦しみから解放され、ありあまる自由の時間をもてあましていた。

一日ゴロゴロしながら、お互いに身の上話や世間話、果ては猥談までをしあったが、やがて種も尽きて飽きてしまう。そこで、退屈しだした仲間たちは、囲碁や将棋から花札、トランプ、マージャンなどの遊び道具を作りはじめた。ご飯ツブをつぶして糊にして、紙を張り合わせて作った。紙を長い時間水に浸してからほぐし、よく糊を利かして乾燥すると、ずっしりとした碁石、将棋の駒、マージャン牌や花札

管理所内の湯舟

が完成した。碁石の白は歯磨き粉を使い、黒は表から持ちこんだ煤を利用した。各部屋では、はじめは隠れるようにして遊んでいたが、やがておおっぴらにやりだした。看守は見ても見ないふりをしていた。

注32　「将官」とは「大将・中将・少将」階級の軍人や警察・憲兵たちを指す。同様に、「佐官」とは「大佐・中佐・少佐」の階級の総称、「尉官」とは「大尉・中尉・少尉」の階級の総称である。「尉官以下級」とは「下士官」である「曹長・軍曹・伍長」と、「兵」である「兵長・上等兵・一等兵・二等兵」をまとめた総称

（六）ハルピン監獄に移る

この年（昭和二五年）の一〇月ころ、各部屋に中国語の新聞が入り始めた。その情報から朝鮮戦争の模様もわかってきた。米軍の方が優勢で、三八度線を突破して鴨緑江にせまる勢いだった。私たち戦犯は一様にこれを歓迎し、やがて我々は米軍によって救出されることを夢想した。そうした一〇月の下旬のある日突然、孫明斉（ソンメイサイ）管理所長の管内放送があった。要約するとこういうことであった。

「朝鮮戦争は、諸君も知ってのとおり、いま重要な段階にきている。この撫順市もいつ爆撃を受けるかも知れない危険性がある。管理所は諸君の安全を守るためにハルピンに移動する。出発は明日である」

日本人戦犯たちは黙って聞いていたものの、仲間のなかには、

「ハルピンに移動するといって、本当はまたシベリアに送り返すのじゃないか？」

「米軍の来る前に、どこかの山中で処分されるのでは？」

などと疑う者もいた。

しかし私はこう思って感激していた。

「シベリアの五年間、我々はただの一度も行先を教えてもらったことはない。彼らはいつも『帰国だ！』と言ってあざむいてきた。思えば天地の差がある。中国では我々を人間として扱ってくれているのだ」と。

私たちを乗せた列車は、所長の言葉どおりたしかにハルピン駅に到着した。「尉官組」の多くは、さらに北数十キロ先の呼蘭（こらん）監獄に送りこまれたようだったが、私はなぜかここで降ろされ、佐官以上の連中と一緒にハルピン監獄に監禁されることになった。

味噌も糞もいっしょ

ハルピン監獄は松花江にほど近いキタイスカヤ街の外れにあった。レンガづくりでがっちりした建物だったが、古びていて暗くて狭くて陰気くさかった。この監獄は、戦争中は「道裡監獄」と呼ばれた秘密収容所であり、ここも中国の抗日烈士たちが虐待され殺害された恨みのこもる場所だったという。

私たち六人はこの監獄の小部屋に入れられた。四畳半ほどの暗いコンクリートの小部屋の廊下側は太い鉄棒の埋まったガラス戸なしの窓で、なかがまる見えだった。

その内側に二段の寝台が作られていたので、上下に分かれて寝た。薄汚れた壁には、「徹底抗日」などの落書きと南京虫をつぶした跡があった。さらに驚いたことには、便所は部屋の隅にむき出しのまま設えられていて、いつも水がチョロチョロと流れていた。ここで、皆の面前で用便を済まさなければならない。

これには皆あわてた。恥ずかしいだけではない、狭い部屋にこもる糞便のにおいは到底防ぎようもない。そればかりか、便所のなかに突き出た小さな管から流れ出る水で、歯を磨き、顔を洗い、箸や食器も洗えというのである。

この水洗便所から出ている水そのものはたしかに水道の水にちがいない。だが出てくるところが悪い。便所からはどうしても不潔感をとり除けない。

「まるで味噌も糞もいっしょじゃないか」と。

私たちは大いに反感をもった。だがここでの生活ではこうする以外に方法がないとわかれば、イヤでも我々の生活のしきたりを変えないわけにはいかない。しかし一〇日も過ぎたころには、だれも彼も抵抗したこのしきたりにすっかりなじんでいった。便槽をきれいに洗って水をため、その水で体を平気で洗ったりもした。

遊びに明け、遊びに暮れる

ハルピンの冬は早かった。到着後ほどなく獄房にスチームが入った。寒さ知らずの冬を迎えた喜びは大きい。お粥ではなく歯応えのある固いご飯を食べ、新鮮な野菜や、魚や肉をふんだんに食べることができた。私たちは苦しかったあの慢性飢餓からも極寒の労働からも、すでに解放されている。そしてありあまる時間が与えられていた。この生まれて初めて〔手にした〕恵まれた時間を、私たちは狂った人間のように「遊び」にふりむけた。小部屋の六人は撫順の各部屋からの寄合い世帯だったが、将棋、碁盤、碁石、花札、マージャンなどの遊び道具をそれぞれにもち寄ってきていた。

私自身は昔から遊びごとは得意ではなかった。わずかに少年時代に祖父から習った将棋は知っていたが、それも負けずぎらいの私は兄との試合に負けての悔しさから「勝負ごとは私には仇である」と決めてかかっていた。だが、この環境ではそうは言っていられない。本が読めない環境での退屈病の治療は皆に溶けあって遊ぶしかない。まず囲碁は師範格の渡辺長吉さんから習い、花札やマージャンは皆から習った。

こうして部屋の遊びの体制が整うと、いよいよ連日の遊び合戦が始まった。朝食の後始末が終わると早速遊び開始である。まずA対Bが囲碁、C対D、E対Fが将棋、つぎにE対Fが碁で、A対B、C対Dが将棋というように、三回転すると各人はいずれも囲碁を一回、将棋を二回ずつしたことになり、一日の午前の部が終わる。

昼食が終ると午後の部が始まる。今度は少し趣向が変わる。A、B、C、Dが布団を折り畳んでマージャン卓を作る。手製の牌をガラガラやって、「ポンだ」、やれ「大三元だ」、「四喜和だ」とわめき立てる。この遊びを知らないEとFはそばで熱心に見学するか、そうでなければまた二人で囲碁か将棋をやる。この午後には、毎日狭い庭での二〇分ばかりの運動時間が挟む。寒風にさらされてほてった顔で、スチームの効いた部屋に帰ると待っていましたとばかり、つづきのマージャンに飛びつく。そして人を変えながら夕食までつづく。

夕食が終われば、今度はトランプか花札で遊ぶ。花札は親を決めての「おいちょかぶ」である。全員が参加して消灯までつづく。信じられないかも知れないが、私たちはもち時間の全部をこのようにして碁、将棋、花札、マージャンなどの遊びに費やしても飽きることがなかった。

南京虫の襲撃

遊び天国に一つだけ悩みごとがあった。南京虫の襲撃である。ヤツらは昼の間は鳴りを潜めている。壁の割れ目や寝台の下あたりに潜んでいるらしい。夜、我々が寝静まるのを待って一斉に襲撃行動に出てくる。私はここへきて初めて南京虫の恐ろしい襲撃に出あった。虱(しらみ)には、軍隊やシベリアですでにお目にかかっていたものの、南京虫にはお目にかかったこともない。

この南京虫がハルピン監獄の初夜から我々を襲撃してきた。翌朝目を覚ますと、全員の首筋や腕にそれは何十ヶ所も の形の「赤・」マークがついていて、それがひどく痛がゆい。なかには大きくはれあがっている者もいる。満州にいた者が南京虫の仕わざだと教えてくれた。

さっそく全員で南京虫退治にのり出した。まず枕の下の背嚢(はいのう)をひっくり返してびっくりした。何十匹という南京虫がウヨウヨとはい出してきた。見るからにイヤらしく、そら恐ろしい奴らの一群だ。度胆をぬかれながらも、我々も殺気立つ。手当り次第手づかみしてひねりつぶすのだが、ヘドを吐きそうな、脂ぎった嫌な臭いが部屋中に立ちこめ、へき易(えき)した。

つぎの夜もまた南京虫は襲撃してきた。癪(しゃく)にさわるので、また南京虫退治をする。退治をしても、退治しても、南京虫は出てきた。彼らは不死身だった。滞在五ケ月の間、彼らは思うがままに我々の血を吸い、ひたすら我々を悩ましつづけたのだった。南京虫に弱い金沢一江はノイローゼになってこう言った。

「ここの南京虫は、ここで殺された抗日烈士たちの化身ではないか？　夜な夜な俺たちに復讐しているんじゃないのか？」と。

南京虫には人一倍強かったはずの私までも、何だかそんな気がしてくるほど、南京虫の襲撃は執拗で激しかった。

千夜一夜物語

ハルピン監獄の六人の仲間は、お互いにここで初めて知りあったのだが、私たちの境遇はよく、もう飢えからも凍えるような労働からも解放されていたので、互いに打ち解けあおうとする人間的な気分が生まれていた。シベリアでの冷たい人間関係、孤独感にやり切れない思いをしてきただけに、「人と人との語らい」は、たしかに大きな救いであった。

朝から夜までただただひたすらに遊びまくっていた私たちだったが、しばらくすると夜の遊びをやめて、『千夜一夜物語（せんやいちや）』のように全員が交代でお互いの「自叙伝（じじょでん）」を語りあうことになった。それは自分の郷土の話、親兄弟のこと、青少年時代のこと、初恋の話、友人のこと、社会体験談、軍隊や警察のこと、シベリアの体験談などなど幅広く、また微に入り細にわたった。人によっては何夜もつづく大物語となった。皆かくさずに語りあった。過去を語ることは楽しく、語る人の過去を知ることも楽しかった。私たちはあまりにも長い戦争のなかで自分の過去を、肉親を、友人を、そして自分までも見失っていたようだ。

こうしてしばらくの間つづいた『千夜一夜物語』は、人間と人間同志の絆（きずな）を一段と近づけることができた。そして何よりも人間本来の気持ちをとりもどすことができたような気がした。

大晦日の夜

ハルピン監獄の月日は早く過ぎた。遊びに明け、遊びに暮れた戦犯にもいつしか昭和二五年（一九五〇年）の年の暮れがやってきた。北満のこの地は、今日も鉛色の空が重苦しくたれ下がり、運動場の雪もすでに根雪になっていた。戸外では零下二〇度をはるかに超えているだろう。だが部屋に戻ると、スチームの走る音が一日心地よい音楽を奏でてくれ、寒さ知らずだった。ここにはもうシベリアのような辛い労働も飢餓もない。あの時を思えばまるで夢のようだ。

だが大晦日ともなると、皆の気分が何となくちがう。明日は正月である。軍隊のときまでは、家を遠く離れながらも正月を祝うことができた。だが、敗戦後にはもう何年間もお祝いとは縁がなかった。シベリアでは普段と同じ黒パンとスープで一日寝ていた。ある時には重労働にひき出されたこともあった。だれもがこんなことを考えながら、口数が少なかった。

ところがその日、夕食を終わってほどなく、廊下が何かざわめき始めた。やがて袋を担いだ看守たちが現われて「これからお正月の食べ物を配るから、受けとるように！」と告げる。そして鉄格子の低い窓枠の上に、つぎからつぎへと品物を並べはじめた。その窓一杯の品物は、南京豆、干し柿、りんご、飴、菓子、それに思いもかけない、餅までもあった。これらを目の前にして私たちはしばらく息がとまった。それらのものはこの監獄とは明らかに場ちがいの物の数々であった。一つの奇跡が起こったような驚きであった。

私たちは柔らかい餅の一切れを口に含んだ。それはいつしか遠くおき忘れてしまった、あの懐かしい父母兄弟の味、ふるさとの味、日本の味であった。そして、私たちはこの味をこうして思い出させてくれた中国人の暖かい心に、心の奥底から深く感謝した。

この夜、私たちは心行くまで、郷里のお正月の思い出を語りあった。そして年の明けたお正月には、いよいよ念願のお雑煮を味わうことができた。

監獄病

ハルピン監獄には撫順のような広い運動場がなかった。高い塀のなかに一〇〇坪足らずの獄庭があるだけだった。運動時間は二〇〜三〇名ずつ何回にもわけられ、それも二〇分足らずのわずかな時間だった。そのためかどうかわからないが、ここの生活にもすっかりなじんだ二〜三ヶ月後から奇妙な病気が流行りはじめた。それは足腰の病気だった。

初めは、足の裏にチクリ・チクリという痛みが走り、その痛みが徐々に上に登ってくるのである。足の裏から脚へ、脚から大腿部へ、大腿部から臀部(でんぶ)へ、そしてひどい者になると腹部まで上ってきた。ここまで進むと昼となく夜となく痛みが走る。ついには足がむくれて立ちあがることもできなくなってしまうのだ。まったく「腰の抜けた人間」になってしまって、便所へ行くにも他人の手を借りなくてはならなかった。

医務室の先生は、この病気を「多発性神経炎」と呼び、「いまだこのような徴候例には接したことがないので、十分研究して対処するが、皆はともかく運動時間を活用して運動量をふやすように！」という指示が出された。

私たちは素人ながらも、恐らくは飽食と運動不足とから生まれた「監獄病」なんだろうと思っていた。また笑いながら、「要するに天罰病さ！」と言いあっていた。

私の部屋でもほとんどの人が足裏のチクチクを感じ始めた。そのうちにサンダルが思うように履(は)けず、立とうとすると腰が砕けるようになった。なかでも年配の渡辺長太夫さんがひどくて、ダルマさんのようにコロコロと転げるのだ。身近にこうした人を見ると、だれしも慌てた。医務室の指示どおり、短い運動時間を精一杯活用しようという人が増えてきた。零下二〇度を優に超えた厳冬の庭を、何十人もが防寒帽をかぶり、睫毛(まつげ)を白く凍らせながら、ぐるぐると走り回る光景が見られるようになった。私も人一倍本気になって、毎日汗をかくほど走りつづけた。そのかいあってか、私は足裏にわずかな兆候を見ただけだった。多くの病人も医務室の指示を守って運動した者は、寒気が薄れかかるころまでに、ほとんどが健康な足腰をとり戻していた。

(七)世紀の奇跡

翌年の一九五一(昭和二六)年の三月二五日のこと、また移動があった。ハルピンと呼蘭の監獄にいた少尉相当官以下の戦犯六六九名がまたもとの「撫順戦犯管理所」へ送り返されて、三所と四所とに収容された。呼蘭にいた中尉以上の将校は我々の抜けたあとのハルピン監獄に送られた。

我々の撫順への帰所の理由は明らかだった。朝鮮戦争の推移が中国と北朝鮮側に有利に展開して、もはや米軍が侵攻してくる危険性もなくなったからであった。

昨年一〇月に米軍が中国の国境近くまで攻めこんだころ、私たちはハルピン監獄に移された。そしてほどなく中国人民志願軍が朝鮮戦争に参加し、中国全人民は熱狂的にそれを支持した。米軍に抵抗し北朝鮮を支援するという「抗米援朝運動(こうべいえんちょう)」を全国的に展開していた。部屋に配られはじめた中国の新聞は、毎日朝鮮戦争の推移を大々的に、また詳細に報道しつづけていた。

そのころ、我々戦犯の最大の関心ごとは朝鮮戦争の推移であった。当時の私たちの多くはこの戦争でアメリカが勝ち、撫順まで侵攻してきて、我々を解放してくれることを強く願っていた。我々は、そのために中国人民志願軍の参戦以来、目に見えて後退する米軍についての中国側の報道も、また管理所が二回にわたり放送した『人民日報』の社説も、あまり信じてはいなかった。この裏には、「日本軍でさえ負けた米軍は世界最強の軍隊である」という不動の信仰があったからであった。

しかし、中国人民志願軍の参戦以来、わずか数ヶ月で朝鮮戦争は大きな変貌をとげてしまった。中国国境の鴨緑江(おうりょくこう)までせまった米軍も、遠く押し返されて、もはや「日本人戦犯の安全を脅かす心配もない」として、現に中国政府は私たちを再びここ「撫順戦犯管理所」に戻したのであった。

そして七月のある日、管理所長の二度目の放送があった。朝鮮戦争休戦会談のニュースとこれについての所長の所信が力強くのべられた。

「去年、私は朝鮮戦争は北朝鮮が必ず勝利すると話したことがあるが、今日もこのことで話してみたい。君たちはアメリカの勝利を期待したり、戦況の変化に一喜一憂したりしていたと聞いている。だが、今日はこうしたことや戦争の経過などについては話さない。

新聞も報道するように、現在朝鮮では停戦会談がはじまっている。皆のなかのある者は、『三八度線での停戦は、どちらの勝ちともいえない。五分と五分だ』という。私は明らかに北朝鮮と中国の勝利であると断言する。なぜなら、どちらが戦争目的を達したかによって勝敗は決まるからである。

この度の朝鮮戦争でアメリカ軍は、北朝鮮を侵略し、中国の東北地区まで侵入しようとした。北朝鮮と中国の人民軍は北朝鮮からアメリカ侵略軍を追い出し、北朝鮮の独立と中国の安全を守るのが目的であった。だから、北朝鮮と中国は目的を達成し勝利したのである。目的を達成しなったアメリカは敗北したのである。

ここでもう一つ言いたいことは、戦争には侵略戦争と防衛戦争の二つがあるということである。侵略戦争はどんな理屈をつけても不正義の戦争であり、必ず敗れる。防衛戦争は正義の戦争であり、必ず勝つということである。

孫明斉・初代戦犯管理所長

君たちはこの度の朝鮮戦争を教訓として、これから戦争について、もっともっと学習して欲しい……」と。

この所長の講話には反論の余地がなかった。私たちの予想とはまったく反対の結果となった。アメリカ軍が解放してくれるかも知れないという期待も、北朝鮮と中国の軍隊が世界最強の米軍に勝てるはずがないという「信念」も、ここに完全についえ去った。私たちの古い信念からすれば、朝鮮戦争のこの結末こそ正（まさ）しく「世紀の奇跡」としか言いようがないであろう。

（八）学習への胎動

中国に来てから一年が経過した。この間私たちは、自分が戦犯にされたことへの不満や将来についての不安感から「反抗」の姿勢を崩さなかった。ある者は高歌放吟（こうかほうぎん）〔あたり構わず大声で唱うこと〕したり、看守をののしったりして反抗をつづけたりしながら、日々の「遊び」にうつつをぬかしていた。

しかし、中国政府の待遇と管理所職員の忍耐強い人道的な工作のまえに、私たちはついに頭を下げないわけにはいかなかった。風がどんなに強く吹きまくっても、旅人のマントを脱がすことができないばかりか、ますます抵抗されてしまう。だが、太陽が暖かい光で旅人を包んでやると、自分から進んで脱いでしまうというイソップ物語の『北風と太陽』の話に似ていた。

それに朝鮮戦争の結末は大きな衝撃だ。どうやら世界には「新しい時代」がはじまっているらしい。私たちが長いあいだ身にまとっていたファシズムのマントも時代遅れのようだ。衣、食、住は何不自由なく保証され、その上時間は十分にある。このあたりでじっくり勉強してみようという気になった。

こんな気持ちを見透（みす）かしたように、各部屋には中国在留の日本人が発行する『民主新聞』や雑誌『前進』が届けられる。ほどなく小林多喜二の『蟹工船（かにこうせん）』や徳永直（すなお）の『太陽のない町』などの小説も入ってきた。岩波文庫の『ジャン・クリストフ』やトルストイとかドストエフスキーなどの小説を読んだ人もいた。

また私たちは改造社版の『経済学全集』、野呂栄太郎の『日本資本主義発達史』、日本語訳の『マルクス・エンゲルス全集』……など、「満鉄調査部蔵書」の角印を押した文献も借り受けることができた。

これらの文献を私たちは夢中で書き写した。部屋で借りられる期間は一〇日ぐらいだったので、各自目当ての本を紙に書き写し、終わるとそれに立派な表紙をつけた。沢山の私本『貧乏物語』や『経済学原論』などができあがった。ある者は漢字が読めない友だちのために、仮名書きの『史的唯物論』を作ってやった。

戦犯たちに提供された書籍などの学習資料

やがて、部屋では回ってくる文献を手わけして写本し、これを交換しあって又写ししたり、写本をもち寄って輪読したり、討論しあうようになった。

しばらくして、最初の放送学習があった。管理所の指導員が、日本語で『社会発展史』を講義した。私たちは窓際に寄って、廊下のスピーカーから流れてくる話に耳を傾ける。終わると、指導員が「よく聞こえましたか？」と部屋を尋ねて回った。部屋では集まって放送のおさらいをしはじめる。遊びに明け暮れした放埒な生活のなかに、学習と娯楽のけじめのある新しい生活のリズムが生まれ、定められた監房規則もようやく守られるようになった。

こうしたなかから、期せずして「学習は時間割をきめて一緒にやろう」という声が出てくる。学習組長を選んで共同学習が始まった。部屋のなかの廊下をはさんで、全員が布団を三つ折りにして机がわりにして向かいあう。午前中は『政治経済学』、午後からは毛沢東の『新民主主義論』を輪読する。互いに疑問を出しあい、意見をのべあう。皆知識に飢えていたし、身につく勉強を楽しむようになった。

(九) 初期の学習のころ

帰ってきた撫順戦犯管理所は、明るくて広々としていて、非常に快適だった。南京虫の襲撃も受けないですむし、戸外の便所も清潔で水も豊富に使える。高いレンガ塀の向こうには、高爾山(こうじさん)と古塔(ことう)の眺めがいつも心を慰めてくれた。

高爾山と古塔〔今も管理所の庭から左上の塔が見える〕

このころにはいまだに例の「多発性神経炎」の患者がいたため、食事面では野菜が意識的に多く使われた。また運動時間が増えて午前と午後に一時間ずつ与えられるようになった。運動場は広くて二~三〇〇人が一度に運動できた。運動好きの僕は、ハルピン時代からの習慣で人一倍運動場を走り回っていた。健康状態は上々で、またよく食べたので医務室にはまったく縁がなかった。

中国語の新聞のほかに、初めて日本語の新聞雑誌が与えられた。そのうれしさは格別だった。そのころ部屋の半分ほどの人は、まだ碁や将棋の虜(とりこ)になっていたが、私はまるで本に憑(つ)かれた虫のように読書三昧(ざんまい)の世界に入りこんでいった。

ある日『学習』という小冊子を読んでいた。それは、中国の東北地区の「日本人民主同盟」の名で発刊されていた四〇～五〇ページほどの雑誌だったが、そのなかに学友・梅本克己（うめもとかつみ）[注33]の名前を発見したのだった。掲載された彼の論文は、唯物論のやさしい解説だったが、私をドキリとさせたのは、そのなかに「同志毛沢東」という表現があったことである。このことは、彼が現在日本共産党の党員であることを雄弁に物語っている。彼はたしかに中学時代に浦和高校で先輩から左翼思想の洗礼をうけてはいたものの、その後高校、大学を経て、文部省、国際文化振興会、水戸高校などに職を奉じたときは平均的な人間として、むしろ恵まれた平坦な道を歩いてきた男だった。その彼がいま共産党員となっている。

なぜだろうか？　私はその答えとしてこう思った。戦後の日本は、我々の想像をはるかに越えるほど、変化と苦難に陥（おとしい）れられているにちがいない。と同時に、梅本が共産党員として活躍しているというこの事実は、私がこれから踏み出そうとしている新しい思想探究の前途に対して大きな激励を与えてくれたのだった。

思えば、私たちは戦後六年もの長い間、世界の動きから置いてきぼりにされてきた。シベリア時代には『日本新聞』という捕虜向けの新聞はあったが、それは必ずしも世界的視野で正しくとらえられたニュースを提供してくれてはいなかったようだ。ソ連ではこの新聞以外の新聞、例えば『イズベスチャー』〔ソ連政府の公式新聞〕や『クラースナヤ・ズヴェズダ』〔ソ連軍の機関紙〕などを読むことは禁止されていた。ところが中国ではちがっていた。中国共産党の機関紙『人民日報』を借りることができたし、しばらくすると各部屋に定期的に配布されるようになった。

私たちの関心ごとは、「新しい時代のニュース」を知ることだった。各部屋にはたいがい中国語に堪能な者がいて、『人民日報』などを訳読してくれた。朝鮮戦争への中国義勇軍の参加、その勇敢な戦闘ぶり、中国人民の全土をあげての支援、北朝鮮・中国連合軍の攻勢などを知り、また五〇年一一月の「ワルシャワ平和擁護世界大会」のこと、五一年二月には、米英仏ソ中五大国による平和協定締結を要求する「ベルリン・アピール」が発表されて、六億人の署名を集めたこと、同四月には、マッカーサーが「中国本土の攻撃も辞さない」と声明したかどで罷免になったこと、そして同七月には私たちの大方の予測を裏切って、朝鮮戦争が休戦会談に追いこまれたこと……などなどを知ることができた。これらを通じて、私はいま、全世界を怒涛のようにゆさぶっている「平和勢力」の凄まじさを、まざまざと見せつけられた。

各部屋には、中国の東北地方に在住する日本人の発刊する『民主新聞』が配布されていた。ある日私はこの新聞のなかに驚くべき記事を見出した。そのころ中国人民義勇軍が朝鮮戦争に参加し、全中国人民は火の玉となってこれを支援していた。中国の全軍事工場は、昼夜の区別なく増産・増産に明け暮れしていた。ここ東北の一弾薬工場も例外ではなかった。激しい生産競争のなかでどうしたら増産できるか、そのためにどう無駄をはぶき、どう作業能率を上げるか……だれもが必死になってとり組んでいた。

こうした環境下でのできごとであった。積み重ねてあった弾丸の信管の一つが、どうした弾みか火を吹いた。それを見つけた若い女工さんは、とっさに、火を吹く弾丸をとり出すや、その上にガバッと我が身を投げだした。弾丸は破裂してその女工さんは死んだ。この女工さんの行為によって多くの仲間の生命と国家的財産が救われた。

私はこの記事を読んで衝撃を受けた。この中国の新しい人間像に、心から頭を下げた。私にはまだ昔ながらの「チャンコロ意識」——中国人を見下す根性があることを、深く反省した。

以来、私はこの記事をキーワードとして新しい中国の人間像に迫ろう、と考えた。その後になって、私は管理所から与えられた、新しい中国の文学作品を感動をもって読んだ。それは、趙樹理の『李家荘の変遷』であり、丁玲の『太陽は桑乾河を照らす』であり、また老舎の『駱駝祥子』などであった。これらの作品に登場する人物は、一様に自分たちの力で祖国を解放し、自分たちが主人公である祖国・中華人民共和国をいま誇らかに賛美する。

この祖国を守り、発展させていくことに崇高な使命感を覚え、ただそのことのためにのみ、自己のもつ一切の力を捧げる。彼らは一様に戦争を呪い、平和を熱望する。彼らには、祖国を守り祖国を発展させることと、世界の平和を守り人類の進歩を勝ちとることとは別のことではなかった。

私たちにいつも笑顔で献身的に尽くしてくれる管理所の全職員も、あの身を捨てて他人の生命と国家の財産を救った一女工さんも、そしてまたこれらの新しい作品に登場する主人公たちも、皆同じように新しい中国の人間像であり、これこそが「新しい世界での新しい人間の典型像」ではないだろうか？　私にはそう思えてならなかった。

注33　梅本と著者の絵鳩は、中学校から東京帝国大学倫理学科に至るまで同級生で、文部省勤務時代も同僚の親しい間柄だった。絵鳩が徴集された一九四二年から母校である旧制水戸高校（現茨城大学）教授となり、「倫理」科を担当。戦後はマルクス主義に傾倒したが、レッドパージで茨城大学を追われる。後に立命館大学に迎えられるが、病気のため退職。以降、在野のマルクス主義者となる。「主体性論争」をめぐる丸山真男との鼎談もある。日本共産党員としては倫理的主体性を強調する型にはまらない学説を展開した。大学教授を志望していた絵鳩にとって、梅本の活躍は羨望であると同時に、戦後も戦争に翻弄され続ける自身の境遇に苛立ちを募らせるものでもあった

（一〇）部屋ごとの合同学習

撫順戦犯管理所の三所と四所の大部屋は、併せて三二室あって、一室一五人が定員であった。私は三所にいた。ハルピンから舞いもどった当初は、部屋に回ってくる日本のプロレタリア文学書を夢中になって読んだ。小林多喜二の『一九二八年三月一五日』、『蟹工船』、『防雪林』や徳永直の『太陽のない町』、『静かなる

山々』、宮本百合子の『播州平野』、『風知草』などだった。過去「アカの文学」として避けてきたこれらの作品には、人間の良心が芳醇な香りを放っていて、真底心が洗われる思いだった。

また次つぎに回ってくる政治、経済、社会思想などの日本語図書にも飛びついていった。しかし借りられる日数に制限があったので、これはと思う本を書き写すことにした。私は学生時代からその名を知りながらも、ついに手にすることのできなかった野呂栄太郎著『日本資本主義発達史』を熱心に書き写した。マルクスの『資本論』の初めの部分も筆書したことを覚えている。部屋の多くの人も囲碁やマージャンの遊びをやめて本を書き写し、それに立派な表紙をつける「私本作り」にはげむようになった。

やがて管理所で『われらの時代』や『社会発展史』などの放送学習がはじまると感想を話しあう傾向が生まれ、「部屋の時間割を決めて合同学習をやろうじゃないか」ということになった。各部屋では期せずして学習組長（学習面の責任者）と生活組長（生活面の責任者）を選び、合同学習を中心とした日課がとり決められた。中国に来てから一年経って初めて、ここに自主的な新しい生活のリズムが生まれるようになった。

私の部屋の日課は以下のようであったと思う。

六時　起床
六時～七時　洗面・便所
七時～八時　朝食
八時～九時　自由時間
九時～一〇時　合同学習（新聞）
一〇時～一一時　合同学習

一一時～一二時　屋外運動
一二時～一三時　昼食・休憩
一三時～一五時　合同学習
一五時～一七時　自由学習

生活に必要な物資を受け取る生活組

一七時～一八時　夕食・休憩
一八時～二一時　自由時間
二一時三〇分　消燈

この時間割は各部屋ごとに決めていたが、大同小異であったようだ。合同学習の時間になると、各自は自分の布団を一メートルほどの幅に折り畳んで机がわりにした。それを互いにキチンと並べて向きあった。この学習の一切は学習組長がとり仕切った。中国新聞の学習は中国語に堪能な者が担当し、教材を使っての学習は互いに輪読して、その後で討論し、適当な人を選んで解説してもらうなどの方法をとった。

合同学習は一時間に必ず一〇分間の休憩をとり、柔軟体操を行うなど健康上の注意をはらいながら整然とつづけられていった。部屋の集団規律も日々向上した。旧軍隊のようなかたくるしい規律ではなく、お互いの願望や生活をうまく回転させるためのベルトのような役割を果した。もう、中国に監禁された当初のような反抗、自暴自棄、娯楽への逃避ではなく、新しい世界や歴史の流れを知ろうとする、また正しい知識とは何かを知ろうとする、積極的で真面目な学習活動がはじまっていた。

私の部屋では、合同学習は毛沢東主席の『新民主主義論』から始まった。この合同学習では、過去教育に恵まれなかった労働者や農民の出身者がとくに熱心だった。漢字を知らない者は自分の本に仮名をふり、自由時間には復習や予習をしていた。彼らは労働者・農民でありながら、支配階級の虚偽の思想を信じきって今日まできたことへの憤りを、この学習にぶつけてきた。ある者は、貧しさゆえに勉強もできなかった悔しさをここで一挙に晴らそうと頑張った。比較的に楽な暮らしをしてきた中産階級の者たちは、新しい世界や新中国の情勢を知るにつれ、今新しい知識や理論をしっかり身につけないかぎり、新時代の人間として生きることができないことを悟った。

大学出のインテリはこうした自覚に加えて、自分が過去はたしてきた社会的役割がどんなにか反動的思想に毒されていたかを反省するとき、人一倍の勇気と努力なしには「思想改造」もありえないだろうと思い知らされたのだった。しかし私たち戦犯はお互いの出身や教育や経歴の差別を越えて、真理を探ろうという願望に変わりはなかった。またこの真理の大海をまえにするとき、その資格は同列だった。手をとりあって真面目に歩くしかなかった。

(二)『実践論』の学習

部屋の合同学習で、私たちは毛沢東の『新民主主義論』を読了した。それは侵略者(日本帝国主義勢力)を自力で駆逐した中国が、新しい社会体制を築いていく上での基礎的な理論であり、明快で力強かった。このはじめて接した毛沢東の著作は、一様に私たちの心をとらえた。

私たちは毛沢東の思想についてさらに深く知りたくなった。さらに一歩前進したかった。こうしたとき、幸いにも部屋に毛沢東の『実践論』の日本語訳が回ってきた。つぎの合同学習にこの書物が選ばれた。しかしこの本は「弁証法的唯物論の認識論」であり、「弁証法の知と行の統一観」を理論づけた哲学書であって、容易に理解できる著作とは思えなかった。

この困難な学習に私がその解説者として選ばれた。部屋の人々の総意とはいえ、私には大きなとまどいがあった。

つまりそれは、

一、私はシベリアでは「反動分子」であったから、中国当局は許可しないかも知れない。

二、私は哲学を専攻したといっても、学んだのはカントをはじめとする一連の観念論に過ぎない。毛沢東思想の正しい伝達者となれるだろうか。

ということであった。

しかし、部屋の全員の熱意にうたれて私はひき受けることにした。この決断を私にさせた根拠は、『実践論』を学習しようという情熱にかけては決して人後には落ちないということを自覚したからであった。解説員として『実践論』を他人に説くためには、他人の何倍も勉強しなければならない。時間を見つけては毎日予習を欠かさなかった。日本文で不明なところは原文とにらめっこして真意の理解に努めた。この予習も、皆の前での解説も、精神が集中して楽しかった。それだけでなく、私のつたない解説を聞く全員の熱心さには強く心を打たれた。その感動は今に残っている。

この人たちにとって、哲学は未知の世界のことがらだった。この人たちに毛沢東思想の哲学的根源を理解させるためには、じっくり時間をかけて進まなければならない。本論を離れての予備知識も与えなければならない。私はタ一レスに始まるギリシャ哲学から、毛沢東の哲学的立場であるマルクスの弁証法的唯物論に至るまでの哲学の歴史について概説した。

本論に入っても、『実践論』に出てくる哲学的術語――感覚・知覚・概念・判断・推理・弁証法・即自・対自・止揚・主観・客観等――について一つひとつ解説を試みた。ときには、熱心な質問攻めを受けて、一日に一ページも進まないこともあった。こうしてわずか三〇ページほどの小論文に、私たちは一ヶ月ほどの時間をかけたのだった。

『実践論』の学習は私に多くの感動と収穫をもたらした。この著作は立派な哲学論文でありながら、何と平明でわかりやすい表現で語られていることだろう。日本での哲学的諸論文の晦渋さ（きわめて難解で意味が分かりにくいこと）は、ここでは完全に姿を消している。「人民のための哲学」とは、こうあるべきであろう。

この著作は、中国革命を四回にわたって毒してきた右翼日和見主義と極左的空論主義の思想的根源を暴き出すという実際的、闘争的、批判的な目的をもちながら、罵倒も激情もなく、整然としたマルクス・レーニン主義哲学の認識論的展開を遂げていた。

また、我々の認識活動における「実践」（生産活動、社会的な科学・芸術活動、政治闘争、とくに階級闘争）の重要性を教えてくれた。

つまりこうである。この実践における経験（感性と印象、感性的認識）がなくては、どのような認識も存在することができない。すべての認識は、この実践のなかから概念を生み、さらに判断・推理の道をとおって、事物の本質をとらえる認識の第二段階（理性的、論理的認識）が可能となる。しかしこれをもって認識運動は終わるのではない。

毛沢東は言っている。

「弁証法的唯物論の認識運動を、もし理性的認識のところでとどめるならばいまだ問題の半分にふれたにすぎない」と。

　認識はもう一度実践にもどらなければならない。

「認識の能動的作用は、たんに感性的認識から理性的認識への能動的飛躍に表れるだけではなく、もっと重要なことは、理性的認識から革命の実践へという飛躍にも表れなければならないことである。世界の法則性についての認識をつかんだならば、それを再び世界を改造する実践にもちかえる。つまり、再び生産の実践、革命的な階級闘争と民族闘争の実践、および科学的実験の実践につかわねばならない。これが理論を検証し、理論を発展させる過程であり、全認識過程の継続である」。つまり「実践、認識、再実践、再認識というこの形式が循環往復して無限にくりかえされ、その一循環ごとに、実践と認識の内容はより一段と高い段階にすすんでいく」のである。

　弁証法的唯物論における実践と認識の不可分離の理論を見失うとき、過去中国革命に大きな損害をもたらした「右翼日和見主義」と「極左空論主義」が生まれでるのである。

　両者とも「認識と実践の分離」（主観と客観の分裂）を特徴としている。前者は、客観的状況にしたがって前進することができず、「車を後ろにひっぱって、逆戻りさせようとすることしか知らない」。

　後者は客観的過程の一定段階を飛び越えており、「将来にしか実現の可能性のない理想を、現在の時期にむりやりに実現しようとする冒険主義にほかならない」のである。

　さらにこの『実践論』のなかで、私に対する痛烈な批判とも受けとれるつぎのような表現を見出し、深く心に留めた。それは以下の言葉である。

「世の中でいちばん滑稽なのは、『物知り屋』たちが、聞きかじりの生半可な知識をもって『天下第一』だと自称していることであるが、これこそ身のほど知らずのよい表れである」

「知識の問題は科学の問題でいささかの虚偽も傲漫さもあってはならない。決定的に必要なのは、正にその反対のこと――誠実さと謙虚な態度である」

(一二)『矛盾論』の学習

一九五二年(昭和二七年)五月、管理所では綿密な身体検査が行われた。その結果、私は高血圧ということで第一所〔病室〕に移された。仲間は二部屋で二〇名ほどいたが、年齢的には三〇歳半ばころから五〇歳に手の届くくらいまでの人で、血圧値二〇〇を超える人もいた。食事面では特別の食事を与えられ、運動時間が多くなった。学習面では各人の自由に任されていた。

私が入った部屋には、室長の大畠伊三郎君のほか一〇名ほどがいたが、だれもが「病人意識」にとりつかれていて、三所の空気とはいささか違うノンビリムードに浸っていた。

ある日、この部屋で一刻者〔とても頑固な人のこと〕の池田豊がある事件をおこした。彼の前歴は左官屋で優れた腕をもっていたそうだ。シベリアではいつもノルマの何百パーセントをこなしていたらしい。これが彼のご自慢で、「この黄金の腕さえあれば、学習や思想改造なんかクソ食らえだ!」というのが彼の本音だったようである。この部屋でも、いつも部屋の者に背を向け、読書などしようともしないで、いつもゴロゴロと得手勝手な生活三昧を送っていた。

あるとき、この目に余る生活態度を看守に注意されると、彼はすかさず、「俺りゃ職人だ。職人が学問したってゼニにゃならんからなあ」と、やり返す。看守がその非を悟らせようと懸命になればなるほど、彼は大声でどなり散らす。やがて彼は土間に大の字に寝ると、「文句があるなら、殺せ! サァ、殺せ!」と、すさまじい勢いである。たまりかねた看守は、もう一人の看守を連れてくると、ロープで縛りあげて連れ去った。数日後に連れ返された彼はまるで別人のように神妙になっていた。

この事件が引き金となってか、だれからともなく、

「お互いにもう少し規律ある生活をしよう。そのためにも午前中くらいは皆で一緒に学習したらどうだろう！」

という声があがった。

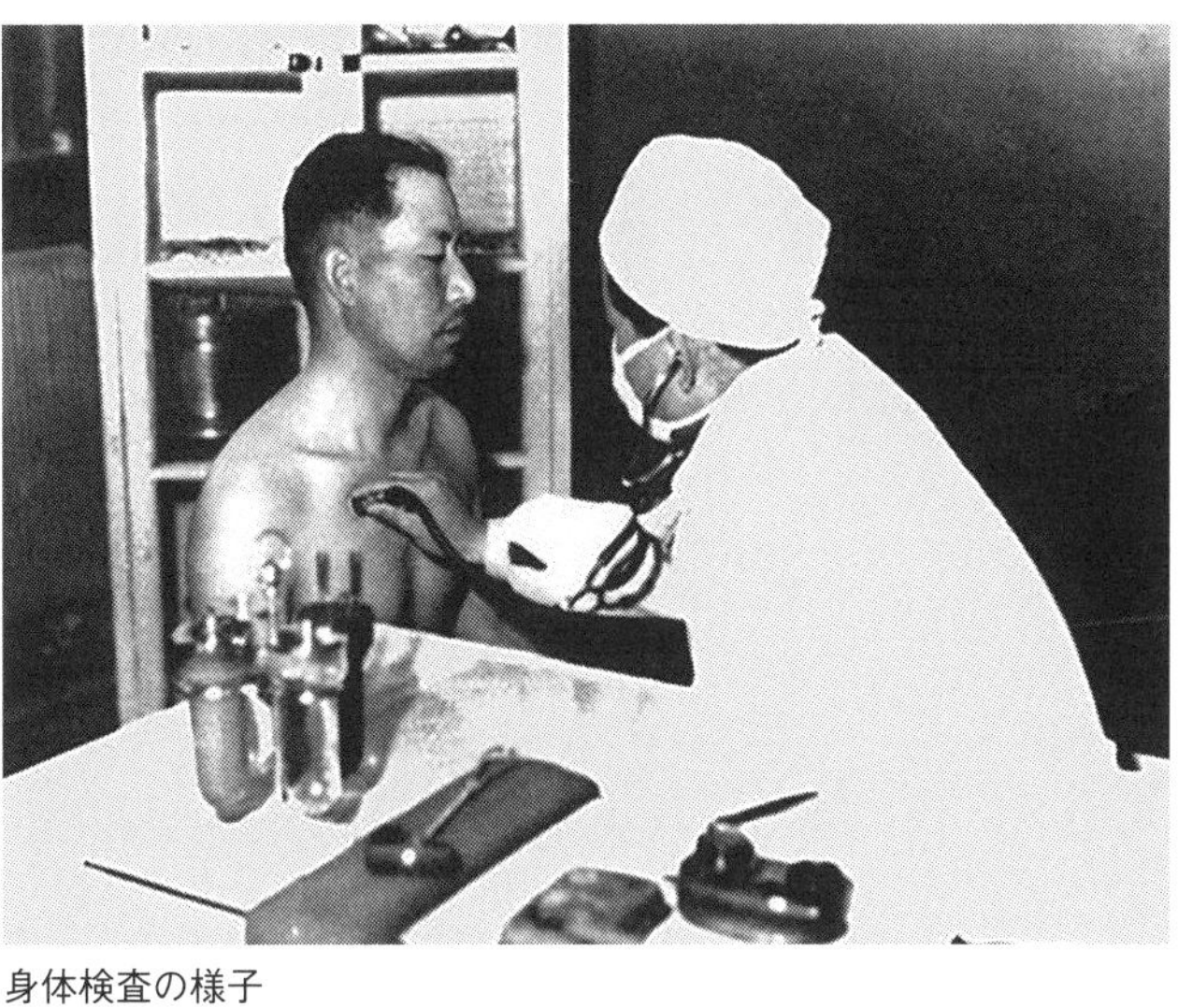

身体検査の様子

大畠室長が私のところに来てこう言った。

「部屋の者全員で合同学習をしたい。その手始めとして毛主席の『矛盾論』をやさしく解説してもらえないだろうか。部屋の全員の希望です」

と。また少しのためらいはあったが、私自身が学習したくてたまらない文献だけに、「皆のために少しでも役立てば」とまた引きうけることになった。

『矛盾論』は七〇ページほどの哲学小論文である。この簡潔で、明快で、内容的にきわめて高い一流の哲学的著作を、毛沢東は中国革命戦争のさ中に、中国革命の前進のために書かれた。これが驚嘆に値することはもちろんだが、さらにこのような立派なマルクス・レーニン主義の唯物弁証法的理論に裏づけられた中国革命運動の偉大さに、頭を下げないわけにはいかなかった。この『矛盾論』は従来の教壇哲学のように、理論のための理論ではない。この理論は、中国革命の実践（闘争）のなかから生まれ、その過去

と現在を批判し、その未来を正しく予見する「革命的武器」（実践）そのものである。

また、『実践論』や『矛盾論』のような、高度でしかも平明な理論（中国革命を分析し、批判してその目指す方向を指示するマルクス・レーニン主義的弁証法的唯物論）があったからこそ、反帝・反封建的民主主義革命の今日の勝利を勝ちえたのであろう。こう思うときこれらの哲学的著作は、一理論の展開というにとどまらない。もっと巨大な重みを中国革命のなかに刻みこんだもの、つまり、「中国革命勝利の金字塔」として、中国史のみならず世界史のなかに燦然（さんぜん）と輝きつづける、そうしたものにほかならない。

事実、私たちはこの合同学習を通じて、このことを、この書物のもつ実在的な意義を十分に思い知らされた。

毛沢東の『実践論』も『矛盾論』も、主として過去四度にわたる極左的路線を形づくっていた「教条主義」の思想的根源を徹底的に暴きだし、その考え方を根底から是正しようとしたものであった。

中国革命の過程で示されたいくつかの誤った路線は、帰するところマルクス・レーニン主義的見方・考え方が確立していなかったためであった。一九三五年一月の中央政治局拡大会議で、その指導的地位を与えられた毛沢東は、党内に深く巣くっていた「教条主義」や「経験主義」や「公式主義」などの誤った考え方がそう簡単に一掃されるものでないことを知り、それらの誤りをその思想的根源――認識論や弁証論[注34]――から解明する必要にせまられたのであろう。こうして、毛沢東は一九三七年の七月と八月に『実践論』と『矛盾論』を著述されたのであった。

要約すれば、「教条主義」とは、マルクス・レーニン主義がよって立つ弁証法的唯物論の認識論や方法論や研究態度からはずれた「主観主義」にほかならない。そして思想的には「なまけもの」であり、表現的には「公式主義」であり、行動的には「冒険主義」である。この批判を、私は私の観念論的思想の立場への批判として受けとめた。私は私の観念論的立場が日本の現実から目をそらし、日本軍国主義の圧迫から我が身を守るための「架空の砦」であったことを強く反省させられた。

哲学とは、現実世界を指導し改造する力でなければならない。哲学者とは、毛沢東のように、人民（人類）の願いを自己の良心として世界の改造を試みる人間でなければならない。

私の部屋での「矛盾論の合同学習」は、きわめて真面目に熱心に、一ヶ月以上にわたってつづけられた。難解な学習だったが楽しかった。

部屋の仲間たちは、よく私の講義に結集し、熱心に講義を盛りあげてくれた。管理所に反抗をつづけていた池田豊君も、人並以上に熱心な学習者になり、時間外でも私につきまとうようにして質問を浴びせかけてきた。彼はいつも「先生、先生」と呼んで私に敬意を表してくれていた。ともあれ、この学習のことも私の生涯での記憶に残る記念すべき一ページを構成している。

注34　「弁証論」とは、ある思想の真理性を弁護し続ける思想態度のこと。「弁証法」とは異なる。ここでは、極左路線に立つ者が、その正しさに固執する態度のこと

（一三）瓦生産

中国に移管されてから三年近く経った一九五三（昭和二八）年四月から七月までの三ヶ月間、三所・四所の健康な者は「瓦生産」の作業をした。これは私たち戦犯の意識が向上するにつれて、〝中国社会の発展に何か貢献したい〟という私たちの願いを中国側が受け入れてのことだった。

この年の春めくころ、講堂裏の空き地にアンペラ小屋〔ゴザで作られた簡易物置〕や一〇畳ほどの水槽が作られ、やがて機材や材料が運びこまれた。セメント瓦の瓦作りの決定が伝えられると、皆小おどりして喜んだ。健康な者は全員参加した。

瓦生産が始まったとき私は四所にいた。私の部屋では、岡田英雄君が学習組長・兼作業組長、私が生活組長・兼副作業組長を務め、製瓦工(せいがこう)には若くて体力があり、手先の器用な池田、福田、横倉の三人が選ばれた。このほか瓦工の助手三名、材料のラスト・ボール〔セメントを練る道具〕の練(ね)り方(かた)四名、ほかの六〜七名が砂・セメント・水などの材料運搬、製品を水槽までと水槽から乾燥室までの運搬、その他の雑務を分担した。私は杉本、鴨田、岩崎の諸君とラスト・ボール班に所属した。作る瓦は、日本でもよく見られたスレート瓦で、砂とセメントと水をかき混ぜた材料を、鉄枠に入れてプレスし、最後に赤色セメントの粉をふりかけて仕あげた。作業は一日三時間で、午前と午後の二交替だった。生産を始めたころは一台の機械で一日五〇枚もできなかったが、二〜三週間すると一〇〇枚の大台に乗るようになった。そして、一ヶ月も経ったころ、私たちは管理所に申し出て、午前も午後もぶっ通しの作業をするようになり、また各部屋単位での「生産競争」を展開することにした。

生産競争が始まると、わが岡田組は大いに張りきった。討論を重ねて部屋の目標を「優勝」において頑張りぬくよう意志の統一を行った。私たちの組はよく声を出しあった。そして身体をフルに動かし、相互扶助を徹底した。生産量が日々、目に見えて増えた。それにつれて私のラスト・ボール練りも目もまわるような忙しさとなった。ひっきりなしにセメント袋の封を切り、砂と水とをぶち込み、こまねずみのようになって、鉄板上にシャベルを切り返さなければならない。汗が目に入りこんで何もかも霞(かす)んでしまう。それでも大声をあげながら動きまわる。

作業を終えて部屋に帰ると、身体は空気の抜けたゴム風船のようにたよりない。それでも副作業組長であれば、作業長や組員と今日の作業を反省し、また明日の計画を立てなければならない。瓦生産は苦しいながらも張りがあり楽しかった。そして何よりも新中国の発展に役立つものを生産しているという意識、中国の人たちと同じ生産競争を展開しているという満足感が大きかった。

最初の生産競争の結果が発表になった。各組の瓦の総生産数が発表され、なかで最高の成績を収めた組が表彰を受けた。岡田組は三位に甘んじた。この成績がさらに組員を発憤させた。

「もう一息だ。来月こそ一位になり、表彰を受けよう！」

と、皆口々に言った。そうして岡田組の優勝を目指す第二の突貫作業が開始された。さらに大きな声をかけあい、助けあい、気ちがいのように駆けめぐりながら製瓦工の手から一枚でも多くの瓦を、また一秒でも早く受けとろうとした。日々反省会を開催し、その隘路(あいろ)と打開策を話しあった。また翌日の作業計画についても時間をかけて話しあった。私たちは沢山の汗を流し、身体をグタグタにしたが、十分な食事で疲労を拭い去ると、翌日はまた気合いを入れて労働した。組の記録がノルマの一五〇％くらいまで伸びたとき、第二次の生産競争が終わった。

多くの戦犯から慕われた呉浩然指導員

岡田組は全体のなかで最高の生産量をあげたが表彰されなかった。私たち全員はがっかりし涙を飲んだが、この涙とともに瓦生産もうち切られた。管理所の呉浩然(ゴコウゼン)指導員は、瓦生産に従事した全員の前で、管理所を代表して挨拶の言葉をのべられた。その言葉の一節に、

「一部に『金票主義』（優勝主義）の傾向も見られたが、総じて全員真面目に瓦生産に従事し、立派な成績を収めることができました」

という言葉があった。この「一部の金票主義」とは、残念ながら我が岡田組のことだった。「一枚でも多くの瓦を中国へ」という純真な気持ちから奮闘をつづけたのだったが、岡田組の製作した瓦のなかに、多くの欠陥品が出たということであったのであろう。まことに残念で

ある。組の組織者の一人として責任を感じないわけにはいかない。とにかくも、この期間私たちは平瓦一三八万枚、背瓦二・五万枚を生産した。先の呉先生はその挨拶の言葉のなかにも、つぎのようなありがたい謝辞をのべられた。

「君たちの汗の結晶である膨大な量のあの瓦は、中国が共産主義の段階に至るまで、わが中国の家屋の屋根を覆い、中国人民を雨や雪から守ってくれるだろう！」と。

（一四）「批判―自己批判」――思想の点検運動

一九五三年の七月二五日に瓦生産が終わると、私はまた四所からその後帰国するまでいることになった三所の部屋に移された。部屋は四所に接し、運動場の出入り口にある大部屋だった。学習組長を鈴木史行君が、生活組長を私がつとめ、一五名ほどの仲間がいた。当時私たちの間では、「三所には思想意識の低い者が集められている」と思われていて、四所の仲間に対するコンプレックスもあり、帰国も彼らよりは遅いだろうというあきらめムードさえ伺われた。

中国へ来て丸三年が経過した。私たちも新聞学習を通じて「新しい中国」の躍進ぶりを知り、それがわがことのように喜べるようになっていた。朝鮮戦争の勝利や国をあげての生産競争などに目を見張ったし、そして当時全国的に展開されている「三反五反運動」にも深い関心をもっていた。

「三反運動」とは、（一）資本家たちの糖衣砲弾（甘い弾丸）の攻撃（汚職のこと）、（二）盗工減料（手抜き工事、資材のごまかし）、（三）官僚主義・浪費現象・収賄汚職の三悪風、これらを徹底的に排除する運動であり、「五反運動」とは、（一）公共資材の私有化・窃盗行為、（二）脱税・投機行為、（三）政府機関及び公共事業体幹部からの経済情報の窃取、（四）請負工事の手抜き・ごまかし、（五）贈賄・供応、これら五悪風を追放する運動であった。

つまり、前者が主に「公」の側の批判——「整風運動」（自己点検運動のこと）——であったが、後者は「私」の側の批判——社会浄化運動の性格をになっていた。この運動は、各企業体・機関ごとに「運動工作組」が組織され、慎重な調査の上、まず本人の告白、つぎに周囲からの摘発という形をとった。目的は、悪事を犯した当事者が、悪事を引き起こす思想的な原因を明確にして、さきにあげた悪風を根本から除去することであって、その人を処罰することが目的ではなかった。つまり当事者の「思想改造」が重点であった。

しかしこの運動では、当事者の自発的告白より、下級者が上級者を摘発するという形が多かった。摘発された者は大衆からのきびしい「批判」にさらされ、そして大衆の前で徹底的な「自己批判」をしなければならなかった。この「批判」・「自己批判」は何回となくくりかえされた。その際、反抗的な態度をとる者は三角帽子を被（かぶ）されて、町中を引きずりまわされた。また、自己批判の徹底度に応じて、現職にとどまる者、格下げになる者、あるいは追放、再教育、投獄などの処分を受ける者が決められた。

この運動を通じて採用された方法が、「批判と自己批判」という方法であり、他人から摘発を受ける以前に自己の過誤を認め、大衆の面前で自己批判し、大衆の審判をあおぐという態度が高く評価された。これを「坦白（タンバイ）」と呼んだ。

私たちはすでに、毛沢東の『持久戦を論ず』という論文を学習していたが、私たちが参加した日中戦争の性格と推移や見通しが、科学的で、しかものべられたとおりの結末を見たことにたいへん驚き、このような指導者をもった「八路軍」（中国共産党軍）がうらやましくさえ思われたのだった。

とくに長期戦に耐えて最後の勝利をおさめるために、軍隊のなかに確立された「民主主義」の徹底——将校と兵士との民主、軍隊と大衆との民主、捕虜との民主——を読んだときには、日本軍隊とのあまりにも大きい隔たりに絶句した。とくに「捕虜との民主主義」の項では感動がとまらなかった。この管理所で私たちが受けている素晴らしい「人道的待遇」の根源はすでにここにあったのだった。この論文を通じ、私たちは初歩的ながら「日本軍」への反省と批判の目をもつようになっていた。

そこに加えて、いま管理所ではレーニンの『帝国主義論』の放送学習を開始した。第三所、四所の各部屋では歩調を合わせてこの学習に全力を集中した。この学習で、私たちの軍隊が帝国主義日本の軍隊として、いかに侵略的な性格をもっていたかを理論的に、また体験的に知ることができた。しかしそこに至る過程にはさまざまな紆余曲折があった。

たとえば、放送の後に決まって与えられた討論のテーマ、「日本は帝国主義国であったか?」について話しあったとき、互いに昔の「思い」が頭を過ぎり、日本を、侵略を本性とする帝国主義だと断定したり、また天皇の軍隊を侵略軍隊ときめつけることにはいささか抵抗感があった。各部屋では「各人は戦争中に何をしたか、それをどのような考えでしたのか」を話しあうことにした。

この学習に私たちは、いま中国の全土で展開されている「三反五反運動」の方法、つまり批判と自己批判の方法をとり入れた。それは、中国に燎原の火のように燃え上る「思想改造」の大運動でもあったが、私たちはこの社会運動につながることの喜びを感じとっていた。三年間の共同生活と学習の成果だろうか、もうシベリアでのようなやたら攻撃的な、つるし上げのような傾向は見られなかったので、気楽に自分の意見をのべた。各自が戦争中に行った悪事を暴露しながらも、ある者はそれを肯定したり、弁護したりし、またある者は軍隊機構のなかではやむを得なかったことと考えていた。

すなわち、

一、日本が中国大陸に進出したのは、米英の軍事的・政治的・経済的圧力が原因である。

二、日本はそれに対抗して、「東洋平和」のスローガンを掲げて、東洋民族の結集と解放を理想としていたのだ。

三、私たちは、この理想を実現するために、兵隊、憲兵、警察官などとして「青春の情熱」を捧げてきた。

四、私たちは、たしかに中国の部落を襲撃して、農民を殺害し、家を焼き、その物資を奪ったりもした。しかしそれは日本軍（天皇）の命令であり、やむを得ないことだった。

しかし、『帝国主義論』の学習は、過去の戦争の「本質」（侵略性）を理解することに役立った。過去の戦争を真面目に反省し、そのなかで果たした自分の役割について考える糸口を与えてくれた。私たちはこの学習を通じて、程度の差こそあれ私たちを毒した思想をおおよそ次のように理解することができた。

一、天皇崇拝の思想は上官への絶対的服従を生み、中国を侵略した日本軍隊の諸悪の根源をなしている。

二、天皇制教育によって培（つちか）われた「大和民族の優越性」の思想は、中国をはじめ「他民族への侮蔑（ぶべつ）感」を増長させ、これら民族への戦争犯罪を過酷なものにした。

三、日本軍隊の精神教育の根源は「武士道」であり、それは死ぬことも、人を殺すことも「名誉」と教え、中国戦場での残虐な「刺突（しとつ）訓練」や「試し斬り」などを、日常茶飯（さはんじ）時のこととしていた。

（一五）「坦白（タンバイ）」――認罪運動

年が明けて、一九五四年（昭和二九年）の三月頃のことであった。

ある日、各部屋の学習組長が管理所の指導員に呼ばれて帰ってくると、管理所内に台頭する「認罪運動」（自己の犯した戦争犯罪を暴露し、中国人民に謝罪する運動）の現況とその意義についてのべた。すでに私たちの耳にも、少しずつこの情報が伝わっていた。「四所の某君は、自分が犯した殺人・放火・強姦・略奪など一切を書きあげて管理所に提出したそうだ」、「三所のだれそれも出したそうだ」というのである。「それは出したいものが出すんだ」と思っていた多くの人をはっとさせた。「これからは全員がそれをやったらどうか」というニュアンスが感じられたからである。「罪を自白したら、その結果はどうなるだろう?」、そう考えて多くの人は暗然とした。

翌日からの学習は、このテーマに絞られた。何日間か、心行くまで話しあった。様々な意見や疑問を出しあった。何回となく討論を重ね、つぎのような考え方にまとまった。

つまり、

「戦争とはいえ、私たちが中国人民に与えた罪悪は、人道上許されない。にもかかわらず、中国人民は私たちにこのように寛大な、人道的な待遇をずーっと与えてくれている。それにむくいるためにも、私たちは犯した罪悪の一切を書いて管理所に提出し、謝罪すべきだろう」

と、意見の一致をみた。

もちろん、人によりさまざまな思惑——自白したあとはどうなるのか、など——がなお暗い影を引いたこともたしかだった。ともあれ翌日からの学習時間は、各自の「坦白書(たんぱいしょ)」書きにすべてが注がれた。皆、額(ひたい)に皺(しわ)をよせながら、すでに一〇年余りも経った自分の過去を必死に思いおこし、それを紙に記録していった。思い出せたことがらでも、「これを書いたら処刑されてしまう」などという考えが、筆を強く押し止めたりした。また強姦などの破廉恥(はれんち)罪なども告白にブレーキをかけたりした。

坦白集会——宮崎弘(ひろむ)の認罪発表

私たちが自己の「坦白書」書きで四苦八苦していた四月のある日のことだった。管理所のスピーカーで、全員が中庭に集合するように命じられた。そのときなぜか一人ずつ番号を確かめられて、順番に椅子に座らされた。正面の舞台の上には、孫明斉所長以下各指導員の緊張した顔が並ぶ。これはただごとではないようだ。やがて所長が威厳をこめてこう口を開いた。

「これから宮崎弘が、自己の認罪発表をする。管理所は彼の希望を許可し、ここに集会を開くことにしたので、皆はよく注意して聞くように」と。

赤ら顔のがっちりした体格の男が、ぶ厚い原稿を手にして壇上に立ち、一礼をすると、おおよそつぎのような話をした。

「私は第三九師団第二三二連隊第一大隊の中隊長をしていた宮崎弘です」

「広島県出身、高等師範学校卒、柔道五段であります。私は天皇を崇拝し、優秀な大和（やまと）民族が、大東亜（だいとうあ）共栄圏（きょうえいけん）の盟主となり、アジア諸民族を統治するのは当然のことであると信じてきました。また多くの中国人民を殺し、多くの物資を奪い、多くの施設を破壊することこそ、忠君愛国の道、戦争勝利の道とかたく信じ、以下の数多くの罪悪を重ねてまいりました」

そして彼は以下のように、恐ろしい犯罪をつぎつぎに暴露していった。

一、初年兵教官として十数名の中国人捕虜を、訓練のために刺突させた――もちろん自分も模範を示すために突き刺した。

二、一九四三年暮れ、大隊副官のとき自ら計画を立て、湖北省当陽県白楊寺（こほくしょうとうようけんはくようじ）部落を襲撃して全村を焼き払い、村民数百名を皆殺しにした。また部落の穀物や家畜一切を略奪した。そのとき、私は直接部下に命じて、五人の赤子とその親たちを（なかの妊婦は裸にし

一九五四年一〇月、国会議員の訪中団に同行したマスコミのインタビューに答える宮崎弘

て）刺殺させた。
三、老場（ろうじょう）というところでは、農民をとり調べ中に、柔道の首締めの技で絞め殺した。
四、江南（こうなん）作戦のとき、捕虜にした少年兵士が、煎った豆をくれるというのに腹を立てて殴り倒し、あげくのはてに刀の試し切りで叩き斬った。
このような驚くべき犯罪を、彼は長々と、だがさすがに汗にまみれ、顔を硬直させながら、ときには泣き、ときには喚（わめ）くようにして語りつづけた。そして、最後にこう結んだ。

「私は、本当に人間の皮をかぶった鬼でした。今ここに、中国人民に対し、心からお詫びいたします。この上はいかなる処罰をも受ける覚悟です」と。

会場はますます深い緊張と沈黙にとらえられた。宮崎は、中国人を前にしてよくもこのようなことをしゃべったものだ。最後には「いかなる処罰をも受ける覚悟です」とまで言いきった。もう彼には後がないはずだ。彼はこれからどこかへ連れ去られてしまうのだろう。宮崎の長い告白が終わると、所長はただこう簡単に締めくくった。

「今日の宮崎の坦白は、比較的よくなされた。諸君は部屋に帰り、今日の報告から十分学習するように」と。

グループ別認罪学習

宮崎弘の坦白集会以後、各部屋では毎日それについての討論会が、一週間以上もつづいた。だれしも大きなショックを受けていた。皆一様に「凄いことをやったなあ」という点では同感だったが、それを私たちの「模範」として賞賛できるほどには、まだ思想的に高くはなかった。むしろ多くの人に思想意識の混乱をひきおこしたというのが本当かもしれない。多くの者はこう考えていた。

一、あれほどに徹底的に暴露しなければいけないのか？
二、彼ほどに凶悪な罪行を犯していない者はどうなる？
三、坦白しても、その後私たちはどうされるのだろう？
じじつ、私にも戸惑いがあった。私は自分の意志で中国人を一人も殺害したことはない。また、日本の軍隊の残虐な行為にはつね日ごろ批判的であった。つまり宮崎のような多くの残虐な行為はしていない。だから、私は彼のように、「私は人の皮をかぶった鬼でした」――「いかなる処罰も受ける覚悟です」と泣いて謝る力が出てこない。このように思って悩んだ。

しかし、日々の討論は次第に私たちの思想意識を向上させた。私たちは自分の反省書のなかに、「心からお詫びいたします」と書いたが、宮崎は壇上から被害者に向かい、「いかなる処罰をも受ける覚悟です」と広言した。問題はここだ。宮崎はいままで誰もやらなかったことをやったのだ。彼は我々のように「救い」を期待しての「詫びごと」をのべたのではない。ただ純粋な「謝罪」のためにだけ、断崖から「自己」を投げ出したのである。真の「認罪」とは、宮崎のように「自己」を捨てること――死を覚悟すること――であるだろう。「加害者」としての我が身を「被害者」の前に投げ出して、「どうぞ、気の済むままに処断してください」ということであろう。ようやく頭ではこのことが――「認罪」の意義が――少しずつわかりかけてきたように思えた。

認罪学習がはじまって二～三ケ月くらい経った六月ころ、師団ごとにグループが編成され、部屋を決められて、「グループ別認罪学習」がはじめられた。私は、第五九師団の一グループで、ここには下士官と兵の一五名くらいが集められていた。ほとんどが顔見知りだった。毎日決められた時間になると、各人は各部屋から藁半紙（わらばんし）と筆記具をもって日参した。

部屋には見ず知らずの取調官が派遣されてきていた。[注35] 取調官は色の黒いがっちりとした体格で、農民のような素朴さをもった人だった。この方を指導者として私たちは新しい認罪学習に入った。

まず私たちは一〇年、あるいは一〇年以上も経った自分の軍歴を掌握する作業からはじめた。すでに模糊(もこ)としてしまった過去を、暦年的に呼び起こし整頓するだけでもなかなか困難なことだった。だが一週間もすると早くもその作業を終えて、取調官に「坦白」を申し出る人があらわれてきた。一番最初に申し出たのが誰だったかは記憶がない。あるいは新井正代君だったかもしれない。とにもかくにも、虐殺・強姦などの身の毛のよだつ犯罪を隠さず申しのべて、中国人の取調官の前に泣いて謝罪した。彼の坦白は一度でパスした。だが多くの者は不十分だとして、再考を求められた。

最初に本人が自己の犯した罪悪を数えあげ、つぎにそれをいまどう思うかをのべるのである。つまり、「自己批判」からはじまり、つぎにこれを聞いた部屋の仲間がそれを「批判」するのである。それは告白された内容の真偽性、全面性、自己批判の深刻性などを基準としてなされる。そして最終的には取調官が合否を決定するのである。次から次へと坦白をパスしていく人があるのに、二回、三回と失敗する人も多くいた。その人たちに取調官はつねに厳しい表情で、よくこう言われた。

「君の坦白は坦白ではない」

「君は自分の手で、君の前途を奪い去っている」と。

私もグループの終わり近くに坦白した。私は自分の犯した戦争罪悪として、次の項目の罪を数えあげた。
一、一九四五年六月、山東省索格荘(さんとうしょうさっかくそう)で初年兵の検閲(けんえつ)〔教育の成果をチェックする機会〕が行われた際、大隊長の命令で、中国人捕虜四名が刺突されたとき、助教として参加した。
二、一九四三年五月、新泰県羊流店(しんたいけんようりゅうてん)で中国土着軍五〇〇名との銃撃戦で、少なくとも一名を銃殺した。
三、一九四三年一一月、大隊本部要員として「勃海(ぼっかい)作戦」に参加したとき、指揮班長が捕虜になった女性一名に水攻めの拷問を加えたとき、二~三名の戦友とこれに協力した。またこの作戦の期間、暖をとるため戦友と一〇個を越える家具や農具を焼却し、家屋数軒を焼却した。
四、大隊本部の治安係の時、大隊長命令で、数回の作戦行動（軍用資材の運搬）に協力させるために、県公署をして中国人約一〇〇〇名を集めさせた。
そして最後に、「まことに申し訳ないことを致しました」と詫びた。

終わると何名かの者から「石渡にまだ軍国主義思想が残っている」と批判された。だが、私にはそれがどういうことかよく理解できなかった。結局、取調官の判定は不合格となり、さらによく考えるように言い渡された。

それは大きな衝撃だった。私は何一つ隠し立てはしていない。それなのに、なぜいけないのか？　それがわからないから悩む。「私の知らない罪悪が、誰かによって勝手に作りあげられ、密告されてでもいるのだろうか？」と思ったりして、夜も眠れない日々がつづいた。二度目の挑戦も落第した。

そのころ、私は呼び出しを受けて、北京から来られたというある上級幹部の特別指導を受けたことがあった。その方は、大学教授のような風貌をされた方で、親切に私に次のようなアドバイスをしてくださった。

「あなたは、日本の軍隊の一員として中国に侵略してきたそのこと自体について、私たち『中国人民の立場』に立って、徹底的に反省してみなさい」と。

この言葉に私は何か明るい光明を見い出したような気がして、この指導を無にしてはならないと考えた。

私はまずもっとも厳重な罪悪――索格荘での四人の農民の殺害――について考えなおしてみた。いままでの私は、「大隊長の命令だった」、「初年兵に出発号令をかけただけだ」と、「自己を弁護する立場」に立っていたことは確かだった。思えば私は加害者の弁護人の役を務めていたにすぎなかった。だがあの日、あの部落の外れで中国人四名を柱に縛りつけ、初年兵二〇名に突き殺させた、あの日本軍兵士三〇名は、被害者（中国人民）の立場に立てば、いずれも同じ「殺人集団の一員」にほかならないではないか。

この許せない殺人集団の長が熱田大隊長であり、初年兵係の助教だった私は彼の命令を受け入れた「実行者」である。また初年兵をして突き殺させた「命令者」でもあったのだった。

また、本部から受けとってきたこの四名の人たちが涙して命乞いをしたとき、「そうすることは、私の命とのとりかえっこで、できない相談だ」と思い、また「戦争には非道はつきものだ」と自分を言い含めていたし、またそれ以後今日まで「あのことは、当時の軍隊機構のなかではやむを得なかったのだ」と、ただそう思いつづけてきた。

しかし、彼らが私の父母であり兄弟であったなら、私は決してこんな「傍観的な態度」をとらなかったはずである。自分の命を投げ出してでも救い出したことだろう。こう思ったとき、私は良心の呵責に責められた。とともに、私の目を曇らせていた大きな鱗がこつ然と剥れた思いがした。

私たちが殺害したこの四名の被害者の肉親たちは、「そうです。あれは戦争がもたらした『非道』でした。そう諦めています。また、あなたはただ大隊長の命令に従ったまでのことですから、許してあげようと思っています」などと言うだろうか？　否！　断じて言わない。「目には目を、歯には歯だ！　やつらを柱に縛りつけ、みんなで突き殺せ！」と言うに決まっている。私はこの被害者の心情を見失っていたのだ。私の三度目の坦白は、以上のことを中心にのべ、心から被害者に詫びた。そしてようやく中国の取調官からのお許しが出た。

注35　一九五四年三月から始まった認罪運動期間は、後の戦犯裁判にむけて最高人民検察院東北工作団が管理所に在駐し、取調官が戦犯一人一人の罪行の取り調べを行った時期でもあった

認罪運動の高揚

宮崎弘の「坦白集会」のあと、しばらくしてまた元憲兵軍曹・植松楢数の坦白集会が開催された。彼の戦

争犯罪の暴露は、憲兵の拷問・殺人の量といい、残虐さといい、聞くに堪えないほどの凄まじさだった。管理所当局では、「認罪の模範」として私たちに聞かせたのであろうが、それは、前にのべたようなさまざまな波紋を投げかけた。

各部屋での討論を通じて、「我々は、自分の罪行の一切を正直に暴露して、中国人に心から謝罪すべきである」という共通見解をもつことができた。それからほどなく、前述のような師団ごとの「グループ学習」となった。この学習の半ばころから、所内にいままで見られなかった「異変」が起こってきた。認罪学習の異常なほどの高まりである。

各部屋での真剣な討論

ある朝、学習時間に入る前に廊下のスピーカーから、「九時から、四所の〇〇〇〇の認罪報告を放送するから、皆はそのまま部屋で聞くように」という放送が流れてきた。その後もこのようにして、この時間になると、毎日、あるいは一～二日おいて、主として下士官や兵の認罪報告が行われはじめた。私たちは、彼等の報告のどこが「模範的」なのかを嗅ぎだそうと熱心に聞いた。

彼らの報告中の罪行は、宮崎や植松から思えばはるかに少なく、驚くほどのことではないにしても、そこには、私たちの心を強く揺さぶる、純粋で、ひたむきな懺悔と謝罪の心が溢れていた。ある者たちは、途中でしばしば声が詰まり、むせび泣きに変わった。

元三九師団に所属していたAという兵士は、「私は貧乏な家に生まれ、学校に行けなかったので、算術の分数もわかりません。恥ずかしくて仲間にも言えませんでした。こんな私を中国では親切に学習させ、世の中のほんとのことを教えてくれました。そのような中国人を、私は殺してきたのです」

と言って絶句した。

またCという積極分子の兵隊は、自己の中に潜む「帝国主義思想」を暴露し、厳しい自己批判を行った。

「私は初年兵で実戦の経験もありません。シベリアでは民主運動を熱心にやってきたので、ほかの戦犯たちとは違うんだ、別格だ、とずっと考えていました。しかしこの考えは誤りでした。私は、日本帝国主義軍隊の一員として、人殺しの武器で武装して中国におし渡ってきた『戦犯』だったのです。それなのに私は傲慢にもこの事実を否定し去ろうとしていました。私のこの傲慢な心こそ帝国主義思想なのであります」と。

また、元五九師団のBという下士官は、

「私は労働者でした。日本の軍国主義に唆(そそのか)されて軍隊を志願し、自分の名誉と出世のために、多くの中国の働く人々をこの手で殺して参りました。この人たちは、同じ働く仲間であり、殺してはいけなかったのです。いまその人たちにどんなに謝っても、その人たちは帰ってはきません。私は生きている資格のない人間です。どうか私を八つ裂きにしてください」

とまで言いきった。

もうこの人たちは自分の言葉の結果を考えてはいないようだ。やむにやまれない、強烈な心が彼らを突き動かしていた。彼らは、一様に腐りきったはらわたを一挙に吐き出さないではすまされない、強い衝動に駆り立てられていたのだった。その荒れ狂う嵐のような狂乱こそが、認罪のあるべき姿、認罪学習の高揚した姿であり、その頂点を形づくっていたように思われる。

彼らの口からほとばしる火のような言葉は、もう「加害者」の言葉ではない。われら日本軍隊の手によって死の世界に追いやられた、中国何百万人の「被害者」の生々しい号泣と怒号がひとかたまりになって、私たちに襲いかかってきた。こうして私たちは一歩、従来の加害者の立場から、被害者の立場へ踏みこむことができた。

一つの秘話

認罪運動が始まったばかりのことだった。まだ朝晩は寒い三月のある日、まことに残念な事件がおこった。私たちの仲間の二人が前途を悲観して自殺したのだ。一人は、私たちの食事の上げ下げや清掃などの雑務をしていた「労働班」の一員で、小西という元五九師団の将校だった。彼は労働班にあったクレゾール液〔消毒などに使う強い液体〕を飲んで自殺した。

もう一人は、池田という元五九師団の下士官だった。この彼の自殺した日のことを私は鮮明に覚えている。私たちは毎朝看守に引率されて、屋外の大便所に行くことになっていた。この大便所は、コンクリートの通路を挟んで、二〇～三〇ほど扉つきの便所が向かいあっていた。だが、その下の便槽は一つに繋がっていた。その広さは六×二〇メートル、深さは二メートルはあっただろう。彼はこの便槽のなかに身を投げたのだ。

便所前に並んで人員を確認したとき、H看守は一人足りないことがわかり、便所を探した。この事故を知るや敢然と便槽に飛び込み、彼を引きあげると彼の上に馬乗りになり、糞便にまみれた彼の口を吸い、人工呼吸を施した。その朝は便所の手洗いの水も痛いほど冷たかった。これを見た私たちは、身体全体に電流が走るような衝撃が走った。

（一六）学習委員会の発足

一九五四年（昭和二九年）六月ころ、苦しくて長い「認罪運動」も終結した。皆腹に蓄えた汚物をはき出したあとの爽快さを満喫していた。管理所のなかにまた笑いが甦（よみがえ）ってきた。甦ったというより、人間が生まれ変わったような新しい躍動感が漲(みなぎ)りはじめた。そしてこれに応えるかのように、いままで各部屋の扉を固く閉ざしていた施錠が外され、各部屋への出入りも自由になった。これがさらに各人の喜びと自尊心とを倍加させていった。

こんななかで、「学習委員会」を作ることが知らされた。いままでは各部屋ごとのバラバラの学習だったのを、これからはこの委員会の指導のもとに、統一して効率的に行おうというのである。この学習委員会は、管理所側であげた候補者に全員が投票し、得票数の多いものから、あらかじめ示された順序のポストに就くことになった。その結果は、

委員長　宮崎弘、学習委員　小山一郎、文化委員　国友俊太郎、生活委員　大河原孝一、創作委員　三輪敬一、体育委員　佐々木勉、無任所委員　山根秀男、中崎嘉明、中村五郎、大畠伊三郎

以上のように任命された。

（一七）創作活動

この自主的な指導機関が成立すると、学習時間は午前中だけとなり、午後からは各自が所属する部活動に自由に参加できるようになった。午前中の学習では、「創作活動」がにわかにクローズアップされてきた。先の坦白運動のなかで各自が暴露した非行を克明に記録することにより、侵略戦争の罪悪性を告発する手段としようというものである。またこの創作活動をつうじて、私たちは思想、意識を一段と向上させる。つまり被害者である中国人民の心情をさらに深く把握することができるであろう。

こうした創作活動の意義なり目的なりが、まずしっかり把握されなければならない。そのために私たちは、毛沢東著の『延安における文芸上の諸問題』を共同で学習した。また各人は、張樹理や丁玲や老舎などの新

しい中国の文芸作品をも研究した。そのあとで各自全員が、自分の罪行を暴露する反侵略戦争の手記を書きあげたのだった。

各人が書きあげた手記は編集部に集められ、ここで内容・形式ともに優れたものを選び出す作業がつづけられた。当時私も編集部に所属し、この作業に従事した。私たちが帰国した翌年の一九五七年三月、光文社から『三光——日本人の中国における戦争犯罪の告白』を出版して世間の大反響を呼んだ。それはこのとき書かれた作品の一部であった。

その後さらに、これらの作品のなかから選んで、会は次のような出版をしている。[注36]

①一九五八年八月『侵略』（新読書社）
②一九七〇年九月『侵略——従軍兵士の証言』（日本青年出版社）
③一九八二年八月『新編三光——中国で、日本人は何をしたか』（光文社）
④一九八四年五月『三光（完全版）』（晩声社）
⑤一九八四年七月『侵略　中国における日本戦犯の告白』（新読書社）
⑥一九八八年一二月『天皇の軍隊〈中国侵略〉』（日本人戦犯の手記第一集）（日本機関紙センター）
⑦一九八九年三月『侵略、虐殺を忘れない』（日本人戦犯の手記第二集）（日本機関紙センター）

ベストセラー『三光』の表紙

最初に挙げた『三光』の「あとがき」のなかに、これを編集した三輪・五十嵐・泉の三君は、当時の創作の動機・意義・目的について、こうのべている。

「戦争の体験は私たちの場合、長い反省の生活をへて、いろいろな意味で深刻さを増していた。その偽らない気持ちと行動をありのままに記録するということは、言いかえれば、人間を暗黒の裡に閉じ込めていた侵略戦争のファシズムのくびきから自己を解放しようとする、いわば失われていた人間性への強い目覚めであったとも言えよう」

「手記は私たちにとって、きびしい認罪と自己鍛錬の道場となったのである。この手記は、私たち自身の思想改造への情熱が、自然に生み出したものであって、けっして何らかの外部的強制があったものでもないし、また創作とかルポルタージュとか、いわゆる文学という型に当てはまるものでもない。これはやむにやまれぬ気持ちから、私たちが不慣れなペンを握ってつづった真実の記録であり、身をもって体験し、反省した侵略戦争の告白になったのである」と。

さらにその後に発行された『新編三光』の「まえがき」で、著名なルポライター本多勝一氏は、こう書いている。

「真の反省。真の謝罪。真の行動。それが見事に実行されている本書の筆者たちに心から敬意を表したい。『反省なき民族』が変る日が来るかどうかは、このような芽が大きくなるか、つぶされるかにかかっている」と。

この本は、発売後わずかに一ヶ月で二五万部を売りさばいたが、前の『三光』と同様右翼の妨害が火を噴いて、[注37]残念ながら絶版に追いこまれてしまった。

注36　「会」とは、帰国した戦犯が結成した平和団体「中国帰還者連絡会」のこと

注37　一九五七年に刊行された『三光』は、発売後二〇日間で初版五万部を売り尽くすベストセラーとなり、新聞やラジオでも話題になった。同時に、出版社である光文社に対して右翼による脅迫が行われたため、同社は再版を渋り、事実上の絶版となった

（一八）文化活動

学習委員会は、上にのべた「創作部」のほかに、「学習部」「生活部」「体育部」「文化部」から構成されていた。学習部は、各部屋の学習組長が主になり、学習テーマを決めたり、各部屋の討論の指導、壁新聞の発行などにあたっていた。生活部は、所内の生活全般にわたって面倒をみた。朝夕の便所への引率、被服や日用品の管理と配給、日本料理や記念日などの特別献立の企画などをした。体育部は、毎日の体操や各種スポーツの指導、試合や運動会の企画と実施などをした。

なかでも、「文化部」の活動は多岐にわたり、管理所生活に人間的な和やかさや華やかさを生んでくれた。この部は、おもに日常の音楽演奏、映画の夕べ、文化祭などの企画と実施を仕事にしていたが、音楽班、合唱班、舞踊班、演劇班、美術班などが含まれていた。

音楽班と合唱班

学習委員会ができる二年も前から音楽班や合唱班が作られていて、夕食後廊下に出て、ソ連や新中国の歌などを合唱して聞かせてくれていた。音楽班は、ソ連から持ちこんだバイオリン、アコーデオン、トランペットなどのほかに、管理所から与えられたクラリネット、サキソホン、トロンボーンなどを演奏する一五名ほどの楽団であり、指揮者は関勲（せきいさお）君が務めていた。合唱団も年齢的に若い一七名ほどで編成され、沢田二郎君がタクトを振っていた。

この二つの班は、いつも兄弟のようにより添っては、ロシア民謡や新中国の歌曲を紹介してくれた。ロシア民謡のなかでもっともしばしば演奏され、愛唱された歌は、「カチューシャ」、「トロイカ」、「カリンカ」、

合唱「東京―北京」

「バイカル湖のほとり」、「黒い瞳」、「収穫の歌」、「バルカンの星の下に」などなどであった。これらのほとんどは原語で歌われ、これらの歌がもっている美しいリリシズム〔感情豊かな曲調〕が、私たちの共鳴を誘った。

また新しい中国の歌曲や舞踊も紹介された。「東方紅（トンファンホン）」、「草原の歌」、「毛沢東賛歌」、「歌唱祖国」、「全世界人民心一条」、「収穫の歌」、「白毛女」などなどであった。これらの歌曲は、健康で明るく、中国人民の喜びを強く映し出していた。そこには、解放された中国人民の歓喜の声が、燦然と輝いていた。

過去私たちが「中国的なもの」と錯覚していたものは、ただ中国の素材を、日本人好みのメロディーに変形させたものにほかならなかった。それは、「上海の花売り娘」であったり、「蘇州夜曲」であったり、「支那の夜」であったりした。ただ甘く、官能的で、エキゾチック〔異国情緒豊かなこと〕であるにすぎず、中国人民の生活や感情から遠く逸脱したものにすぎなかった。

私たちがここで紹介された新中国の歌曲には、真に清らかで、おおらかで、人間的な喜びがあふれていた。それは堂々としていて、私たちを魅了してしまった。なかには日本人とは異質な感情の起伏はあっても、人間本来の情緒面で、理解と共鳴を覚えずにいられなかった。

中国音楽に対する接触もこれが初めてであり、それは中国人民の偉大さをあらためて知る機会でもあった。そしてこのような力をおし殺してしまっていた「侵略者」の罪業も知らされた。

私たちは、この音楽班と合唱団を一緒にして、「文工班」とも呼んでいた。学習委員会ができると、この班の活躍は目覚ましくて、文化祭や記念日などには大活躍をし、私たちを大いに慰労してくれた。後に私たちが中国各地の参観を許されたときにも、この文工班は行動を共にしてくれた。その折、天津の水上公園の広場で演奏と合唱を披露して、中国の青年男女から熱烈な拍手をあびたこともあった。

舞踊班と演劇班

そのころ、管理所の敷地内に私たちの仲間の手になる立派な屋外ステージができあがっていた。ここでしばしば文化祭が行われたが、その際、とくに私たちの関心を集めたものは、「舞踊班」の出しものだった。この出しものはたいへん多彩で、その民謡・舞踊は日本列島を北から南まで貫いていた。それぞれの地区の出身者が中心になって振りつけ、それが舞踊班で踊られた。

記憶に残るものだけでも、アイヌ踊り、江差追分、そうらん節、津軽じょんがら、秋田おばこ、秋田タント節、最上舟歌、相馬盆唄、花笠音頭、佐渡おけさ、八木節、秩父音頭、大漁節、チャッキリ節、木曽節、安来節、小原節、おてもやん、などなどである。

皆自分の手になる衣装、わらじ、花笠、手拭その他の小道具で飾りたて、愉快に明るく、力いっぱい踊ってくれた。なかでも園部君とか福田君のような美しい女形には盛んな拍手が送られた。中国当局の指導員・看守・看護婦さんらも見にこられて声援を送ってくれた。地方のこうした踊りなど見たこともない私も、すっかり魅了されてしまっていた。

すこし後になると、第五所にいる佐官組や第六所の将官組までが、この競演に加わった。六〇歳にもなる老大官が、半ば恥らいながらも、喜びを動作に託して踊る姿も印象的だった。

「演劇班」も、文化祭などのときには大いに活躍した。その出しものは、私たちの頭から消すことのでき

衣装から小道具まですべて手作り

ない「戦争と平和」をテーマに捉え、それへのいまの思い――認罪と闘争、謝罪と償い――を訴えるものばかりだった。あるときの演芸会で、三所の演劇班は「内灘村」をとりあげた。砲弾の飛び交うアメリカの演習地のなかに、筵旗を立てて坐りこむ農漁民の不敵な姿勢のなかに、日本人民とともに米帝反対に立ちむかう、自分たちの思想を表白しようとした。舞台に農民たちが眦を決して〔怒りで目を見開いている様子を指す〕「民族独立の歌」を歌うと、観客席の全員が立ちあがってこれに和した。何列もの人間が手と手を組みあい、体を大きく左右に揺さぶりながら唱和した。怒りが怒りを呼び、一つの火の塊が生まれた。

このほか、春秋の文化祭には必ずいくつかの演劇が上演されてきた。先の劇のほかに、「太陽のない町」、「原爆の子」、「おっ母さん」などが上演されたが、次第に音楽班、合唱班・舞踊班をまきこんでのバラエティ形式のものに変わっていった。規模も大きくなり、上演も長時間行うようになった。その準備も全員で行った。脚本書き、演出者の外に沢山の人が要る。舞台装置、背景、大道具、小道具、衣装かつらなどを作る人が要る。また照明係も擬音係〔効果音を出す係〕も要る。それを全員が手わけして行った。演劇に必要な道具一切は手づくりだった。それを全員が嬉々としてやった。人々は一つの大きな意義のある仕事をしているのだという、誇りさえもっていた。撫順に来た当初の自分たちとは、比較にならないほどの大きな隔たりが生まれていた。

何本かのバラエティが上演された。そのなかで忘れられないいくつかの場面が、いま一つに繋がって浮かんでくる。戦争前の平和な故郷の風景。夕焼け空に鎮守の森が浮かび、前景には小学校があり、小川も流れている。昔小鮒を釣った小川である。子守歌が流れてくる。ある場面は村祭りの風景、華やかに花笠踊りが踊られる。北から南へそれぞれの地方の踊りがくり広げられる。なんと平和な美しい光景だろう。戦犯たちの目に涙が宿る。

話劇「原爆の子」の一場面

暗転した舞台には、出征兵士の虚勢を張る姿。輸送船で送られた大陸へ。生臭い戦場の硝煙。疲弊した中国の部落に雪崩れこむ日本兵――略奪・暴行・拷問・殺害・放火……。まさに阿修羅の地獄絵である。

そして最後が広島の場面である。ここに原爆が投下された。燃えあがる家々の間を縫うようにして、性別不明の人間たちがよろめきながら通りすぎる。あとにはおびただしい人間がボロボロになって死んでいる。その人たちの悔しさを楽団の悲痛な音楽が強く奏でる。その暗い風景のなかから幾つかの死体が緩やかに動いたかと思うと、次つぎに立ち上がって歩きだした。男か女かわからないこの人間の群れは、焼けただれてはがれた皮膚をボロのように引きずりながら、やがて一様に顔を上げると、緩やかに手を上げて観客を指差して言う。

「これは誰の仕業だ？　恨みは必ず果たすぞ！」と。

その声はりんりんと響き渡った。私たちは胸をえぐられる思いで、その声を聞いた。そして思った。

「同じ運命のもとで私たちは生き残った。だからこそ、私たちはこの人たちの怒りと恨みを自分のものとしなければならない」

と。

(一九)体育大会

「体育部」は、私たちの体力の向上とスポーツの普及につとめるために、さまざまな計画を立ててくれた。そのなかに月に一回「体育日」というのがあった。この日の午後には、全員が部活動を中止して、各部の対抗試合をすることになっていた。それは主にバスケットボールとバレーボールの試合で、学習部、生活部、文化部、創作部、体育部の五部対抗戦だった。私は創作部の選手として何回かこれに参加した。

バスケットは不得手だったので一回だけでやめて、あとはバレーの方に回った。そのころのバレーは九人制であり、私は大抵前衛の左翼をやったが、あるときは決勝戦まで勝ち進んだこともあった。

そして春と秋には「体育大会」が盛大に挙行された。全員による体操、花束を手にした体育部員の美しいマスゲームのあと、各部対抗の競技に入る。集団競技としては、バスケットとバレーボールの二種目だけだったが、部対抗ではあるが個人競技の種目は、以下のようにかなり多かった。

一〇〇メートル競走、二〇〇メートル競走、八〇〇メートル競走、一五〇〇メートル競走、八〇〇メートルリレー、年齢別リレー、走り高跳び、走り幅跳び、重量運搬競走、障害物競走、借物競走、などであった。

各部ごとの応援合戦も盛大をきわめ、皆小学生のようにはしゃぎ回った。管理所の職員たちもそろって、はちきれんばかりの笑顔で声援を送ってくれた。各種目の優勝者には賞品も与えられた。

私もこの大会には二度、編訳部の選手として走り幅跳びの種目に出場した。最初は一九五四年（昭和二九年）の秋のことで、私は四一歳だった。運動はよくしたので、三四～三五歳の連中には「まだ負けるか」という気持ちだったが、全力疾走が要求される競技だけに、跳躍ごとに自分でもオヤッと思うほど疲労していった。このときの優勝記録が五メートル一八センチで、私は五メートルそこそこで第四位の成績に終わってしまった。

体育大会での選手入場式

その翌年のつぎの回には、この汚名を晴らすべく大いに張り切って参加した。日ごろの熱心な駆け足が効を奏してか、すこぶる調子がいい。跳躍を終えても前回ほど疲れない。私は二回目の跳躍で五メートル四八センチを記録してトップに立った。私は「勝った！」と思った。だが私より一〇歳も若い岩田堅治君に、最後の跳躍で私はわずか二センチ抜かれてしまった。今回も優勝はできなかった。

私は三段跳びがあったらと悔しかったが、この種目は最後まで採用されなかった。走り高飛びはあったのだが参加しなかった。昔は一メートル六〇センチは飛べたのだが、軍隊に入ってから腰をやられたようで、思うように飛べなくなっていた。五〇歳代、四〇歳代、三〇歳代の年齢別に選手を出した年齢別リレーに、私は創作部の四〇歳代の選手として出場したが、結果を覚えていないところを見ると、創作部は勝てなかったようだ。

（二〇）「日本国会議員団」訪問

一九五四年（昭和二九年）一〇月一八日には、鈴木茂三郎を団長とする「日本国会議員団」が来訪した。私たちがここに迎える初めての訪問客である。だからこの知らせを聞くと誰もがそわそわし、ひょっとしたら帰りが近いんじゃないか、なんて思ったりもした。管理所からは、各部屋ごとの学習に入るように、という指示があった。

私たちはいつものように、自分の布団を折り畳んで机とし、一五人がきちんと向き合って学習に入った。廊下側に面した鉄格子付きのガラス戸は、当局の配慮で開け放たれていた。やがて遠くにざわめきが起こり、徐々に近づく気配がする。日本国会議員団の到着だった。彼らは目を皿にして私たちの動静を探ろうとしているようだった。そのなかには部屋ごとに声をかけていく者もいた。

「〇〇県出身の〇〇さんはいませんか？」

「私は自民党代議士の△△ですが、あなたがたの帰国については、中国側とよく折衝します。ご心配いりません」などなどと。

とくに後者の言葉を聞いて、私たちは中国側に対して済まないような、恥ずかしいような思いがした。この訪問客が去ったあと、この人たちの言動について話しあった。それは保守政党議員の言動に見られる「思いあがり」についてであった。

つまり、

一、彼らには、過去に日本が中国に対して犯した侵略戦争に対する反省がない。

二、その上、自分たちの政治的圧力で、日本人戦犯を帰せると思いあがっている。つまり、中国人民の権限である戦犯処理の問題の本質を見誤っている。

という見解を一様に持つことができ、各人がそれぞれにこの訪問団に抱いた淡い期待感を払いのけた。

(二一)認罪学習の総括

一九五五年(昭和三〇年)の賑やかな正月が終ると、学習委員会は「認罪学習の総括をしよう」と呼びかけてきた。この呼びかけで各部屋は、批判―自己批判の方法で、各人の思想の点検を行うことになった。すなわち、私たちは前の年に「坦白」――戦争犯罪の告白――という大仕事を成しとげたが、いま果たして人民服務〔人民のために奉仕する〕の思想を抱いているだろうか? 人民の利益の立場に立たない「資本主義思想」の残滓(ざんし)がないだろうか? これを点検しあうことになった。

私たちには、もうシベリアでの人間不信もとり除かれていた。むしろこれから同じ道を歩く同志の意識が強かったので、皆抵抗もなく受け入れた。一日一人ずつでじっくり時間をかけた。その番の者はつぎのような項目についてのべ、自己批判も行った。

①氏名・年令・住所・学歴、②両親に関する事項、③民間履歴、④軍隊歴、階級、⑤シベリア抑留歴、民主運動歴、⑥坦白の内容、自己の非行に対する考え方、償い方、⑦管理所の日常生活のなかでの自己の欠点、⑧その欠点の由来――思想的根拠――をどう考えるか? ⑨それを今後どう克服するか?

ある者のこうした自己批判にもとづいて部屋の全員が意見をのべる。すなわち批判を行った。だがこれはシベリア民主運動の吊し上げとは異なっていた。シベリアでの吊しあげは過激であり、罵声を叩きつけることであった。吊しあげる「反動分子」は彼らの「敵」にほかならなかったから。

この管理所の学習室には敵はいなかった。敵ではなく、過去は中国人民に対する「敵仲間」であったし、いまはともに認罪を通じて新しい人間に甦ろうとする「人間同志」であった。だからこそ、ここでの批判と自己批判とは、互いが互いを「助けあう」ことであった。ここには罵言も雑言も必要ではなかった。だが「慣れあい仲間」の遊びごとではなく、認罪学習の総括であったから、相手の向上を願う厳しい批判も展開されるのだった。

それは私たちにとり最初の体験だった。私は過去日本の社会のなかで、自分の欠点をこのように直言されたことは一度もなかった。しかしこの直言を素直に受け入れるようになっていた。と同時に、私が自分に抱いてきた「自意識」と他人が私に対して描く「評価」との間には、じつに大きなギャップがあるということを知らされた。部屋の者が私に対して投げかけた批判のなかで、その厳重なものは、つぎの二点であった。

一、石渡は東大出を鼻にかけている。だから、学歴のない労働者・農民を軽蔑している。つまり、我々に対する態度は傲慢である。

二、石渡は他人に対し差別をつけすぎる。つまり、人間に対する好悪の感情が強く、部屋の仲間とも平等につきあわない。

この私に対する批判—評価には驚かされた。私は昔から、傲慢な人間が嫌いで、そんな人間とは実際に行動で戦ってきたし、自分は謙虚な人間だと思いつづけてきた。他人の目に映る私自身は、じつは私自身が嫌うそんな人間だったとは意外だった。この問題は、今日いう「エリート意識」の問題であろう。

正直言って私には「東大を出てよかった」という意識はある。その意識の中核をなすものは、自己の努力によってかちえた成果だという意識と、ここで人間の根源的な価値を学びとったという自信とである。東大出という資格を社会的名声と地位とを保証するレッテルとして、ちらつかせるような気持ちはない。私の心のなかに、「戦争さえなかったら」とか「世が世なら」とかいう意識がないと言えば嘘になろう。しかし、そのことに大きな不満を抱いてはいない。むしろ、社会的地位が高ければ高いほどその人の犯す過ちは大きいことを思えば、安んじておられる過去の職業だったと思っている。

学校を出ないでも、高い社会的地位を収めている人は沢山いる。問題は、社会的地位ではなくて、その人間がもつ「人間的価値」——つまり善悪の価値判断——である。私は大学でそれを人生の基本的目標としてつかむことができた。この意味で、私にとって大学は感謝すべきところであった。しかし、これは私の意識の領域内のことであり、他人に誇示すべきことがらではない、そう考えてもいた。

だが、部屋の批判はそうではなかった。だとすれば、それは私の奥底に眠る「虚栄心」が、ほとんど無意識のうちに頭をもちあげる結果であろう。

そしてもう一つ、つぎのことも考えられる。私は浪人しながらも田舎の中学から水戸高校へ、そして東大へと進むことができたが、その全過程には私の努力があった。そしてその過程で、「人間は努力すれば、大抵のことは成し遂げられる」という信念を得ることができた。これは私の前半生、否、全生涯の「誇り」でもあった。私の理性は、これを他人に誇示することを禁じていたはずだ。にもかかわらず、「学歴を鼻にかける」と評価されるとは、これまた情けない「虚栄心」の成せる業（わざ）としか思えない。

管理所時代の絵鳩（旧姓石渡）

私の意識と存在は必ずしも一致はしない。人間は自信をもたなければならない。と同時に、「他人は自己の鏡」である。他人の目が捉えた自己こそが客観的存在であるということも正しいだろう。私は部屋の仲間たちの批判＝助言をありがたく受け、これからの日常生活を反省する尺度として活用したい。

この期間中、さらに「これから私たちは何をなすべきか?」という問題を討論した。私たちは自己の犯罪を隠さず暴露して中国人民に詫びると、急に世界が明るくなったことは事実だった。それとともに、なにか一切が終わったような気分で、もう帰国を待つばかりという空気さえ見られた。ここで学習委員会は「裁判」の問題を提起した。私たちの現実の目前にあるものは、とかく意識の外に追いやりがちな裁判である。認罪の総括とはじつはこのことである。学習委員会では、こう問題を提起した。

「認罪を終えた戦犯は、積極的に裁判を要求すべきではないか?」というのである。

終(つい)には、

「鬼には金棒がふさわしく、戦犯には裁判がふさわしい」

というスローガンまでが飛び出てきた。部屋の学習組長は鈴木史行君で、私は生活組長をつとめていた。すでに長い間の苦行のあとすべての罪悪をさらけ出して、どんな処罰も受けます、と言いきった我々だけに、ある程度の覚悟はできていた。それにここに入所以来の中国の人道的待遇に対する深い信頼感もあった。「よく坦白するものには、明るい前途がある」という言葉を、皆が信頼していた。

この学習は、大きな混乱もなく、比較的短時日で終わった。討論の結果、各部屋とも「私たちは中国当局の私たちに対する裁判を要請します」という要請書に、全員が署名したのだった。

(二二)日本からの便り

一九五四年(昭和二九年)一一月、日本では、中国紅十字会(べにじゅうじかい)[注38]訪日団の李徳全(リトクゼン)団長によって「戦犯名簿」が発表されたので、管理所での生存者一〇六九名、死亡者四〇名の氏名が明らかになった。

そしてその翌年早くも、私たちの手元には、懐かしい日本からの便りや小包が届くようになった。その第一便は二月一〇日の一六五通の手紙であり、三月二六日には、一〇四二通の手紙と一〇〇〇余個の小包が渡された。それらはすべて北京の中国紅十字会気付(きつ)けとなっていた。

私も母と婚約者からの手紙と小包を受けとった。それは、私にとって敗戦後一〇年で初めて手にすることのできた宝物であったし、肉親の私に寄せる熱い思いには心が震えた。もうこの世の人ではないだろうとあきらめていた母が生きていた。そして、「お前を一目見るまでは私は死にません」と書いてあった。婚約者のK子も、三七歳というこの日まで他家へも嫁がず、一五年の歳月を待ちつづけてくれていた。小包のなかには、心をこめた手編みのセーターも入っていた。彼女は杉並に小さな家をつくり、郵政省に通勤しているという。母や自分やこの小さな家の写真数葉も同封してくれた。

日本から届けられた手紙

こうした手紙を読み、送られてきた品々を手にするとき、生きていることの喜びとありがたさをしみじみと体験した。中国人民への感謝の念も、また改めて沸きおこる。それにしても、戦争という暗黒の時期のなんと長かったことか、と悔まれもする。

何はともあれ、日本からのたよりは私たちの心に言い表わしようのない喜びと潤いを与えてくれた。私たちは、仲間の一人ひとりと、この喜びを分かちあった。お互いに手紙や写真を見せあい、小包のなかの菓子をわけあった。このころは、部屋には鍵がかけられておらず出入りも自由だったので、自分の部屋だけでなく、他の部屋に友人を訪ねてはお互いの交歓の輪を広げていった。こうして、日本からの便りは管理所の仲間たちを、一層強い心の絆で繋ぎとめる役割をも果してくれた。「人の喜びを自分の喜びとする」――そんな間柄ができあがっていた。

日本からの便りが届いたばかりの日曜日のことだった。私はまたしてもK子から送られた写真に見入っていた。ふと気づくと、H班長がニコニコしながら側に立っていた。[注39] この班長は、三〇歳ぐらいの、やや色黒のスポーツマンだった。バスケットがうまい。豪放の人のようだが、笑顔を絶やさず、いつも献身的に私たちの面倒をみてくれた。まだ寒い時期で、認罪運動の激しかったころ、仲間の一人が絶望して大便所の便槽に身を投げるという事件のとき便槽のなかに飛びこんで引きあげるや、糞便にまみれた彼の上に馬乗りになって人工呼吸を施した。私たちは身に鳥肌が立つような感動を覚えた、その人であった。

この班長が私の側に腰を降ろした。私の差し出した写真を見ながら、静かに質問する。

「これは君のお母さんか?」

「この人は君の奥さんだろう?」

また、白いパーゴラ〔藤棚のような木製の棚〕のある小さい家を指差しながら、

「これは君の家ですか? 文化的なきれいな家だね」

と、まるでわがことのように喜んでくれる。

私は送ってきた缶入りのチョコレートを「食べませんか」と差し出したが、「謝々」と言うだけでついぞ手を出そうとしなかった。帰りがけに班長は、言い渋るようにしてこう言った。

「菓子を食べ終えて、その缶を捨てるんだったら、私にください。子供にやりたいから……」

チョコレートの缶の蓋には、スイスの山岳の風景写真がカラフルに印刷されていた。もちろん私は、「喜んで貰っていただきます」と答え、数日後班長さんに手渡した。当時中国では、重工業や機械生産に力が注がれていて、軽工業方面はひとまずおあずけと思われる節もあった。

そのときまた、班長はこんなことも言われた。

「日本から送られてくるお菓子の缶はどれもきれいだ。でも日本人は、この奇麗な缶の分までも、菓子代として買わされているわけでしょう。そこへいくと私たち中国人は実質主義者だから、中身さえ安く手に入ればそれでいいんです。だから、いま中国の商店では包み紙さえ省いていますよ」

と。これを聞いて私はなるほどと思った。

注38 日本の「赤十字社」に当たる組織で、人道的救援活動等に従事している。一九五三年以降、中国に残留する日本人の大量引き揚げが始まった際、当時国交のなかった日中間にあって、中国側の窓口機関となった

注39 認罪が深まるにつれて、戦犯たちが日常的に接している管理所の看守たちのことを、敬意と親しみを込めて次第に「班長」と呼ぶようになっていた

(二三)指導官・譚(タンプウ)風先生

私はこれより前、昨年の認罪運動期間中のこと、北京の上級機関から派遣されてこられた指導官・譚風先生から、個別に指導を受けたことがあつた。日本からの便りのことを思い出すとき、この方のことがまた思い出される。

先生は四五～四六歳くらいで、眼鏡をかけた、中肉中背の方だった。白皙(はくせき)〔肌が色白〕で大学教授のような印象を受けた。いつも笑みをたたえながら、きれいな日本語で話しかけてくださった。先生は昔、第六高等学校〔後の岡山大学〕の留学生だったと聞く。先生と面談していると、私は心が安らぎ、自分を偽ることができなかった。

最初の面談では、私自身の前歴について聞かれ、つぎのようにお答えした。

「旧制の水戸高等学校卒業後、東京帝大の倫理学科に入学しました。卒業後は、文部省教学局思想課に入

りました。仕事は進歩的な東大教授・河合栄治郎先生の図書の検閲でした。私はこの仕事が嫌でしたので、一年でやめて、山梨県の女子師範学校や上田高等女学校の教壇に立ちました。

昭和一六年七月、佐倉の東部第六四部隊に入隊し、翌昭和一七年六月以来、中国山東省新泰に侵攻しました。所属は北支那方面軍第五九師団第五四旅団独立歩兵第一一一大隊本部でした。ここの治安部助手と機関銃中隊の初年兵係助教を務めました。この助教をしていたとき、山東省索格荘における捕虜の『実的刺突事件』に参加しました」と。

またシベリアでの民主運動の経歴については、こうのべました。

「私は、シベリアでの五年間全く民主運動には参加しませんでした。そのため、反動分子として隔離されたこともあります。またソ連の政治部員から親友某の前歴調査を命じられましたが、私はその命令を拒否しました。私の人間的良心が、それを受けさせませんでした。政治部員からは、『君は家には帰れないだろう』と言われましたが、それもいたしかたがないと思いました。しかし私は後悔しませんでした」

つぎに、中国に来てからは真面目に勉強している理由について問われたので、以下のように答えた。

「私の心を強く打ったものは、ソ連から移管されて以来今日まで一貫して変わらない中国の人道主義的待遇であります。私たちは過去、中国人捕虜に対してまことに残酷な処遇だけを与えてまいりました。この憎んであまりある『敵』に対して、人間として温かく待遇して下さいました。この両国の人間の価値には、全く天と地ほどの隔たりがあります。私はこの中国人民の偉大さに完全に屈服致しました。完全に脱帽しました。

また、私たちが『チャンコロ』などと言って侮ってきたその中国人民は、この度の祖国防衛戦争で、武力的強大さを誇る米軍を全人民の鋼鉄の団結でうち破りました。現在世界では、『新しい奇跡』（新しい時代の幕開け）が始まっています。私どもはいまこの新しい奇跡を心から信じ、中国人民に学び、少しでも近づくことが私たちの使命だと考えております」と。

あるとき、譚風先生は私の家族のことを聞かれた。

父が東京高等師範学校卒業後、岡山高等女学校の教職についたこと、母はこの学校での父の教え子であること、父は私が大学を卒業した年に死去したこと、母の方はまだ生存していて、もう七〇歳になることなどをお話しした。

そのとき先生との会話のやりとりは、こんなふうだった。

「お母さんにはお手紙書きましたか？」

「はい、最初のお許しがあったとき、書いて出させていただきました」

「奥さんはいるんでしょう？」

「妻はまだおりませんが、婚約者がおります」

「その方にももう手紙は出しましたね？」

「いいえまだです」

すると先生は、

「さあ、ここでその方への手紙を書きなさい。私の方から出してあげます」

と言われ、紙をとり出し、自分の万年筆を貸して下さった。私は感動のあまりしばらくペンをとることができなかった。

それは、先生が撫順を去られたあとのことだった。ある日、班長に呼ばれて部屋を出ると、管理所の奥まった一室に通された。そこには四〇歳くらいの体躯の堂々とした方が控えておられた。おそらく中国の検察官だったにちがいない。その方は私に対して厳かにこう伝えられた。

「君が過去日本軍兵士として、中国人民に対して犯した厳重な罪行については、おおむねよく坦白されたと考える。その認罪の態度もよろしい。現在生活組長としても、その職務を忠実にはたしている。また過去それぞれの部屋で、他人の学習に対する援助をよくしてきた。これからも、いままで通り他人の学習を大いに手助けしてほしい」と。

思えば、これが私の認罪に対する中国側の総括（評価）であった。私は大きく救われた思いで、その部屋をあとにした。これもまた、譚風先生のお力添えと感謝している。

（二四）一九五六年（昭和三一年）の正月

一九五六年（昭和三一年）の正月は私たちが外地ですごした最後の正月、ということになった。私が昭和一六年に軍隊に入隊してから、異国の地で一五年の歳月が流れていた。軍隊生活四年、シベリアでの抑留生活が五年、そのあと戦犯として中国へ移管されてきたのだった。二八歳から四三歳までの「人生の活躍期」が、奪われてしまっていた。ともあれ、外地で過ごした数多くの正月のなかで、とくにこの年の正月が印象深い。

まず食事のことから入ると、前の年あたりから、炊事は仲間の調理経験者が私たちの食事を賄（まかな）っていた。それも、「日本人の食事は日本人の口に合うものを」という中国当局の配慮であったことはいうまでもない。この年の正月の食事には皆目を見張った。「これが戦犯という犯罪者の食事だろうか」と皆そう思った。

この日の食堂に当てられた講堂は、万国旗やくす玉などで美しく装飾されていた。昨夜は遅くまで美術班の仲間が美化作業をつづけていた。指導員の先生方も総出で面倒をみられていた。呉浩然（ゴコウゼン）先生などは、装飾のこと、壁新聞のこと、元日の料理のことなどを一日中見てまわられたばかりか、我々が寝静まった後も各部屋を巡回されて、一睡もされなかったらしい。元日の朝が開けてはしゃぎまわる私たちの笑顔を見て声をかけたり、ダンスパーティーに加わったりなどして、帰宅されたのは二日の夕方であったと、あとで聞いた。胸が熱くなる。

元日の朝食はお雑煮だった。この日本流のお雑煮は、敗戦後初めて味わう懐かしい日本の味である。尾頭付きの鯛や海老もあった。昼と夜の主食は研ぎ澄まされたまっ白い米の飯だった。中国のこの辺りでは米飯はまだ贅沢で、だれもが食べられるものではなかった。副食には豚肉も川魚も野菜も食べきれないほどあがった。各人に両切り煙草〔吸い口のない紙巻き煙草〕の下給品もあった。

ご馳走を前に談笑する

元日は終日各人の自由行動が許された。講堂で碁や将棋やピンポンや玉突〔ビリヤード〕などにうち興じる者、友だちの部屋を訪ねては話しこんだりする者と様々だった。ある者は廊下に壁新聞を読みに出たり、満腹を癒すために運動場を駆けまわったり、疲れてうたた寝をする者もあった。全く自由で、のびのびとして、和気藹々のムードが漲りあふれていた。

夕食後私たちは三々五々と講堂へ集まっていった。ダンスパーティーが開かれるのである。講堂は華やかに飾り立てられていたし、部屋の中央にぶら下げられていた大きな薬玉を中心にして四隅へ五色のテープが緩やかなウェーブを描きながらのびている。舞台の上には色とりどりの豆電球が点滅し、楽団が「ブルーダニューヴ・ワルツ〔美しく青きドナウ〕」の軽くて甘い楽の音を流している。私たちは、まるで夢の国へ迷いこんだような錯覚に陥るのだった。

壁新聞を貼り付ける戦犯たち

このころ、私たちの間ではすでに夕食後にダンスの練習が盛んに行われていた。あまり器用でない私も、新村隆一君の手とり足とりの教授で、ワルツ、ブルース、タンゴ、フォックストロット〔アメリカ発の社交ダンス〕などひと通りは踊れるようになった。ダンスの競技会などでは旧「満州国」の警察官や憲兵の年配者のなかに、思いがけない達人を発見することもあった。

この元日の夜のダンスパーティーは、一切制限なしということで、夜通し踊ってもとがめられなかった。「カチューシャ」のフォークダンスも、「ブルーダニューブ」のワルツも、タンゴもブルースもフォックストロットも、踊れるものはすべて、繰り返しくり返し踊りまくった。踊っては休み、休んでは踊った。踊り手は休めたが、楽団員は休めない。翌朝まで踊り明かすつもりのダンスパーティーだったがさすがに参ってきた。「参った」、「ああ、参った」と一人減り、二人減りして、パーティーが散会となったのは、一月二日の午前二時のことだった。この日一日、私たちは監獄にいることを忘れた。

（二五）一九五六年（昭和三一年）の「労働節」

一九五六年（昭和三一年）五月一日、撫順はすばらしい晴天だった。この青空のもとで、私たちは「五六労働節〔メーデー〕祝賀大運動会」を開催した。

　まず開会式である。各人は、それぞれが所属する学習部・文化部・生活部・編訳部・体育部の旗とプラカードのもとに集まる。各部の選手はそれぞれ赤・白・黄・青・えび茶色のユニホームに身を固めている。私も今日は編訳部のバレーと走り幅跳びの選手である。開会式の後、選手の入場式が行われると、いよいよ試合開始である。今日の運動会は、各部対抗の総得点争いである。すでに仲間の手づくりの、立派な優勝盾が飾られてある。

仮装行列

　午前中はバレーとバスケットの団体試合だった。各部からはAとBの二チームずつを送り出した。バスケットの試合の後がバレーの試合だった。私は編訳部のバレーB組の選手で出場した。四ヶ所のどのコートでも熱戦がくり広げられると、それに呼応して応援合戦が次第にエスカレートしていく。各部とも、応援団長の音頭や手拍子にあわせて、熱狂的に声援を送る。この応援合戦もなかなかの見ものだった。なかでも文化部の正副応援団長は、彼らの手になる見事な和服に袴、それに鉢巻にタスキかけという出でたちである。手製の扇子を振りかざし、手製の下駄履きもよく似合う。その滑稽で、元気のよいこと。看護婦さんたちも大笑いだった。

　この運動会のフィナーレは、各部の華やかな仮装行列だった。体育部は長い脚の美男美女の「高脚踊り」、文化部は舞踊班を中心とした豪勢な女装の踊り子たちのパレード。学習部は、各人の胸に「学習」と書かれた草書が映える。「反戦平和」のプラカードの後には、白い鳩が舞い、八人の労工服に身を固めた若者が急造のお神輿をかついでつづく。上には本とペンとラケットを持った三人の若者が乗り、天を見あげていた。

こうして、沸きに沸いた運動会も体育部の優勝となり、優勝旗が横山司之君の手に、優勝盾が野沢秀夫君の手に納められた。

この日の夜は講堂での宴会だった。このときの献立は、手元の小冊子『人道と寛恕』(一九五七年七月、北京・外文出版社発行)によると、次のように豪華なものだった。

押し寿司、巻き寿司、大福餅、カステラ、ドゥナッツ、カリントウ、焼きかまぼこ、大根おろし、酢の物、林檎。

この贅沢な一〇品の料理は、生活部が私たちに食べたいもののアンケートをとり、希望の多いものを集めて今日の献立表を作ったのだった。私たちは、各品目の食券で自由にセルフサービス方式で受領してきては、三々五々気の合う仲間と机を囲んだ。かつは食い、かつは大いに語りあった。

(二六) 中華人民共和国全国人民代表大会常務委員会の決定

一九五六年(昭和三一年)四月、私たちは管理所の金源科長から重大発表を受けた。それは、「目下勾留中の日本の中国侵略戦争中における戦争犯罪者の処理についての中華人民共和国全国人民代表大会常務委員会の決定」についての発表だった。そこで言明された内容は以下であった。

「目下わが国に勾留中の日本戦争犯罪者は、日本帝国主義のわが国に対する侵略戦争中に、国際法の準則と人道の原則を公然とふみにじり、わが国の人民に対して各種の犯罪行為を行ない、わが国の人民にきわめて重大な損害をこうむらせた。彼らの行った犯罪行為からすれば、もともと厳罰に処してしかるべきところではあるが、しかし日本の降伏後一〇年来の趨勢の変化と現在おかれている状態を考慮し、ここ数年来の中日両国人民の友好関係の発展を考慮し、またこれら戦争犯罪者の大多数が勾留期間中に、程度の差こそあれ改悛の情を示している事実を考慮し、これら戦争犯罪者に対してそれぞれ寛大政策に基づいて処理することを決定する。

ここに、目下勾留中の日本戦争犯罪者に対する処理の原則とこれに関する事項をつぎのとおり定める。

(一)主要でない日本戦争犯罪者、あるいは改悛の情が、わりと著しい日本戦争犯罪者に対して、寛大に処理し、起訴を免除することができる。

(二)日本戦争犯罪者に対する裁判は、最高人民法院が特別軍事法廷を組織しておこなう。

(三)特別軍事法廷で用いる言語と文書は、被告人の理解できる言語、文字に訳すべきである。

(四)被告人は自分で弁護を行ない、あるいは中華人民共和国の司法機関に登録した弁護士に依頼して弁護を受けることができる。特別法廷はまた、必要と認めた場合、弁護人を指定して、被告人の弁護に当たらせることができる。

(五)特別軍事法廷の判決は最終判決である。

(六)刑を科せられた犯罪者が、受刑期間中の態度良好の場合は、刑期満了前にこれを釈放することができる」

この決定を知らされて、身体の硬直を覚えない者はなかった。いままでは各人の主観的な憶測の域を出なかった自分たちの「前途」に対して、はじめて動かすことのできない「客観的な原則」が提示されたからである。私たちは約六年間の学習を経て、侵略戦争のなかで犯した自分の罪を、被害者の立場から見直し、その一切を中国人民の前に坦白し、また進んで裁判を要求する嘆願書に署名までしてきていた。それにもかかわらず、誰もが動揺した。

「自分は起訴を免除される側だろうか、それとも起訴される側だろうか?」

「もしも起訴されたなら、後はどうなるのだろうか?」と。

私たちはつくづく思う。「認罪」=思想改造とは生やさしいものではない。本当に長い道のりが必要なものらしい。そこで私たちはまた、この「決定」についての討論学習に入った。そこでようやくにして、また結論を得た。

「私たち戦犯の側にあるものは、ただ一つ『認罪』だけだ。『起訴か、不起訴か』は中国側に属することである」と。

学習委員会は、「認罪を徹底して、寛大政策を勝ちとろう!」というスローガンを掲げたのだった。

(二七)参観旅行

私たち中国に勾留中の戦争犯罪者に対して、中国政府は新中国に対する理解を深めさせるために、参観旅行をさせてくれた。三三〇名程度を一単位とし、三回に分けて実施された。

第一回の組は五月下旬から、第二回の組は六月下旬から、それぞれ約一ヶ月にわたり、瀋陽(シンヨウ)、鞍山(アンザン)、長春(チョウシュン)、ハルピン、北京、上海、杭州(コウシュウ)、漢口(カンコウ)など一一ヶ所もの都市を歴訪させてもらった。行く先々での名所旧跡——北京の頤和園(イワエン)・動物園、杭州の西湖や清蓮寺(ショウレンジ)など——に遊ぶことができたばかりか、各地の製鉄工場、自動車工場、機械工場、電気計器工場、計器切削工具工場、亜麻工場、紡績工場、メリヤス工場、ゴム工場、捺染(おしぞめ)工場などを見学できた。

またいくつかの地方の生産合作社(がっさくしゃ)や各都市の工業大学、地質大学、医科大学、中央民族学院など多くの大学や専門学校を参観した。また瀋陽では、「瀋陽第一デパート」や「東北製薬工場」などの付属託児所も見

陳おばあさんの話を聞き、謝罪する

北京の代表的観光地である頤和園で

学することができた。上海では曹楊新邨という村を訪ねたとき、日本の侵略戦争中に肉親を失ったという陳おばあさんに出あい、皆頭を垂れて深く謝罪した。この第一～二回の組は参観を終えると、それぞれ、残留者に対して詳しい報告を行ったが、その直後に特別法廷に出向いて「起訴免除・即日釈放」という寛大政策に浴して帰国していった。

私の参観旅行は最終回の組で、しかも八月猛暑にぶつかってしまった。この年中国には近年にない猛暑が襲来したため、その出発が見送られているうち、八月二一日の特別軍事法廷への出頭となってしまった。すでに第一回の三三五名は六月二一日に、第二回の三二八名は七月一八日に、それぞれ起訴を免除されて帰国していた。私たち三五四名もまた「起訴免除・即日釈放」の寛大政策に浴することができた。したがって私たちの参観旅行は、前の二組とは逆で、判決後の旅行となり、しかも八月二四日から八月三〇日までの一週間の短期間だった。また、場所も東北地方から華北地方までの地域に限られた。以下、前二組の報告をも含め、参観旅行で見た新中国の印象を語ることにしよう。

新中国の工場

新しい中国が誕生してからまだ六年余りしか経過していなかった。

その新中国のいくつかの工場を見学して、その想像以上の発展にまず目を見張った。近代化された工場設備、オートメーション化された機械設備、大量生産――しかもそれが中国人民の手で作り出されているという事実にほんとに「度肝を抜かれた」というのが実感だった。

私たちは、鞍山製鉄所の継目なし鋼管工場、薄鉄板工場、瀋陽の第一機械工場、長春の第一自動車工場・亜麻工場などを参観することができた。どの工場にも昔の汚い工場のイメージがなくて、見るからに事務所か学校のように美しく整然としていた。内部に入ると、照明は私たちが初めて見る蛍光灯がまぶしいほど煌々と輝き、モーターとベルトの騒音さえ消えていた。

また、鞍山製鉄所ではまさに「無人工場」ともいうべき姿を初めてみることができた。ここの全工場の生産過程と機械操作とは、中央のガラス張りの展望台のなかの数人の労働者のボタン操作によって行われており、溶鉱炉のなかから勢いよく飛び出てくる灼熱の鉄板や鋼管は、人手を煩わすことなく、つぎからつぎへと自動で機械工程へと移動していく。

そこには、汗にまみれて働く労働者の陰はない。まっ赤に焼けただれた鋼鉄の壮観な乱舞を見るだけである。近代工場は、正しく無人工場であり、それは人間を労働の辛苦から解放している。

戦争が終結してから、一一年が経過していた。時代と社会の進歩から遠く隔たり住んでいた私たちには、新中国の工場で見るこの飛躍的な発展は、まるで夢でも見るような、信じられないほどの驚きだった。

労働者の住宅と託児所

私たちの驚きはそれだけではなかった。新しい中国の工場には、また必ず労働者の住宅が設置されていた。工場からわずか数百メートル離れた場所に、その工場で働く労働者のための立派な住宅街があった。「洛陽第二機械工場」の住宅街は、工場から五〇〇メートルほどの所に、広い道路をはさんで、赤煉瓦三階建の建物が整然と並ぶ美しい町だった。

私たちはそのなかのいくつかの住宅を拝見させてもらった。どの家も清潔で小綺麗だった。どの家も二〜三室があり、家賃が六元だと聞いた。そのころ、労働者の平均の月給が五〇元余りだったから、家賃は月収の一〇分の一程度だったのだ。

そのほか、この労働者の住宅街には付属の病院、娯楽場、大食堂、業余学校（労働者の技術向上のための夜間学校）、託児所などの施設が設けられていた。共稼ぎの若い夫婦も、工場への出勤時に子供をここに預けて、帰りにまたここに立ち寄って連れ帰ることができる。

瀋陽東北製薬工場の付属託児所では子供たちが歌をうたって参観団を歓迎

私たちが参観したここの託児所では、親たちの希望でこんなシステムもとっていた。平日の五日間は託児所で子供を預かり、土曜から日曜にかけては両親のもとで暮らさせるというシステムだそうだ。ここの所長さんは、私たちにこんなことを話してくれた。
「週末に両親が迎えにきても、友だちと一緒に暮らせる託児所生活の方を喜ぶ子供たちが段々増えてきております」と。
環境と意識を考えさせる、印象に残る言葉だった。

労働者の高い生産意欲

工場見学をして驚いたことはまだあった。それは、労働者の生産意欲の高いことである。参観したどの工場でも労働者の表情は明るく、生き生きと労働していた。彼らはすでに解放され、今や社会の主人公としての自覚に目覚めているらしい。どの工場でも、毛沢東主席の肖像を高く掲げ、「第一次五ヶ年計画完遂のために奮闘しよう！」と呼びかけている。どの工場も、末端の労働小組に至るまで、それぞれの生産目標を掲げ、互いに「生産競争」を呼びかけ、これを実施している。私たちはそこに、圧倒されるほどに強い中国労働者の情熱と団結とを見た。それは驚き以外のなにものでもなかった。

そのころ中国は人民民主主義から社会主義に移行する過渡期にあった。したがって各都市には、民族資本家による中小企業が残っていたが、瀋陽の一公私合営の工場長は私たちにつぎのように話してくれた。

瀋陽第一旋盤工場で熱心に説明を聞く

「解放以前は、帝国主義と官僚資本と封建勢力の三重の圧迫に苦しめられたが、現在は中国共産党の指導により、計画的に生産し、原料の購入から製品の販売まで政府が保証してくれます。したがってかつてのような盲目生産も、投機による危険もなくなり、労使間の問題もなく、生産も年々向上しています。将来のことについても、私たちは人民政府を信頼し安心しております。

またここの労働者は、国営工場の労働者に比べると施設や待遇の面で劣ることはありますが、その悪い状態を年々克服しており、そこに生きがいを感じております」と。

このように、状況のよくない中小企業の資本家も労働者も、自分たちの政府を信じきって、新しい中国の前進のために、団結して、自分たちの力を精一杯捧げきっていた。

大青村農業生産合作社

私たちはまた、瀋陽郊外にある大青村の「農業生産合作社」を参観することができた。この合作社はソ連で見てきた「コルホーズ」(集団農場)とは異なっていた。コルホーズでは土地も生産手段も一切が国有であったが、合作社では土地改革によって没収した大地主の土地が農民の手に分配されていた。この分配された土地をはじめ、労働力、農具、畜力などを各農家が出しあって、耕作、種まき、収穫などの一切を共同で行い、それによって得た生産物を、主に各自が供出した労働力に比例して分配しようとする仕組みであった。

この村の劉村長は、私たちにこんな話をしてくれた。

「旧満州時代に私は、八歳のころから地主の家で豚追いをしていました。もちろん文字も知りませんでした。それが解放後の識字運動のおかげで、いまは新聞も読めるようになりました。解放前には、私たちは食うや食わずで、毎年多くの餓死者が出ました。さらに戦争が始まると、村人は強制労働にひっ張り出され、遠い北方の山中で陣地造りをさせられました。ひどく粗末な食事と激しい労働で次つぎと倒れる者が出て、戦争が終わっても村に戻ってきた者はその半分にも足りませんでした。だが現在私たちは、毛主席と中国共産党のおかげで腹いっぱい食べることができます。また、昔の貧農は一生食べることのできなかった米の飯を週三回も食べられるようになりました。昔は地主の息子しか行けなかった瀋陽の中学へ、いまはその能力があり希望するなら、だれでも合作社の費用で入学できます。また病気になれば無料で診察を受け、治療もしてもらい、入院もできます」と。

村長さんの話を聞いたあと、私たちは村を見てまわった。共同の養豚場や養鶏場も見せてもらい、農機具置場や農機具修理をする鍛冶場と木工場も見せてもらった。

私は戦争中に、山東省の幾つかの農村を兵隊の目で見てきた。そして新たな目でいまこの村を見てみると、その変貌のありさまにはただただ驚嘆するばかりである。

あの野放しの豚が撒き散らす糞尿の悪臭が充満する村、ボロをまとい、痩せさらばえて、腹だけが膨れていた薄汚い子供たち、家や塀の片隅からのぞく猜疑（さいぎ）と呪いの、あの無気味な目と目……あの古い時代の中国の農村は、一体だれが作ったのだろう？　いま私たちが見て回っている、清潔そのものの村落、小綺麗な民家、血色がよくて明るい村民の表情、現在の生活に感謝し、明日のよりよい環境づくりにはげむ農民たち、そして年々生活が向上をつづけるこの農村……このような中国の農村は誰がつくったのだろう？

私たちが訪ねた農家の人々は、だれもが一様に、

「何もかもみんな、毛主席と中国共産党のおかげです」

と言う。

一人のお婆さんは、米櫃（こめびつ）から一握りの白米をつかみ出してくると、それを示しながら、こう言った。

「昔は死ぬ前にしか食べられなかったこの米の飯を、今じゃ一日おきに食べられます。みんな毛主席のおかげです」

こう言いながら、お婆さんは涙をこぼした。

私たちは、このお婆さんに惨めな過去を押しつけた兇敵・日本侵略軍隊の一味であったことを恥じた。仲間のある者はその前に手をついて謝った。そのときお婆さんはこう言ってくれた。

「あなたがたに言いたいことは、もう二度と銃を持って攻めて来ないでください、ということだけです。昔のことは忘れて、これからは世界の平和のためのお友だちになりましょう」と。

胸は一段と締めつけられる思いだった。

清華大学

私たちは新しい中国の大学もいくつか参観することができた。

中国には昔から「大学迷(ターシェミー)」という言葉があり、これは青少年の大学への強いあこがれを示していたという。この傾向は新しい中国でもなお存続しているだろうが、昔と今では大学の使命が大きく変わったのだろうと考えられる。東京に住むある中国人は、「過去の独裁者は『愚民政策』をとったが、中共は『造民政策』をとっている」と評したそうだが、この言葉を借りると、新しい中国の大学は「造民機関」の頂点(新しい指導者の養成機関)として、新しい積極的な役割を帯びてきたといえよう。だとすれば、ここで再び「大学迷」が装いを新たにして浮上してきても不思議ではないだろう。

私たちは幸いにも、北京の西郊外に「文教区」として建設中の巨大な大学群へ、参観バスを進めることができた。そこには、楊柳並木のつづく広い道路を左右にはさんで、映画学院、体育学院、地質学院、石油学院、音楽学院、工業学院、航空学院、師範大学などの八大学院(日本の旧高専程度の専門学校)と清華大学(昔ながらの名を残す工業大学)、北京大学(旧アメリカ系の燕京大学を接収)、中央民族学院(中国各地に住む少数民族の青年を教育するために新設された)などが、私たちの視線を圧倒するように立ち並んでいる。この大学街の入口から外れまで、私たちのバスは五時間以上も走りつづけた。

私たちはまずこの大学群のなかの「清華(せいか)大学」を訪問した。学校側から大学の概要についての説明を聞いたあと、私たちの代表がいくつかの質問をした。そのなかから私は、新しい中国の大学について初歩的な認識をもつことができた。

一、新しい中国の大学は、新しい人民国家の指導者の養成機関であるが、そこへの入学はきわめて至難な業である。中央と地方の大学をあわせてもその数は少ないので、勤労人民の子弟ならだれでも受験資格はあるが、大学への入学は「針の穴を駱駝(らくだ)が通る」ほどの困難さであるという。

二、政府の指示により分配入学（「統一入学」）となる受験生は、詳細はわからないが、まず学業成績・学習態度・体力などさまざまの厳しい査定を経て、「入学資格」を得る。各人は第一順位から第二一順位までの希望大学名を申告する。これに対して国家の担当機関では、試験の結果などによって、各大学へ分配して入学を許可する。この方法を中国では「統一入学」と呼んでいる。

三、各大学の卒業生は、政府により全国各地の機関や企業体に分配され、これを「統一配分」と呼んでいた。大学の卒業生は、日本など資本主義国家のそれのように、卒業後の職業や就職地などを自由に選ぶのではなくて、国家の要請により、「適材適所」に配分されるのである。説明によると、優秀な学生ほど新疆省（現在の「新疆ウィグル自治区」）やチベットなどのへき地の困難な仕事に進んで依願していくという。

清華大学は広大な校庭と美しいエキゾチックな建物を有していた。四季おりおりに競いあう花園と何十面と並ぶバスケットコートとがとくに印象的だった。私たちは大学の図書館を見せてもらった。明るくて広くて静かな図書室では、若い学生たちがあちこちに集まり、熱心に共同学習をつづけていた。

大学での学習のほとんどがグループによる共同学習とのことだが、いま見る男女四～五人ずつのグループも、学校での授業の延長としての共同学習をしているのだという。この男女の学生たちの表情の明るさ、瞳の輝き、和気藹藹の姿、学習態度の熱心さに、私は羨望の目でしばらく見とれていた。

大学の構内に学生たちの寄宿舎が建てられていた。そこの学生たちからこのようなことを聞いた。学生たちは授業料も寄宿代もいらないばかりか、月々国家から小遣銭まで支給されていた。また年に何回かの休暇のときには、郷里までの往復旅費も支給されるという。日本の大学生にとってはうらやましいかぎりではあろうが、しかしまた、大学生がもつ使命感にも大きな隔たりがあることも事実であろう。中国の大学生たちの使命感は、中華人民共和国の発展のためにすべてを捧げることである。だが、日本の大学生たちの使命感とは、一体どのようなものであるだろうか？

中央民族学院

私たちはまた「中央民族学院」を参観した。この学校は、各民族平等の実現を目的とし、少数民族地域の幹部を養成するために、解放直後の一九五一年に創立されたのだった〔現在は「中央民族大学」〕。

学校は、瑠璃色の屋根瓦をいただく美しい数棟の建物から成り立っており、ここに満州、蒙古、朝鮮、チベットをはじめとする、全中国の四六もの少数民族の子弟一五〇〇名が学んでいた。そのなかの四分の一はチベット族であり、女子学生は全体の三分の一を占めていた。ここでも私たちは詳細な説明を聞くことができた。

一、この学校での重点は、風俗、習慣、信仰を異にする他民族の学生を、平等に尊重することにあった。服装は学生服（人民服）の外に、各民族の服を支給し、また民族特有の礼拝堂を建立していた。とくに食事面では苦労が多かった。例えばチベット族には、高原産の麦粉、スーユーと呼ばれる飲み物を、わざわざ青海地方からとりよせていた。豚肉を食べない回族〔イスラム教徒〕のためには「清真食堂」を用意したが、同じ回教徒でも九種に分かれていたため、新疆方面の学生のためにわざわざ新疆省からコックを招いていた。

二、この学校は、少数民族が彼らの自治を自分たちの手で築きあげる、その自覚と能力を授けることが目的であった。まず、各民族の学生たちの文化的水準を平均化するための「補習教育」が行われる。これが「予科」である。この予科は初等中学から高等中学の水準に引きあげられ、次第に「大学予備班」の程度に高められつつある。その上で、学生たちは、それぞれ政治、言語、医学、工学などの「本科」に進むことになるという。

私たちは、「中央民族学院」という、世界にその類例を見ない学校を参観することができた。この学校を参観しての感動は大きかった。それは、ここにも中国政府のすべての政策の底流をなしている、「強く、温かい、人間観」を肌で感じとることができたからである。私たちが「戦犯管理所」で受けている人道主義的待遇も、この「中央民族学院」の少数民族の学生たちが受ける待遇も、その根源は同じであった。中国の掲げる「平和五原則[注40]」が、印度、ビルマなど多くの国に支持され、さらにその広がりを見せているこの事実も、中国の国際主義や平和主義という対外政策も、この国内の「民族尊重主義」も、等しくその根底に、万人をしてよく承服させる「人道主義」という高いモラルに貫かれているのではないだろうか。

最近読む機会を得た竹内好氏の論文「日本と中国」のなかで、つぎのような一文がある。深い共感を覚える。

「中共がどんなに高いモラルに支えられているか、そしてそのモラルが、一貫して流れる民族の固有の伝統にどんなに深く根ざしているか、この観点に立たないかぎり、今日の中国問題の理解は出てこないと思う」と。

注40　一九五四年六月に中国の周恩来首相とインドのネルー首相が共同声明の中で発した、国際関係に関する五原則のこと。すなわち、領土・主権の尊重、相互不可侵、内政不干渉、平等互恵、平和共存

参観旅行を終えて

私たちに許された参観旅行は、結論的には、「認罪学習」（過去の罪を見つめる学習）であった。じじつ私たちは、参観旅行の行く先々で、日本軍隊の犯罪の跡を見ないわけにはいかなかった。中国で最初の自動車工場と言われる長春の「第一自動車工場」（着工後三年で竣工し、年産三万台）は、多数の中国人を実験の餌食とした関東軍第一〇〇部隊の細菌兵器工場の近くに建設されていたし、清華大学の水力試験館では、三〇〇名もの中国人が医療実験の名のもとに殺害されたという。また紫禁城〔北京にある清朝の宮城跡〕の壮大な美に心を奪われていたとき、いきなり説明者の次のような言葉が胸に突き刺さってきたりした。

「過去日本帝国主義の占領時代には、この城内にあった沢山の宝物が持ち出されたり、破壊されたりしま

した。また金箔だけが剥ぎとられた香炉や花瓶や竜なども残っております。しかし現在中国政府は、あらゆる遺物を保存管理し、すべての人々の観覧に供しています」

じじつ私たちは、恥と呵責とに耐えながら、金箔を剥ぎ取られた龕灯〔ろうそくで灯す携帯ランプ〕を目の前に見すえざるをえなかった。

さらには、「撫順炭坑」の露天掘りを参観したとき、「平頂山事件」（一九三二年九月一六日、日本の軍隊、憲兵隊、警察が手を組んで、平頂山部落の住民三千名を機関銃で射殺した事件）のごく少数の生存者の一人である方素栄さん（炭坑の模範労働者）は、事件の一部始終を話された。その非人道的な残虐さは言語に絶句した。そのなかにこんな一節があった。

「私がどんな悪いことをしたというのでしょう。心の優しい勤勉な両親や生まれたばかりの弟が、どうしてあんなむごたらしい殺され方をしなければならないのでしょう。私は日本帝国主義が敗北したとき、私の肉親がやられたように『彼等を皆殺しにしてやる！』と、泣き叫び、まわりの人を困らせました。そのとき、私を教え導いてくれたのが、中国共産党の方々でした」

多くの仲間は方素栄さんの前に身を投げだして泣いて詫びた。これに対して方素栄さんは静かに言われた。

「昔のことはもう過ぎ去ったことです。今さら、とやかく言うことはありません。ただ、皆さんが自分のしたことが犯罪行為だと気づき、もし釈放されて帰国されても、もう二度と侵略戦争には出て行くことのないことを願ってやみません」と。

（二八）特別軍事法廷による戦犯の裁き

先に私たちに告知されていた「中華人民共和国全国人民代表大会常務委員会の決定」が、実行に移されるときが来た。一九五六年（昭和三一年）の六月九日から同年七月二〇日までの間に、「中華人民共和国最高人民法院特別軍事法廷」は、「罪状の重い日本戦争犯罪者」四五名に対して、以下のように裁判を実施し、それぞれの罪状に応じて八年から二〇年までの禁固刑（このなかには終戦以降の経過期間が含まれる）を言い渡した。

六月九日～一九日　瀋陽特別軍事法廷　鈴木啓久ら八名の軍人

六月一〇日～二〇日　太原特別軍事法廷　城野宏ら九名の太原組

七月一日～二〇日　瀋陽特別軍事法廷　武部六蔵ら二八名の旧「満州国」関係者

中国にいたころ、私たちはこの特別軍事法廷が開かれていたことさえ知らずにいたが、帰国後、中国の外文出版社発行の小冊子『人道と寛恕』を読み、またごく最近裁判の実録ビデオ『人道的寛待』を見る機会があり、当時の裁判の状況を詳しく知ることができた。そうしたなかで、対照的に思い出されたものは、これまた最近見たＴＢＳ放送の番組「東京裁判」であった。これとの対比で、強く思うことは、中華人民共和国が戦犯に対して行った「人道的待遇」の偉大さ、そしてその素晴らしい成果についてである。

一、東京裁判には、勝者が敗者を裁く「正義の論理」が貫かれていたのに対し、中国の裁判では「罪を憎んで人を憎まず」という崇高な「人道主義」が貫かれていた。

二、その結果は、前者の被告たちはいずれも「盗人にも三分の理」を主張することに、ただ汲々として終わった。後者の被告たちは、旧「満州国」国務院総務長官武部六蔵も、第五九師団長藤田茂も全員が、戦争のなかでの自己の罪悪を正しく認め、その被害者・中国人民の前に泣いて謝罪している。そして二度と戦争に与しないことを誓った。

最終陳述を許された藤田茂は、

「中国に対して行われた残虐な侵略戦争は、中国人民に対して由々しい犯罪行為を犯したばかりでなく、日本人民に対してもはかり知れぬ災厄をもたらしたことを、いま私は知りました。ただ今、六億の中国人民の意志を代表するこの法廷において、中国人民、とりわけ被害者の方々に対し、深く前非(ぜんぴ)を悔いあらため、心から判決に服するものであります」

と述べ、帰国後は自らの死に至るまで二二年間、「中国帰還者連絡会」〔帰国した戦犯たちによる平和団体〕の会長として侵略戦争に反対し、平和と日中友好に貢献する活動に挺身された。

瀋陽特別軍事法廷では有期刑戦犯が裁かれた

三、中国の裁判は、六年間にわたり事実にもとづく周到な調査と中国人民の血と涙で綴られた起訴状によって、「動かしえない鉄の証拠」の上に進められた。現に、武部六蔵の起訴状に列挙された犯罪事実は、保管書類三一五部、証人の証言三六〇件、被害者および被害者の親族の訴状六四二通および被告の供述など、膨大な資料によって証拠固めされていたという。

四、そのうえ中国の裁判では、各被告に弁護人がつき、起訴状の謄本(とうほん)〔写し〕とその日本語訳は開廷の五日前に手渡されるという配慮が払われていた。

五、また中国の裁判では一名の死刑も、無期懲役もなかった。先に「恨みに報いるに徳を以ってなす」の言葉で日本人を感動させた蒋介石の政権では、日本人兵士一四九名に死刑を、八三名に無期刑を与えている。これを思えば、中国人民政府が日本人戦犯に対していかに「寛大な政策」をとったか、がうかがわれる。なお受刑者四五名は、期限前釈放を含め一九六四年(昭和三九年)三月を最後に全員が帰国した。

前にのべた特別軍事法廷で裁判にかけられた四五名以外の日本人戦犯一〇一七名については、三回にわけて「起訴免除――即日釈放」の寛大な処置がとられた。第一回目の三三五名、第二回目の三二八名は、それぞれ中国の参観旅行を終えると、この恩恵に浴して一九五六年（昭和三一年）六月二一日と七月一八日とに帰国して行った。

（二一九）起訴免除――即日釈放

私は第三回目の組に入っていた。同年八月二一日の朝、私たちは最高人民法院への出頭を命じられた。用意された大型バスに乗りこむと、撫順市の元日本人女学校の体操場へ案内された。ここが法廷である。周囲と入り口には中国人民解放軍の厳重な警戒体制が敷かれ、後方の二階席には各界の代表者と見られる傍聴者で埋まっていた。私たちは緊張のため身も心も棒のようになっていた。この重苦しい時が何分か過ぎて、「起立！」の号令に我に返ると、正面の壇上に金色の肩章に身を固めた検察員団（主席は王之平軍法少将）が入廷し、静かに着席した。

やがて主席は通訳を従えて立ちあがると、「中華人民共和国最高人民検察院の決定書」を読みあげられた。最初に一人ひとりの名前が呼ばれ、次つぎと起立をする。私の名もかなり後の方で読みあげられた。三五四名全員の名が読みあげられた後、こう言い渡された。

「（前文省略）彼らはその犯罪行為からいえば、当然裁判に付して相応の懲罰を加えるべきである。しかしながら、日本の降伏後一〇年来の情勢の変化と現在おかれている状態を考慮し、それに数年来の中日両国人民の友好関係の発展を考慮し、またこれらの犯罪者は犯した罪が重大でないか、あるいは勾留（こうりゅう）期間中改悛（かいしゅん）

の情が比較的はっきりしているかどちらかである。そのことを考慮に入れ、全国人民代表大会常務委員会の『目下勾留中の日本戦争犯罪者の処理に関する決定』の規定に基づいて、ここに寛大処理を行ない、起訴を免じて即日釈放することを決定するものである」

通訳の言葉で「起訴が免除された」、「即日釈放された」と知ったとき、私たち全員は涙を流し、一斉にすすり泣きした。

起訴免除の決定を受け涙が止まらない

一度は死を覚悟した人間の強烈な蘇生の喜びである。そればかりではない。中国人民のこの寛大処理に対する感謝の涙であり、自分たちが手にかけた被害者への謝罪の涙であった。やがて多くの仲間が発言を求めて挙手した。許されたものは、異口同音に今の感激――中国人民への感謝、被害者への謝罪――について語り、「二度と侵略の銃はとらない」、「平和のために闘います」という決意を表明した。

やがて若い人民服姿の人が壇上に立つと、流ちょうな日本語でこう言った。

「日本の皆さん、おめでとうございます。私は中国紅十字会の者です。これから皆さんが帰国するまでの間、私たち紅十字会がお世話をいたします。皆さんの帰国については日本赤十字社に連絡済みです。あなたがたは、これから管理所に帰って身辺の整理をした上で天津（テンシン）に向かいます。そこで日本の船を待つことになります。あなたがたの帰国に必要な品物は支給します。そのほかにお小遣いとして中国貨幣五〇元を贈ります。困ったことがありましたら、何でも申し出てください」と。

中国人民の温かい心がひしひしと伝わってきて、またしても胸がつまった。

外はもう夕暮れ近かった。大陸の八月の夕風が校庭の楊柳の葉を涼しげに揺すっていた。それを眺めていると、いつの間にか大きく変身を遂げた私が、新しい世界のなかを遥かに浮遊しているようだった。バスに乗り込むと、朝方私たちと一緒に乗りこんだ警戒兵の姿がなかった。一一年間という長い間、いつも間近で見張っていた警戒兵の目がもうないということが、なぜか妙な不安定感を覚えさせるのだった。

その夜私たちは、予期もしなかった管理所の皆さんからの大送別会を受けた。私たちのバスが管理所の正門に着くと、孫明斉所長以下全職員が出迎えてくれた。

六年間お世話になった指導員、班長、医師、看護婦さんたちが、満面の笑みをたたえての歓迎である。私たちは拍手と「おめでとう！」の連呼とに迎えられて、会場に案内された。

場所は私たちにとって一番馴染の深い、舞台のある中庭だった。ここにはさまざまな思い出がある。班長さんたちがここに氷の池をつくって、スケートをさせてくれたこともあった。ここにアンペラ小屋を建てて、瓦生産の生産競争をしたこともある。舞台の上では宮崎や植松らが血を吐くような「坦白」をした。それを聞きながら、重くのしかかる前途に身を震わしたこともあった。またこの舞台の上では、楽団の演奏や、合唱コンクールや演劇やバラエティが私たちの生活に潤いを与えてくれた。またこの庭では、沢山の映画も見せてもらった。イタリー映画の「自転車泥棒」、中国映画の「白毛女」、日本映画の「女ひとり大地を行く」、「どっこい生きている」、「箱根風雲録」などを見たときの感動は、いずれも強烈だった。

その中庭が一大宴会場に変わっていた。白のクロスの映えるテーブルが庭いっぱいにおかれ、その上を豪勢な中華料理とビールが埋めつくしていた。花も飾られていた。全員が席に着くと、大きな拍手とともに孫所長が立ちあがり、あいさつされた。

「皆さん、おめでとうございます。今日あなたがたは我が国の寛大政策を受け、起訴を免除されて釈放になりました。この寛大処理を受けることができましたのも、あなたがたが真面目に学習して思想改造を成しとげたからであります。私は管理所の全職員を代表して、心からお喜び申しあげます。帰国されてからも十分健康に留意されて、平和で幸福な生活を送ってください」と。

釈放の喜びを互いに分かち合う

そして高々と杯を掲げて、乾杯の音頭をとられた。

沸きたつ拍手のなかを先生方は手に手にビール瓶をもって、私たちの席に押し寄せるようにして、つぎから次へと注いで回った。私たちは心から先生方に礼をのべた。先生方は帰国後の健康を心から願ってくださった。そして十何年かぶりに飲むビールの味はまた格別だった。あちこちに感激の渦巻きができて、話は笑いとともに尽きるともなかった。宴は真夜中までつづいた。この夜はだれも眠れなかった。

翌日、私たちは真新しい人民服、人民帽、毛布、ベルト、革靴、雑嚢(ざつのう)〔布のカバン〕、その他の日用品と中国貨幣五〇元などを支給された。このときは、自分の足にあう靴を選び出すのがたいへんだった。班長さんたちは総出で、親身になって探し出してくれた。また六年前の入所時に預けた各人の荷物も引き渡されたが、紐(ひも)一本に至るまで完全に保管されていた。ここでもソ連との比較が頭をよぎった。

この日の夕方、私たち三五四名は、寝台車・食堂車、それに病人用衛生車のついた特別列車で撫順を離れて天津に向かった。呉浩然先生はじめ管理所の多くの職員も同行した。天津では四階建の豪華な「恵中飯店」というホテルが私たちの宿舎に当てられた。ここで連日連夜飛び切り上等の中華料理をふるまわれた。またここを根城にして、あちらこちらと参観させてもらった。すでにのべた各種工場、学校、合作社などのほかに、「水上公園」や「人民公園」などで遊び、京劇や映画やバスケットの試合なども見せていただいた。また市街への自由な散歩も許された。私も友人とあるデパートへ出かけて、許婚者への土産の品を買い求めた。そのとき品選びのことで店の女店員に相談したが、その人は親切にアドバイスしてくれた。私の胸には「帰国日喬」というプレートをつけていたし、それが釈放された戦犯であることもよく知られていたからだろう。親切に応対してもらったことはうれしいかぎりだった。

市街を歩くと中国人の目は私たちに注がれたが、だれ一人として私たちへの迫害を加えようとする素ぶりはなかった。中国政府の事前準備のすばらしさを感じとることができた。

中国を去る前夜、「天津工人劇場」で私たちの文工班が「天津歌舞団」と交歓会を行った。私たちの文工班は、ロシア民謡や中国の歌曲を演奏したり日本民謡や踊りを精いっぱいに披瀝すると、場内の中国人から熱い拍手が送られた。天津歌舞団からは、プロの技術をフルに生かした、中国伝来の歌や踊りや曲芸が披露され、私たちを熱狂させた。私たちはこの「日中友好」のすばらしい雰囲気のなかに、しばらくわれを忘れていた。

最後に三輪敬一は、第三次釈放者を代表して「中国人民と中国紅十字会に対する感謝とお別れの挨拶」文を朗読し、また、中国最高人民検察院と撫順戦犯管理所と中国紅十字会天津分会とに対して、感謝をこめて記念の「錦旗」を贈呈した。

一九五六年（昭和三一年）八月三一日、私たちはついに中国を離れる日を迎えた。塘沽の港には、日本赤

帰国船興安丸と見送る中国の人々

十字社、日中友好協会、日本平和連絡会の三団体によって差し向けられた日本船「興安丸」が待機していた。私たちは、「皆様、長い間ご苦労さまでした！」という日本人同胞の優しい声に迎えられて乗船した。夕食は白米に味噌汁と鯛のお頭付きだった。やはりしみじみと日本の味を味わった。二一時出帆の予定がかなり遅くなった。二四時三〇分ころだった。興安丸のエンジンがにわかに強い響きをあげはじめた。一斉に甲板におどり出ると、船はいま緩やかに港の岸壁を離れようとしている。岸壁にはこんな時間なのに、中国紅十字会の人々、管理所の先生方総出で見送っておられる。

全員、胸の詰まる思いで、大声で叫んだ。

「さーようーならー……おーげんーきーでー！」

やがて文工班のバンドが、「東京―北京」の曲を演奏し始める。これに和して全員の大合唱が始まった。だれの目にも涙が光っている。大合唱は中国の大陸に向かい終わることがない。「東京―北京」から「平和を守れ」へ、そして「全世界人民の心は一つ」へ……とつぎから次へとつづく。また私たちは、いつまでも岸壁で手を振りつづけている中国人民の代表者に向かって、手を振りながら叫びつづけた。

「中日人民友好万歳！」

岸壁が視野から消え去ろうとするころ、たった一つ点のように立ち尽くす人間の姿を見た。呉浩然指導員その人であろう。この人に代表される中国人民の私たちに寄せる深い友情と期待とを、私は痛いほどに感じとることができた。

※地図および写真の出典は以下の通り。
『人道と寛恕』外交出版社、一九五七年。

『覚醒：日本戦犯改造紀実』群衆出版社、一九九一年。

中国帰還者連絡会編『帰ってきた戦犯たちの後半生：中国帰還者連絡会の四〇年』新風書房、一九九六年。

小山一郎『鬼から人間へ：一兵士の加害と反省の記・戦争証言』私家版、二〇〇七年。

撫順戦犯管理所編『日本戦犯再生の地：中国撫順戦犯管理所』五州伝播出版社、二〇〇五年。

その他、NPO中帰連平和記念館所蔵資料や絵鳩の個人アルバムから。

おわりに

私たちは「撫順戦犯管理所」の中に、「戦犯」として六年間監禁された。当初多くの者は、自分が戦犯であることを認めないで、あるいは反抗を続け、あるいは自暴自棄におちいっていた。だが中国当局の待遇は、信じられないほどよかった。衣食住はもちろんのこと、生活全般にわたり温かい配慮が払われていた。傲慢な日本人戦犯に対して、中国人はつねにその人格を認め、やさしく接してくれた。昔中国人をチャンコロと軽蔑し、「殴る、蹴る、犯す、焼く、殺す」の非業の限りをつくしてきた戦犯に対して、被害者の中国人は殴りもしなければ、声を荒げることさえしなかった。この一貫した中国当局の「人道主義的待遇」、管理所職員たちの「人間的偉大さ」の前に、私たちは終(つい)に頭を下げざるをえなかった。

こうして私たちは、反抗と自暴自棄の立場から、反省と自己批判の立場に移ることができた。約五年間の共同学習の中から、侵略戦争の罪悪、それにかかわる自分の役割、被害者への謝罪などについて、初歩的ながら認識をもつことができた。戦犯の全員が「認罪書」を書いて中国人民に詫びた。

その頃、周恩来総理は、日本人戦犯の処理について、こう述べたと聞く。

「裁判にかける者をできるだけ少なくせよ。死刑や無期刑を出してはいけない。彼等はいまは戦犯だが、二〇年後には我々の友達になろう」と。

これにより、裁判にかけられた者は、わずか四五名に留まり、その他の者は全員釈放になって昭和三一年（一九五六年）に帰国した。刑を受けた者も最高二〇年の禁固刑に留まり、この刑期の中には戦後すでに経過した一一年が含まれていた。

いま私たちの仲間は、皆一様にこう言っている。

「撫順こそ我が再生の地である」

と。そして撫順の地に昔ながらに復元され、全世界人民に公開されている撫順戦犯管理所の一隅に、私たちは許されて一九八八年一〇月二二日、「向抗日殉難烈士謝罪碑」（白大理石・幅一メートル・高さ六・三七メートル）を建立した。この碑の裏面に、私たちはこう刻んでいる。

「私たちは一五年に及ぶ日本軍国主義の対中国侵略戦争に参加、焼く・殺す・奪う滔天の罪行を犯し、敗戦后撫順と太原の戦犯管理所に拘禁されました。そこで中国共産党と政府・人民の『罪を憎んで人を憎まず』という革命的人道主義の処遇を受け、初めて人間の良心を取戻し、計らずも寛大政策により、一名の処刑者もなく帰国を許されました。

いま撫順戦犯管理所の復元に当り、此の地に碑を建て、抗日殉難烈士に限りなき謝罪の誠を捧げ、再び侵略戦争を許さぬ、平和と日中友好の誓いを刻みました」と。

また、仲間のある者は、次のように言う。

「撫順戦犯管理所は、私の大学であった」「撫順戦犯管理所は、私のサナトリューム〔環境の良い療養所〕だった」

私もそれは「最も優れた近代的な監獄であった」と思う。古来監獄は、「目には目、歯に歯を」の精神で貫かれ、鞭で自白を強要して、残酷な処刑を急ぐ場所であったであろう。聞くところによると、我々が収容された管理所は、その少し前に日本人が作った監獄だった。ここでは多くの無実の中国人が、つねに激しい拷問を受けながら、闇から闇に葬り去られていたという。当時の監獄と今の監獄では正に地と天ほどの隔たりがある。中国の監獄には、「世界の平和、人類の幸福」という高邁(こうまい)な理想が輝き、戦犯をつねに「人間」として待遇した。

私は、軍隊、俘虜、戦犯という一六年にわたる暗い時代の歴史の中で、せめても、その最後の六年間を「撫順戦犯管理所」で過ごすことができたことは、なにものにも代えがたい幸せであったと思う。

絵鳩（旧姓石渡）毅　略歴

1913年（大正2年）3月	鳥取県師範学校教師・石渡省吾（妻・美津）の次男として鳥取市に生まれる（1915年（大正4年）4月、父は郷里の南房総に私塾「安房自彊学舎」を設立した）
1919年（大正8年）4月	千葉県安房郡南三原尋常小学校に入学、翌年4月、同郡豊房尋常小学校に転校する（1923年（大正12年）9月、「関東大震災」に遭遇する）
1925年（大正14年）4月	千葉県立安房中学校に入学、（同級生に梅本克己がおり、以後15年間同じ進路を歩む無二の親友となる）
1931年（昭和6年）4月	官立水戸高等学校文科乙類に入学
1934年（昭和9年）4月	東京帝国大学文学部倫理学科に入学、和辻哲郎に師事し、1938年（昭和13年）3月卒業（卒業論文は「カントに於ける人格性に就いての考察」）
1938年（昭和13年）9月	文部省教学局思想課に勤務（父・省吾死去、65歳）
1939年（昭和14年）9月	山梨県女子師範学校（兼山梨高等女学校）に勤務、（翌年8月退職し、以後自宅研修をする）
1941年（昭和16年）4月	長野県上田高等女学校（専攻科・普通科）の教諭となる
1941年（昭和16年）7月	臨時召集を受けて東部第64部隊に入隊、翌年4月北支那方面軍第12軍第59師団第54旅団第111大隊機関銃中隊に転属（陸軍一等兵）、以後敗戦まで中国山東省での侵略戦争に参加する。1945年（昭和20年）7月、北朝鮮に移動
1945年（昭和20年）8月	北朝鮮にてソ連軍の武装解除を受けて捕虜となり、シベリアで5年間の強制労働に服す
1950年（昭和25年）7月	戦犯として中国に移管され「撫順戦犯管理所」で6年間の拘禁生活を送る
1956年（昭和31年）9月	起訴を免除されて帰国、「中国帰還者連絡会（中帰連）」の会員となる。絵鳩恭子と結婚して姓を絵鳩に改め、東京都杉並区八成町に新居を構える
1956年（昭和31年）11月	上田染谷丘高等学校（前上田高等女学校）教諭として復職、（1958年（昭和33年）10月母美津死去、72歳）、1960年（昭和35年）3月依願退職後2年間浪人生活を送る
1961年（昭和36年）12月	神奈川県藤沢東海岸郵便局長となり、19年7ヶ月勤務し、68歳で定年退職する、（1967年（昭和42年）2月「中国帰還者連絡会」が分裂した後はいずれの組織にも所属せず）
1983年（昭和58年）4月	「中帰連」（正統）の「第5回全国大会」に出席し、会に復帰する。以後「統一促進委員会」の一員として会の統一に力を注ぐ
1986年（昭和61年）10月	「中帰連統一第1回全国大会」で常任委員に選出される
1988年（昭和63年）10月	「中帰連統一第2回全国大会」で常任委員長となり、以後10年間会の運営（月1回の常任委員会の開催、隔年毎に開催の全国大会と全国常任委員会）に力を傾ける。更に、1997年（平成9年）6月より季刊誌『中帰連』の編集長となる
2002年（平成14年）4月	「中国帰還者連絡会」が高齢のため解散する。会の精神と事業を受け継ぐ「撫順の奇蹟を受け継ぐ会」が誕生し、その特別会員として、戦争証言や執筆活動を続ける
2015年（平成27年）1月	神奈川県茅ヶ崎市で逝去

絵鳩　毅（えばと・つよし）

1913 年鳥取県に生まれる。1938 年東京帝国大学文学部卒業後、文部省勤務。1939 年山梨県女子師範学校、上田高等女学校教員。1941 年臨時召集で東部第 64 部隊入隊。
1942 年北支那方面軍第 12 軍第 59 師団第 54 旅団第 111 大隊機関銃中隊に転属（陸軍軍曹・分隊長）。敗戦後シベリアに捕虜として 5 年間、戦犯として中国に 6 年間抑留。1956 年起訴免除。帰国後は、高等学校教員、郵便局長を経て、中国帰還者連絡会常任委員長などを歴任。2015 年 1 月没。

皇軍兵士、シベリア抑留、撫順戦犯管理所――カント学徒、再生の記

2017 年 8 月 15 日　初版第 1 刷発行

著者 ――― 絵鳩　毅
発行者 ―― 平田　勝
発行 ――― 花伝社
発売 ――― 共栄書房
〒 101-0065　東京都千代田区西神田 2-5-11 出版輸送ビル 2F
電話　03-3263-3813
FAX　03-3239-8272
E-mail　kadensha@muf.biglobe.ne.jp
URL　http://kadensha.net
振替　00140-6-59661
装幀 ――― 三田村邦亮
印刷・製本 ―― 中央精版印刷株式会社

ISBN978-4-7634-0828-0 C0036